2020中国报告文学年选

中国报告文学学会 主编
何建明 —— 编选

花城年选系列

SPM
南方出版传媒
花城出版社
中国·广州

图书在版编目（CIP）数据

2020中国报告文学年选 / 中国报告文学学会主编；何建明编选. -- 广州：花城出版社，2021.1
（花城年选系列）
ISBN 978-7-5360-9337-9

Ⅰ. ①2… Ⅱ. ①中… ②何… Ⅲ. ①报告文学－作品集－中国－当代 Ⅳ. ①I25

中国版本图书馆CIP数据核字(2021)第003444号

出 版 人：	肖延兵
责任编辑：	蔡　安　欧阳蘅　李珊珊
技术编辑：	薛伟民　凌春梅
封面设计：	Design
丛书篆刻：	朱　涛

书　　名	2020中国报告文学年选 2020 ZHONGGUO BAOGAOWENXUE NIANXUAN
出版发行	花城出版社 （广州市环市东路水荫路11号）
经　　销	全国新华书店
印　　刷	佛山市浩文彩色印刷有限公司 （广东省佛山市南海区狮山科技工业园A区）
开　　本	787毫米×1092毫米　16开
印　　张	17.25　1插页
字　　数	250,000字
版　　次	2021年1月第1版　2021年1月第1次印刷
定　　价	56.80元

如发现印装质量问题，请直接与印刷厂联系调换。
购书热线：020-37604658　37602954
花城出版社网站：http://www.fcph.com.cn

| 目录 |

2020年文学特别排行榜
　　——序《2020中国报告文学年选》｜何建明 ……1

上海表情（节选）｜何建明 ……001
金银潭｜李春雷 ……030
藏功者
　　——《张富清传》（节选）｜钟法权 ……061
爱的礼物（节选）｜哲夫 ……083
生命之证
　　——武汉"封城"抗疫76天全景报告（长篇节选）
　　｜刘诗伟　蔡家园 ……117
岭南万户皆春色
　　——广东精准扶贫纪实（节选）｜丁燕 ……140
一名武汉民警的春天｜纪红建 ……163
而今迈步从头越｜欧阳黔森 ……180
家住黄河滩
　　——黄河滩区脱贫迁建全景实录（节选）
　　｜朵拉图　逄春阶 ……201
一座乡村医院的重量｜徐风 ……219
"养老"革命（节选）｜长江 ……236
钟南山逆行的72小时｜刘妍 ……255

2020年文学特别排行榜
——序《2020中国报告文学年选》

_何建明

即逝的2020年,其特别之处我想所有生活在这个世界上的人都能感受到:一场新冠病毒的袭击,把整个世界害得不轻——至今我们仍然没有摆脱它;在中国,还有一件大事:那些贫困了几个世纪甚至祖祖辈辈贫穷的人,在这一年实现了脱贫和迈进了小康。仅凭这两件事,还有比这2020年更让我们惊心动魄、心潮澎湃的事吗?没有。在国际上,特朗普的无规则当政,折腾的力度其实比新冠病毒对中国的影响还要厉害,因为大家在这一年真的感觉战争即将到来……

好在这一切基本都过去了,如这一年的日历一样被轻轻翻过!

文学在这其中微不足道。然而身为文学人的我们,又感觉这一年的文学奇象也很特别。一些人在疫情中被人一会儿捧到天上,一会儿又被打入地狱。这其实也很恐怖。人活着真不容易,在灾害年中,人与人的善良与丑恶本性,表现得淋漓尽致,一片心寒,又一片火热。

在灾难面前,其实没有什么可计较的,可在灾难面前如同在荣誉面前一样,人的本性在这个时候总是表现得赤裸裸的可憎与可爱,你想藏着也是不可能的。正义与公平、自私与卑劣,都会呈现在大家面前。大无畏与胆小鬼、勇敢者与懦弱者之间的差异,一疫之间,皆清晰可见。

如果让我做2020年的文学排行榜的话,位列第一的理当是防疫的参与者。那些上疫情前线的参与者、自觉行动的战斗员和心怀悯民的思想者。这场疫情的参与者,让人们再次清楚地看到,是军人、医生、护士和有良知的干群走在了最前线;同样的,让我们了解现场事件的记者、保障我们生活的各行各业的职员，以及统筹决策与指挥全局的各级领导者，毫无疑问，他们也都值得我们深怀敬意。在文学战线，我当要礼赞我的同行——报告文学作家。他们无愧是时代的记录者，尽管平时很多人嘲笑他们"没有文学性"（文学到底是什么？是谁说了算？那些所谓的"文学人"在战"疫"与灾难来的时候躺到哪儿去了）。

有一件一直让我生气的事：到六七月了，国内的疫情也基本没有问题了，有一天要开个会，我的同事想请一位名气不小的"名家"出来开会，对方竟然问："现在能不能出来呀？"当时我听了无法不愤怒，又十分无奈，因为我们一大批报告文学作家，也有一些诗人和小说家，早在这之前的几个月里一直在疫情的前线采访、写作；而这位"名家"从1月底开始基本就没有出过家门——他当然有理由这样做，但在我看来，他的血不热，他的目光里没有他人，他的情感里只有冰块，他不配拿着国家发的很高的工资……他不应当成为一名曾经社会给了了他很多荣誉的作家。我知道，其实，像他这样的作家在此次疫情中还有许多。我们无权去强求人家做什么，但我们可以在道德层面看待和判别一个人的品质及他可能有的一点"威名"。

与之相比，我以为：2020年文学排行榜位列第一的应该是那些勇敢奔赴抗疫最前线、一直奋战在战"疫"战场采访写作的作家，尤其是报告文学作家，当然也有一些小说家、诗人和散文家。

这个阵营中，我首先看到武汉城里的文友们；我看到从其他地方奔向武汉的文友们；我更看到无数在自己城市和地区的文友们！他们是谁，无须我列名，读者们从已出版和发表的作品中可以知道他们的名字。是不是好汉、是不是英雄，真枪真刀面前见！别的废话少说，也用不着那些遮遮掩掩的华丽词汇。

"排行榜"有没有权威性，还要看作品的本质。

今天的报告文学也有个十分严重的毛病：单一化和过度的"美图"，比如写疫情，赞美医生、赞美"背影"、赞美成就，固然需要，也很重要。然而写灾情作品，最可贵和值得流传下去的，其实是那些真正客观的、教训的、人们经历的真实痛苦的和真正防疫成功的经验。人性在灾难时、困途中最能获得呈现，党性、人民性当然也会在这个时候获得最有力的呈现。准确地、客观地、公正地叙述上述这些疫情"事实"，才是"报告"与"文学"的最重要的东西。

2020年文学"排行榜"排在第一位的报告文学，不是没有问题，其实问题也挺多，多在它许多作品只写了"冲锋"与"背影"，缺乏写全景的，缺乏写深度的、人性的、决策层的、民众的和个体的。当然这方面的作品也有，但在大媒体、大刊物上这样的作品被排斥与屏蔽了。这是一种很大的遗憾。

简单的表扬稿写作，把我们的后一代写手引入歧途，而他们还沾沾自喜。没有深刻的政治与哲学的思考和驾驭大时代的能力，永远不可能成为大作家，也写不出经典。报告文学不是新闻，不能今年写完了，明年大家都忘了你写的是什么。即使你得了个什么大奖，其实也就发行三五千本书，算得上好作品吗？没有八年十年的反复加印的作品，基本上都不能算一部好作品。这方面应向优秀的小说家看齐。评论家的目光也应该从宏观角度、历史长河的角度去评判作品优劣，而非个人喜好、随意地乱点"鸳鸯谱"。

2020年文学排行榜的第二位，应该是书写脱贫扶贫、全面建设小康的精品力作。中国是个大国，又是个农业大国，大到什么程度，是我们的人口总量世界第一，所以我们的贫困人口数量也一直高居世界前列。几千万人能够实现脱贫，不管怎么说，都是个世界级的伟大成就。尽管有可能某些地方、某些人群仍会出现"返贫"，但全面小康、全面脱贫这件事，是中国2020年出现的伟大成就，它具有人类意义，所以一定是超级大事。如果不是疫情和特朗普在捣乱，那脱贫和全面小康，毫无疑问是2020年度最明丽的一幅图画。书写扶贫脱贫作品进入本年度文学排行榜前列是无须质疑的。

排在第三位的应该是为明年纪念中国共产党建党百年的红色历史题材的作品。那些催人泪下、催人奋进的经典革命故事和崇高的革命人性，总是在激励人们不断前行，它理当不该被边缘。

本辑"年选"就是根据这一年的特殊排行榜精选而出的作品汇集，希望读者能有共同的审美情感上的共鸣。

2020年11月28日飞行成都途中

上海表情（节选）

_何建明

与"一号病人"擦肩而过

1月15日下午晚饭前后，并不知晓上海已经有了新型冠状病毒肺炎"一号病人"的我，依然很高兴、很轻松地参加完在家乡举办的"文学与艺术交辉"展后，乘车进入上海。这个展出是我离开家乡40多年后，首次将50余部作品集中面向父老乡亲做的一个汇报。记得当地领导和文学理论家丁晓原先生有这样一句评价：自古苏南出才子，何建明应该也算当代的一位优秀者。

对此我内心是接受的，因为生活在中国最伟大的一段改革开放时代，我用40多年时间，写出了50余部作品，应该算是这一历史进程的重要见证。没有枉费岁月和人生，本身也是一种珍贵。

几十年来养成的固定的工作时间、习惯，多少能够说明我对文学的执着和热爱。这个春节同样如此。

2020年1月15日晚到达上海之后,我便开始做第二天的采访安排。之后是穿梭在上海市区和郊区街道与公路上……上海近年发生的几起重大案件引人注目,我想借春节的几天时间进行调查和采访。那时除武汉之外,我们谁也不会把这次"非典"式(后来证明比非典疫情更厉害)的大疫情放在心上,该干什么照干什么。后来想起来真有些恐怖,因为说不定哪个地方已经有"二号病人""三号病人",就在你身边走过,同你在一张桌子上喝着咖啡、吃了碗面条呢!

"何主席,春节前你还能来我们浙江采访吗?" 18日下午,正在上海浦西采访时,我接到浙江省高级人民法院的同志来电询问。

"你们节前还有几天上班呀?"我心算了一下,如果19日过去,还能采访三两天吧,于是就这样问对方。

"到23、24日可能就不太好采访了,大家要准备过年了。这几天还可以。"

"那行,明天上午我到杭州。"

时间点就这样踩着,习惯了。

19日一早从上海出发,我仍然把行李放在上海浦东的酒店,因为在这之前已经买了22日一早回京的高铁票。

19、20日两天在杭州和金华等地连续"作战",把浙江的几个重点法院进行了地毯式的密集型采访调研。

21日,在浙江省高级人民法院魏副院长等陪同下,我一整天都在宁波采访。这一天收获很多,因为宁波的执法水平在全国领先,尤其是他们在解决执行难和海务执法方面做出了许多贡献。最高人民法院周强院长跟我特别提到过他们。采访的时间超出了预期,连晚饭都是匆匆在他们的食堂里吃了一半我就起身说要走了。

"真那么着急吗?"魏副院长关切地问。

"是。因为明天一早要从上海回京,后天参加人民大会堂的春节团拜会,我买的是早上8点多的高铁,所以今晚尽量早些回到上海。"我说。

"那就不跟你客气了。司机,吃好了没?赶紧送何主席回上海!"魏副院长立即吩咐司机。

"没问题,马上就走。"隔壁吃饭的司机立即回应道。

从宁波到上海必须经过跨海大桥,然后再进入上海市区,得3个小时的汽车行程。

后来我们知道,1月21日武汉的疫情其实已经非常严重了,只是那时我们还不知道,仍然过着春节前的平常日子,工作状态中的我同样如此。只是下午在宁波法院会议采访半途，手机突然响起，一看是家人发来的微信：北京、上海的口罩已经脱销，赶紧看看能否在宁波买点回来！

有这么严重吗？我心中一笑。

因为是家人发来的，不能不重视。专注采访中的我不得不放下笔，悄悄把家人发来的微信内容给坐在一旁的宁波法院领导看，又不好意思道："不知真的假的，怎么给弄成这个样……"

法院领导也笑笑，没说话。

"能帮我买几个口罩吗？"我向他求助。

"没问题。"

不到五分钟，两个口罩拿到我面前。"这么快呀！"我有些惊讶。

"是到我办公室里去拿的。"法院领导说。

我拿起一看，笑了，话没说出口：蓝布的，根本就不是医用口罩。我暗道，看来宁波人也根本不知道外面的世界此时已经如临大敌了！

但我是经历过非典的，警惕性存在于心。家里人都是医生出身，问题不严重不会对我如此"大惊小怪"地下命令的要求。

回程时，司机开得比较快，一路雨水蒙蒙，看不清路途上的夜色……连续几天在浙江各地采访，有些疲劳，所以我就迷迷瞪瞪地回到了上海。谢过司机后，急忙赶回酒店房间收拾东西，准备明天一早回京。

庚子年的上海，是祸是福

2020年1月25日是中国的农历大年初一，即庚子年的春节。这一年我们的祖先俗称它是"鼠年"。

鼠年在十二生肖中是老大。而60年一个轮回的庚子年似乎按中国传统的说法它并非吉利年，恰恰相反是比较倒霉的疫灾年。真是吗？

那些易经学家们会告诉你是真的，而且"理论"十分扎实。他们分析道：庚子年生肖为白鼠（金鼠），纳音"壁上土"。庚子是厚德之土，地势坤，君子以厚德载物。能克众水，不惧众木来害。因为木到子位乃破败之地没有了气力。庚子年，纳音为壁上土，戊土为云。戊癸化火，火为日，故为天云日承。乃气过乎虚之土。若得重土相资，则水木不刚，弱遇官鬼而不刑，则衰绝自保。水土同宫，子为刃，极至而反，盛于亥而衰于子，阳出而阴伏。

"风水"先生则另有一番理论，他们认为，影响地球大风水的有三条线，一是日木线，二是土日线，第三条是威力更大的银日线。因此庚子年的各种灾难，与地球和银日线的位置密切相关。地球处于太阳系，太阳处于银河系，因此宇宙中，对地球影响最大的便是太阳和银河。因为当地球运行到太阳和银河中心之间、三点成一线时，神奇的事情发生了。它们的这种特殊同轴位置引发了3个空间弯曲，好像3个发射信号的大锅，从而形成一个特殊的能量共振场。这种共振，相当于数以亿万计的射线和能量波被杠杆放大后，再双面包抄地球，引发的磁场干扰可以想象，自然而然会加速地球上生物的各种不寻常反应。要知道太阳系中，土星和木星体积最大，对地球的影响也最大。这些质量巨大的行星的引力让地球保持接近正圆的稳定运行轨道，从而使其可以从太阳那儿获得持续稳定的光照，这是生命繁荣昌盛的基础。土星和木星在60年一大轮回的时候，它们一起跑到银日线上"折腾"，自然对"小弟弟"的地球产生物理上的巨大影响……这就是为什么"庚子年"是"灾难年"之说。

我不信这些"玄学"。但似乎又没有能力进行反驳。因为有些事你信不信是一回事，然而历史的现象却又是清清楚楚、明明白白告诉你——它就是"不顺"和"疫灾年"。看看中国近代史，可不是嘛！你看——

1840年庚子年：中国第一次鸦片战争，西方列强敲开了古老封闭的清王朝大门，是我国近代屈辱的半殖民地半封建社会的开端。

1900年庚子年：八国联军为扩大对中国的侵略，进犯北京。导致中国陷入空前灾难，险遭瓜分。这场动荡被称为"庚子国难"。

1960年庚子年：全国大面积受灾，其中以河北、山东、山西最为严重，占耕地面积的60%以上。中国经历了持续3年的困难时期，这场大饥荒，给人民的生命和生活带来了灭顶之灾！

以上这4个庚子年，我有幸经历其中两个，大概一般人都不可能经历更多。1960年的庚子，我出生不久，那时全国人民都处在荒饿之中，许多人没有挣扎过来而死去了。我后来成为家里的独生儿子，就是因为在这个"三年经济困难时期"里失去了比我小四岁的弟弟……乡邻们抬着那口小木棺材出殡时，我母亲哭天喊地的那一幕永远烙在我童年的记忆中，而且因为没有兄弟，之后受外人欺负的事常有，这是许多像我一样缺少兄弟的男孩们的心头之痛。还好，因为生活在江南鱼米之乡，这个庚子年没有饿死我家其他人，我们后来生活还是比较幸福的。苦了的是我们的父母及爷爷奶奶。

再逆上两个庚子年我祖上的经历——如果不是因为2020年这一庚子年"被困"申城上海的话，我不会去追溯有关我家族历史上两次不幸与灾难的——今天讲出来是因为这个故事与上海有着密切相关的特殊性……

近代的庚子年——1840年，上海是个什么样？我爷爷都不知道。但他听他的爷爷说，那个时候的上海还真的刚刚从"海"的上面露出个笋尖尖。竹笋在我们苏南一带家家户户都有，一般种在宅基后面，它起的作用是冬天挡北风，夏天可以乘凉，春天能有笋吃，秋天伐下可遮掩漏雨的房屋。你说竹笋对我们苏南人有多大的影响！所以爷爷的爷爷用"笋尖尖"来代称1840年时的上海是有道理的。再说，我爷爷的爷爷，那时常在苏州和常熟城跑生意的，区区渔村的小上海算啥？如果我爷爷的爷爷活到现在，他跑到上海听到嘲笑他是"乡下人"的话，肯定会气得大骂："你个小出棺材，葱头的个子，知道竹笋比你高多少吗？"这话的意思是：小赤佬（骂人粗话），你有多大的个头在这里瞎嚷嚷？老子吃的盐都比你吃的饭不知多多少，你还是"上海人"？！笑话，我在上海开河筑路时，你奶奶的奶奶还不知在哪个地方发芽呢！

我爷爷的爷爷够有底气，如果论在上海的资格，在目前2400多万上海人中几乎没一个可以与他相比。不是吗？哈哈，我替他骄傲，是因为上海最初像模像样成为镇，应该是在宋朝，后来就慢慢有了"城市"的轮廓。清朝时，苏州城内的富商们开始陆续往海边的这个地方迁移。从苏州到上海的距离，自古以来没有什么变化，现在两地之间如果走高速路，只需一小时。然而在我爷爷的爷爷时代，要走整整两天甚至三天。为什么？因为那个时候唯一"先进"的交通工具是船。现在上海市区除黄浦江外，另一条河为何叫"苏州河"，其主要原因就是最早的时候内地人到海边来，唯有一条大河通着，它就是苏州河。所以知道苏州河才是上海的"母亲河"，才有资格称为"上海人"；会说黄浦江是上海的"母亲河"的，皆是后来者，或者说是我爷爷的爷爷口中的"外乡人"。

1840年前后，苏州城里仍然不断有那些财主往上海迁移。我爷爷的爷爷兄弟二人，力大无比，在十里八乡有名。要不然，他们怎么可能硬是压倒了桂姓，把原来叫"桂市"的一个镇，正式改名为"何市"——我出生时，何姓就是这个镇的"大户人家"。全国没有第二个"何市"。

我爷爷的名字叫何叙生。爷爷的爷爷叫何兴生，人称"何大力"，力气特别大，据我爷爷说，他爷爷能一个人挑起800斤的大石头。"何大力"时代在上海算是一个人物，因为那些从苏州搬迁到上海的有头有脸的"大户人家"离不开他和他的船帮搬运，所以爷爷的爷爷在苏州、上海两地很吃香。那个时候的船帮是不是有点像现在管交通一类的"官儿"？反正富人穷人都得靠上我爷爷的爷爷。

有些势力和人缘的爷爷的爷爷"何大力"，认识了一位贺姓财主。当时上海黄浦江西岸和苏州南岸已经有街道、商店，渐渐地热闹起来，这个速度是空前的，10年中人口大增，甚至几条主要街道开始拥挤了。另一个情况是黄浦江两岸开始建起来一个个码头。尤其是黄浦江与苏州河交汇的一带沿岸，码头一个接一个,现在我们知道的"十六铺"码头,就是其中之一。与此同时,就是黄浦江东岸的船厂方兴未艾地迅速占据沿江各个地方。

"大力兄,我们一起在浦东那边弄个码头如何?我出钱,你出人和力……"一天,贺氏老板找到我爷爷的爷爷。

"好个呀!码头码头,船头到头就是码头。我干的就是这生活,我看蛮好,弄个码头,省得老靠人家那里,还要出份子钱呀!"我爷爷的爷爷何兴生——何大力爽快地答应此事。

"起个啥名字呢?"贺氏老板有些为难了,因为从心底里他是想用贺氏码头的,但又因为跟我爷爷的爷爷"合办",如果用了"贺氏"打头,担心我爷爷的爷爷心里不舒服。贺氏是读书人,聪明圆滑,他很快起了个"中性"的,而且俩人都能接受的"好名"——和氏。

"我们俩人我姓贺,你姓何,都是韩氏后代,今天又一起在上海兴业,便该和为贵。所以我起个'和氏'商号,你觉得好不好?"他征求我爷爷的爷爷意见。

"好好!这个'和'字好,啥事体只要'和气',就能生财呀!我双手赞成!"

那个时候,几乎所有的码头都是以某某人的姓氏作"商号"。"和氏码头"就在我爷爷和贺氏老板一起动作下,在如今的浦东陆家嘴沿黄浦江往东一点的地方成立了。即今天的"东方明珠"塔向东沿黄浦江向吴淞口方向500米左右的那一片沿江之地……

"现在这里寸土寸金,1亩地至少可以卖到10亿的地皮价……"原陆家嘴开发区第一任总裁王安德先生告诉我,十几年前他退休时,那一片土地开发价是他说的这个价。

我爷爷告诉我,他听他的爷爷说,当时"和氏码头"占地约300亩。好家伙,如果爷爷的爷爷把它留到如今,我何氏家族怕也进了"富豪榜"!

可惜,如此美妙的好事被1842年一纸《南京条约》和洋人铁舰船的"轰隆"声全给炸灭了!

庚子年过后的第二年,英帝国主义强盗在完成对广州、香港的霸占之后,强行逼迫软弱又腐败的清政府签订了丧权辱国的《南京条约》。这一条约打开了东方大港——上海的大门。从此上海开始了一个自己不能主宰的历史新纪元。

"1840年的庚子上海,闹过一场大疟疾,死了多少人当时没有衙门来统计,但肯定不会少于上千人……那个时候全上海也才三五十万人吧,死上千人就是吓死了的大事情!"在我小时候,夏天乘凉时,爷爷给我讲他爷爷的故事时说过这样的事。

听爷爷说,后来他爷爷他们再到上海做生意就非常注意身边备些老鼠药。

"是老鼠传染的病吗?"那时我不懂。

只记得爷爷说:"那年是鼠年。老人有句话:鼠年不吉利,有灾有难。"

真的假的,我不知道。但爷爷的话在我幼小的心灵种下了这根"筋"——所以在我们苏南一带,过去每家每户粮食未必仓满,但却少不了备一包老鼠药。而且慢慢也常听说有人寻短见一般都是吃老鼠药。

这就怪了!

听爷爷说,他的爷爷后来运气不太好,就是因为一次"拉肚子",一拉不休,直拉得他差点儿见阎王爷。从此,"何大力"就不再是苏州、上海码头上的头牌大力士了。

没有了力气的我爷爷的爷爷在上海滩的事业开始走下坡路,到1875年去世前甚至连拿碗的力气都没了。至于他和贺氏老板开立的"和氏码头",则因"何大力"不能常撑场,所以洋人大铁船靠码头后,一步一步地将这块与苏州河出口处"斜对面"的风水宝地霸占。据说我爷爷的爷爷当时分得二三十两银子,但为了治病,花得精光。

"我阿爹后来只有在洋人办的铁船厂里当伙计,因为这个码头不再有我们何家的股份了……"爷爷说,"但他也算是有力气人,一个人能单手举起近300斤的东西,可以靠力气吃饭。上海码头多,所以只要有力气就有饭吃。"

爷爷的父亲——也就是我的曾祖父,靠力气在上海滩和浦东码头又洒干了一辈子的汗水,混得一口饭,养活了家里的3个儿子。我爷爷是兄弟3个中"老末"(最小一个)。嘿,这何家3兄弟个个彪悍,曾一度驰骋黄浦江两岸的码头上下。然而上海滩码头上是三教九流最活跃的地方,也是黑道白道争夺最激烈之处。我爷爷他们何氏三兄弟尽管有力气,但最后不是伤病致死,就是勉强维持一份口粮而已。等爷爷开始有家有室有儿子后,他不再相信靠力气可以吃饭,所以力争让我父亲——他的大儿子"改弦更张",在老家学点文化。二儿子——我叔叔遗传祖父的基因较多,力气比我父亲大,所以最后还是走了"靠力气吃饭"之道。

1932年,一场瘟疫彻底打碎了我爷爷的"上海梦",甚至使得他举家退出了上海滩码头,解甲归田回到原籍,从此让我"何氏家族"与上海"失联"至今……

那场瘟疫与一场战争有关:这就是著名的"一·二八"淞沪抗战。当时驻上海的国民党十九路军与侵华日本海军在上海大打一战,双方伤亡同样惨重。自古以来战争之后必有大疫。作为中国第一大城市也没有逃脱这样的命运。1932年4月26日,发生第一例霍乱,迅速在市区传染开,而且传染到了武汉。这一次霍乱除了上海,武汉是第二个瘟疫暴发流行地。上海自然更严重,到1933年3月19日,上海因霍乱而死达503例,感染上的人数达10 686人。这个数字在今天看来似乎没那么严重,但不要忘了当时染上这瘟疫的患者,其死亡率是非常高的,达7.4%啊!

我的爷爷为此彻底告别了上海,那一年我父亲刚刚出生。爷爷本来对"靠力气吃饭"的前途已经伤心透了,再加上这场"吓死人"的瘟疫,从此对上海产生了恐惧感——"我们家里好。"他至死前一直对我这样说,就是在晚年病榻上知道我已经在北京的解放军总部机关工作了,他仍然念念不忘吩咐他孙子一句:"大城市里没啥好的,人多,容易出瘟……"

庚子年里有无大疫?谁也说不清。但因为此次武汉疫情暴发于庚子年到来之际,所以"庚子有大疫",成为一个社会话题。

到底是否有"根据"?现在资讯发达,天底下的事又多,所以任何一个好或坏的事情,都几乎可以从正反两个极端找出一百种、一千种的"例证"。但我关心的是与上海、与此次武汉疫情有关的"历史例证",因为这很重要,原因是,同样一个城市,为什么上海与武汉同样出现疫情,却有完全不同的后果,这是一个现代文明社会特别要研究的重要话题,且这话题具有现实未来意义。

我们必须寻找不再重复灾难的根源与可能。学习和研究"上海经验",就得了解上海曾经一次次对付疫情的手段与从痛苦中走出来的路径……我绝对相信如果此次新型冠状病毒肺炎在北京暴发的话,肯定不会像现在武汉那么惨,因为我们经历过非典疫情,知道如何做,甚至如何面对恐慌与死亡。这是血的代价换来的。

上海能够有今天的"娴熟"对付疫情的能力,与曾经所付出的一次次血的代价有直接关系。

大上海开埠以来所受的疫灾比中国任何一个城市都多——这是它的许多特性所决定的:开放程度最大,人口最多,又是容易产生疫情的南方,还有它历来受外来列强的一次次奴役与粗暴的对待等,上海的这些特殊性对今天和未来的中国现代化城市的防疫都具有意义。

当我走进上海图书馆,去查阅相关资料和阅读百年来发生在这个城市的疫情时,可谓大吃一惊:原来历史上的上海曾经发生过那么多的大疫啊!我美丽繁荣的上海,原来吃过那么多苦哟!

不去说远的,仅1949年前"民国时代"的上海,曾在23年间先后出现过6次天花大流行。

"天花"这词现在的年轻人已经很少听到了。可在我们小时候似乎经常能听说"某某家谁谁得了天花病死了"的一类噩耗……史料告知：在上海1926年到1949年的23年间的6次天花大流行，死亡率相当高。伤寒病在清末的上海也曾经流行，每隔2~3年就要流行一次，从1930年到1940年的10年间，仅此流行病毒一项在上海累计发病15 190人，死亡近万人，死亡率高达59.5%。

专家告诉我，旧上海的传染病之所以流行得十分猖獗，其原因有四条：一是市民对居住的城市环境缺少保护意识，甚至对给自身造成的健康威胁充耳不闻，视而不见，邻里之间"各管各的弄堂"，没有群体和集体公共卫生概念，更不用说相互帮助与防范。弄堂、阁楼和作坊式的小家庭生活方式，加上那个时候宰牲不统一、垃圾乱丢等，市民不仅自身不注意卫生，更无视周围群众的健康和生活，制造污染和污染源太多，甚至有的弄堂里的脏乱环境到了令人无法容忍的地步。二是旧上海的城市污水大多不经任何处理就直接排入苏州河和黄浦江，使上海的水质遭到严重污染，已经变成肮脏的"大水沟"，甚至污染到井水和市区的所有支流。三是对尸体的处理。大多数民众根本没有认识到处理尸体与人类的健康有着重大的关系。近代上海乞丐、流民特别多，他们死亡之后，无人收尸，且每次大疫，定有许多人死亡，这些尸体多数裹以草席浅埋，或者干脆扔在空旷之地，不予掩埋。四是旧上海时，无论有钱人无钱人，办婚、丧事都喜欢讲排场，逢年过节聚会盛行，一到春节，拜年、庙会等活动成为扩散瘟疫的主要途径。无论大户人家、石库门小户居民还是市郊农家，都是按上海旧习俗"招待亲友三天"办理。三天之内，从早到晚，几十人、上百人，聚集在一起，吃喝玩乐，又不怎么讲卫生，都给传染病提供了广泛流行的契机。

"城市病让旧上海饱经疫情屡次折磨！"这位专家如此说。

黄浦江让我泪流满面

人一生认不认命，每个人都有不同的说法。我相信命，似乎又不太相信。我总感觉，人的命，就生命的"命"来说，它很大程度上是父母先天的基因决定了后一代人，科学家说决定后一代人寿命的因素中，遗传基因占80%，后天因素才占20%，这么看我们每个人寿命的后天决定因素占比较小。但另外一种命，那就是命运的"命"，它则由自己来决定了，还有所处的社会环境。

我的观点是：你一生中有些事情"逃脱"不了上苍给出的"规定"，即上天安排好了的。这似乎有些唯心主义。但自古以来我们有种"冥冥之中"的说法。这个我有点相信它。比如我与上海。

我的祖先几代人与上海厮守在一起，但最后因为洋人的铁船和日本人的刀枪，他们被迫离开了。我也以为自己这辈子作为一名苏州人——用上海人常说的"乡下人"，不太可能与上海有什么瓜葛，尤其是后来到了京城工作，更觉得此生似乎不大可能再与上海有缘。

但眼前发生的一切突然又改变了上面的这些不可能，且让我与上海的缘分，越缠越牢，似乎有些剪不断了……

我在《浦东史诗》中写到了自己与上海和黄浦江的那段"恋爱史"，其实很能代表我们这一代走过的人生，我们经过的从农耕社会到现代城市化社会的变化过程。不到半个世纪，我们竟然都经历了！

这就是我们常说的要"庆幸"和"感谢"这个时代的缘故。

对上海，我现在的感情便是如此。近两年来，我比任何一个上海人都专注地紧贴着黄浦江，每天想深情地拥抱它，因为它已经如同我身体中流淌的血液一般，如果它流动，我的血也流动；如果它激情澎湃，我也激情澎湃。这并非没有原因，而是原因深刻，且唯我独有。

1997年5月17日，时任法国总统的雅克·勒内·希拉克先生第一次来到上海，他下榻在刚刚建好的汤臣国际酒店。那个时候浦东正在大建设之中。从浦东往东看，一片繁忙景象，几乎每天都有一栋摩天大楼拔地而起。回身展望浦西的老上海，也在发生巨大的变化，重新焕发生机与异彩。浪漫的法国总统被中国的大上海深深地吸引和震撼，他十分动情地说了这样一句话：我愿意在这里向中国人民和全世界人民做演讲，因为这里是太阳升起的地方。

是的，上海是一个值得赞美的城市，无论你从哪个角度看。尤其是改革开放之后的几十年来，它就是大放异彩的中国最具现代化色彩的城市。毫无疑问，它也是最浪漫、最让人爱得死去活来的城市。许多人如此。我也如此。想起来也怪，其实我的一生就没有离开过"上海"二字，小学的班主任是一位叫王琴芬的年轻漂亮的上海女老师；初中的时候是一位叫夏佳珍的中年女老师（同学们背地里叫她"夏老太婆"，其实她也就是50多岁的人吧）；高中的班主任是张伟江老师，他后来当了上海市教委主任；在中国作家协会工作时，上海市委宣传部原部长金炳华是我的直接领导、作协党组书记；而我的老娘舅一家是松江泗泾镇的……你说我的上海缘断过吗？

我在《浦东史诗》一书中曾给一些人纠正了一个常识上的错误：黄浦江并非上海的"母亲河"，苏州河才是上海真正的"母亲河"。了解上海发源的历史过程，对我这样的老"吴国人"所说的这句话就不会有质疑了。那么黄浦江是一条什么样的河呢？在我看来，或者说在我了解了黄浦江的形成与它所呈现的本色与内涵，以及对这座号称"东方巴黎"的伟大城市的作用和影响后，我突然发现黄浦江原来是一条"爱情河"——浦东与浦西之间一条缠绵千年、柔情百般的爱情河。因为我这样比喻浦东与浦西：一个是失散于民间千百年的公主，一个是被宠爱惯了的王子。它们因为历史的原因分离了数百年，又因改革开放、浦东开发开放重新回归，相亲相爱在一起。这就是我们现在看到的由无数条美丽的大桥、无数条江底隧道联结成"一家"的新上海！

是的，我喜欢自己的这个"发现"，以文化和未来意义的视角，将黄浦江称为上海的爱情河。自然，这条上海的爱情河，是因为沧桑而曲折的城市形成史和炽烈的城市发展史而开辟出的一条充满激情、浪漫，又有浓浓洋味的东方大城中的"爱情河"，所以你再去细细观察与品味黄浦江时，就会发现它确实具有雄浑而炽烈的潮奔潮落的壮丽之美，它在湍急的奔流中也确有那种催人泪下的凄婉和慷慨的施予之气，当然它作为一个伟大城市中间的一条大江更承担着平衡两岸庶民百姓生计，为整个中华民族贡献工业生产与海派、江南、红色文化的唯美责任。所以说，黄浦江在我的眼里，它就是一条世界上最富浪漫情调，又能够高扬民族精神，彰显地区品质的爱情之河。

在上海的日子里，我就喜欢贴着黄浦江，选择离它最近的地方驻足入眠。而且每每看到它的时候，心灵深处便有了一种安宁、一种激情，有一种想热切拥抱它并对其永远怦然心动的感觉……

有道是，上善若水。这种对黄浦江的爱，源于我喜欢水，喜欢江河，因为我本身就是在水中出生与长大的——江南的生活是我生命的印痕。

而上海这个城市本身也是如此——它是水孕育出的一个社会生命体。在遥远的6000多年前，上海就是一片时隐时现于海水之中的"上海"胚胎儿。那时浦东、浦西两地浑然一体，彼此不分；青梅竹马，爱意绵绵；它们以水为介，以水为媒，共同修炼着这块土地最原始的"初心"与美德。

后来"上海"与上海人，用了6000余年的时光，伴着累积而起的层层沙粒，将这种"初心"和本土的品质，铸造与修炼成一种"上海城市的味道"，一直延续到今天。那些骨子里的东西：坚韧、勇敢、果断、开放、透明、包容、睿智、细腻……皆与水有关。

因为水能磨砺一切，它也可以诞生一切。水让万物生与亡，水自然也能让物质高贵与低贱。水对城市的浮沉作用，完全取决于这个城市里的人对水的态度。我的祖先在这块土地上垒起了一个小渔村，就是因对水的期待与尊敬；后来的继任者，是因为摸熟了水的性情与脾气，充分利用了水的能力，而将它开埠成"东方大港"。再后来的上海人，就更会用水，让四面八方来客都成为这里的"阿拉"——他们以水为友、以水结友、以水交友，用水拉来了一批又一批苏州人、宁波人、绍兴人、安徽人……于是共同拥有了一个称呼"阿拉是上海人"。当然，还有一批志向远大的理想主义者，以上海的水，"运"来了中国最需要的精神产品——马克思主义和俄国革命的经验，于是让这座城市从"平民"变成了王者！

　　呵，水，上海之水，你仰仗于黄浦江日夜奔腾的胸怀，以及潮去潮落永不停息的精神，铸造了金色的外滩，筑成了苏州河上的伊甸园，龙华寺的神坛，以及南京路上的七色"百货"和小弄堂里那悠扬远播的二胡小调……当然，黄浦江的水，更有它与众不同的特质：咸味的海水与甜味的江南湖溪之水所交融出的那般柔软的清淡和闪着灵光与智慧的新鲜，让它有了独特而迷人的诱惑，这也是为什么后来开埠，一下拥进了那么多洋人来到远东的上海冒险。当然，最让黄浦江的水色在世界范围内扬名的时代当算改革开放的今天，你如果能在夕阳西斜的黄昏，乘着游轮，从十六铺起航往东到杨浦大桥方向游览一个来回，纵情地观赏两岸的上海夜景，我相信你必定会陶醉，并且心头暗暗吃惊：世上还有比这更美的仙境吗？

　　确实不多了。走过纽约，到过伦敦，再游完莱茵河、尼罗河……之后，你来到上海，就会由衷感慨：还用去哪儿吗？世界最美就在你身边！它独傲于东方。

　　这就是我为什么爱上黄浦江的一个重要原因。当然，我的生命里还有一个特别的原因，因为它曾经让我死而复生。这个故事，并不遥远，但一晃也半个多世纪了。

　　那个年代叫"文革"。被打倒的"走资派"的我父亲，成为面朝黄土背朝天的农民那会儿，带着年少的我第一次到上海"装肥料"。那时浙江一带很多农村用大上海的各种工厂特别是化工厂、食品厂泄出的"下脚水"作为农田肥料，所以也就有了上海周边乡村"开船到上海装肥料"的光荣任务。

　　一个夏天，轮到"走资派"的父亲接受这一任务时，他心血来潮要带上小学放暑假的儿子到上海"白相"。七八岁的儿子欣喜若狂，那时能到上海"白相"一趟，有点像今天中国人到纽约、巴黎一样令人兴奋。一路拉纤将小木船行至上海时，幼小的我，完全被岸头那密密麻麻的高楼大厦、车水马龙的宽阔街道以及穿着裙子和高跟鞋的时尚姑娘所迷住了。感觉唯有一点不好的是：苏州河太臭、水太黑，而且潮起潮落时水位反差太大，能忽而将小船抬至与河岸齐肩，又忽而搁至枯底的河床让你动弹不得。幼小的我，第一次被潮起潮落后的骇人景象吓着了，多次眼圈里噙着泪水不敢吱声。但这还不是最吓人的。第二天，尚未装载"氨水"的小船驶向黄浦江（父亲他们的任务是到十六铺的一家化工厂装氨水，其实就是下脚水）。那时没有机器动力，划船全靠人工摇橹，船头上一人执着竹篙前行与稳定方向。7月的黄浦江潮汐时，其流湍急，呼啸声不绝于耳。父亲他们靠摇橹前行的小船在宽阔而汹涌的江面上，宛如一片竹叶漂荡着，根本无法自我控制。身子躲在船舱、探出半个小脑袋的我，此刻已经忘了什么是害怕，睁着一双好奇的眼睛，张望着江上来来去去的巨轮与岸一侧那像排着队似的高楼大厦——后来父亲告诉我：那就是上海的外滩。

小木船自入黄浦江后，完全失去了控制，尤其是那些趾高气扬的大轮船从旁边一过，泛起的浪潮更让小船无法承受，只能在浪尖上打滚。"进水了！""进水了——！"似乎刚听到父亲和船工们的几声叫喊，我的眼前突然被一道巨大无比的"水墙"轰然罩住，后来便没了知觉……再醒来时，发现自己和父亲他们都躺在泥滩上。赤着身子的父亲用拧干的衣服裹着我的小身子，不时地问："吓着了吧？"我没有回答，也不摇头，一双小眼睛只是怔怔地望着急流向东的黄浦江和对岸热闹非凡的外滩。不知过了多久，失魂落魄的我问了一声父亲："这条河老大个，叫啥？"父亲说："不是河，是江，黄浦江……"

从此我知道了黄浦江，也记住了上海有这么一条水很急也很宽的一直通向大海的江……

后来我从学校毕业，当兵去了。部队在湖南湘西的山沟沟里，而可以探亲回家的时间里，每年我都是坐火车到上海，再乘车到老家。其间在上海转车之前，一定会到外滩，去看一看那条曾经让我死而复生的黄浦江。那时在我的眼里，黄浦江特别大，也特别激荡人心，因为那些来来往往的、响着汽笛的各式各样、大大小小船只，总叫人看不够。再后来，到北京工作后，也会常常来到上海，并且依旧有年少时的习惯，必到外滩看一看我那异常留恋的黄浦江。如此年复一年，渐渐也越来越多地认识了上海，认识了这座因水而生、伴水而兴、顺水而昌的城市，以及它所孕育出的海纳百川、追求卓越、开明睿智、大气谦和的独特精神。自然，我会情不自禁地把创造这座城市奇迹的因素归结于这条奔流不息的黄浦江……

我一直相信是这样。因为在它身边，有绵延数百里的苏州河，有一泻千里的滔滔长江，还有近在咫尺、浩渺无边的东海……黄浦江就在这样的"水兄弟"之间，孕育出了自己的"基因"和品质，所以它在落潮时泄出的水，永远是清涟的、淡怡的，甚至还有些湖草的腥味，这是真正的江南甜水，它带着泰伯和言子等先人之气，以及青山沟壑、江河塘浜所孕育的平和与宁静，又积卷了内蕴生动丰富的苏浙地域传统文化的柔润和丰韵。这样的江南水质，是江南人才喜欢的那种永远携而不嫌的味道。这味道平日里总在上海的大街小巷内流动不已，并且渗入每一条弄堂，飘进每一户灶头，甚至摇曳浇洒在女人的旗袍舞动之中。涨潮时的黄浦江水，是从远方的大海那边涌来，它翻卷和涌动着外域的咸味。这时的黄浦江水中带来粗犷的狂野，带着勃发中的朝气，也带着勇猛和浪漫，具有男子汉的特质。这也就是我为什么心底里特别喜欢黄浦江的重要原因之一，因为它有浩荡气势，有勃兴动力，有高远智慧，既多彩与丰富，又宽广与纵深……潮涨时，浸入你血脉；落水间，敲酥你筋骨，而且永远保持着勇猛向前的姿态和不屈的韧性。

像我这样一个出身平民仅靠自己闯荡天下的人，其实是非常欣赏黄浦江的这种气质与性格的，也与"上海"二字的精神比较吻合。所以对上海的景物，我特别钟情于黄浦江。

因从2017年清明开始创作《浦东史诗》，第二年又写中共上海地下党革命斗争史的《革命者》，我那两年的一多半时间在上海住着，而下榻的地方总选择靠近黄浦江东侧的浦东一岸，那片我祖先曾经留下痕迹的"和氏码头"一带。这样的选择，是想接接地气，接接上海原本的血脉。而这儿，有每天总潮起潮落的黄浦江相伴，眼里、心里、听觉里，都流淌着黄浦江水的流动声……我对黄浦江的这份情感，其实可能超过了许多上海本地人。

"一级响应"前一天，甚至更早一些，上海和全国各地一样，已经有些空城了。过去潮水般涌来的春节旅游观光的人基本没有，原本在上海打工的人也跑得差不多了，尤其是武汉疫情的"警报"已经在全国拉响，武汉"封城"也成了身在上海的想"赶回家过春节"的人加快脚步的一种催化剂，所以上海的人一下少了，尤其是浦东陆家嘴及外滩和南京路上，突然变得异常萧条。到了25日大年初一之后的几天里，上海城内几乎很少见到有人在外面逛荡了，外卖的飞车身影基本不见，市民们响应政府的号召，一律"宅"在家中，上海市有关部门还每天通过各种媒体和手机短信，提醒大家一定要在家"屏牢"，意思是说不要忍不住，要有点耐心，"屏牢"了就能不让病毒传播开来。春节假期，可以感觉到从上到下，大家都对新冠肺炎疫情会不会突然在自己生活的城市与乡村传播开这个问题异常警惕和担忧，因为谁也说不准。上海更不用说，但可以肯定的一点是：在市领导和专家的心头，那十来天时间比一年还漫长……因为钟南山等专家说了，新冠病毒，潜伏期约14天，1月20日算作病毒在武汉大暴发，那么14天后就可能在全国各地大暴发，14天左右的时间，不恰好是春节初一前后那些日子嘛！我们现在再看看那些日子，确诊病例和疑似病例，除了武汉之外，全国各地也是一直在飙升，升得比火箭还要快似的……那阵势够吓人！

大上海的形势同样不乐观。大城市的疫情大暴发远快于一般城乡和边远地区，上海是除武汉之外大家最担心的地方，只是当时人们没有说出口而已。上海人心里清楚。我也清楚，而且我明白：相比于北京、广东，上海劣势更多。一是广东、北京都有过抗击非典的经验；二是广东天气比上海要热，同样暴发病毒传染，广东那边结束得快。北京又比上海冷，太冷的天气那病毒"不敢"出来放肆。如此这般，上海危也，上海险呵！

"屏牢！""把头扎到黄浦江的底底头，也要屏牢！"上海市政府领导这样号召。市民们相互间也在这样鼓励。我们每一个在"疫"中的上海人也在努力着……

然而"屏牢"的日子又是多么苦闷、单调、寂寞和令人忧心与烦躁。没有家庭，没有亲人，没有同事在一起的我等在外游荡的人，更加苦楚与孤独。

庚子年的春节，又是一个天气十分不好的时间段，北方总下雪，一场场莫名其妙的寒雪，把北京人的心都吹得冷冰冰的。通常是，北京寒冷刺骨，上海和江南一带一定是阴雨连绵，寒风肃杀。

"屏牢"的日子里，看着窗外灰暗的江面上波起波涌，没有一艘来往的船只，两边寒风中的高楼大厦，就像秃枝的林木，孤独无声地站在那儿低泣着，天上乌云密布，地下残落的树叶和纸片，被吹得乱跑……那般情景，着实叫人心底直泛寒气。

这就是上海？这就是疫情下的上海？疫情中的上海到底会走向何方？疫情袭来的黄浦江你就这般低迷无助？你往日的雄壮、你往日的气度、你往日的风姿、你——你这样甘心沉沦与落败？在病毒面前束手无策、甘拜下风？

呵，这难道是你，是你上海的样子？是你黄浦江的风采？

我不相信。我绝对不相信！

于是我带着这样的疑惑与疑问，从酒店跑了出来，迎着寒风，迎着可能袭击的病毒——任你肆虐吧！我要去看看黄浦江，看看我心目中的大江，看看上海的魂魄与本色……

我来到了黄浦江边。

江边的风很大，我向大江的西面看去，一直看到十六铺那边，没见到一条船在江上，那江似倒在地上的一个病人在痛苦地低吟着；我向大江的东边望去，一直望到杨浦大桥，江上同样没有一艘船，停靠在岸边的一些游艇和船只，在风浪的吹动下不停地摇摆着，仿佛是摇篮里的婴儿既无力又无奈地痛苦挣扎着。那般情景，叫人心如刀割，哽咽难言。因为黄浦江自有小渔村至今的数千年里，即使在腥风血雨的岁月里，也不曾如此悲情。

沿着江边，我缓缓而行。脚下踩的是那条红色的滨江大道，这条世界一流的健康之道，平时每天都有许许多多锻炼身体的老人和青年、男人和女子，他们一个个朝气蓬勃、满面春风地在上面奔跑、散步，充满了活力与精神。然而现在，我一眼望去，滨江道上竟然没有一个人影，它所有的生机与生气，全都凝固了，仿佛凝固成一条有颜色的石路绕在我心头，那般沉重，压得我喘不过气……

我不能再在上面走动了，我迅速离开它，跑到了贴在江水上的堤廊上。这里与黄浦江最近，可以看到江水的颜色，可以看到江水流动的速度，甚至可以在巨轮开过的时候溅来滴滴扑面的江水。

每次来到江边，我最喜欢在这里驻足，然后再静静地感受江的两岸和江上的所有景致，特别是那些流动的潮水和潮水上鸣着笛、拖着万千物资或者带来许多欢笑着的旅游者的游轮与船只，它们的存在，给黄浦江以生命和活力、价值与风采。然而现在，疫情中的它们都悄然消失了，只剩下凝固般的江面，以及江面上偶尔飞着的一两只鸟儿。大概已经是数天没有觅到食物，那鸟儿飞得很吃力，其低沉的叫声十分凄怆和尖厉，很是绝望。我想伸手相助，但它又十分惧怕；我想用呼唤安慰它，可这是最不当的，鸟儿吓得更不知所措，一飞而去，飞到了江中，似乎落在了水面上……是不是飞不动了？我心头一紧，不知如何是好。

情绪油然低落。

再看长长的、宽阔的岸廊上，独我一人在此走动，不见平日熙熙攘攘的景致，一个月前后，宛若天壤之别。

我走到那只留有浦东老船厂历史印记的大铁锚面前，凝视了它半天，我相信这大铁锚与我祖先有关，或许就是我们"和氏码头"的老船厂铸成的它，故每次路过此处，我都要停留几分钟，轻轻抚摸它那铮铮的"体肤"——一般人不会感觉到它的温度，而我则能够感受到它是有热度的，这个热度像从很遥远的地方慢慢传递过来，然后导入我的身体之中，与我的血脉融在一起，于是我会感到自己的血一下沸腾了许多。这一过程，我相信是我爷爷的爷爷在呼唤着我、在发出历史的回声……

今天，面对疫情下的大铁锚，我感觉它第一次那么失落，那么孤独，并且有些凄然。今天的它，任我花了比平时多一倍的时间，也没有感觉到它像以往一样的温度传导到我的身体内。这让人不寒而栗。

在大铁锚的旁边，平时是一群垂钓平民的天地。在江边漫步的时候，我喜欢在此停留一些时间，观察这些悠闲的老人（中间也有一些看起来年龄并不大）在此钓鱼。我觉得他们很了不起，因为他们的前方是灯红酒绿的外滩和南京路，身后是一座座摩天大楼耸立的国际金融中心陆家嘴，那都是中国最富有的地方，可谓寸土寸金。然而在这些垂钓者眼里，它们可能什么都不是，他们的心思从不为金山银山和证券大厅内你死我活的叫卖声所动，也不被游人的一两句赞美或嘲讽所动，他们只属于自己的世界——那钓竿和钩子上的鱼饵。我以为这样的人是有境界的，他们每一天在江边出现，就是黄浦江生生不息的象征；他们每一天的劳作与收获，就是黄浦江潮起潮落的精神所在……他们其实是上海市民生活的基本血脉。

我敬佩他们。

然而现在——疫情风暴中的黄浦江边，他们走了，他们也"宅"在家中，不能出来垂钓，这不等于束缚了他们那颗沉静的心和宁静的灵魂吗？

想到此处，我的心格外痛，钻心地痛。

啊，可憎的病毒！你为什么如何无情，如此猖獗，如此肆虐众生？！

你凭什么？凭什么这般？

那天，从黄浦江边回到酒店房间时，外面的寒雨扑打在玻璃窗上，犹如一把小榔头捶打在我胸口，我感到有种窒息感。

也就在这个时候，我再次凝视已处于夜色下的黄浦江，心头涌起万千波澜与忧思，于是写下了第一首"致黄浦江"的诗——

你在流动， 我心泪随动……

被困家中
我的心犹如被巨石压着喘不过气哟
春天——你的温暖在哪个尽头
请告诉我
告诉我
何时我们能够到院庭
到外面走走
而且不用戴着口罩
像以往那样轻松愉快地欢笑着
自由着

一个特殊的节日——
城，没有了喧嚣
街，不见了行人

唯有每个居民宿舍的窗口里亮着灯火
遵守着同一条纪律：
不让疫情再肆虐地侵袭到我们身上

是，这是一场生死较量
我们与病毒，也与我们自己
没有回旋的余地
只有听从一个号召：
保护自己和亲人
就是保护国家和民族

许多时候我有些消沉与悲苦
因为每一次、每一日的疫情"简报"
总如针扎在心尖
有种欲哭无泪的痛楚……

于是我每天站在窗口
看到了奔流不息的你时
我总是默默流泪
默默祈祷
为了我的城市
我的人民
还有大批大批被隔离的
患者以及冲锋在前线的医生和护士

也许此刻，也许此时
也许这个不该有的节日
人们把你忘在一边
去无止无休地等待疫情的变化
等待商场开门时还能看到
满架的面包和青菜
然而你——依然默默地潮去潮落
背上万千重任、驮上百舟千船
装着这个城市每天所需要的口罩与粮食

不分昼夜地日复一日
日复一日

呵，黄浦江啊
你再一次闪亮着"母亲河"的光芒
让我懂得和明白了什么叫无怨无悔
爱的伟大，伟大的爱

你，还在流动
你从未不曾流动
你从不为风与云所动
你也不曾为喜与悲改变自己的脚步
你更不可能丢下这个城市
和城市里的每个人
每一个我的姐妹兄弟

呵，我已无更美的语言赞美你
唯有每天热的心、热的泪
随你而动
而动

  这首诗写于2月2日。它表达了我对当地疫情的担忧与思虑，也表达了对上海和黄浦江的深深感情。后来它连同其他几首诗被上海有关方面索要去作为"疫情文艺"配音播出，著名艺术家陈少泽充满磁性的男中音和他彻骨的深情，让这首诗一度传扬在黄浦江两岸的上空……

"疫"中小夜曲

  我知道，即使在最残酷的战场，有时我们也能听到美的乐曲。眼前这场突如其来的疫情，竟然让我收获了一支浪漫而醉人的小夜曲……
  17年前的那场非典战疫，我因为接受了到前线采访的任务，不能回家，自己在西四胡同的一间房子里过了两个来月的"独居"生活。那时每天都有采访，也经常要到北京市政府大院去参加"抗非"指挥部的一些会议，通常我会被进门的检测温度仪挡住：你又37摄氏度多了！每次我进测温小门框时，红灯就亮。开始工作人员不让我过，因为属于发热"危险分子"，后来就习惯了，知道我体温超标而非感染。用中医的话说，我有内热。其实是身体在某个方面有毛病的信号。但那时年轻，自以为没事。而且非典疫情时我们并没有太多恐惧意识，上面一声命令，我们这些军人背景的作家就往前冲。最后倒也没有太大的问题，没有谁感染。看来新冠肺炎传染力度和广度确实比非典要大了许多。

"独居"生活两个多月，任务紧张艰苦，又没处吃饭，所以我每天三顿几乎都是方便面。哪知多吃方便面很容易让人发胖，我真的胖了起来，后来发现有些收不住地胖，体重涨到193斤……当然不全是这两个月里长的，但2003年4—6月的前线采访时间段是"催胖期"，诱发我身体开始出现了毛病。之后连续几年体检时医生总提醒我"你已经血糖高了""高了……8点多了！"可我没有在意，依然不在乎，一直拖了六七年，我被无情地戴上了"糖尿病"的帽子，前两年空腹体检指标达"12"（标准为5～7）。完了，我感觉自己变得越来越没劲和脸黄……

这两年只能靠吃完饭就去"跑"，靠消耗热量来降低血糖。其实也控制得不好。可必须走路。以前我是个最不爱动的人，但必须迈开双腿了，所以现在每天早晚尽量想办法走一走。开始走3000步，后来加到5000，现在可以达到10000步了。

疫情暴发之后，全国一片"宅"，我每日的"降血糖行动"成为难题。原先酒店有健身房，现在所有的公共场所全部关了。房间内那么小，无法让我跑步，甚至连走动都十分别扭。无奈，我只能到酒店楼底下的一片空地上去走走，在没有疫情时也经常在此活动。但那里有一个不太好的方面就是有不少野猫，大概它们的生命是靠酒店有人走来走去扔下一些食物而维持的，平时它们活得很自在。我刚开始在那空地上活动，有五六只猫就很凶地从各个方向的花丛和小树林窜出来，向我狂叫一通，那意思好像在说："你是谁？""谁敢到我们的地盘来？""带好吃的没有？""没有带就赶紧走！""要不下次一定带点吃的来……"它们很凶的架势，让我内心有些恐惧，于是后来就很少去那儿了。

但没有想到，全民"宅"后，我无处可去，只能又到这块"猫领地"去锻炼身体。

那些日子，泱泱大上海，平时在外走动，你看到的不是鳞次栉比的高楼大厦，就是车水马龙的大街小巷，再就是人山人海的车站口和商场……但现在，疫情中全民"宅"的时刻，你会特别感到身边的一切都变了，变得让你十分恐惧，因为此刻眼前大大小小的马路没有了人，连车子都需要几分钟才出现一两辆；当然更不会看到地铁口如潮的人流了，那一个个通向地心深处的进出口像一张张饥饿的嘴在向你乞求着……这种物的凝固，物的死寂，物的变态，比突然出现在你面前无数僵硬的尸体更可怕，因为它们太"宏大"和"壮观"了，完全颠覆了我们平时印象中的形态，颠覆了我们的思绪和情感会错乱与崩溃……

我在那片小空地上开始走动。那小空地上走100步需要用一圈半来完成。我走着走着，突然"喵呜——""喵呜——"声大作，然后见五六只猫从东南西北四个方向向我围集过来……

开始它们一边叫，一边轻步地慢慢向我靠拢，后来就干脆围在我四周，那一双双眼睛令我心惊肉跳，那里有贪婪和带着欲望的目光，而且带有挑衅性。那意思是："我们饿了，你带什么东西来了吗？""我们几天没吃的了，你怎么不带好吃的来？""你想饿死我们呀？"

"你们、你们……"我被吓着了！堂堂七尺汉子，竟然被这群野猫吓着了！

我无法再"走"了，它们的一双双欲以我为食物的贪婪利目让我惊心。"你们等着！你们……"我给自己壮胆，然后拔腿就跑，一口气跑到了楼上的房间。

这算什么事？被一群野猫吓得屁滚尿流的。

连续好几天，我再没到后面的小空地去。正月初十左右，我想这回野猫们该不会在了。于是我轻松地走到小空地上，开始数着我的"一圈、两圈"的设定步数，因为我要争取恢复到一次走半个小时，三四千步，这是降血糖的基本运动指标。

"喵呜——"

"喵呜——"

"喵呜……"

天哪，野猫又来了。而此次来的猫与叫声，完全变了，变得有气无力，变得那叫声让我心底酸酸的，因为那叫声很嘶哑，像婴儿的啼哭声，像垂死者的绝望声……

我毛骨悚然。

再细看，我先看到的是一只小黑花猫，后来又发现一只比较大一点的黑猫，再后来又出来一只白猫。还有的跑到哪儿去了呢？因为前几天我看到5只野猫呢！另外两只到哪里去了？我一边寻找，一边心里想着。于是想着想着，心就揪了起来——大概它们没能挺过来，饿死了，或者跑到别的地方去了。我这样安慰自己。可仔细看了看身边出现的3只猫又发觉它们应该是"一家"

的，那小黑花猫是孩子，大黑猫是父亲，白猫是母亲。真的是呀，从来不怎么喜欢猫的我，对这个"发现"甚为兴奋：瞧它们这一家三口，小黑花猫娇嗲嗲的，一边叫一边朝我靠近；老黑猫的姿势还有些凶，时刻准备着与我决斗；而白猫则躲到更远一些的地方观察着我的每一个动作甚至表情……它们的分工十分清楚，完全是"一家人"的职能布局。这让我暗暗吃惊。

"喵呜——""喵呜——"这是小黑花猫的叫声，我听后感觉它是在向我示好、示亲，因为它的"肢体语言"已经充分地表达了它的乞求。"我饿""我饿"……那声音跟一个无助的婴儿的啼叫与哀求无异。

它，完全打动了我，打动了我内心最脆弱的部分，让我产生了怜悯之情……

"喵呜——""喵呜——"它不断地叫着，而且一边叫，一边向我靠近。我心头越来越"紧"了，脚步也走得越来越快……我以为把这只可怜的小黑花猫甩掉了的这一刻，我的脚下突然绊了一下，下意识地使劲又踢了出去。

"哇——喵！"哇——喵！"一阵尖号的猫叫吓得我全身冷汗顿涌。原来，那小黑花猫竟然在绕着我脚下跑走，然后被我不小心猛踢了一脚，它滚了个个儿……

"对不起！对不起——我不是故意的，不是的……"看着小黑花猫躺在地上的可怜样，我的眼泪快要出来了，连声向它道歉。

"喵呜""喵呜——"它在地上慢慢翻滚着身子，有些摇晃地站立了起来，恢复了"我饿""我饿"的乞求声，那双眼睛还目不转睛地看着我。

怎么办呢？显然它是饿极了。我掐指一算：从上海"一号响应"（1月24日）起至初十，也有10多天时间，一个人十几天没能正经像样地吃一顿饭，能行吗？酒店早已人去楼空，只剩我等三五个"宅留者"，其他的人也不可能路经酒店附近并且带着食物遗留在这块小空地上。这就是说，这群猫至少已经饿了相当长时间了！

呵，天灾人祸时，人类叫苦喊悲震撼山河，可曾知你们身边还有无数弱小生命更加难过，它们或许早已死亡了千千万万……甚至灭绝于一旦。

一向对野猫从不同情甚至有些讨厌它们的我，此刻有一阵特别强烈的怜悯之情涌至心头，像看到自己的孩子受到饥饿威胁一般，我弯下身子对小黑花猫说："我知道你饿了，知道……"

"喵呜——""喵呜——"我的天哪！这小家伙此刻竟然对我撒起娇来，不停地凑过身体，在我双脚上蹭来蹭去，那种亲昵劲儿让人心酥、心碎、心软。

"好好，知道了，知道了……"我像哄孩子似的对它说。我越这样说，那小家伙越用身子蹭我的腿，蹭得我无可奈何，蹭得我泪水直涌……

"知道了你还不给我弄点吃的？快去吧！去吧！""喵呜——喵呜！"突然，那小黑花猫冲我几声狂叫，那架势很有些像我欠了它什么似的。

"好！好好！你……你就在这里等着！等着我，我马上到楼上去拿吃的给你！不要动啊，别动——我马上来！"那一刻，我像救自己的孩子一样，放下小黑花猫和它的"爸妈"，飞奔着上了酒店的楼上，然后把早餐时从自助餐厅里拿的两个鸡蛋——准备晚上吃的"口粮"，抓在手里，又顺手抓起一根香肠后就往楼下跑……

跑到空地上，我看到了"三口之家"的猫们，赶紧蹲下身子，给小黑花猫剥鸡蛋，然而放在一块干净的砖上……结果发现它并不吃蛋白，于是又给它掏蛋黄。这回它拼命吃了，两个鸡蛋黄几乎是狼吞虎咽地进了它的肚子。

"慢点吃，慢点吃……"怕它吃噎了，可根本管不住。

"喵呜！""喵呜——"嗯，是你啊！专注看小黑花猫吃相的我，突然听到一旁的大黑猫在叫。好吧，给你爸点吃吧。我顺手就把一根香肠一撕为二，一半给了小黑花猫，一半扔给了大黑猫。哪知，小黑花猫蹿起先抢过我给它爹的半截，然而又回头兴高采烈地嚼起它的那半截……

这家伙！我想笑，可又觉得这孩子太可怜了！估计它实在是饿极了，连"爹妈"的面子都不顾。不过让我感动的是：当爹的还真有样，它不去跟孩子争，而是去舔那孩子刚吃完的一点点残羹，而那只远远看着的母白猫则站在一旁，根本就不过来跟爷儿俩争抢——那一刻，让我感到这是一个多么和睦的家庭，一个多么伟大的母亲啊！

天下为母者皆无私，皆有爱。我的泪水再度涌上了眼眶……

第二天早餐时我对服务员说："以后每天加4根香肠、8个鸡蛋，我要带走，到时一起结账。"

戴口罩的服务员一笑，说："何先生这几天的胃口大开呀！"我笑笑，没有说话。

从这天起，我那孤独的"宅"生活里有了一份责任和一份必不可少的事情要做。

酒店后面的那片空地上的3只猫不再是恐怖地"喵呜""喵呜"叫了，而是见到我就甜甜地轻声地叫着"咪哟——""咪哟——"。

那声音，在我听来，就是一支"疫"中的浪漫小夜曲，它让我时常陶醉。这也是我在"疫"中亲身体会到的最暖心的一件事，它从另一角度也让人明白了自然界、动物间应该是和平的、亲密的、共处的关系，有了这种相互依存的关系，或许这个世界就不会那么独孤、那么灾难频频……

我的歌声穿过黑夜

轻轻飘向你

一切都是寂静安宁

亲爱的快来这里

看那月光多么皎洁

树梢在耳语

树梢在耳语

没有人来打扰我们

亲爱的别顾虑

你可听见窗外传来

夜莺的歌声

她在用那甜蜜歌声

诉说我的爱情

她能懂得我的心情

爱的苦衷

用那银铃般的声音

感动温柔的心

歌声也会使你感动

来吧亲爱的

快快投入我的怀里

带来幸福爱情

……

不知何故，此刻，当我再仰望黄浦江边的那些闪亮着灯光的大楼和居民区时，那里仿佛一同在飘扬着舒伯特的这首《小夜曲》。那悠扬而动人心弦的乐曲，给这个"屏牢"的城市重新点燃了生机与爱的活力……

城市有爱，生命才会灿烂

落笔此处的这一天是 2020 年 3 月 10 日。这一天的上海又见太阳出现……见到太阳，就有温暖。这一天我们在中午时分就看到了习近平即到武汉的新闻。习近平到武汉的意义很多，肯定有几个重大之点：其一是党中央、国务院对武汉疫情及武汉疫情发展至今所取得的战"疫"胜利的充分肯定；其二是"疫"中的武汉人太需要阳光和温暖了，习近平代表中央和全国人民送去的这份关怀和慰问，肯定让所有武汉和湖北人心暖如春——他们太需要了！从"封城"到这一天已经长达50天，谁受得了呀！它可不是让你待在家里就完事了，那是每天都处在与病毒拉锯的生死线上的"宅"生活呵！

或许武汉人此次受的苦难与痛苦的煎熬，我们还找不出第二个城市与之相比。向武汉人问一声安好，是应该和必须的。

上海呢？其实疫情让哪个城市、哪个乡村都没舒畅过，只是与武汉相比，其他地方要好得多。然而我们回头也会发现一个核心问题：城市环境与城市素质有时会决定你的命运好坏和生命长短。难道不是吗？武汉疫情使三江之城在短短的时间内死亡3000余人、数百万人处在危险的煎熬之中，那是正常人所能承受得了的心理压力吗？某些干部和机构的无能与平庸，城市缺少应急条件下的医疗资源储备等触目惊心的现实，难道不是此次武汉疫情造成巨大灾难和给人民带来心灵创伤的重要原因吗？

对个人来说，出生在什么样的家庭、在什么样的环境中生活与成长绝对很重要；而作为一个现代人，我们生活在什么样的城市和这个城市有什么样的水准，其实已经关系到我们的生命长短与生命质量了，一场大疫使得这样的问题更清晰地摆在我们每个人的面前。

我自然庆幸整个大疫期间都被一个伟大的城市庇护着，我自然也在这个疫情中的城市里看到了它好的和不尽完善的地方——当然不可能所有事情都已经完美了，那它就不是现实社会，即使天堂，恐怕也有让我们继续想象的空间与争取更好未来的努力余地。从1月15日驻足上海到现在的50余天里，只有两件小事让我不太舒服，我深思了一下它们的问题所在。

第一件事是2月25日，我所处的酒店门口已经开始有出租车和其他车辆在那里等候了。早上和晚上是我跑步的时间，前两天我进出酒店大门外的候车地方，我看到件很恶心的事，不知哪个出租车司机，竟然把没有吃完的方便面和其他食品扔在停车的地方，而在他不足10米外的对面马路边就是两个垃圾桶……我对这种低级行为很愤怒。打工者你在辛苦地劳动，他人应该尊重你。然而这个城市也是你的，如此粗俗、肮脏的行为为什么不改一改呢？我们现在的大都市确实离不开普通的劳动者，每一个进城的民工、知识分子、商务人员、旅游者等，城市都应当欢迎和拥抱你、尊重你，可你也应该明白，既然你进了城，到了一个新地方工作、旅游，哪怕只是路过一个时辰，你就是这个城市、这个新地方的主人之一，你就有责任保护它、像爱自己一样爱它，你不能随心所欲，你不能把自己的陋习带给这个城市，你应该提高素质，你到了国外更应该注意这个细节，因为我们是中国人，世界都在关注和另眼看我们的中国——国民素质教育在数年前参加全国两会时，我就曾认真地提交提案。我以为此次疫情大暴发，给飞速发展过程中的中国一个重要提醒就是：我们不能不抓国民素质了！否则会害死人！害更多的人！这也让我想到了早前我提出的几个建议。相信国家和其他有识之士都会一起来关心这样的事。

当然，还有一件小事：在酒店和商场测量体温时，数次遇到那个"手枪"一样的测温器，其实有时就像摆设，至少我碰上五六次根本没测出来——小"手枪"常失灵。我不能怪罪测温的人，主要是仪器的问题。我想，如果在疫情疯狂的关键点和关口上，也许一次、一个患者的测温漏掉，或许就是一场灾难等在我们后面……我自然知道在如此大规模的突发灾情下，前方后方需要很多这样的小"手枪"，但无论如何我们不能忽略每一个细节，尤其是与看不见的病毒作战，丝丝毫毫的战术上的和武器上的问题，都可能造成整个战线的溃败结局。这需要我们在以后特别注意，万不可此次没有出事就可以把这类"小事"忽略了。中国人做事容易采取"差不多""估计""大概"的行为方式。它曾经让我们吃尽了苦头，以后最好不再吃这类因小失大的苦头。

纵观整个大疫，再看上海，以我一个"外人"的目光和内心的全部感受而论，我不得不说大上海此次的的确确比其他大城市更显耀眼的风采，那种大气、精致、细腻、宽宏、无私，还有高智商的品质，你说吧，还有什么好听的！它全都淋漓尽致地发挥了出来。这可不是那种在某些光环照耀下的"假的"，而是我和2400多万市民，甚至周边的1亿多人口的长三角都亲身感受的。尤其是在执行中央决策、从本市实际出发、第一时间果断而全力地采取措施，并始终全神贯注、开足马力，站在保护这个城市和2400多万人民生命的角度，以及出手支援武汉、严控复工后的疫情"回流"和境外来的病毒传染新疫情方面，真乃可圈可点，甚至许多方面令我感动不已、感恩不尽。

其实，要感激和感恩于上海的何止我一个人，武汉自然在其列，因为上海在第一时间派出了医务工作者，而且是第一时间派去医护人员的各省（区、市）中派出人员最多的一个。我知道1月24日那天，也就是除夕之夜，许多上海医务人员正在吃年夜饭时，接到了赴武汉前线的通知，他们几乎都是"放下筷子"就走的一群"逆行者"；口罩在春节前后的几天里，对武汉人来说，就是保护生命的盾牌，在全世界最紧缺的时刻，上海又是给武汉捐赠最多的一个城市……我们大家当然也知道，上海还把自己的市长应勇"送"到了武汉。

在2月10日之后的返城与复工潮来临之际，作为重要交通枢纽的上海的机场与车站，它的压力巨大，对人口最多、流动性最大的整个长三角地区！为了上海,更为了长三角和全中国,上海人可以说在那段时间里真拼了,拼得远比"屏牢"时要累得多、苦得多,而且极少有人去关注、关心这份无私的贡献,因为人们的目光仍在武汉和湖北,并且慢慢把心思放在关注国外的疫情形势之上。

从"一级响应"到2月底,上海无论在防控和医治患者方面,皆可用眼下时尚的"硬核"二字形容。累计342例(截至3月8日)的确诊病例和死亡3例的数字来看,比最早中外某些机构预测的80万传染上病毒患者的人数少了多少?零头之零头数都没到,且这342例中,有三分之一是外地来沪人员,多数是武汉和湖北来沪人员,和近一周从国外疫区"输入"进来的确诊者,也就是说上海本身受病毒传染的也就只有二百来位。2400多万人中被感染者仅有二百来位,这在如此大疫情之中难道不是奇迹吗?大疫中的上海在乌云密布、黑云阵阵的疫情中,如此"硬核"地保卫了这个美丽而伟大的城市,如此"硬核"地让2400多万包括我在内的这个庚子年春节生活在这块土地上的人平安、健康地,没有受伤害地活了下来,难道不值得赞美和感恩她吗?

自然需要,极其需要,永远需要。

平时我们都在说,人活着是因为有爱,有追求,那么大上海让我们平安、健康地活下来了,在大疫情渐渐消失的时候,我们是否也会想到一个最重要的字眼:爱?!

我想会的。至少我会这样想的。

什么叫爱?爱就是一个人内心最幸福温暖的情感,爱就是一个人内心最激动亢奋的情感,爱就是一个人活着的动力和有希望的情感,爱是我们每一个生命最重要的源泉与力量,它闪耀着最绚丽和灿烂的光芒。它能让一个卑贱的人感到前面有金山银山有自己的尊严;它也能让一个高贵的人懂得去回报,并在这种回报中获得更崇高与伟大的精神升华。爱让政治家明白想成为合格的执政者就必须真心实意地去抚恤和体贴民众,用勤政、善政和明政、良政去构架国家与政体及制度。

社会和人是离不开爱的。一个城市更得有爱。有爱的城市,才可能保持永恒的光艳;有爱的城市,才可能充满活力与生机;有爱的城市,才可能不断创造更强大的防御和抵御各种风险与危机的能力;有爱的城市才可能让我们每一个生命绽放得更加灿烂。

也是因为进而理解了"爱"这个神圣字眼,所以在2020年这个被可恶的新冠肺炎夺去许多美好东西的"情人节"那天(2月14日),我特意从浦东乘摆渡船过了黄浦江,来到对岸的虹口区,来到了传说中的上海最浪漫的"爱情街",去寻找这个城市时尚而又古老的"爱之源"……

上海"爱情街"的正式名字叫虹口区"甜爱路",它南起四川北路,北至甜爱支路,全长公共汽车两站的路程。相传曾经有一个财主家在此生活。该财主家有一个女儿名田爱,从小知书达礼,聪慧过人,长大后更是才貌双全,性格脾气又温柔。田宅里有一位聪明能干的放牛仔阿祥,他与田爱从小在一起长大,时常陪小姐读书和"白相",两人日久生情,勇结甜美的爱情之果。恋爱时的田爱与阿祥,经常相依相偎,牵手漫步于一条幽静的小路上……所以后人就把这路称为"甜爱路"。

甜爱路在改革开放之后,它的名字便慢慢被上海的少男少女所熟知,于是热恋中的青年男女就把甜爱路当作"定情地""许愿地"和"牵手地",甚至"山盟海誓地"。很会经营城市的虹口社区因势利导,便将这条"甜爱街"打造成现今的"上海第一浪漫街"。

散步于这条被两边高大葱绿的水杉树掩蔽的幽静小马路,一边默念着挂在街墙上的28块"名人论爱情"的经典语录,再看长长的"爱情墙"上不知有多少少男少女涂鸦的各式各样的图案与写下的句句"爱情宣言",一股浓浓的清香的甜美的爱情味道,会从你心底缓缓升腾而起……

这是疫情下的上海"情人节":我看到三三两两的青年男女,尽管他们戴着口罩,但仍然手牵着手,不时地在爱情墙上画着、写着他们的"爱情鸟"与"爱情宣言"。我还看到一对70多岁的老人也手拉着手,漫步于爱情浓浓的小街上。

"阿伯、阿婶,你们可好?第一次到这儿来,还是……"我好奇地上前跟老人打招呼。

他们友善地停住脚步,轻声地告诉我:"阿拉两个已经金婚了……每年'情人节'都要到这里重温一下爱情的热度。今年也一样,虽讲病毒能咬坏大家的身体,可不能让它咬坏我们的爱情呀!"

哈哈……老阿伯的话让我忍俊不禁。

"来来,能不能请侬帮照张相片呀?"阿婶递过手机,对我说。

"可以可以!"我忙摆开架势,连连帮他们"咔嚓"几下。

"谢谢,谢谢。"

我看着这对依偎在一起散步的老恋人,耳边响起从他们口中轻轻传来的柏拉图那段温暖而经典的诗句:

当你抬头望星星,
我的爱人!
我愿成为天空,

可以用千万只眼睛，

好好将你打量……

呵，那一刻，我被上海"爱情街"，我被"爱情街"上的这两位老人和身边走过的每一对恋人所感动。自然，当我回到黄浦江边摆渡船，重新展望疫情即将过去的大上海时，心头难抑激荡和飞翔的感情……

我想唱，我想歌。我想对上海唱，我想对上海歌。

唱她的美丽，歌她对我们的爱。

还想如此告诉她：我的祖先曾经在你怀抱；我一生又将回到你的怀抱；我的后代，他们终将也会来到你的怀抱，吮吸你的乳汁，与你共辉于世……

(原载《中国作家》纪实版2020.5)

金银潭

_李春雷

  无疑,在这次轰动世界、震撼人类的武汉战"疫"中,武汉市金银潭医院是枪声最密集的桥头堡和主战场,是地球人最关注的风暴眼和风向标。
  因为,它是武汉地区唯一的省市共建的传染病专科医院,最早、最多地收治了2730名患者,其中多属危重症。
  但同时,这里又是诞生奇迹的地方。
  据媒体报道,武汉市几家主要医院均有为数不少的医务人员感染或牺牲,而这里,却只有9名医护人员感染,且全部痊愈。
  这里,还曝光了一个举世关注的人物。这就是那位身患渐冻症的"铁人"院长张定宇。
  说他铁人,并非仅仅形容他意志刚强如铁,主要是因为他的形象。由于病情严重,他的下肢已经机械化,双腿僵硬,犹如铁具。
  可以说,正是这个"铁人",才保证和提升了金银潭战"疫"胜利的质量。

2月底和3月上旬，大疫未歇，笔者先后两次身着防护服，走进这个风暴中心。

在这里，有一个细节印象深刻。由于市内交通关闭，我的采访不得不依靠当地一辆具有特殊通行证的公务车。每次出发，司机都是严加防护，连头部也包裹两层塑料袋。我上楼采访，他就留在车上，关紧门窗，决不外出，连小便也在车上解决。我采访结束，上车之前，他都会用一把消毒喷壶，把我浑身前前后后、上上下下全喷雾，最后，再让我抬着脚，把鞋底也扫荡一下。

在采访中，我和若干当事人一起，回忆了那惊心动魄的一幕幕。

我也惊奇地发现，这个过程中的张定宇，远非大家想象中的英雄模样。他有着特殊的粗糙、特殊的痛苦、特殊的作风、特殊的绝望。其中，有太多的遗憾，太多的沉思，太多的启示。

哦，金银潭水深千尺……

2019年12月27日18时30分，他像往常一样，仍然滞留办公室。

每个傍晚，通常属于他的黄金时间。大家都下班了，再没有人来人往，再没有电话喧闹，整个楼层，像空山一样静谧，像森林一样安详，供他一人独享。沏上一杯茶，静心地处理文件、细心地翻阅报纸、安心地回复微信，既结清了当天事务，又避开了堵车高峰。19时30分，大街上宽敞了，开车回家，回归自己的生活。

秋冬交替之后，是呼吸道疾病和常规传染病的高发期，每年都会掀起一轮热潮，病人盈门，可今年格外稀少，不足往年的二分之一。这虽然是好事，却也有些不正常。因为暖冬？抑或，难道真如坊间传说，刚刚在武汉参加世界军人运动会的数万名外国人，把这些传染病都带走了？但他总有一种不安，感觉要发生什么。近几天，隐隐约约地听说，社会上有一些关于这方面的敏感声音，却又没有确切来源。于是，今天，他特别邀约本院负责业务工作的副院长黄朝林留下来，商谈一下。

几年来，这位1971年出生的专家型副院长，是他工作上的得力助手，是他无话不谈的好朋友。

无话不谈吗？是的，却又不是。只有一件事，必须对他保密。

真是说曹操，曹操到。他们刚刚打开话题，手机响了，是武汉市同济医院的一位专家。

对方语气急迫，说有一个不明原因的肺炎病人，肺部呈磨玻璃状，疑似一种新型传染病。对方还透露，第三方基因检测公司已在病例样本中检测出冠状病毒RNA，但该结论并未在检测报告中正式提及。鉴于这种情况，询问是否可以将病人转诊过来。

他所在单位是武汉市唯一的传染病专科医院。国家相关法律规定，传染病要定点集中治疗。

霍然，心底一道闪电掠过。

他马上回复"稍等"，随即拿起座机，拨通北京地坛医院一位专家朋友，进行咨询。对方听完讲述后，劝他接收病人，并提醒他检测时注意会不会是SARS的变种？

"你们做好准备，我马上通知值班医生，带车接人！"他通知那位专家。

可一会儿后，对方又打来电话，说病人死活不愿转院，做不通工作。可能因为这里是传染病医院，病人多有顾虑。

哦，又是这种情况，总有病人忌讳，望而止步。

他叹息一声，只好嘱咐："那就做好隔离，看一看治疗情况再说吧。"

……

12月29日下午，湖北省疾控中心来电说，省中西医结合医院出现7名奇怪的发烧病人，所述病状与前者相仿，其中4名是华南海鲜批发市场的经营人员。

他惶恐失色，如临大敌，马上吩咐黄朝林副院长亲自带队，前往会诊，并叮嘱务必进行三级防护，出动专用的负压救护车。最后，他又特意要求：每个病人单独接送，不要怕麻烦！

就这样，小心翼翼、战战兢兢，直到深夜12点左右，才把病人陆陆续续地送入本院南七楼重症病区。

他的右腿，禁不住地颤抖起来。

他隐隐约约地意识到，一场战斗，就要来了。

但他万万没有想到，这哪里仅仅是一场战斗，而是一场战争，一场人类规模和范围空前巨大的抗"疫"战争，波及全国、全世界，而他的脚下，便是风暴眼！

他，就是张定宇，武汉市金银潭医院院长！

……

1. 我本医生

武汉有一句特色方言：不服周。

此语源于春秋时期。当时，以湖北为中心的楚国，地处偏远，被称荆蛮，自强之后，率先称王，颇不服周天子，曾击败周朝联军，致使周昭王溺毙。后来，楚虽被秦所灭，但仍不服，放出话来"楚虽三户，亡秦必楚"。项羽反秦，也自封西楚霸王。可见，楚人性格里潜伏着一种不服周，也即不服输的基因。

张定宇，便是典型的武汉人。

他，1963年生于汉正街，工人家庭，兄妹三人。从小，他就坐在长他5岁的哥哥的自行车上，跑遍了周边的每一条街巷，体味了老汉口的繁华。1981年，他考入华中科技大学同济医学院医疗系。

虽然学医，虽然好胜，却也斗不过疾病。在他大学期间，最亲爱的哥哥竟然患染肾病去世。凶手，则是一种名叫流行性出血热的传染病。

这，是他生命中永远的痛。

医学院毕业后，他被分配到武汉市第四医院，做麻醉科医生。

个头不高、身材清瘦、浓眉大眼、医术精湛，说话办事风风火火，严肃认真从不服输。这是他留给所有人的深刻印象。

在这里，这个好强的楚人，开启了自己的从医之旅。

1997年，湖北省医疗系统有一个援助非洲项目，条件艰苦，他主动报名，前往阿尔及利亚，实住两年。

2002年前后，他脱产攻读医学博士学位。

2003年非典时，他正在担任下属一个分院的院长。面对疫情汹汹，他镇静自若，仿照传染病医院要求，建造三区两通道、发热门诊、留观区等。那是他人生第二次感觉到传染病的威胁。

2008年5月，汶川大地震后的第三天，他就带领一个20多人的医疗队，赶到重灾区什邡市，参加现场救治，用最快速度进行四五台手术，而后，陆续把数十名重伤员转运到武汉。

2011年，他通过严格考试，参加全球著名的国际公益组织"无国界医生"活动。参加者除具有高超医术外，还要英语、法语和热带传染病学相关知识。已取得麻醉学博士学位的他，过五关斩六将，顺利通过测试，成为中国第二位、湖北第一位"无国界医生"。而后三个月，在巴基斯坦西北边境的蒂默加拉医院支援服务。

那年春节凌晨，他正在当地医院值班，突然被一阵电话铃声唤醒。一名产妇子宫破裂出血，亟须抢救！他匆匆赶到手术室，快速麻醉，稳定病人血液循环。不到30分钟，一个男婴呱呱坠地。

紧接着，另一个剖宫产病人转入手术室，非常危险。他赶紧给产妇侧卧位做腰麻，而后，面罩给氧、维持呼吸、做气管插管，同时输液。当地医疗条件落后，医生们手忙脚乱。在他的率领下，"战斗"一个小时，手术室里再一次响起了婴儿的啼哭声。

精湛的医术、宽阔的视野、果敢的作风、爽直的性格。他成为组织的重点培养对象，从而一步步走上医院行政岗位，从普通医生、医务处副主任、主任、院长助理，直到副院长。

在这里，他也收获爱情。

妻子程琳，武汉人，小他5岁，武汉卫校毕业，在本院任护士。他们1992年结婚。在以后的日子里，贤惠的妻子把伟大的南丁格尔精神，变本加厉地移植到家里，无微不至地护理着他和全家人，默默而耐心。哥哥夭折，他成为家中独子。父亲去世后，母亲跟随他生活。婆媳亲好，宛若母女。

不仅遇到爱情，更坚定了信仰。

说到这里，可能某些读者会有一些反感。在这个现实、物质的社会里，谁还在高谈信仰，简直是虚伪。但我要说，这个社会上，总是有一些人把信仰当作生命。也许你会说，贪官们也有信仰，也想把工作干好，只是在干好工作的同时，也兼顾各种欲望。的确，人皆肉身凡胎，都不免俗。但仍是有一些人，信仰至上、克己慎独，把庸俗的欲望压抑到最低，高超于法律和道德底线之上。这，才是真正的社会中坚。

比方，张定宇的主管领导，一位段姓副院长。

这位段副院长，负责基建和财务，却真正地干事干净，公正又透明，绝不沾染社会上的歪风邪气，深得众望，让他景仰不已。有一天，他问为什么这样。段副院长说，我是一个副处级干部，比全武汉三分之二的人收入要高，生活医疗都有保障。国家给我如此条件，我心怀感恩，只有无私地报答。这种报答，就是实实在在地干好工作，只有这样，才能对得住国家，也对得内心。这才是生命的价值和最大快乐。

段副院长还告诉他，作为一个单位或部门负责人，永远不要在经济上占便宜。固然，人都有私心。当领导，最大的私心、最大的好处，就是可以按照自己的规划和设想，实现自己的愿望，从而寻找到自己的成就感、满足感。当然，所有的愿望，必须代表单位或部门的根本利益，否则就是自私，就是犯罪！

段副院长有一句口头禅：半夜不怕鬼叫门，两袖清风最潇洒！

段副院长，虽然只是一位普通的副处级干部，但在他心中，是一位精神导师，是一座巍峨大山！

当时的张定宇，热血沸腾，暗暗下定决心。如果有机会，自己一定要做这样的人!

2012年9月,组织安排他到武汉市血液中心担任主任。由于种种原因,当时采供血总量严重不足,时时闹血荒!

他上任三个月,便把当年任务补齐,一扫从前阴霾。

第二年春天,一切向好。他又积极筹划,设计了诸多蓝图,扎扎实实地去实现。他风风火火,有思路,喜欢干事。

干事,就是干事业。把一个岗位的根本利益与自己的生命联系起来,神圣崇高,其乐无穷,出生入死,在所不辞!

作为主官的他,第一次体会到段副院长的人生境界。

他的理想主义的火苗,就这样开始熊熊燃烧了。

这个时代,最终也给了他燃烧的氧气和天空!

可当年底,他的岗位再次调整了。

2013年12月31日,他调任金银潭医院院长。

2. 冠寇

其实,12月27日晚上,武汉同济医院的病人拒绝转诊后,张定宇已有警觉。他没有放弃,而是当即开始了调查和研究。

他当晚就联系到那家第三方检测公司,通过反复沟通,由对方将未曾公开的相关基因检测数据发送给本院的合作单位——中科院武汉病毒研究所,进行验证。

初步基因比对的结果提示,这是一种类似SARS的新型冠状病毒。

所以,12月29日,当黄朝林副院长带队前往湖北省中西医结合医院进行会诊并接收患者时,张定宇反复提醒,注意防护。

30日,武汉市卫生健康委、市疾控中心相关人员来到金银潭医院。他们向张定宇反馈,已收治的7名患者的检测结果提示,所有已知病原微生物均为阴性。

张定宇心内惊悚,感觉怪异。

必须搞清楚,若非如此将埋下隐患!

"你们取什么做的检测?"张定宇问。

"咽拭子。"

咽拭子取样是在上呼吸道,而肺炎病人的感染已经抵达肺叶。在上呼吸道获取标本,检测的可能性和准确性,肯定不精准。

"不行,马上做肺泡灌洗!"

张定宇立即让黄朝林副院长通知纤支镜室主任,采集这7名患者的肺泡灌洗液样本,并将每个样本分为4份,其中2份分别送提省疾控中心、中科院武汉病毒研究所进行检测;虽外2份冻存,以备后续研究。

当天下午5点,标本采集完毕。

3个小时后,初步结果出现:病原体均呈阳性!

重大疫情,石破天惊。急如星火,上报北京!

第二天即31日早晨,国家疾控中心派出的专家组,乘坐第一班飞机,抵达武汉。

专家组一行来到金银潭医院病房,会诊病人和相关影像资料,而后开会。同时,相关人员马上进一步加紧传染病学流行调查。

调查结果,这些患者的病原地越来越聚集于一个地方:华南海鲜市场!

华南海鲜批发市场,位于武汉市江汉区发展大道207号,汉口火车站东侧,市场总建筑面积5万平方米,现安置商户1000余户,是华中地区规模最大的集海鲜、冰鲜、水产、干货等为一体的水产批发市场。虽然名为海鲜市场,却含有不少野生动物交易,活宰现买,生意红火。

31日晚,武汉市卫生健康委10楼会议室,灯火通明。

专家组向国家卫生健康委派驻武汉市工作组汇报临床观察意见。这次会议一个最为紧要的任务,就是分析这种最新发现的疾病,并抓紧商议制订出一个诊疗方案。同时,另一个重要决定,就是马上关闭华南海鲜批发市场。

会议开到第二天凌晨三点半。

真正的跨年会议!

早晨8时,检测人员便火速赶赴华南海鲜市场,针对病例相关商户及相关街区,集中采集环境样本515份,运至病毒所进行检测。

上午10时,江汉区市场监督局和卫生健康局联合发布《关于休市整治的公告》。

公告内容为"根据国务院《突发公共卫生事件应急条例》等法规条例的规定及武汉市卫生健康委员会关于当前我市肺炎疫情的情况通报,经研究决定对华南海鲜批发市场实行休市,进行环境卫生整治……"

当时,海鲜市场刚刚开市,各种货品丰盈多彩。

相关人员当场宣布:每家商户赔偿1万元,现有商品称重后,按进价补偿;人员全部撤离,物品就地消毒。何时开市,另行通知。

此举震撼，瞠目结舌！

现在想来，果断关闭海鲜市场，切断当地传染源，虽有短暂阵痛，却是英明之举！

而直接导致这一结果的引信，就是金银潭医院所取肺泡灌洗液的检测结果。

如果不做肺部深度检测，不出现阳性结果，便不会引起北京方面的高度震惊。如果没有北京方面专家的到来和研判，华南海鲜市场也不会关闭。如果华南海鲜市场继续营业，任由当地传染源恣意传染，后果不堪设想！

张定宇，功莫大焉！

疫氛汹汹，谁为元凶？
全新恶魔，无形无影！

2020年1月3日，国家卫生健康委员会组织中国疾控中心、中国医学科学院、中科院武汉病毒所、军事医学科学院4家科研单位对病例样本进行实验室平行检测。经过紧急科研攻关，专家初步评估判定，这是一种来源不明的病毒性肺炎病原体。

2020年1月5日，上海市公共卫生临床中心报送国家卫健委的《关于湖北省武汉市华南海鲜市场不明原因发热肺炎疫情的病原学调查报告》，以及武汉市卫健委第一版《不明原因的病毒性肺炎诊疗方案》。

1月10日，紧急研发的PCR核酸检测试剂运抵武汉，用于现有患者的检测确诊。

又过了两天，这种新型疾病被正式命名为"新型冠状病毒感染的肺炎"。

新冠病毒，由此定名！

科学追凶的脚步，急匆又缓慢，激情更慎重。

这种新型传染病，虽然比较早地在武汉出现，但其真正的源头在哪里，却一直扑朔迷离。在以后的日子里，世界各国的科学家进行多方面的深入研究，得出了多个结论。但这实在是一个严肃的科学难题啊，需要进一步的审慎和精准。

但是，不管如何，一种全新的病毒，无论来自哪个方面哪个方向，当它在不断生长过程中适了其他物种，当它变得能够导致人类传播时，就完成了一次恐怖的跳跃。

现在的它，已经是人类病毒，已经是人类的头号敌人。

人类现在的首要任务，就是如何面对，如何围歼，如何制胜！

3. 肺炎与肺言

如果时间截至于此，我们可以说，医疗部门和当地政府的行动足够迅速，无可挑剔。

但是，自此之后，直到1月23日宣布关闭离汉通道的这一段时间内，到底发生了什么？为什么没有按照某些人事后想象的那样去防控，以致酿成大祸。

这，也许是社会舆论关注的焦点，也是本人在武汉期间重点思考的内容。

现在，从事后诸葛的角度来看，当时的最佳方案应该是：华南海鲜市场关闭之后，官方立即筛查直接接触者和间接接触者，进行不同程度的隔离；全体市民戴口罩、少出门、禁止聚会；官方活动全部停止；并提醒外流人员和外来人员，与本市市民一样注意。

如果这样，大祸或许会被关在笼子里，最少会大大缩小范围。

事态严重之后，社会舆论焦点大致在于，即当地政府和卫健部门明知疫情已至，也有人传人迹象，却因为考虑春运将至等原因，担心引起风吹草动、社会恐慌，从而隐瞒不报、贻误战机。

对于这个观点，我在进入武汉之前，与大家一样。我甚至认为这是当地政府或卫生部门集体作弊，欺上瞒下，只顾眼前稳定，罔顾根本利益。甚至，我也和许多激愤者一样，质疑多多。

但是，当我进入武汉实地采访之后，随着了解的深入，我的观点，发生了质变。

下面，便是我关于新冠肺炎的肺言——肺腑之言！

站在现在的立场上来看，当时最大的偏差，或许就是卫健部门和当地政府对疫情的研判不准确、不到位。

知己知彼，这是战争的最基本常识，只有知彼，或大致知彼，才能精准对付或大致精准对付。但由于疫情前所未有，前景实难预测，致使在战"疫"初期，造成判断失准。据我多方调查，国内顶尖专家在第一时间聚集武汉，虽然对病毒进行了深入研究，但对其传染性和危害性，却没有能力进行真正的精准认识。

简明地说，专家最初的普遍心理预期是，该传染病的规模可能比三年前发生在此地区的禽流感疫情要大一些，但不会大于当年的非典。

基于这个判断，政府在各方面进行了相应的管控，包括物资准备、规范社会人群聚集，等等。

正是基于这个判断，当地政府和卫健部门最初的构思，或许就是外松内紧，在保持社会稳定的情况下，尽最大力量在春节之前把疫情扑灭，让大家过一个正常的欢乐春节。

正是基于这个判断，相关部门便没有大量地准备救灾物资，以致造成后来大灾到来之初的慌乱。

正是基于这个判断，还出现一系列相关问题。

当时，虽然已出现个别病例，甚至出现疑似人传人的病例，但对其严重性的认识也不到位。比如一家人同时发病，现在看来是互相传染，但当时偏重于认为是聚集性传染，即接触了同一传染源。

总之，现在看来，战"疫"之初，误区多多。

这些失误的根本点在于，因为史无前例、未可预知，科学没有经验，专家还是善良。要知道，专家也是人，专家也是学生，专家也有局限。

我们不能苛求专家的局限，只能苛求专家的真诚。

如果从苛求真诚的角度，那么我完全可以说，在最初对疫情的研判和支持当地政府决策上，专家们足够真诚，实无虚伪。

现在的我们，已经经历灾难，当然似乎无所不知。但在当时，在2020年1月1日前后，虽然略有征兆，但有谁会如此大胆地爆炸自己的想象呢。比如天气预报，因为天上有卫星观测，我们可以预测未来天气，如果没有卫星呢？似乎还不能这么比喻。没有卫星之前，我们也有天气预报，那是根据天地四季的运转规律和人类几千年的天象观察经验。但当我们面对完全陌生的病毒世界，就如同进入太空世界，几乎完全未知，如何去想象和判断？

说到这里，大家可能仍然存有怀疑，怀疑专家和当地政府的真诚。

那么，我只能举例说明了。

直到1月19日，专家和当地政府对外的口径一直停留在"尚未发现明确人传人，不排除有限人传人""警惕人传人和无症状感染"的层面。不少人质疑，这是对外封锁消息。

其实，这实在是局限，科学的局限。

最直接的例子就是，1月14日至15日，国家卫健委主要领导和当地政府官员正在金银潭医院召开相关会议。现在看来，如果他们心知肚明疫情传染且危急，还会在这里开会吗？更让人匪夷所思的是，与会人员，在会场上大都没有戴口罩——有照片为证。

如果这个例证还不足让您相信，那么，我再爆一个猛料。

1月18日，中国工程院院士钟南山教授等一众专家从北京、广州等地抵达武汉；19日9时，专家组一行在金银潭医院现场调研并开会。

请注意，这是19日。现在看来，是一个多么重要且危险的时间啊。现在推测，这个时候，早已是"疫氛"汹涌，多人传染且病亡。而且当时，会场附近的住院楼里，便是数百名患者。

请注意，现在是19日，是在疫情最浓烈、最集中的金银潭医院。与会所有人，包括钟南山院士，都应该进行最慎重防护吧。

但事实是什么！

事实是，在会议期间，钟南山教授等一众专家和在座的当地政府官员，居然大都没戴口罩，甚至连最简单的防护也没有——同样有照片为证！

这说明什么？

只能说明，当时大家对疫情的认识还不到位。或许他们认为，敌人虽然十分凶残，却完全有能力制伏，即"可防可控"。

我说这些，实在并非为当地政府和卫健部门开脱，而是在客观地思考，并寻找最初的教训。

最初的教训在哪里？

我们的医学科学界对于未知病毒世界，要进一步提高科技水平，扩大认识格局，尽最大能力多多洞悉，多多警惕。这，实在是一个永恒的艰难过程。从这个角度上说，我们或许可以责怪他们，却又不能责怪他们。因为，在未知世界面前，他们只是小学生，而我们，只是婴幼儿！

我们的当地政府，作为最前线的司令官，需要进一步提升应对灾难的预警和防控能力，需要进一步地研判形势，选中节点，精准决策。

但这个时间节点在哪里呢？

对于未知的世界和未知的明天，这，实在是一个难题啊。比如人类对地震的预报。虽然地震之前会出现一些异兆，但谁敢断定果真会发生地震呢，谁敢断定果真会发生大烈度灾难性地震呢，谁又敢在此之前轻易地下令全城大撤离呢？

现在看来，如果当地政府在关闭华南海鲜市场之后尽快采取措施，切断传染源，当是正确决策。是的，但这一切，都是事后诸葛。

是的，如果当初当地政府断然采取行动，全城隔离，一切停顿，把灾难掐死于摇篮中，致使社会安静，大家正常过春节。那么事后，社会舆论肯定又会空前一致地高喊：追责！公众会责骂他们小题大做、捕风捉影，动用公器、胡乱决策、浪费国家资源，并折算出一个巨额的物质和精神损失，让他们背负。

总之，这中间的刻度，极难把握！

就像在战场上，敌方情况不明，战况瞬息万变，一个指挥官的一系列决策，肯定不会百分之百正确，难免出现无谓的伤亡。又像扑救一场大火，不可能不损失，不可能不失误，不可能不浪费，但事后，我们会过多地责怪这些吗？或者责怪消防员浪费水源吗？

的确，一个文明社会的灾难管理，首先就是科学、充分的预防，时时操有大、中、小预案，未雨绸缪，防患未然；第二，当灾难来临时，衡量节点，精准决策，尽量把损失降到最小限度。

但是，这只是理想状态啊。

事实上，自古以来，这样的理想状态几乎没有出现过。

中国发生疫情之后，世界各地也陆续燃起疫火。虽然中国政府积极地、无私地提供帮助，虽然他们已有"前车之鉴"，但某些所谓发达国家在面临同样疫情时，仍然举止慌乱、错误百出、损失惨重。

看到这些，您或许会有更多认识和感悟。

4．基石

突然被调到金银潭医院主持工作，张定宇的心情颇多郁闷。

说突然，是因为从组织谈话到欢送上任，仅仅两天时间。

为什么郁闷？或许有以下几个原因。

金银潭医院的穷和乱，在本系统内早已闻名。它的前身是武汉市的三家具有传染病业务的医院，2008 年合并后改为现名。由于人心分散、经营不善，在树绿花红的卫生界，颇显枯黄和瘦弱。

另外，这家医院远离主城区，在三环以外的东北部。过去，这里是一片湖水，20 世纪五六十年代填土而成。由于偏远无依，周围没有宾馆饭店，更无地铁，连出租车也少有光顾。职工们上下班，需要乘坐通勤车。

更主要的是，金银潭医院社会形象不佳。因为涉及传染病，人们大都自觉绕行，如避瘟疫，连本家干部、职工也缺少自信和尊严。

记得有一次，张定宇到市卫健委开会。在电梯里，大家互相礼貌地打招呼。同济医院、中心医院、疾控中心等实力单位的人士，胸前佩戴着自家徽章，颇神气。只有一位女医生，胸前没有标志。别人问她哪个单位，她低下头，嗫嗫嚅嚅，最终也没有说出口。出电梯后，另一个人对张定宇耳语：金银潭！

虽然如此，他却没有过多的灰心。

别人不知道。他对传染病，有着特殊缘分呢，那就是哥哥早年夭折于此。他与传染病，似乎冥冥中具有不共戴天之仇。

于是，短暂的沉默之后，他在心里说，谢谢组织！

他对传染病说，不是冤家不碰头，我来了！

过去，对于传染病，他也曾有过一些纳闷：每座城市都有一座标配的传染病医院，有这个必要吗？

可研究相关资料后，他直骂自己浅薄无知。就像盐业专卖、粮食储备一样，那不仅仅是商品，而是政治！

人类历史，大致可分为两部分：文明史与灾难史。

文明史的巨匣中，当然装满了人类智慧的结晶。但灾难史的地窖里，却是填满了血腥且疼痛的记忆，比如战争、瘟疫、水灾、饥饿等。

综观东西方历史几千年，对人类文明戕害最剧烈的祸端，当数战争和瘟疫。而在这两者之间，又以瘟疫为先。

资料显示，在各种灾难中，瘟疫发生最为频繁，大约是战争的11倍、水灾的8倍、饥饿的5倍……

一场瘟疫，甚至可以将一个文明抹灭，把一个国家涂炭，使一个民族变种。

其中事例，不胜枚举！

传染病对人类的极大伤害，早已铭刻在人类的本能记忆中。

的确，人类基因密码里，储存着一种本能恐怖。这种恐怖和警示，时时提示着历朝历代的政治家，为了国家和民族的长治久安，必须把瘟疫置为主要敌人，时时警惕，未雨绸缪。

但是，太平日久，心生麻痹。

中国各地的传染病医院，在当地普遍不受重视，发展状态也大多普通。而金银潭医院，也是如此，或者说，更是如此。

张定宇上任后，经过深入了解，实际情况，戳破想象。

金银潭医院，虽属武汉市，却是湖北省唯一的省级传染病专业医院。饶是如此，相比许多综合型医院来说，业务不够饱满。特别是由三家医院合并而成，人心不齐，职工纷纷上访，使得原本清凉的业务更加清冷。截至他上任之前，全院各种外欠款1.6亿元，年亏损2000多万元。

金银潭，一片泥潭，一处洼地！

不服周，是典型的楚人性格，也完整地体现在张定宇身上。

他从小爱激动、多急躁，说话办事风风火火。参加工作后，特别是当上领导之后，仍是嗓门大、说话重，让人望而生畏。妻子时时规劝，他也常常自我批评，却总是改不掉。

这不，刚到金银潭医院，他便又开始了这种习惯。

针对医院的不景气状态，他开始尝试各种探索、多方突破。

搞专科医院，或综合医院，但基础不深、人才不够；试图成立创伤中心，难以为继；再计划搞肝移植技术，仍是不行。

后来，逐渐明确思路，还是立足传染病业务做文章。这才是正路，更是武汉人民的根本利益。

所以，寻觅一遭，还是立足初心，在原有基础上加强管理，全面提升和加强，并重点突破。

简而言之，第一个突破点，便是把艾滋病业务争取来。

《中华人民共和国传染病防治法》明确规定，各种法定传染病必须规范管理，由各地传染病医院负责治疗。由于艾滋病防治工作太复杂敏感，且恐惧，原来这方面的业务大都挂靠在市疾控中心，但由于他们没有临床医生和临床药师，工作起来也不够顺畅。

张定宇积极争取。经过多方努力，终于把全市全省的艾滋病定点救治工作，归于业务范围。这样，不仅将艾滋病的防控工作进一步纳入正规化管理，而且也系统地培养了自己的专家和护理团队。

艾滋病业务，虽然并不能带来多少经济效益，却是把金银潭医院在业界的权威地位进一步树立起来。

张定宇平时喜欢阅读英文版医学杂志。有一天，他在新英格兰医学杂志上看到一篇文章：高流量给氧可以替代部分无创呼吸机的功能。这种新设备，比传统给氧方式更加方便且高效。本院呼吸病人多，亟须改善。于是，他通过杂志上的网站找到新西兰生产厂家，又找到经销商，第一批采购6台。这个经销商已在武汉地区推销两三年，却一直无人问津，直至金银潭医院前来采购。

经过反复试用，这家伙确实简便又给力。于是，他陆续购进近100台，配备到所有病区。

张定宇上任不久，吃惊地发现仓库里封存着一台省卫健委配备给本院的ECMO设备。

ECMO，即体外膜肺氧合，价格昂贵，是现有体外循环技术中的王者。但由于本院业务清凉，竟然长期闲置，而且无人会操作使用。

张定宇非常气愤，却又哭笑不得："这是一门重武器，万一有重大疫情，可用于挽救重症病人。如果荒废，简直是犯罪！"

他从外地请来心脏体外循环专家，培训本院 ICU 医生。

当年底，金银潭医院使用 ECMO 成功救治了两位艾滋病重症肺炎病人，这是武汉地区最早将 ECMO 用于重症肺炎救治的病例。2016 年春节后，又救回一位患重症肺炎的 24 岁大学生。2017 年初，禽流感来了，ECMO 更是大显神威，屡屡挽救重症病人，保证了湖北省没有因禽流感死亡的病例。

武器精良，可堪大用。在经济实力允许的情况下，张定宇又陆续购置 5 台。

后来，正是 ECMO，在此次战"疫"中立下大功。

张定宇到任后，很快就宣布：我们要搞 GCP！

什么是 GCP 呢？

简单地说，就是国家批准和监控的一个新药试验平台。

国人治病，原来大多依赖进口药，虽然有效，却特别昂贵。国际业界规定，这些药品超过专利期之后，可以合法仿制。于是，我国许多药厂专门大量生产仿制药。但是，为了保证药效与进口药一致，在批量生产之前，必须严格试验。这是一项极其科学、缜密的系统工程，需要专业设备、专业团队，广泛招募志愿者，进行严格试验，并给出详细数据。

这年底，金银潭医院经过严格准备，将申请材料呈交上去，却由于标准严格且竞争激烈，迟迟没有批复。直到 2017 年 3 月 1 日，突然接到国家药监局通知，一周之后，前来现场核查！

只有 6 天准备时间！

这期间，张定宇与大家一道，24 小时在医院赶工。

3 月 7 日，现场评审顺利进行。而后，申报的 6 个专业全部通过。

当年 5 月，终于拿到 GCP 证书。

就在拿到证书的第二个月，国家开展仿制药一致性评价，要求所有具备资质的机构大力开展此项工作。金银潭医院马上行动，在整个武汉地区动作最快，成效最好，在全国名列第二。从此之后，金银潭医院先后进行了 100 多种新药试验，成为国家新药试验的主要平台，而相关部门也陆续拨付横向研究经费 1.6 亿元。

GCP 平台，意义巨大，不仅锻炼队伍、提升管理，争取大额经费。更重要的是，为后来新冠之战中试制新药打下了坚实基础。

治疗传染病，第一是防护。可长期以来，金银潭医院的医护人员仍然是一种朴素防护，不规范，更不专业。这样的层次，怎么能够应对重大突发性传染病呢？

2015年的非洲埃博拉病毒暴发之后，国外某知名网站制作了一个关于最新防护的视频课件，十分简洁而科学。

张定宇关在办公室里，认真钻研并琢磨透彻，而后开办学习班，强力推广，并严格考试。经此一学，大家彻底抛弃了"山寨版"防护习惯，进入了专业轨道。

对转运传染病人，金银潭医院也形成了一套完整科学的运转流程。

这套流程，源于张定宇阅读的一本书：《根本原因分析》。

他反复研读后，通过详细解构，又与黄朝林副院长一起，召集相关人员，集中大家智慧，共同制定了一套最新、最科学的传染病人运送流程。

……

他每天早晨7点前到岗，傍晚7点后离开。

平时，除了开会，就是穿上白大褂，四处巡看。看到不满意之处，就大声批评，毫不留情。

虽然没有当过兵，他却总是以军人的口吻要求对方，比方"限你半小时，到某某地方，我在那里等你"！

对中层干部安排工作时，也常常会说："限你11月底完成，完不成，调整岗位！"

即使对于最亲密的副院长黄朝林，也是如此："朝林，你不对！""朝林，你不要说了！"

大家反映，这个人动作太快，望而生畏。

……

仅仅几年时间，金银潭医院就取得了根本性改变。不仅专业治疗传染病的能力更加雄厚，各项管理更加规范。当然，与之相伴的，业务的繁忙，效益的猛增……

近年来，医院不仅还清全部外债，而且还可年节余2000万元。

他，终于用六年时间，把金银潭医院调理得风和日丽、蒸蒸日上。

年近六十岁，就这样再干三年，虽然没有更大成就，但人生也算圆满，人生也无遗憾。他立誓，退休后，要抓紧时间，享受生活，补偿妻子。

可他万万没有想到，战"疫"来了……

5．风暴眼

华南海鲜市场关闭之后，新型"怪病"病人猛然增多。按照国家相关规定，全部集中送往金银潭医院。

但是，此时的金银潭，早已住满了普通传染病人1000多名。

这几年，由于金银潭医院声名日隆，各地病员纷纷而来，一床难求。原本，这对于张定宇来说，是极大的好事。可现在，已成为最棘手难题。

必须最快地疏散离开！

但要让他们离开，谈何容易啊。一些轻症病人，通过做工作、免费送药、经济赔偿，似乎可以。但很多重症病人，生命垂危，浑身插满管子，怎么办，怎么办？

其中有太多太多的麻烦，太多太多的摩擦，太多太多的损失。由于不是本文重点，不再赘述，读者自可想象。

现在，张定宇的当务之急，并不是疏散原来病人，而是马上开始着手布置全新病房，迎接滚滚而来的新的"怪病"病员。

1月3日，新开两个病区，转入50多名病人。

同时，紧急采购呼吸机、监护仪、输液泵、体外除颤设备和心肺复苏设备。每个楼层大致按25台呼吸机、25个输液泵准备。

1月5日，病人已达100余位。

早上查房时，他突然发现一个问题。像过去一样，病人用餐，全是自购，由保洁人员代取代收，但由于这些饭菜都是他们自己掏钱购买，又大多考虑经济因素，标准不高、营养不全，而且他们往往吃不完，任由剩余饭菜裸放在床头。保洁员收拾，他们不依不饶，坚决不让倒掉，往往引起争吵。

这是一个巨大隐患。不仅营养不善，而且极容易造成污染和传染。

同时，他又马上联想到，不少病人用药，过去由于考虑差价，往往偷偷从市场上的个体医院或诊所选购，这也是一个隐形传染源。

于是，他马上下令，从今日起，所有病员餐饮费用由本院负担，标准与本院干部职工标准相等，即每人每天120元标准。同时，所有用药费用，也由本院承担，禁止一切外购！

众人大惊失色。

100多个病人，而且正在日日剧增。免去餐费、免去治疗费，这是一项多么巨大的开支啊。

他大声喝道："特殊时期，不讲经济！"

他心里说，金银潭这几年发展了，老子有这个实力！老子拿得起！

从此，一切进入军事化！

1月6日，某境外视频媒体以金银潭医院门口为背景，制作一期疫情如火的相关节目，在网上广泛传播。

金银潭，一下子成为国内外关注的中心。

风暴眼！

他浑身冰凉，细思极恐，真是天大的责任。整个城市，千万父老，几乎担在金银潭医院的肩膀上，但又不能推托。

第二天早上8点，他再次主持碰头会，听取各病区主任最简短的汇报。而后，他哭着说："兄弟姐妹们，形势危急，我们要用自己的生命，保护武汉，保护武汉人民，保护我们的城市！"

说完，他站起来，一跛一拐地走向前台，双拳相抱，深鞠一躬："拜托大家了！"

大家，泪流满面。

白衣执甲，冒死前行！

此时，虽然医院内部急如星火，但社会上仍然风平浪静。

其实，外界已有一些波动和传言。

也许，当地政府和卫健部门自信有能力控制局势，并出于特殊时期的稳定考虑，对一些舆论和传言进行了平息。

采访时，不止一个人告诉我，当时代表当地政府的卫健部门曾用灵活形式通知各家医院，不许在公开场合包括在医院内佩戴口罩，以免引起市民恐慌，并派人现场监督，违者予以警告。

这，也许正是当时官方和卫健部门的真实心态。

的确，包括张定宇在内，虽然心急如焚，如坐针毡，但根本上的还是认为"有限人传人""可防可控"，眼前局势，完全可以控制。所以，基于这个判断，在这个风口浪尖上，在旋涡的中心，还是发生了一些从容不迫的场景。

14日，港澳台专家一行十多人，在金银潭医院考察、座谈。

15日，国家卫健委主任马晓伟一行来到金银潭医院，看望和慰问一线工作人员。

据我接触到的关于以上两天活动的相关照片，可以明显看到，在场的大多数人，并没有佩戴口罩。

真是匪夷所思。

后来，张定宇在回答"中国之声"记者郭静提问时，还说："当时只觉得很紧迫。我也跟我们的同事反复强调：要保卫我们这座城市，保卫武汉的人民。我们不希望把武汉人民困在这里。如果我们很快把疫情控制住，大家春节该干啥干啥。"

这也许就是当时的真实心态，就像战士，自己前线拼命，保护乡亲父老安宁！

形势越来越火热！

正在这时，金银潭医院的50多名卫生员不辞而别。全院共100多个卫生员，一下子走了一半。

怎么办？

护士和行政人员顶上！

受卫生员辞职影响，第二天，18个保安也全部主动下岗！

怎么办？

没有选择，也来不及选择。

所有的行政后勤干部职工，全都上前线，送饭、保洁、保卫！

1月19日，国家卫健委专家组再次来到金银潭医院调研。

1月20日，国家卫健委在北京召开新闻发布会。

疫情公开，世界震惊！

1月21日，湖北卫健委通报省内新增72例；同时，天津、浙江、江西、山东、河南、湖南、重庆、四川、云南、台湾确诊首例病例。

1月23日上午10点，武汉关闭离汉通道！

……

在此期间，张定宇们日夜苦战，已经将全院21个病区全部改造完毕、消毒完毕、布置完毕。

想一想，时间如此紧迫，人手这么奇缺，这是一个多么巨大的工程！

最关键时刻，张定宇生命中的最重要人物，突然中箭。

他的妻子！

这些天，程琳在武汉市第四医院门诊部负责接诊，虽然百倍注意，但还是发烧了。19日，她悄悄去医院检查了淋巴细胞，偏低。检测核酸，阳性。肺部 CT 显示，她已感染新型冠状病毒！

听到消息，张定宇眼前一黑。

可分身乏术的他，已经好多天没有回家了，现在更是无法离开，不能前往探视。

无奈的张定宇，愤怒的张定宇，疲惫已极的张定宇，擂墙痛哭！

此中心情，如火焚烧！

此中哭泣，此中颤抖，此中悲哀，其有谁知！

没有办法，他只有拼命地工作，拼命地工作，尽自己全部的微薄之力，把事态缩小到最小，把损失减小到最少，同时，他祈祷苍天，早早收回这把邪火吧，早早结束这场惩罚吧。

每天晚上，在办公室里，他都要闭上双眼，面向墙壁，单腿直立 25 分钟。

是祈祷吗？

根本不是！

6. 陌生的敌人

华南海鲜市场关闭之后，部分病人的类似症状一一浮出水面。

元旦过后的几天内，随时会有救护车呼啸着驶入金银潭医院。武汉市同济医院、武汉市协和医院、武汉市中心医院、武汉市红十字会医院等，源源不断地将这些病人转运过来，进入南七楼 ICU 病房。

许多患者躺在病床上，急促地大口呼吸，鼻翼不停地翕动。

显然，他们都是重症肺炎患者，又处于武汉的流感季节，可是，按常规流感诊治，却怎么也找不到致病原因。

CT 显示，很多肺部已经出现大片白区。

一种全新的传染病，怎么治？

病情重，是这种全新病毒肺炎给黄朝林留下的第一个深刻印象。

作为传染病专家，与各类病毒打了半辈子交道，却是第一次有些束手无策。

病原不清楚、感染途径不清楚、变异方向不清楚。自从转运完第一批患者之后，黄朝林就再也没有回过家。每天，他基本上都守在南七楼病房，观察、思考和救治，是他的工作，是他的生活，更是他的生命！

病原不明，无药可用，除了凭经验和感觉对症治疗和支持治疗，医生们尝试了多种抗病毒药物，却都没有明显效果。

病程进展快,是该传染病的另一个凶险之处。

黄朝林参加了很多危重患者的抢救和病例讨论。他对第一个上ECMO的患者印象太深了。

他们用了常规支持治疗、对症治疗,几乎没有效果。患者病情持续恶化,血滤机、呼吸机都上了,血氧饱和度还是往下滑落。

这名患者的抢救,让黄朝林和专家组从傍晚一直苦恼到次日凌晨。最终,所有的努力,还是归于失败。

脱下像宇航服一样笨重、复杂的防护服,黄朝林几近虚脱。

比虚脱更甚的,是无奈,是悲哀!

最初,国家卫健委先后派出的工作组、专家组与金银潭医院的专家们进行了多次会诊和商讨,结论是:这是一种典型的病毒性肺炎。

国家第一批专家组成员、中日友好医院副院长、呼吸与危重症医学专家曹彬总结了这种不明原因肺炎的典型特征:普遍起病较急,白细胞计数正常或偏低,肺部出现特异性影像学改变,双肺弥漫磨玻璃样阴影,危重患者的双肺已经发展成"白肺"。

1月3日凌晨,《武汉不明原因的病毒性肺炎诊疗方案(试行)》最终定稿,由专家组交由武汉市发布。

但,这仅仅是在传统肺炎治疗基础上的一种综合提升。

"刚开始的时候,(气管插管)插一个没一个,那种感觉太痛苦了。"医院收治患者的死亡率太高,一度让张定宇承受巨大的心理压力。"当时觉得这种疾病真的太奇怪了。很多患者死亡前的临床表现只是重症,并没有滑到危重症,原本希望保留患者的自主呼吸,通过高流量给氧、无创呼吸机使患者逐渐好转;但病情突然急转直下,没能得到有创机械通气等支持性治疗就突然去世了,想拉都拉不回来。"

身边陆续有同事和家人感染,让张定宇越来越害怕:"我们不知道这个疾病会怎么发展,有人慢慢自愈了,也有人走着走着就没了,气管插管没用,上ECMO也没用。"

1月10日晚,金银潭医院又转来6名危重患者。

落实完患者的安置和抢救措施后,黄朝林脱下憋气的防护服,准备从病区回办公室休息一下。他,太累了。

路上,黄朝林刚刚摘下N95口罩,两名患者家属突然飞跑到他面前,"扑通"一下跪倒在地,恳求全力抢救亲人的生命。

情急之中，黄朝林赶紧上前将两人扶起。

黄朝林向他们耐心地解释抢救的过程。这两人一直紧紧拉着他的手，流泪感谢。

3天后，这两人被确诊感染。

一周后，黄朝林也发病了。

1月22日，黄朝林拿到了自己的核酸检测阳性结果，肺部CT检查，也显示双肺都出现了典型的磨玻璃样阴影。

天旋地转，呆若木鸡！

黄朝林再次来到病房时，身份已经变成患者，血氧饱和度不到93%，属于重症。

病情进展很快，黄朝林的肺损伤越来越严重，呼吸也越来越困难，一阵阵剧烈的咳嗽，有时让他"感觉肺都要咳出来了"。

腹泻、呕吐等严重不良反应接踵而来。在病房里，黄朝林听其他医生说，此前自己抢救的那几位患者，大都去世了。

他很清楚，自己的病情可能也会一步步滑向危重，直至上呼吸机、上ECMO。

黄朝林，感到了恐惧。

……

亲爱的妻子正在抢救，亲密的战友又陷魔爪。

张定宇每天都去看望战友，却是站在门外，站在远处。

突然，他的右腿又剧疼起来了，几乎摔倒。他赶紧站定，用右腿单独站立25分钟。

直疼得满头流汗……

7. 他是"渐冻症"

武汉关闭离汉通道的当天，张定宇接到通知：省委主要领导要到金银潭医院，现场慰问，现场办公。

金银潭医院是一家普通的处级单位，几十年来从未有如此重要领导光临指导。平时，这可是求之不得的喜事啊。

可是现在，他实在没有这个心情、这个精力了。

他考虑再三，郑重地给市卫健委领导打电话，委婉地却又是坚定地表示谢绝，希望他们向上说明。

这个张定宇，真不懂事，太不懂事，天下最大的傻瓜、笨鸟！

但是，省主要领导还是来了。

只是，张定宇太忙太累，实在走不动了。

于是，在武汉官场，在中国官场，便出现了一个历史空前的场面。省委主要领导到某单位视察，而某单位主要领导明明在单位值守，却不出面。

那一天，的确如此！

1月24日，省委主要领导一行在金银潭医院慰问、座谈。而金银潭医院院长张定宇，就在300米之外的南七楼病房里，并没有出来。

他只是通过视频，向省委领导汇报了医院的工作。

特殊时期，奇特故事！

史无前例，唯此一例！

1月24日，大年三十，除夕。

这肯定是张定宇人生最特殊、最难忘的一个除夕，比他9年前参加"无国界医生"在巴基斯坦西北边境医院支援服务时的那个春节，更加离奇百倍、紧张百倍。

这个除夕，他在办公室里。吃过饭盒里的十几个饺子后，春节联欢晚会已经开始了。房间没有电视，他也没有心情，便稍稍休息了一会儿。

晚8时许，他想在这最特殊的时刻，与病房里的妻子视频一下，说几句安慰话。可刚刚酝酿好情绪，刚刚拿起手机，电话响了。

卫健委办公室紧急通知，解放军陆海空3支医疗队共450人，已分别从上海、重庆、西安三地乘军机星夜驰援，于3个小时后抵达武汉天河机场。其中，陆军军医大学150人医疗队，将直接奔赴金银潭医院。

张定宇大受鼓舞，解放军来了！

晚10时许，张定宇又接到电话：上海医疗队136名医护人员也将进驻金银潭医院，凌晨2时抵达。

他马上召集开会，部署相关事宜。好在，春节之前，国家宣布关闭离汉通道之前，他已经把全部病区装修改造完毕。

若非，一切都将来不及！

想到这里，他心底涌上一阵莫名的自豪。他伸出大拇指，使劲儿地为自己点一个大赞！

的确，提前进行的这一步工作太果断了！太给力了！

这，也许就是一个真正事业者的眼光和责任！

……

安顿完医疗队住下,已是凌晨3点多。

日历已悄然翻到1月25日,大年初一。

此时,正是全国人民的万家团圆之夜。国人看完春节联欢晚会之后,都正在酣睡。可他,和他的战友们,却在汗水中守望黎明。

他要赶紧去睡一会儿,睡一会儿。若非,今天,将更加火热。

的确是最火热的一天!

他在办公室的沙发上,只是小睡了3个小时。

7点钟,他走下楼。

"腾空病区的两层楼面,搞好清洁消毒!"一大早,张定宇就开始了他的吼叫。他要为即将进驻的医疗队调整空间布局。

1月26日下午1时,陆军军医大学医疗队成建制接管该院两个病区。经过3个多小时准备,20名重症患者转入进来。

下午2时,上海医疗队正式接手该院老病房,共两个病区,约80张床位。

截至晚11时,金银潭医院当天再次接收53名转诊患者,累计收治重症患者657人。

火线48小时,张定宇兵不解甲、马不停蹄。

春节之后,各路援军陆续赶到。

但治疗最需要的氧气,因需要量太大,出现中断。

现存的液态氧,不能汽化,最少要达到0.3公斤的压力,才能工作。

怎么办?只有用开水浇淋。

于是,他马上安排4个小伙子24小时不停地烧热水、浇热水。就这样,源源不断的氧气,维持着全院21个病房657名病人的生命。

可这样下去,不行啊。

马上向市政府报告、报告,请求支援、支援!

几乎与氧气短缺的同时,因用电量太大,几个病房频频跳闸。

各种设备正在争分夺秒地抢救病人,都需要用电,可这边却出现断电。这可是要命的重大事故。

他打去电话,又开始骂人了!

"快!快!快!给老子快些!"

"限你三个小时之内,检查所有开关。凡有隐患的,全部换掉!再出现跳闸,老子要你的命!"

金银潭的空气中，布满了浓浓的消毒水味道，像硝烟，像云块……

楼道里，总能看到张定宇跛行的身影，总能听到他狂野的大嗓门。

他的嗓门越来越大，脚步却越来越慢、越来越跛。

上楼时，他要用劲地用双手把持栏杆，用力地拉、拉。有一次，走着走着，竟然趴在地上，像金银潭里的一只蛤蟆。

1月28日早上8时，全体病房主任见面会。

简短地汇报工作后。按程序，大家应该四散而去、各就各位。但这一次，他要求大家等一下，还有话说。

大家有些意外，静等。

而他，却又抓耳挠腮、吞吞吐吐，足足一分钟也没有说出话来。

大家惊奇了，纳闷了。这可是不是他张定宇的作风啊，从来没有见过他这么"娘"过啊。

他停顿了一下，终于开口了。

"兄弟们，事到如今，我也不得不说了。再不说，就要耽误大事。"

什么事，什么事？

大伙猛然瞪大眼，眼神里翻动着一轮轮惊疑的问号。这些年来，单位由乱到治，由弱到强，发生了太多太多细细碎碎而又轰轰烈烈的事情。对于这些，大家都已经习惯了，只要有他在，便没有什么大事。就像现在，天大的事，不也是他在硬挺挺地支撑着吗，难道……

"我的身体出了问题……"仍是嗫嗫嚅嚅，继而，终于说出，"我是……渐冻症！"

什么？什么？

面部全扭曲，表情全凝固。

"是的，渐冻症，前年确诊！"他缓缓地却是平静地说，"医生告诉我，或许还有六七年的寿命。现在，我的双腿已经开始萎缩……"

渐冻症，即运动神经元病，属于人类罕见病。此病多为进行性发展，其病变过程如同活人被渐渐"冻"住，直至身体僵硬，失去生命。更重要的是，这种怪病，无法医治。

在座都是医生，谁不明白呢。

联想他这些天来的异常行动，大家恍然大悟。

张定宇沉默少许，接着说："我向各位兄弟姐妹道歉啊。这两年，我脾气不好，批评你们太多，你们都受委屈了！现在，我的时间不多了。在这最后的日子里，我必须跑得更快，才能跑得赢时间；我必须跑得更快，才能抢回更多病人；我必须跑得更快，才能和大家一起，跑出病毒魔掌。现在，形势万分危急。我们要用自己的生命，保护武汉！"

说完，他用尽全身力气，站起来，一跛一拐地走向前台，双拳相抱，深鞠一躬："拜托大家了！"

所有人，捶胸顿足，号啕大哭！

……

2017年，张定宇感觉双腿乏力。

他起初不以为意，认为可能是年纪大了。

2018年10月，他除了行走不便外，晚上还常常腿部抽筋，非常痛，每天两三次。

去医院检查，结果冰凉：运动神经元病，即通常所说的渐冻症。

运动神经元病（Motor Neuron Disease，简称MND），属于人类罕见病。此类疾病多为进行性发展，随着患者年龄的增长，负责人体运动的肌肉组织逐渐萎缩、退化、枯萎。其病变过程，就如同活着的人被渐渐"冻"住，直到身体僵硬、失去生命。

更重要的是，这种病无法根治。即使治疗得当，最多只有10年左右的生命。

……

那些天，程琳整日以泪洗面。她想不通，从来兢兢业业、救死扶伤的丈夫，为什么会染上这种绝症？

张定宇沮丧半个月。最后，还是悄悄告诉了党委书记王先广。

"重要事情，按照程序，我要向党委汇报！"他说，"但也请你替我保密，绝不告诉第二个人，包括朝林。不过，我保证，一旦我感觉病重不能履职，我会再次向党报告！"

张定宇同时进行着三场"战争"。

一方面，他要与新冠肺炎做斗争。世界的焦点，全国的压力，而自己的业务副院长又感染住院，他必须事无巨细，亲自指挥。

第二，最亲爱的妻子在另一家医院住院，病情不测，却不能看望。

第三，便是自己罹患的"渐冻症"，时时疼痛，像抽筋般疼痛。这时候，他必须直挺挺地站着，把力量压迫在右腿上，至少25分钟，才能好转一些。

三座大山，压在身上，压在心上。

想一想，若非"铁人"，早已崩溃。

最疲惫的时候，最痛苦的时候，最苦闷的时候，张定宇就仰躺在办公室的沙发上，与妻子聊天。一方面是问候，一方面是排解压力。

"疫情过后，我要陪着你，好好休息。"

"咱俩相差5岁，正好可以一起退休。到时候，我给你一个人当护士，你给我一个人当院长。"

"只是我脾气不好、急躁、不服周，老毛病改不了。"

"这才是武汉人。犟脾气2000多年了，怎么能改变？这是基因，也是病毒，一代代传染。"

"不提病毒，不提传染，我不想听！"

"好吧，好吧。张院长伟大，张院长敢干。在张院长领导下，汉正街永远正，长江水永远清，金银潭永远风平浪静。"

"哈哈哈哈……"

笑着笑着，却没有声音了。

再听，却是一串串呼噜声。

他睡着了……

8．灵丹妙药

为提高治愈率，金银潭医院采取了多种办法，比如大量补充氧疗设备，在病房里尽可能多地匹配氧气面罩、高流量氧疗、体外膜肺氧合（ECMO）等手段。

当年引进的高流量给氧装置，经过几年临床实用，效果奇好，后来陆续购进的100套，对重症病人帮助极大。

更见效的是ECOM。针对更加严重的危重症病人，使用ECOM，进行体外循环给氧。这几年，用重金购买的5台ECOM，真是派上了大用场。外地医疗队进驻时，又带来3台。

这8台ECOM，简直就是救命机器啊。

经过近期的实战实践试验，这两型武器，都被写进了新冠肺炎病人的临床救治指南。

但仅有这些常规武器，还不行啊。

在没有疫苗之前，如何能最大的降低死亡率？

还需要探讨新路！

2月2日21时,张定宇在答记者问时说:

"所有患者转入我院以后,均由国家、省、市专家组指导下,按照第四版诊疗规范开展诊疗。根据病情给予鼻导管氧疗、高流量湿化氧疗、无创通气治疗、气管插管呼吸机辅助通气,部分患者还可使用体外活氧和支持人工肝、人工肾等高级生命支持,同时酌情给予抗病毒、抗感染、抗炎、抗休克,纠正内环境紊乱、纠正酸碱平衡失调等治疗。"

同时,他们还大力推动新疗法。

比如血浆疗法。

大部分新冠肺炎患者经治疗康复后,体内会产生特异性抗体,这种抗体可有效杀灭病毒。目前在缺乏疫苗和特效治疗药物的前提下,采用这种特免血浆制品治疗新冠病毒感染是最为有效的方法,可大幅降低危重患者病死率。

"血浆对重症病人有效,但并不是说输了血浆就百分之百治好。但用了康复患者的血浆之后,可以增加重病患者存活的机会,也为医生的救治争取了更多时间。"

张定宇解释说:恢复期的病人体内会有中和抗体,能把病毒中和掉。在康复患者捐献血浆之前,医生会对他做病毒检测,检测他的血液里面病毒的浓度是多少。如果检测到里面没有病毒,这个血浆就可以用。而在使用之前也会对血浆做病毒灭活,可以保证这个血浆安全,接下来就可以开展新冠病毒特免血浆制品和特免球蛋白的制备。

张定宇的妻子程琳康复后,经过身体检查,符合捐献血浆的条件。

2月中旬,她来到丈夫所在的金银潭医院,捐献400毫升血浆。

目前,在国家卫健委印发的《新型冠状病毒肺炎诊疗方案(试行第六版)》中,已增加"康复者血浆治疗"。

推动遗体解剖,寻找致死根源。

在张定宇看来,目前我们对新冠病毒感染、致死的病理机制还没完全弄清楚,所以也没有对症的特效药。通过遗体解剖,可以掌握病毒致死的病理变化机制和死亡机制,判断其传染性和致病性变化规律。

金银潭医院的第一个死亡病例出现在1月6日。

这一天,武汉市下着小雨,很冷。"我们迫切地想要了解患者的病理生理特点和疾病规律,只有在科学的指导下,才能更有效地救治患者。"在ICU病房外,张定宇等人与患者家属沟通将近一个小时,试图说服对方同意对逝者尸体进行解剖,但是没有成功。

后来,凡有病亡者,他都会走上前去,苦口婆心地做工作。我们知道凶手是谁,但它怎么杀人的,我们要知道。

终于,有几位患者家属同意了。

2月16日,全国第一例、第二例新冠肺炎逝世患者的遗体解剖工作在金银潭医院完成。10天之内,共完成12例病理解剖。当晚,中央电视台《新闻联播》报道,由解剖获得的新冠肺炎病理已送检,有望寻找到新冠肺炎的致病性、致死性病理,给未来临床治疗危重症患者提供依据。

最早完成的13例死亡病例尸体解剖,其中12例在金银潭医院完成。

疫情发生后,国家科技部紧急启动了关于新冠肺炎的应急科研攻关。金银潭医院承担的多个临床研究项目陆续启动,涵盖优化临床治疗方案、抗病毒药物筛选、激素使用等在临床治疗中亟须解决的问题。

张定宇当初建造的GCP新药平台,真是天造地设的神奇伏笔。

疫情发生后,王辰院士、曹彬教授迅速在这个平台上展开了克力芝、枸橼酸铋钾、瑞德西韦等药物的临床研究。

众多临床专家,也在这个平台展开了一个个科研项目。这些科研发现,也在一步步指导着临床科学救治。

各种武器,一齐开火

从乱枪打鸟,到逐渐精准射击……

9. 最后的战斗

2月2日之后,在宝武集团的支持下,金银潭医院和全市所有医院,保证氧气充足。

2月9日晚上,已经超负荷运转43天的金银潭医院,再次接到收治一批危重病人的任务。

21个病区,每层楼都在走廊添加了10至14张病床。

这天晚上,他们骤然又吃力地容纳了256位病人!

每天,每天,他们都是如此节奏啊。

而调动整个医院运转的张定宇,无疑是其中最忙碌、最伤心而又最坚定的那个人。

还有他的战友们——这些勇士,在那些漫长的日子里,他们有家不能回,大都寄宿在自己的汽车里。

"汽车宾馆",是他们战火中的家!

……

魔高一尺，道高一丈！

整个武汉市，都是如此这般火热啊。

在党中央的统一指挥下，来自全国各地的十数万医务工作者、志愿者和各界爱心人士，和武汉本土战士并肩作战，在疫氛滚滚中，共同筑起了一道道血肉长城，抗击疫魔！抗击疫魔！

日日夜夜、黑黑白白、风风火火、铿铿锵锵。

希望之光、胜利之光，就这样吃力地从最初的慌乱和暗淡中走出，走向黎明，走向日出，走向满天朝霞……

2月21日，金银潭医院收治患者13人，出院56人。出院人数首次超过入院人数。

黄朝林副院长在病情加重持续10天后，也稳住了。最终，走向新生，并于3月2日回归作战队伍。

……

截至战"疫"尾声，金银潭医院的820张病床，累计收治了2220名病人，其中包括全市大多数危重症患者，是整个武汉市收治病人最早、最重、最多的医院，是不折不扣的主战场！

这，实在堪称奇迹！

而金银潭医院的勇士们，在与病魔决斗的同时，也最大限度地保护了自身。作为战斗最激烈的桥头堡，这里只有9名医护人员感染，且全部治愈。

这，同样堪称奇迹！

张定宇和他的战友们，用最大的努力和最小的牺牲，成为保护这座城市的主力军！

10. 最终的敌人

一场大战，正在收兵。

虽然惨烈，却是大胜！

面对此局，张定宇无比欣慰，却又无限失落。他甚至不知道，面对这一场轰轰烈烈的战争，是应该吊唁，还是应该庆贺。

他，已经近三个月没有休息了。一场战争，彻底打乱他的生活。

三月下旬之后，他终于偶尔回归了原来的节奏：晚上7点钟下班。

他终于可以这么早地下班了。家里，有妻子热腾腾的饭菜和甜蜜蜜的微笑。

生活，如此美好；生命，如此温馨。

只是这样的美好和温馨，太有限了。

但是，无论如何，现在的他，已经释然，足以欣慰。

因为，他问心无愧，他不欠这座医院，不欠这座城市，不欠这个世界。

想到这里，他笑了，面对金银潭，面对大武汉。

未来世界，疫情将是人类面临的最大风险。

比尔·盖茨说过，未来，传染病是比核武器更大的威胁。

已故诺贝尔经济学奖得主约书亚·莱德伯格警告人类：病毒，是地球上最后一种敌人。

比如这次的新冠肺炎。

截至目前，新冠肺炎的确切来源和生存、生活方式，人类仍然没有摸清。所以，眼前的"胜利"，只是阶段性成果。在没有疫苗之前，它可能会像流感一样，年年骚扰人类。

但愿疫苗早早问世。

但根本上，人类还是要改变生存方式，与自然和谐相处。若非如此，走了"非典"，来了"新冠"，"新冠"之后，还有新敌……

我的祖国，我的武汉，我的亲人，我爱你们，祝你们安宁恒好！

(原载《中国作家》杂志2020年第4期)

藏功者
——《张富清传》（节选）

_ 钟法权

那是2018年12月中旬的一天。来凤连日阴云密布的天空终于云开日出，阳光穿透薄雾，温情地洒在翠绿的酉水河上，洒在翔凤山半边城不远处的一栋老式居民楼上。暖色调的光芒越过锈迹斑斑的防盗网，透过玻璃窗将半个阳台照亮。

有了阳光，屋里似乎暖和了不少。一脸慈祥的张富清，满面笑容地坐在窗下的椅子上。94岁的高龄老人，一双眼睛炯炯有神，饶有兴致地听着收录机里播放着的节目。

此时，门吱的一声被打开，他的小儿子张健全走了进来。张健全笑着对老父亲说："这次全国退役军人信息采集是党中央对退役军人的关怀，信息采集有政策规定，你得把你那些宝贝亮出来。"

一听幺儿这样讲，刚才还满脸笑意的张富清顿时一脸严肃。幺儿说的那些宝贝，他可是整整隐藏了六十余载。几十年间，他对单位的同事没有讲，对儿女们没有讲，对自己的妻子也很少提及，一直把那些军功章珍藏在跟随了他大半辈子的棕色牛皮箱里,没有给任何人看过,难道这次登记一定要将它们一一亮出?

可是,这一次退役军人信息登记,党组织是有要求的。听党的话,按组织的要求去做,是他一辈子的行为准则,他从来没有在这方面打过半点折扣。既然组织有要求,他也就心甘情愿地点了头。

征得父亲同意,张健全这才走进父亲的卧室,去取那些封存了几十年从未示人的"宝贝"。在父亲卧室最里头的墙角处,立着一个老式的矮柜,柜子上放着一只颜色陈旧、铜按钮已经坏了一个的棕色牛皮箱。

随着当的一声响,锁扣弹起,他掀开了箱盖。箱子里面还盖着一层红色的绒布,揭开绒布,一枚枚闪亮的军功章整齐地摆放在右侧,一本本证书叠放在左侧。他拿起其中一枚军功章,只见正中间是毛主席的侧身头像,背景是飘展的五星红旗。这枚刻着"人民功臣"的一等功勋章保存得十分完好,没有因为时间久远和长久封存而生锈褪色或变得暗淡无光,失去原有的亮泽。

张健全手捧军功章来到客厅,小心翼翼地将它放到父亲的手中。张富清注视着封存多年的军功章,久久没有说一句话。

张富清隐藏功名的消息不胫而走,武汉一家新闻媒体记者慕名而来。刚开始张富清不愿意接受记者的采访,更不愿意讲自己打仗立功的事儿。张健全只得反复做父亲的工作,一再开导说:"人家记者不辞辛劳,那么远从武汉跑来,你不能让人家空手而归。再说了,我也很想知道军功章的来历,要不然退役军人事务局的同志问起我来,我若是一问三不知,给人家讲不清楚也很尴尬。"

老人用手轻轻地抚摸着奖章的边缘,一幕幕攻打永丰的战斗往事在他脑海里渐渐闪现并清晰起来。良久,他才缓缓地向记者和幺儿讲述起那场永远不会忘记的战斗经历……

多少年了,张富清第一次打开封存已久的记忆,第一次向他人讲述自己的战斗经历。

血战永丰

那是1948年的冬天,我西北野战军在彭德怀、贺龙、习仲勋、张宗逊的领导下,以蒲城县永丰镇为核心,向国民党第七十六军发起攻坚战。西北野战军前委于11月中旬下达发起冬季攻势的命令,决定实现再歼胡宗南集团两至三个师,从而改变渭北拉锯与相持局面。

国民党军队装备优良，物资丰厚，并且倚仗镇内高大坚固的围寨负隅顽抗，所以两军交战很是激烈艰苦，我军也付出了很大的牺牲。

攻打永丰是在一个漆黑的深夜。西北风肆无忌惮地刮着，借着夜色的掩护，我军各参战部队悄无声息地进入战斗攻击位置。战斗命令下达后，我军炮兵部队率先对敌人外围工事进行了密集的炮轰。炮击一停，部队立即发起进攻。一开始外围战打得还算顺利，但一到城墙跟前，攻击受阻，再难往里突破。敌人以四米高的城墙和近两米深的堑壕为依托，凭借有利的地形和强大的火力优势将我军阻挡在城外。虽然我军的大炮摧毁了敌人城外的阻击战壕，但土城墙却毫发未损。夜幕中，嗒嗒嗒的轻重机枪声响彻夜空，子弹嗖嗖嗖像蝗虫一样在天空乱窜。几轮冲锋下来，不仅未能攻克土城墙，敌人的猛烈火力还给我们的攻城部队造成了很大的伤亡，二营先后有几名正、副连长倒在了冲锋的路上。

张富清所在的六连是突击连，此刻为了尽快攻克城墙，连长李文才趴在壕沟里红着眼睛怒吼道："突击队上，机枪掩护！"突击队员早在永丰战斗打响前就选定了，三个人一组的突击队集合到了李文才面前。李文才用手比画着说："张富清，你带两组从左边迂回到东城墙下，第二组五班长带一组从右边迂回到北角，给狗日的来个两头开花，炸开缺口。"连长话音刚落，两组突击队员一齐高呼："坚决完成任务！"

大半年前，张富清还是国民党军的一名后勤兵。他知道，国民党军大多贪生怕死，都不愿意当敢死队员，不用枪逼着，不发"袁大头"，就不会有人主动参加敢死队。自从加入中国人民解放军，成为三五九旅七一八团二营六连的一名战士，解放军官兵英勇献身的精神时刻感染着他，解放全中国的使命召唤着他，兄弟般的战友情温暖着他。几场硬仗打下来，他仿佛凤凰涅槃，胆子一下子大了，不再怕死，每次战斗他都勇当突击队员，冲锋陷阵在最前头。他因为在几个月前的壶梯山战斗中表现英勇，由副班长被提拔为班长。永丰战役打响前，已身为副排长的张富清在连队组建突击队时，又是第一个站出来报名。

凛冽的寒风裹挟着呛鼻的硝烟扑面而来。连队的几挺机枪集中火力一齐向城墙猛射，以吸引敌人，掩护突击队。张富清背着冲锋枪，猫着腰，右手臂弯搂着炸药包，带领突击队员绕过壕沟突击到了城墙下。城墙是土夯的，高约四米。城墙上的敌人与我军打得正酣。借着炸弹的闪光，他们快速匍匐到土墙下，往三个炸药包的绑带上各塞了八颗手榴弹，并将后盖拧开，将拉环用一根细绳连在一起。然后，将三个炸药包用木棍支撑起来靠在被风雨侵蚀的土墙凹面里。做好这一切，张富清转身对另外两名队员说："你们赶紧跳进壕沟里。"

随着两个身影消失，张富清沉着地拉响了插在炸药包里的手榴弹。

离手榴弹爆炸只有几秒的时间，跑是来不及了，张富清先是猛地一个前扑，继而一连几个翻滚，人便像一个滚动的地瓜落进城墙脚下不远的壕沟里。

随着几声剧烈的爆炸，他们卧倒贴在地面上的身体被震得直抖，头被震晕了，身上落了一层泥灰。此时，嘟嘟嘟的冲锋号声响了起来。号声就是命令，他们摇摇晃晃地站起来，抖落身上厚厚的灰土。稍一放松，张富清只觉得嘴里一阵剧痛，忍耐不住，吐出一口鲜血。原来满口的牙被穿云裂石般的爆破震松，三颗大牙当场脱落。在以后的岁月中，张富清其余的牙齿也没能伴随他长寿的生命年轮，而是早早地陆续掉光了。

土城墙被炸出了一个很大的豁口，夜幕中，黑魆魆的，像巨人张开的大嘴，又像一口深不见底的枯井。张富清赶忙跃出壕沟，身旁两名战友也紧紧地跟了上来。他们顺着豁口爬了上去，身后的大部队正黑压压地冲了上来。按照连长的命令，炸开城墙后，要不顾一切往里面冲，去占领敌人的司令部，那是我军赢得胜利的最终目标，也是胜利的标志。

张富清带着两名战友跳下城墙奋不顾身地径直往里打去，在通往敌军司令部的十字路口，两座碉堡里的机枪正嗒嗒嗒、嗒嗒嗒地狂叫着，射出的子弹呈交叉状死死地封锁了前进的道路。张富清对紧跟在他左右的两名战士命令道："跟上我，贴着墙根绕过去。"最终，他们匍匐到了敌人碉堡前的战壕下。张富清解开胸前绑炸药包的布条，他对两名突击队员说："别用导火索引爆，那样引爆速度太慢，直接插进手榴弹，一个手榴弹不放心，插两个，把拉线连在一起。"一个战友说："手榴弹响得太快了，危险。"张富清果断地说："你看狗日的多疯狂，手榴弹晚响一分钟，我们就会牺牲更多的战友。执行命令，听我的！"说完他用手一比画，"你们两人炸左边的一个，我炸右边的一个。"

火光中，只见这边几个忽隐忽现的身影跳跃着，那边像潮水一般的队伍涌动着，"缴枪不杀"的呼喊声清晰可辨。时间就是生命，他们以最快的速度，朝着那吐着"火龙"的碉堡靠近。随着两声巨响，一个碉堡被张富清揭了顶。接下来，张富清又与战友一道，将另一个碉堡炸塌了一个角。然而，当张富清再一次从壕沟里站起时，只觉得两眼模糊不清，嘴里还有淡淡的血腥味，情急之下他用左手顺着额头朝下一抹，伸到眼前一看，手上全是鲜血。血还在不停地从他头顶上往下流，那是刚才站起来时，一颗子弹从他头顶上飞过，像耕田的犁一样划开了他的头皮。他顾不得疼痛，用手再擦了一把额头便继续往前冲。待他回头时，竟发现原本紧跟身后的两名战友均已不幸中弹牺牲了……

讲到这里，老人的声音戛然而止，两眼已饱含泪水。

天放亮了。对敌攻击进入尾声，激战的枪声渐渐趋于平缓。"缴枪不杀"的吼声此起彼伏。脚下的阵地尸横遍野，硝烟弥漫了半个天空。一阵寒风卷过后，背上背着两支步枪、怀里抱着一挺机枪的张富清看到了在主阵地上飘扬着的鲜艳军旗，那是六连的红旗。他激动地迈开步子朝着迎风招展的红旗奔去。

战斗结束后，张富清回到连队才发现，全连原本110多人，现在只剩下一个班的人数，许多张熟悉的面孔都不在了，那些牺牲的战友在战斗打响前，都是活蹦乱跳的生命啊！可就在一夜间，他们为了新中国的解放事业而光荣牺牲了。他实在忍不住了，趴在地上失声痛哭，哭得撕心裂肺，哭得肝肠寸断。最终他的哭声被呼啸的风声、零星的枪炮声和胜利的欢呼声淹没。在以后的岁月中，只要回忆起那些牺牲的战友，就犹如旧伤复发，他的心底就会隐隐作痛。

史料记载：永丰战役，西北野战军共歼灭国民党军1个军部、3个师部、9个团又7个营，计2.5万余人；毙伤第十七师少将师长王作栋及以下官兵7600余人；俘获第七十六军中将军长李日基、少将参谋长高宪岗，第二十师少将师长吴永烈，第二十四师少将师长于厚之，第十七师上校副师长张恒英等及以下官兵1.7万人。彻底粉碎了胡宗南所谓"重点的机动防御的新战术"，收复并巩固了澄城、郃阳（今合阳县）、白水地区，拖住了胡宗南集团增援中原，配合了淮海战役，并解决了部队粮食问题，为冬季整训创造了条件。12月1日，中共中央致电彭德怀、贺龙等，祝贺冬季攻势取得的巨大胜利。

在永丰战役中，张富清凭着勇敢和机智，炸开了城墙，炸毁了两个碉堡，光荣地完成了突击任务。

为表彰他的战功，第二纵队司令员兼政委王震亲自为张富清颁发一等功勋章，西北野战军司令员彭德怀夸赞张富清说："你打仗不怕死，为永丰战役的胜利立了一大功哇！你是个好同志！"

几个月后，经彭德怀签署，红彤彤的报功书邮到了张富清位于陕西汉中洋县马畅镇双庙村的老家。

直到此时，双庙村的乡亲们才知道，几年音信全无的张富清，不仅活着，而且还光荣地加入了人民解放军，并且立了大功，成了不起的战斗英雄。

粮油所主任

张富清站在来凤县城中心的凤鸣山上，鸟瞰来凤，县城像一颗晶莹剔透的明珠，被四面翠绿的群山环抱。其形其景与家乡洋县何其相似，只是来凤城关的地势没有洋县平坦宽阔，四周的山也比洋县高了许多。

来凤县城地处鄂、湘、川三省交界要冲，位于四面环山的小盆地里，是典型的"一脚踏三省"之地。一条酉水河从县城南边流过，河的对岸就是湖南龙山县。酉水发源于宣恩县七姊妹山，流经来凤段长 89 公里，于沅陵县城西汇入沅江，奔向洞庭湖，是土家族儿女的母亲河。

酉水河以水美闻名，尤其是沈从文的名篇《边城》发表后，酉水河更是名扬中国。张富清与孙玉兰没有读过《边城》，不知道沈从文曾深情地描写："白河便是历史上知名的酉水，新名叫作白河……若溯流而上，则三丈五丈的深潭清澈见底，深潭为白日所映照，河底小小白石子，有花纹的玛瑙石子，全看得明明白白。水中游鱼来去，皆如浮在空气里。两岸多高山，山中多可以造纸的细竹……逼人眼目。近水人家多在桃花里……"

因为有一条美丽神奇的酉水河从县城边流过，来凤也就平添了许多神韵。可是 1955 年的来凤还处在贫穷、落后、近乎原始的状态中。说是一个县，其实"块头"与当今的一个镇相比大不了多少。

第二天，张富清找一位分管转业干部的县领导报到，县领导简要地给他描述了来凤县基本情况后，也许出于对张富清是转业军人的考虑，还重点给他介绍了来凤县的革命历史。来凤县是一个具有光荣革命传统的革命老区：1927 年，共产党员张昌岐、杨维藩等在来凤县建立来凤县支部；1934 年，来凤县成为贺龙率领的工农红军创建的鄂、湘、川、黔革命根据地的重要组成部分；1935 年 11 月，红十八师参谋长兼五十三团团长刘风在来凤壮烈牺牲。来凤参加红军的人很多，有 300 多名红军战士倒在了长征路上，可以说，来凤是英雄的故乡。同时，来凤的情况也较复杂，1950 年至 1951 年，来凤经过大小剿匪战斗 87 次，歼捕土匪近万人。

听到"英雄""土匪"四个字，张富清心里一颤。难怪到来凤之前，学校领导对他讲，来凤情况复杂。他当时并未理解，还以为是人际关系复杂。现在听县领导一番介绍，他终于明白，来凤情况的复杂性在于，既诞生了众多革命英雄，又滋生了为数不少的土匪。

来凤街道两旁的房子，大多为木板房，既破且旧，一条蓝河（也叫老虎洞河）穿城而过，流入城边的酉水河。老百姓的房子多临蓝河而建，总共不过三街九巷，人口稀少，不满五千。除了两家铁匠铺，几乎没有工业，生产落后，民生凋敝。看着群山环抱的县城，张富清深深感到现实的来凤可与"有凤来仪"这个比喻相去甚远。

县上的领导得知前来报到的张富清经历过战火的考验，上过军事文化补习学校，接受过专业的培训，于是给他安排了一份很重要的工作——担任城关镇粮油所主任。

俗话说"民以食为天"。粮油所主任这一职务，在来凤小县城里可谓比天还大。来凤是七分山地三分田，而且山高沟深，百姓基本上靠天吃饭。落后的农业生产条件使粮食收购在来凤显得更加困难。那时，国家实行的是粮食"统购统销"政策，天时和地利对来凤来说两头不靠，城市人口需要大量粮食，可收上来的公粮又不够分，供需矛盾十分突出。为了填饱肚子，县城里的人时常用一斤粮票去换五斤红薯，红薯虽然没有大米饭好吃，虽然吃得粗糙，可总比饿肚子强。

张富清为此绞尽脑汁，想了不少办法。一方面自己建米厂，搞大米加工，尽可能增加精米供应；另一方面严把规矩，严格分配。有一天，县里一个单位派人来买米，以不容商量的口吻要求多给细米——细米就是优质米。张富清也不客气地呛道："群众别说细米，粗米都不够，按规矩办。"这名办事员很生气，回去就找领导告了状。县上一位领导听说后，专门把张富清叫到办公室，直截了当地提醒他注意工作方法，原则要讲，灵活性也得有，办事不要太死板固执。在权力面前，张富清没有退步，他掷地有声地说："粮食紧缺，谁也不能搞特殊，不然就违反了党的政策！"

县领导听了，气得脸红一阵白一阵，可又不便发威，毕竟张富清说得有道理。张富清也不管那么多，也不管领导高不高兴，一句妥协的话也没说，更没找个台阶给领导下。最后，领导只得自找台阶，夸他坚持原则，党性观念强，不愧是部队培养出来的，有军人直来直去的硬作风。张富清也不去想领导是在真夸他，还是话里有话。他本来就不爱说话，坐在那儿半天也不言语，谈话在尴尬的气氛中不欢而散。

淳朴简单的张富清一身清爽地走出了领导的办公室，迎着扑面而来的春风，抬头望一眼蓝天白云，他像打了一次胜仗，情不自禁地哼唱起了在部队学会的第一首歌曲《三大纪律 八项注意》："第一一切行动听指挥，步调一致才能得胜利；第二不拿群众一针线，群众对我拥护又喜欢……"

张富清勤勉、扎实、清廉的工作作风，赢得了上上下下、里里外外的一致好评。当年来凤县粮食局党支部对张富清进行了考察，结论是"能够带头干""群众反映极好"。因为工作成绩突出，1956年5月，他被提拔为县粮食局副局长，任职不久，又到纺织品公司任党支部书记。

找水

正当张富清准备甩开膀子大干一场的时候，他被安排进入恩施专区党校脱产学习。

张富清自知自己从小没有上过一天的学堂，是地地道道的文盲，只是从

1953年下半年到1954年底，他才正儿八经地在解放军办的正规文化补习学校里扫了盲，识了字，粗浅涉猎了党的基本知识和基本理论。因为时间太短，不仅不系统，也不完整，对毛泽东思想的掌握更是一知半解。他深知自己文化底子薄，跟不上社会主义建设发展的需要，他十分渴望学习。当县领导征求他意见时，他说："我是个放牛娃出身，能进党校学习，我是求之不得。"

在党校学习期间，他勤学苦记、分秒必争，别人上课学，他加班加点学，连星期天也学，一有疑难问题就虚心地求教于老师和同学。他要抓住党校脱产学习的大好时机，填补自己的知识空缺，为今后投身社会主义建设打下文化基础。也就在这一年的深秋，张富清的大儿子出生了，那是一个国家建设的火热年代，他给儿子取名为张建国。

1959年，张富清从党校学习结业，组织上任命他担任三胡公社（1958年成立农村人民公社，实行政社合一，三胡区改制为三胡人民公社）副主任。安排他任职的理由是：三胡公社贫穷落后，急需年轻有为的干部充实公社领导班子，以尽快改变三胡的落后面貌。

在当时，来凤县城里的人常这样打趣三胡公社：三胡的人，都是吃稀饭的，如果在县城看到谁衣服上有稀饭渍，准是三胡的。

反正一个字：穷！

那个时候，张富清一家人已经在来凤县城生活了整整四年。经过这四年的适应，他们已由当初的人生地不熟、听不懂当地的方言、吃不惯当地的饮食，逐渐融入了当地人的生活。家里的人口，也由当初的两个人，变成了四口之家，女儿建珍已有4岁，儿子建国也有2岁了。一家四口人住在两间砖瓦房里，虽然房子不宽敞，但也不太拥挤；生活虽然过得清淡，但一家人和和美美，苦中有乐。从来凤县城到三胡，不仅工作环境和生活条件将发生很大的变化，而且子女入学以及就医更是困难；从县城到山沟乡镇，生活质量不是大踏步地提高，而是大踏步地后退。在山区乡镇工作的人，无不盼望有朝一日调进县城工作，或者是能把家安在县城。可张富清却一路"逆行"，从武汉大城市到偏远落后的来凤，又将从来凤到最贫穷的三胡。

领导找他谈话的当天晚上，在饭桌前，张富清把下午县领导找他谈话、派他到三胡任职的事情告诉了孙玉兰。孙玉兰不知道三胡在什么地方，便好奇地问："三胡在哪里？"

张富清说："三胡在来凤县城的西北面，在一个叫胡家沟的大山沟里。"

孙玉兰又问："那从来凤县城到三胡有多远？"

张富清说："远倒是不远，也就30多里的路程，只是路不好走，出城就是爬山。"

孙玉兰忧虑地说:"你到了三胡,我们母子怎么办?"

张富清说:"你要是不怕吃苦,就跟我钻山沟。"

孙玉兰说:"我们不是已经住进大山里了,只是建珍、建国年龄都小,建珍就是因为来凤医疗条件差,才落下了病根。"

张富清想了想说:"要不你们留在城里,我有时间就回城里看你们。"

孙玉兰说:"留在县城里,就医上学倒是比三胡方便,可我们在城里一个亲人也没有,也没个依靠。你到了乡下,进了大山,回来一趟也不容易,一心挂两头,反倒干不好工作。我们还不如跟你去,一家人有苦同担、有乐同享。"

张富清说:"你可得想好了,迁出了城,想返回来就难了。"

这一夜,孙玉兰辗转反侧。她倒不是怕吃苦,也不是适应不了山里贫穷落后的生活。她主要是担心山里医疗条件差,女儿已经落下了病根,万一儿子再出现什么意外情况,那可怎么办啊!

鸡叫五更了,她的脑袋依旧一团乱麻。回望与丈夫一起走过的路,她蓦然想起自己当初在决定离开武汉到来凤时对丈夫说过的"你到哪儿我跟你到哪儿",这句话让她的心里顿时亮堂起来,纠结像乌云被风吹跑了一般,人一下子轻松了,内心的宁静让她很快安详地进入了梦乡。

哪里有困难就到哪里去,越是艰苦的地方,越是一往无前。张富清接到任命后,没有留恋,更没有犹豫,举家迁到了三胡公社所在地胡家沟,住进了紧靠山根、房门临街的两间土砖房里。

三胡公社在两座高山间的峡谷里。公社人口有2万多人,以汉族、苗族、土家族为主。那时,张富清干劲冲天,他甩开膀子、迈开步子,利用两个月的时间,跑遍了三胡所辖的胡家、苏家堡、猴粟、三堡、八股5个管理区,18个生产大队,214个生产小队(1958年三胡成立人民公社时的行政体制),他对农村、对三胡贫困落后的情况,有了更细致的体会和更深刻的认识。

三胡多山,多高山。"地无三尺平,人无三分地,身无三分银",三胡是样样都占。还有人的思想观念,更是处在一个近乎原始的状态。

靠天吃饭的地方,最怕的是天旱,可偏偏三胡连续两年大旱。老天似乎在考验张富清。在他到任两个月后,三胡又遭遇了百年未遇的旱灾,一时间各生产大队人畜用水告急。"谁去上巴院子?"公社党委田书记眼巴巴地望着党委成员。

"我去!"张富清站起来干脆有力地说。

第二天一大早,张富清头戴草帽,脚穿草鞋,背上挎包和水壶上了路。

那时,三胡公社与各管理区、生产队不通公路,仅凭一条条崎岖陡峭的山路与各生产队相连。张富清天麻麻亮从家里出发,走到下午三点才到上巴院子。因为天太热,身上带的一壶水早已喝得见了底。四面环山的上巴院子唯一的一条小河干涸了,所有的堰塘干涸了,田地里的庄稼干枯得可当柴火用,就连村中寺庙里一口千年不干的老井也快见了底。

在生产队队部,因急火攻心而满嘴起泡的大队支书说:"从来没有见过这么干旱的天,多久了一滴雨都没有下,再不下雨,人都得干死!"

张富清一口陕西话,当地人听不大懂,他尽量少说话,要说就说短句,于是说:"找到水才能保命,等雨咋行?"

支书舔了一下嘴唇说:"寺庙里千年古井都见了底,还能有什么办法?"

在他们的观念中,只要庙里那口古井枯竭了,其他的地方就再不会有水。古井标志着干旱的程度,也影响着他们找水的信心。

张富清的倔劲上来了,不容商量地命令道:"这么大的山,不可能没有水,出去找!"

支书扭头瞅了一眼窗外火辣辣的太阳说:"古井都见了底,其他的地方也不会有水。"

张富清干渴的嗓子仿佛在冒烟,他抿了抿嘴唇说:"不找,你怎么知道找不着?"

支书又看了一眼窗外说:"太阳像个火球球,会热死人的。"

张富清一听他说"热死人",心里就冒火,略带怒气地批评说:"难道比上战场还可怕吗?"

支书听了不再吭声,屋子里一时陷入寂静。窗外大槐树上的蝉正拼了命地聒噪。

张富清对民兵连长邓明诚说:"你当过兵,还上过朝鲜战场,你怕死吗?如果不怕死,你就跟我去找水。"邓明诚当了八年兵,上过朝鲜战场,登过海南岛,是一条硬汉子。

他立马站起来说:"你张主任都不怕死,我的命能比你张主任的命更金贵吗?"

张富清顾不得歇口气,顾不得酷暑炎热,带着邓明诚进山去找水。张富清家住汉江边,了解水的习性,知道山有多高,水就有多高。他们沿着干涸的河床走,去找河水的源头。太阳像火球,山上的树都快烤焦了。炽热的鹅卵石直烫脚板,攀爬一道道崖壁,就像手里握着滚烫的烤红薯。他们热得嗓子像着了火,全身汗水不停地往外冒,衣服是湿了干、干了湿。太阳落山前,他们终于走到了小河的源头。源头在一座陡峭的山峰下的一个石洞里,洞口有大水缸粗。邓明诚说,往年这儿可是泉水叮咚,现在成了干鱼嘴。张富清摆了摆手,示意邓明诚少说话，以保存体力。他蹲下身子，弯着腰往洞里钻。邓明诚用手扯住张富清的衣服说，不要往洞里走得太深，听祖辈讲，洞里有妖怪，凡进去的人，就没有能走出来的。张富清笑了笑，让他留在洞外守着，自己钻了进去。

山洞黑黢黢的，像张着的鳄鱼嘴。地上的细沙软绵绵的，给人一种阴森森的感觉。张富清从挎包里取出手电筒，洞穴一下子亮堂了。越往里走越清凉，越往里走越幽静。刚才还大汗淋漓，现在全身凉爽。他照了一下洞壁，再用手摸，石壁上不像外头那么干燥，有一种湿漉漉的感觉。此时，突然从前方传来水的滴答声。他赶紧往前走几步，拐一道弯，在手电筒的光束下，一摊清水如蓝宝石般发出光亮。他仿佛在沙漠中看到了绿洲，几步奔过去，先是用手在平静的水面上划了几下，然后将手电筒放到一边，用双手捧起水一口气喝了个够，只觉得凉爽沁入了心坎。他拿起手电筒朝石壁上照去，凹陷的石壁长满了青苔，一股股清泉水正顺着青苔向下缓慢地滴淌着。

张富清欣喜万分，朝洞外大喊了几声，但不见邓明诚应答，山洞里只有他自己的回音。他取下喝空了的水壶，装了满满一壶清泉。

张富清走出洞外，邓明诚正急得在那儿转圈圈。张富清对邓明诚说："这下好了，洞里有水。"邓明诚哪里肯信。张富清将水壶递到他手中，说："你喝一口就明白了。"邓明诚接过满当当的水壶，顿时手心里感到丝丝凉意，他激动地一把拧开水壶盖，仰起脖子咕嘟咕嘟直往喉咙里灌，然后一抹嘴巴感慨万分地说："太解渴了！祈祷观音下雨不见雨，张主任来了有水喝。"

张富清看天色还早，让邓明诚赶在太阳落山前回村里，通知每家派一个人来取水。

这一夜，上巴院子沸腾了，人们喝到了甘甜的泉水。天旱干死人的恐惧在他们的心中烟消云散。通过找水这件事，人们明白了一个道理，那就是天无绝人之路，只要努力就一定能走出困境。

第二天，在张富清的带领下，他们又在一个深山沟里找到了一处泉眼。第三天，他们继续扩大战果，在离村庄最远的北山峰下再次找到了一个泉眼。

这一年入秋后，张富清带领上巴院子的几个生产小队的社员大搞水利建设，在几处水源地筑了小水坝，修渠引水，确保农田灌溉。1961年、1962年，上巴院子连续两年粮食丰收。他们不仅摆脱了干旱饥饿，还积累了在水源地修筑小水坝、在小河滩修筑小堰塘来抗旱保丰收的经验。

连心路

1977年，国民经济得到较快的恢复。秋后，经过前期的充分准备，卯洞公社党委吹响了攻坚克难的号角，集中力量打响了修通高洞公路的大会战。

为了便于开展工作，张富清天天吃住在管理区和生产队里，与群众并肩战斗在工地。那时没有专业包工队，没有挖掘机，没有矿石机，没有碎石机，完全靠义务投工、人工作业的土办法修公路。由于地势险要，80%的路要靠开山炸石开路，其中最难的一段路处于鸡爪山的悬崖峭壁中，必须从绝壁上凿出一条路来。

按照先前的安排，高洞民兵连专门挑选了六个胆子大的民兵骨干组成突击小组。一个姓侯的扁脸小伙与一个姓代的圆脸小伙为第一组，他们先在崖壁上打出炮眼，放响第一炮，凿出立足之地后，其余两组跟进，分别朝东、西两头凿进。面对让人眼晕的万丈深渊，六名队员无不心生畏惧，一个个打起了退堂鼓。

面对年轻人的畏难情绪，张富清没有表示不满，更没有训斥，而是对他们流露出来的胆怯和担心给予了深深的理解。张富清心想，与其动员别人干，还不如自己先示范。于是，他微笑着对小侯说："小侯，把你腰上的绳子解下来，我下去。"

小侯熟悉张富清，知道他的年龄与自己的父亲一样大，更知道这条高洞公路是他提议修建的，为修这条路张主任费了不少心思，从项目论证到现场测绘，从施工组织到人员调配，他是全程参与。眼下，开山炸石，遇到了险难，他不顾年岁大，要亲自出马。小侯一时不好意思地愣在了那儿，想说点什么，却又不知如何开口。

这一年张富清53岁，他的身子虽然不如当年在战场上那般敏捷壮实，可是他的气魄依然保持着当年在战场上当突击队员时那种不服输、不怕死的狠劲，面对眼前的危险，他勇敢地冲了上去。他再一次不容商量地命令小侯说："你把绳子解下来给我。"

小侯又一次愣在了那儿，发蒙似的看着张主任伸过来的手和坚定的目光，最后只好解下系在腰间的比大拇指还要粗的绳子，交到了张富清的手中。张富清对小代说："我看你平常胆子蛮大的。我先下，你跟上。打炮眼必须两个人，一个握钢钎，一个抡铁锤，没人合作不行，你和我一组。"

乌鸦嘎嘎地从崖前飞过，一朵朵洁白的云彩仿佛悬挂在鸡爪山的山顶上。

悬崖下站满了围观施工的人。张富清泰然自若地走到悬崖边，其余几个小伙子坐在地上，脚蹬石头，手里紧紧抓住系在他腰上的绳子。他对几个放绳的小伙说，不要紧张，一点一点慢慢放。说完他双手扒住崖壁，转身下去。这次他腰里别的不是手榴弹而是一把锤子，不是去炸碉堡而是来崖壁修路。他双脚撑在崖壁上，双手抓牢绳子，随着绳子的延伸，他一荡一晃地像壁虎一样下到了半中腰，找一条石缝，用手扒牢，寻一块凸出的石壁站稳脚，待小代下来，两人就开始在绝壁中打炮眼。随着铁锤敲打钢钎的响声，随着钢钎撞击岩石的火花飞溅，钢钎一点一点地打进山体，第一个炮眼打完了。接下来，第二个、第三个……然后是装填炸药，放置雷管，用半干半湿的土堵实炮眼。点导火索是开山炸石的最后一关，小代害怕地摇着头。张富清说，那第一炮我来点火示范，你先上去。张富清点燃导火索后，吹响了口哨，上面用力拉，他双脚用力蹬岩缝，双手抓绳向上攀登。三根导火索嗞嗞作响，吐出的烟雾笼罩了山崖，笼罩了像蜘蛛侠一样向上攀爬的张富清。

随着轰轰轰三声巨响，一时之间地动山摇、碎石飞溅。随着一阵烟雾散去，崖壁上留下了比雨伞小不了多少的凹洞。

小伙子们欢呼雀跃，齐声夸赞张主任了得！他们不知道，此时张富清的耳朵里正在轰鸣。这是他在壶梯山战斗中炸毁最后一个碉堡时因离得太近而留下的耳鸣后遗症。

小侯显然受到了深深的触动，他慷慨激昂地说："有您做示范，现在我们不怕了！"张富清微笑着给围在身边的小伙子们讲了下山攀壁的动作，讲了抡锤打炮眼的要领，讲了导火索留多长、离多远再点火的规则和经验。待小伙子们都听明白了，他像指挥打仗一样，右手一挥说："那就看你们的了。"

最险最难的鸡爪山，每天随着铁锤锤打钢钎的撞击，随着钢钎打出一个个炮眼，随着轰隆隆一声声炮响，随着岩石一块块被炸飞，绝壁中的天堑一天天有了路的模样。

开山炸石凿路，需要胆量，需要人力，更需要炸药。七公里的山路，上面按工程量下拨了相应的炸药和雷管。可工程才进行到一半，炸药已所剩不多。找县上申请，回复说，进入冬季各公社都在大搞农田水利基本建设，根本没有多余的炸药可以调剂，问张富清他们能不能等到明年秋冬再施工。当时弓已拉满，箭已射出，2000多名民工已经分段进入施工现场，开山修路刚刚进行了一半。古语讲，气可鼓不可泄。民工们干劲正足，只有一鼓作气，才能达到事半功倍的效果。张富清对彭书记说："工程不能停，没有炸药我们可以自己造。"张富清从烟花厂请来师傅，用硝酸铵与锯末合成制作炸药。其间，他亲临现场，对工艺流程和明火管控严格把关，最终土炸药研制成功。他科学调配，把上级下拨的 TNT 炸药集中用到鸡爪山之类的崖壁开凿上，以确保安全，确保开山进度，而自制的土炸药用来炸开挡路石和相对平缓的小山包。

1978 年早春的一个傍晚，经过五个多月的艰苦奋战，从鸡爪山崖壁中开凿的公路终于打通，与两头新修的公路成功连接。晚霞的映照下，这条路像一道美丽的彩虹盘绕在鸡爪山的山腰间。

那是热火朝天的岁月，那是让高洞人永远铭记的日子。张富清和几千名社员一同奋战了 160 多个日日夜夜。他既是指挥员，又是战斗员，与年轻人一起抡大锤，打炮眼，开山放炮，在崖壁上硬生生地凿出一条路来，圆了高洞山寨 2000 多土家族苗族儿女通公路的世代梦想，结束了送公粮、卖烤烟、买肥料只能靠肩挑背驮的历史。

春风骀荡。当高洞山顶上的桃花、杏花、梨花以及满山的野花一齐盛开时，当突突突冒着黑烟的东方红拖拉机装着老百姓需要的化肥、种子、生活用品爬到高洞山顶，再将稻谷、烤烟等土特产装上车运下山时，全村男女老少围着拖拉机跳起了土家族、苗族欢快的舞蹈，男人们痛饮起他们最爱的苞谷烧酒，他们像过节一样庆祝高洞公路竣工通车。

重新站起来

2012 年 4 月，来凤正值春暖花开、春光明媚的好季节。粉红的桃花开得艳丽，雪白的杏花开得清雅，淡黄的迎春花开得秀美。这一天，住在老街建行家属院内的张富清老人，还像往常一样 6 点按时起了床，洗漱后，下楼到院子里。因为院子太小，他习惯性地沿蓝河（老虎河）边散步。

张富清沿着河边的小道刚走了一半，只觉得左腿膝盖突然有点不对劲儿，时不时产生既像蚂蚁叮咬又像针扎般的疼痛。因为人老了，怕冷，他还穿着毛裤，他几次停下脚步，掀起裤腿，察看膝盖的疼痛处。左看右看也没有发现异常，可是一阵阵的疼痛，让他没了散步的心情，更没了欣赏春光的心境。

他停下了脚步，向回折返。这是他散步以来第一次走了一半就折返回家。

一天、两天、三天……半个月过去了，疼痛越来越频繁，越来越剧烈。有一天晚上，张富清竟然疼得忍不住叫出声来。老伴打开灯，只见他正用手捂着左膝盖，龇牙咧嘴满脸痛苦。在老伴的一再追问下，他才给老伴讲了这半个多月来身体的不适。

天亮后，孙玉兰着急地给两个儿子张建国和张健全分别打了电话，让他们到家里来，把父亲送到医院去看医生。

在县医院，一番检查后，初步诊断为风湿性膝关节炎，采取针灸理疗和消炎办法处理。一个月住下来，疼痛非但没有减轻，反而逐渐加重，膝盖的红肿处越来越大，还有了明显化脓迹象。张建国、张健全两兄弟一商量，决定转到恩施土家族苗族自治州人民医院。医生针对病情采取了消炎引流的办法。经过大半个月的治疗，病情依然不见好转，医生给他们兄弟俩建议转到湖北省人民医院，说那里医疗条件更好，医生水平更高，对老人的治疗更为有利。为了尽快治好父亲的病，两人采纳了医生的建议，立即将父亲转到了省人民医院骨科。

张富清住进省人民医院骨科时已是8月盛夏了。此时的张富清，膝盖发炎化脓的程度已经非常严重了，皮肤表层红肿得相当厉害。根据张富清的愿望，为保住腿，骨科陶海鹰主任先是采用灌洗引流术进行保守治疗，也就是说把膝盖切开，用导管输送盐水冲刷脓液，然后填压大块纱布，待炎症消除后，再施行膝关节置换手术。

每次换药，拉扯伤口里的纱布时，护士虽然万分小心，可是还会牵扯出血肉。消毒完了，又一条一条地填压新纱布。医生反复叮嘱他，要是疼得忍受不了就喊出来。可张富清怕影响医生治疗，干扰其他病人，硬是咬着衣角不出声，哪怕是痛得大汗淋漓，他也是一声不吭。

由于已经错过了最佳治疗时间，所以两周的保守治疗效果并不明显，还有恶化的趋势，真菌和细菌感染严重，软组织坏死部分在扩大，弄不好会引发败血症。好在持续的高烧得到控制。最终，陶主任决定实施截肢手术，以保全张富清的生命。

一天上午，陶海鹰主任在查完房后，专程来到了张富清住的病房，与张富清及其亲人进行术前谈话，讲清手术的理由和风险。

听说要截肢，张富清犹如遭当头一棒，好一会儿说不出话来。他在心里想，战争年代都没有倒下，如今怎么就被病魔打垮了呢？竟然还要截肢！他哀求医生说："不截行吗？"

"您要腿还是要命？"

"我不怕死，可我不想是个残疾人，拖累家人、拖累国家。"

"您是老干部、老革命，年轻时为国家做贡献，老了国家给您看病，哪里谈得上拖累。"

"正因为老了，不能给国家做事了，才应该少给国家添麻烦。"

"您这个老同志啊，就是思想太好了。您现在都这样了，心里想的还是国家，还怕给国家添困难，太少见了。"

在此之前，陶海鹰主任已经与张富清的儿女们说明了截肢的理由。他们均表示尊重科学，尊重医生的意见。为此，他们一齐上阵劝父亲听医生的，先把命保住再说。

面对医生的主张、儿女们的劝说，张富清只得默默点了头。

几个小时后，张富清从手术室被推了出来。他脸色苍白，手脚冰凉，被子下面左腿处已是空空荡荡的……

麻醉的药效消失后，张富清渐渐苏醒。他只感到大腿根好痛好痛。他躺在雪白的病床上，身上插了好多管子。他用手去摸疼痛的地方，觉得身体少了什么。什么呢？他动动右脚，脚在；他想动动左脚，但大腿根以下什么都没有了。他一时反应不过来，我的左脚呢？我的左腿呢？好一会儿，他才想起了手术前陶主任与他的谈话、儿女们的劝说，难道他们真的把我的腿给截掉了？他急切地大喊："你们把我的脚弄哪里去了？没有脚，我怎么走路，还怎么行军，还怎么打仗？我不就成了一个没用的废人了吗？"

守在病床边的张健全急忙握住父亲的手说："爸爸，你做梦了吧！还想行军打仗哩！医生给你做掉了，是截肢手术。"

看着爷爷可怜的样子，张富清在湖北民族大学音乐舞蹈学院当教师的孙女张然忍不住泪流满面。可清醒后的张富清却没有流泪，他只是非常平静地看着亲人，他那坦然的样子，仿佛在说：没事了，你们不要为我担心。

无论怎样，一条腿没了，张富清的内心或多或少都有着无法言表的伤感。老人只得长叹一声："我的这条腿啊，陪我走了多少路！"他竟然自言自语，"战争年代腿都没掉，没想到和平年代腿掉了！"

张建国、张健全齐声劝他说："保命要紧，腿没了怕什么，以后我们照顾你。"

张富清知道儿女们孝顺，知道儿女们为给他治病操碎了心，知道儿女们为了支付手术费还借了12万元的债，他充满歉疚地说："以后我是不是就成一个废人了？什么都干不了，还要拖累你们！"

张健全是老幺，平常跟老爸说话比较随意，他以略带批评的口吻说："您老人家说的什么话！养儿干什么？就是防老。您老人家有病了，躺床上了，就是我们兄弟姐妹的事。"

"我既然不能为国家做贡献了，就不能给单位添麻烦，也不能给你们添负担，"张富清感动而坚定地表态说，"我必须重新站起来，至少做到生活自理，不能坐在轮椅上让人照顾。"

张富清年岁太大了，医生们估计，老人截肢后，余生只能在床上和轮椅上度过了。

可此时的张富清已经暗暗在心中开始制订自己人生冲锋的计划了。伤口基本愈合后，他用一条腿做支撑，先是沿着病床移动，后来慢慢地扶着墙壁练习走路。一开始，掌握不好平衡，有好几次他都差点摔跟头。有一次，他不小心摔破了胳膊，扶墙站起来时，墙面留下了好几道血印。

站起来自己走路，是张富清术后最大的心愿。

张建国、张健全及时为他联系了安装义肢的工厂。张富清被送进义肢厂，先是石膏打模取样，待义肢做好了，他在护士和两个儿子的帮助下，开始练习套义肢，开始康复训练。截肢后，新长出来的是嫩肉，接驳腔里即使是软的物体，一经与嫩肉摩擦，也会产生剧烈的疼痛。一边是用力站立，一边是义肢摩擦皮肉后难忍的疼痛，每次站立，汗水就湿透了的衣衫。但张富清一直坚持着、忍耐着、练习着。年近九旬的张富清心里只有一个信念：我要站起来，打仗我没有倒下，病魔也不能让我倒下。"站起来！"他在心里给自己下了最后一道命令，"我要冲锋到最后！"

在武汉住院两个多月后，张富清回家了。回到家中的第二天，他就又开始锻炼起来。每天清晨，他戴上十多斤重的义肢练习行走。新生的嫩肉一次次被磨破，血水透过裤子渗出来。伤口愈合了，他接着练习；磨破出血了，再包扎。义肢太硬，硌得新长的嫩肉伤痕绷开，流血，结痂，再流血。他用手一摸，痛得钻心。张富清在心里呐喊："我要走起来，走起来才是战士！"他顽强地向困难发起新的挑战，直到嫩肉磨出一层硬茧子。

张富清凭着难以想象的毅力，重新夺回了对"腿"的控制权。他先是能一个人走到阳台上；再后来，在子女们的扶助下，能在楼下的院子里转圈圈；到了第八个月，他终于可以一个人正常行走了。

张富清以90岁的高龄，战胜了常人无法想象的困难，重新站立起来了。病魔夺走的是一条腿，站立起来的是一座屹立不倒的山！

本色

如今，张富清一家三口还住在20世纪80年代初盖的建设银行家属楼里。走进窄小的院子，给人的第一感觉，除了拥挤便是杂乱。站在楼下，举目四望，虽然房子显得陈旧，但大多数人家力所能及地进行了装修，基本上都将普通的钢筋防盗网换成了不锈钢防盗网，将陈旧的木窗换成了铝合金窗户。唯有住在二楼的一户人家，还是当初的钢筋防盗网，经受30多年的风吹日晒雨淋，早已锈迹斑斑；窗子也是盖房时安装的，是那种老式的旧木窗。这套至今保持着原初面貌的住房，就是张富清的家。

楼房没有电梯，步行到二楼，那扇陈旧的木门上悬挂着"光荣之家"的牌匾，这是张富清家有别于其他住户的鲜明标志。

两室一厅的房子，虽然面积小，可屋子里收拾得干干净净，东西摆放得整整齐齐。

房子里的地板，还是最早的水磨石地板；白色的墙壁自住进后30多年时间里没有再粉刷过，已呈现斑驳的青黄色；桌子椅子柜子凳子都是木头的，从样式上看，全是80年代的产品，无不倾诉着岁月故事；沙发是人造革的，光滑发硬。

客厅只有一张乒乓球案大小，沙发对面的墙壁上挂着一幅匾，1米长，20厘米宽，中间是草书的"寿"字，右边是寿桃，左边是"心宽益寿，德高延年"。靠南面有两间房子，一间为张富清夫妇居住，一间为大女儿张建珍居住。

张富清与老伴孙玉兰居住的卧室也就10平方米左右，虽然床、柜子、桌子、椅子和一张单人沙发等各样家具挤得满满当当，可是放置得井井有条。靠门的一面墙对着床尾，为了便于行走，只是在墙上挂了一张中国地图和一个石英钟；一张老式的双人床床头靠墙摆在卧室中央，两边各一个床头柜；进门右侧一面的墙边摆着一个衣柜、一个矮柜；靠窗的床头柜上，搁着大儿子张建国与儿媳严义芳结婚时购买的凤凰牌收录机，大儿子淘汰后被张富清拿回了家，当宝贝一样收藏了很多年，收录机上还用一块红布精心地遮盖着以防灰尘；在收录机的上方，墙壁上悬挂着两个四四方方的玻璃相框，相框里装满了一家人40余张年代不同、大小各异的照片，那里面有张富清、孙玉兰的单人照，有他们夫妇与四个儿女的合影，有孙子孙女的，有张富清与单位同事的合影照。其中拍摄时间最早的一张是1953年7月张富清在北京照相馆照的穿军装的半身像，最近的一张是2017年1月28日一大家子照的全家福，上面共有17人，年龄最大的是张富清，那年他93岁，年龄最小的是他不到一周岁的重孙。窗前摆着的是一张老旧的书桌，不宽余的桌面上堆满了书籍，还放着一个他用了60多年的搪瓷缸，白色的搪瓷缸上印有"赠给英勇的中国人民解放军保卫祖国保卫和平"等字样，白色的搪瓷掉了好几块，可他没舍得更换，一直当宝贝一样使用着。在桌面的中间，摆着两本《新华字典》，一本是人民教育出版社出版的，一本是商务印书馆出版的。两本字典封面均已发黑，看不出当年的颜色。张富清说："人教版的《新华字典》是我1953年在北京王府井书店买的，而商务版的《新华字典》是我1959年在恩施上党校时买的。两本字典各有所长，它们都是我的老师，是它们教会了我认字，让我由大字不识的文盲，变成了可以读书看报的识字人。"

书桌一旁的窗下摆着一个单人沙发,那是张富清看报读书时坐的。沙发一旁的墙角处,放着助步器、轮椅和义肢。

在那两居室的房间里,无论是漆面斑驳的木家具,还是掉了瓷的搪瓷缸,无论是陈旧的字典,还是散发着浓浓亲情的老照片,无论是发黄的书籍,还是老古董的收录机,无不是张富清平凡普通而又坚守初心、保持本色一生的写照。从每一件物品中,我们都能追寻到张富清人生的奋斗轨迹,都能看到他朴素的生活境况和富足的精神状态。

初心永恒

2019年的春天,来凤这座毫不起眼的小城因老英雄张富清而名扬神州大地。一时之间,全国各大新闻媒体的记者,从四面八方纷至沓来,采访深藏功名六十余载的老英雄张富清。

有的人稍有一点成绩,就担心旁人不知,四处宣扬、广而告之;有的人哪怕是血洒疆场为人民立了大功,也不动声色。张富清即是后者。他深藏功名六十余载之后,经各种媒体报道,成为2019年开年后一件轰动的事情。

眼见媒体宣传的热潮一浪高过一浪,张富清心里很不高兴,也很不安。自己隐藏了一辈子,60多年不曾对任何人讲过的功勋,现在竟然被铺天盖地地到处宣扬。想起那些在战斗中牺牲的战友,他心里时常像被人用锥子扎了一般。他实在不能忍受了,他要好好地跟儿子健全谈一谈。

不知是张健全工作忙,还是刻意回避他,一连几天,他连张健全的人影也见不到。

终于,一个春光明媚的上午,张健全满脸喜悦地回了家,进屋正准备对老人说一件喜事,却见老父亲满脸不高兴,就问父亲是不是身体哪儿不舒服。张富清用手一指胸前,不再说话。

张健全吓了一大跳,赶忙问:"是胸闷?"

张富清说:"当初不是说好了,只是为了登记才拿出那些军功章的。现在报纸电视宣传得那么厉害,是干什么?"

张健全只好搪塞说:"人家媒体要宣传,我有什么办法。"

张富清说:"当初就不应该听你的,接受他们的采访。"

见父亲埋怨,张健全心想现在也没必要再跟父亲绕圈圈了,于是直截了当地说:"现在可由不得您老人家了,一家媒体记者讲,明天报纸将刊登习近平总书记的重要批示。"

张富清愧疚地说："我做的那点事，与牺牲的战友比，算得了什么呢？如今我还活着，可战友们为了新中国的解放都牺牲了，我有什么资格拿那些军功章去显摆。"

张富清一辈子谦逊做人，从不骄傲自满。2019年7月26日，中共中央总书记、国家主席、中央军委主席习近平在北京会见了全国退役军人工作会议全体代表。60多年前，张富清为参加抗美援朝战争，在北京有过短暂停留。60多年后，他作为全国退役军人模范代表再一次进京，受到了总书记习近平的亲切接见。在合影现场，习近平俯下身，双手紧握住张富清老人的手，同他亲切交谈，并致以诚挚问候。张富清激动地说："感谢总书记，感谢党中央。我是党培养的，我要紧跟党走，做一名党的好战士。"习近平说："你都做到了。你是全党全国人民的楷模！保重身体，健康长寿。"

总书记一句"你都做到了"，是多么高的评价啊！一句"你是全党全国人民的楷模"，是多么崇高的荣誉啊！一句"保重身体，健康长寿"，是多么亲切的关怀啊！张富清当即感动得热泪盈眶。

7月，雨后的晚霞染红了翔凤山，染红了张富清家客厅的半面墙壁。张富清望着那血红的晚霞，仿佛置身于红旗猎猎、军号声声、硝烟弥漫的战场。

张富清每讲完一段征战的往事，他都会停下来，喘口气，歇一歇，就像爬了一段又陡又长的山路。

张健全听了父亲讲述的战斗经历后，大感不解，问父亲："突击队，就是敢死队，组织上为什么老让你当突击队员？"

一听儿子说"突击队员"四个字，张富清两眼放光，马上坐直身子，说："当突击队员，是组织对你的信任！如果是一个胆小鬼、一个对党不忠诚的人，想当还没有资格哩！"

张健全还是有点不明白，继续问："为什么这样说？"

张富清说："如果是一个胆小鬼，他就完成不了炸碉堡的任务；如果对党不忠诚，他要么临阵脱逃，要么临阵投敌。无论是前者还是后者，都会给攻城拔寨造成巨大的损失，因为在战场上每分每秒都有人为胜利而牺牲。"

一直以来，张健全都对父亲不怕死的劲头充满了不解和好奇。他问："子弹又不认人，你就不怕死？"

张富清自豪地对儿子说："我打仗的秘诀就是不怕死，决定不怕死的关键是信仰和意志。只要党和人民需要，我情愿光荣牺牲，那就正如毛主席所说，为人民利益而死的，就比泰山还重。想明白了这个道理，自然就不怕死了！"

张富清的回答，袒露的正是他浴血疆场、冲锋在前、英勇杀敌的法宝，也揭开了他深藏功勋、淡泊名利、一心为民的密码。

正如一位记者在一篇报道中所写的那样:"任凭岁月磨蚀,张富清老人朴实纯粹的初心,滚烫依旧,感召日月。莫道无名,人心是名,在张富清心里,人民幸福就是最大的功名。"

有一次,张健全见父亲与前来采访的记者、作家谈兴正浓,便对父亲说:"你就再讲一个当突击队员时炸碉堡的故事吧!"

张富清深思良久,又开启了他封存已久的回忆。战斗的经过是这样的:

壶梯山战斗于当天下午胜利结束,敌八十二团团长董文轩率领仅剩的几十个残兵逃下了壶梯山。敌前线总指挥裴昌会察觉我军决心吃掉钟松三十六师的意图后,马上命令第三十师放弃韩城,向王庄附近的钟松部靠拢,同时命令驻澄城的整编第三十八师第十七旅王栋部北进至王村镇,以加强兵力。钟松在壶梯山失守后,害怕重遭沙家店命运,按照预先方案,余下部队全部后撤,做梯次配置,采取逐级抵抗。敌第二十八旅撤至塔虎村至露进一线,敌第一六五旅速撤至王村镇。钟松率师指挥所及直属部队转移至王村镇南四里之外的杨家凹,整编第一二三旅担任师部撤退掩护。敌第二十八旅旅长与钟松素有嫌隙,对钟松分配的掩护任务极为不满,为保存残余部队,他下令关闭电台,撤到安全地带。钟松气得咬牙切齿,也无可奈何。撤退中,第一二三旅、第一六五旅、师直属部队拥挤在一条道上,人、马、车相互冲撞践踏,场面极其混乱。敌人的撤退,正是我军反击的大好时机。西北野战军奉彭德怀司令员命令,全线乘胜追击。杨家凹又成为主攻的战场,三五九旅又成为攻击敌人核心的主力部队。

在杨家凹战斗中,敌人以寨子为核心构筑工事,梦想阻挡我军的追击步伐。我军先是利用大炮进行了猛烈的轰击,在炮火的硝烟中,随即展开了冲锋。没想到敌人在寨子门外设了暗堡,强大的火力让我军官兵举步维艰。趴在壕沟边的李连长高喊:"突击队员,给我上!"张富清猫着腰跑到连长跟前,连长这才想起在壶梯山战斗中其他突击队员已经全部牺牲,仅剩下了张富清这个突击组长。连长说:"换人,我得让突击队留个种!"战斗每时每刻都在死人,容不得商量,容不得耽搁一分一秒的时间。张富清不由分说,带着一名战士从侧面迂回冲了上去。

连长在他身后高声吼道:"富清,机智点儿,你可得活着回来!"连长的嘶吼声,很快被重机枪的咆哮声淹没。

8月盛夏,炎炎烈日炙烤着大地。张富清因为跑得急,额头上的汗珠子直往下滚,他时不时就得用袖子擦一下汗,要不然就会流到眼睛里,蜇得睁不开眼。他全身的衣服也被汗水浸透了,就像遭雨水淋了一般。

暗堡里的机枪嗒嗒嗒地响着,看着战友一个个倒在冲锋的路上,张富清一时急了眼，顾不得生死，满脑子想的是如何接近并炸掉那个要人命的碉堡。张富清吸取前面几个牺牲了的战友的教训，不是直接往上冲，而是迂回前行，借着敌人挖的战壕运动到了那个暗堡一侧，将身上仅剩的四颗手榴弹捆在一起。他贴着碉堡，一步一步靠近了碉堡的射击孔，然后以最快的速度将手榴弹塞入孔中。

随着轰的一声巨响，敌人的土木工事被掀上了半空。

"嘟——嘟——嘟——"的冲锋号声再次响起，"冲啊——杀啊——"的吼叫声响彻杨家凹……

最终，坚守杨家凹的敌第一二三旅三八六团被全歼，据守王村镇的敌第四九五团除一部突围外均被消灭。钟松设在杨家凹的临时师部被我三五九旅官兵占领，鲜红的中国人民解放军"八一"军旗插在了杨家凹最高的土丘上，在万里无云的碧空中，是那样耀眼夺目。杨家凹战场渐趋平静，硝烟正随风逐渐散去，只余山头上的一缕轻烟在蓝天下袅袅上升，直到最后消失在关中平原的上空。

黄昏前，杨家凹战场打扫结束。张富清和他的战友们押着俘虏，背着缴获的武器，唱着凯歌，朝着新的宿营地出发……

张富清缓缓讲述完杨家凹战斗的往事，良久，他还沉浸在失去战友与取得胜利的百感交集的情绪中。如今流血牺牲已经成为辉煌的历史，于当年征战的张富清而言，那是一场战斗的结点，更是新战斗的起点。

初心永恒，光照一生。前进的路上纵有千难万险，张富清仍然会以突击队员的身姿，一如既往地冲向前方。

"向前！向前！向前！"这是一首催人向前的战歌。张富清一唱就是一辈子。如今他虽处耄耋之年，可依然激情满怀，不忘初心，砥砺向前。一如烈士陵园里那高耸入云的持枪战士雕像冲锋向前的姿势一样，一如那滔滔不绝奔腾不息的酉水河一般，只要生命不息，他就会永远向前，永远向前……

爱的礼物（节选）

_哲夫

把中国扶贫放在全球语境下你会有惊人的发现。

——题记

第七章　爱的礼物

枯萎了一冬的草地上又新生起茸茸的绿草。它们属于碧连天的芳草，它们是大地的衣裳和春天的使者。它们擅长安慰人的眼睛，滋润人的心灵。在足球场还会被修剪得整整齐齐，垫那一颗不停滚动的球形物，和不停奔跑并互相追逐的各国运动员的大脚……

1. 鹊报

五律（平水）

太行鸦声暗，京华鹊报明。
高枝低北岳，傲雀轻南莺。

东潜吞金鳄，西浮露脊鲸。
奔波千万鲤，也想起峥嵘。

  这儿是一片生命的乐园，有蓝色的海洋，绿色的森林，重叠的山峦，纵横的溪谷，干燥的沙漠。这儿的每一寸土地，每一寸空间，都充满生命。大到几十吨重的巨鲸，小到肉眼看不见的细菌，长寿有千年不死的老龟，短命有朝生暮死的蜉蝣。天上的飞鸟，地上的走兽，海中的游鱼，以至一棵普通的小草，一朵平凡的野花，都是富有生命力的。千百年大自然淘汰了无数过时的生命，物竞天择，适者生存的自然规律，掩埋了无数具生命的骸骨，灭绝了无数种生物。这些生物曾经为了生存努力搏斗过，挣扎过，它们热爱生命，带着不驯的神情在漫长的岁月的演变中壮烈地牺牲。"牺牲"这个词用到那些古生物的身上似乎有些滑稽，然而当人们了解到那些死去的猛犸、恐龙、剑齿虎等生物，如何壮烈地捍卫过自己的生命，那么这个我们人类用来表彰高贵者壮烈殉难的特定名词，也无妨送给那些为生存付出了生命代价的古代生物。人类是这片土地的主人，不，是这颗蓝色小球的主宰者。他们是智慧的，凭着他们的智慧，他们成了万物的灵长。凭着智慧征服了海洋，征服了土地，征服了整个大自然，成功地生活在这颗称之为地球的蓝色小星上，领导着生命的合唱。只有人类最懂得生命的价值，最理解生命的意义。

以上是我20世纪70年代所写《生命乐园》的片段文字，读来如同隔世，却似乎仍有警世意义。也许从那时起就决定了我终生的创作方向。

  时至今日，我想问自己和人类的是，人类领导的这场生命合唱，结果如何？人类真的懂得生命的价值了吗？人类真的理解了生命的意义了吗？联合国刚完成一次对我们这颗星球的全面体检，地球上100万动植物物种面临灭绝，占地球800万物种总量的八分之一，许多物种的灭绝就发生在数十年内。物种灭绝速度比1000万年的平均值高出几十到几百倍而且正在加速。1900年以来大多数"主要陆地栖息地"的本地物种平均丰度至少下降了20%。超过40%的两栖动物物种、近33%的造礁珊瑚和超过三分之一的海洋哺乳动物面临灭绝危险。

  2016年6190种人类驯养哺乳动物品种中有559种已经灭绝，约占总数的9%，至少1000种受到威胁。人类活动"严重改变"75%的陆地环境和66%的海洋环境。超过三分之一的全球陆地表面和近75%的淡水资源被用于农业和畜牧业生产。到2000年1700年时存在的湿地已经丧失85%。包括猎豹、狮子、长颈鹿等哺乳动物在内的近9000个脊椎动物物种的数量在1900年至2015年间显著减少。在过去100年里，约200个脊椎动物物种灭绝。320种陆地脊椎动物已经消亡，余下的脊椎动物在物种丰度上平均减少25%。无脊椎动物的情况也非常类似，过去35年间，甲虫、蝴蝶等无脊椎动物数量减少了45%。

目前有16%至33%的脊椎动物处于濒临灭绝状态，以大象、犀牛、北极熊等大型动物的种群数量减少程度最甚，猎豹去年在全球只剩下7000只，接下来的15年，这一数量又将减少50%；失去了栖居地婆罗洲猩猩和苏门答腊猩猩多年以来已经居于濒危状态；非洲狮的数量在过去20年减少了40%多，尤其是西非狮，已濒临灭绝，只剩下400只。

人类对灭绝动物的拯救也并不总是有效，雄性夏威夷乌鸦拒绝交配，因为它是人类养大的，不认为自己是一只鸟。辛辛那提动物园不得已把一对苏门答腊犀牛姐弟放在一起交配，因为它们是北美最后两只了。还有苏拉冢雉，它们下的蛋要在火山灰中才能孵化，为了让它繁殖，就要制作模仿火山灰的孵化箱，下蛋后，还要把蛋拿走，骗它们，让它们再下一只蛋。人类错误地以为，自己能破坏也能拯救，能污染也能治理，但其实却不是这样，破坏起来容易，污染起来迅捷，但治理起来非常之艰难，恢复如初，已经不可能。拯救万物拯救地球，如同推石头上山一样艰难，恰如世界环境科学宗师詹姆斯·洛夫洛克所说，"人类下一步的重点应该放在如何拯救人类上，而不是拯救地球。想拯救地球，那也太狂妄了"。

但詹姆斯·洛夫洛克这话也欠思量，既然拯救地球不可能，那么人类就继续破坏下去污染下去？事实上好大喜功的人类早已明白，喊着拯救地球只是面子好看，自救才是人类的最终目的。尽量不去扰动地球就是一种最好的自我拯救，而这一点人类完全可以做到。例如中国全面实施的25坡以上田地全部退耕还林，就是一种非常有效的修复手段。近来美国卫星拍下的照片显示，地球正在变绿，大部分"绿"来自于亚洲，中国和印度最为显著。这一方面是中国在绿化和退耕还林方面的始终不渝取得的显而易见的成果，另一方面也是地球在日渐变暖的自然迹象，连冰雪圣境喜马拉雅山都长出了绿色的小草，这种迅速的变绿也隐藏着潜在的凶险。印度和中国同样是农耕大国，中国绿色有三分之一来自农耕作物，印度几乎80%的绿色是农作物，农作物消耗掉了大量地下水，不加控制会带来严重的生态问题。

在地球村，绝对找不出两块完全相同的土地。任何一块土地都是独一无二的，故又称土地性能的独特性或差异性。即使是位于同一位置相互毗邻的两块土地，由于地形、植被及风景等因素的影响，也不可能完全相互替代。土地有限且不可再生,再科学昌明工厂也生产不了土地。正像马克思所说,它不能像工业生产那样随意增加肥沃程度相同的土地数量。也如同列宁指出的:"土地有限是一个普遍现象。"人类可以围湖或填海造地,但这只是对地球表层土地形态的改变。人类只能改变土地的形态,改善或改良土地的生产性能,但不能增加土地的总量。所以,人类必须充分、合理地利用全部土地,不断提高集约化经营程度,在不合理利用的情况下,土地将出现退化,甚至无法利用,从而使可利用的土地面积减少。

国土管理部门对土地的性质最为明白。仇海涛是中国地质大学公共管理硕士;毕业后分配到山西省国土资源厅国土资源交易和建设用地中心工作。她被厅里派任岢岚阳坪乡驻村扶贫工作队队长。她在一篇演讲稿中这样描述自己驻村两年的日日夜夜:不知这两年的时间到底有多长,日子好像岚漪河水一样在山间往复循环;走的时候,也不知这两年的时间到底有多短,日子像是从这个村到那个村的距离,走着走着就到了。去岢岚当扶贫队长之前,从没想过,有一天,自己的心能有那么大,大的竟装得下990户、2416口人的安危冷暖;回太原之后,才发现自己的心,如此小,无数个夜里辗转反侧,梦里还在阳坪乡:眼前是造地良田里风吹麦浪的景色、耳畔回响的是村里乡亲们集体联欢的歌声和笑声……

她说:"2016年3月,厅党组决定派我接任岢岚驻村工作队队长。在这之前,我是国土资源厅建设用地事务中心副主任,天大的事情有主任肩头先扛着。可在阳坪乡,10多个驻村工作队员们都在等着我的安排,这10多人都还是大老爷们。更让我倍感压力的是,这次我是省国土资源厅选派前往的扶贫队长,任务背后,不仅有厅领导的信任,还有阳坪乡8个村,990户人家,2416位群众的脱贫期盼和信任。心里没底、压力重重。"

国土资源厅管的是土地,念的也是一本土地经,所以国土资源厅领导临行前语重心长的叮嘱仇海涛说:"给钱好比输血输氧,只能救一时,不解决根本问题。你们要最大限度用好、用活、用足土地扶贫政策,唤醒沉睡的土地资源……"寥寥数语,让仇海涛找到了自己扶贫的方向。她3月从太原出发时,太原已经春风和煦,万物复苏,然而土地贫瘠、低温高寒、十年九旱的岢岚,却依然天寒地冻、雪花飘飘。踏进阳坪乡的那一刻,仇海涛面对的是"比岚漪河水还要清澈的乡亲们期盼的眼神……默默地把阳坪乡990户人家脱贫的事扛在了肩上……"从那之后模样俊秀生性活泼的仇海涛"就再没把自己当作女性。在群众眼里扶贫工作不需要涂脂抹粉,花里胡哨,扶贫工作队的队长更不需要耍花腔,摆花架子。"

仇海涛白天,带着队员们走村访户,晚上,组织大家学习扶贫政策、工作方法和文件要求。做什么吆喝什么，她说："我是一名国土干部，帮助农民用好、用活、用足土地扶贫政策。""零星造地，全省没有可借鉴的范本，只有国土部出台的红头文件。"从无到有，摸索前行，艰难可想而知。2016年6月20日在岢岚县委、县政府的大力配合和推动下，《岢岚县鼓励利用民间资本开发造地实施脱贫攻坚管理办法》得到了正式通过。"当得知这个实施办法通过之时，我和工作队员们激动得满眼泪花。"她用她十月怀胎与儿子第一次见面来形容她当时的喜悦心情："那样的感觉，平生第二次拥有。第一次是产房里的母子相见。"

政策出台了，可仇海涛心里明白"谁出资，谁受益"。只有村集体出资了，村集体才能在交易后获益，村集体的账上有钱了，才能带动村里的老百姓走上致富的道路。谁来出资造地？怎样才能让全体百姓受益？钱的问题，让她和队员们焦虑重重、夜不能寐。希望在即，困难无法逾越，嘴里的燎泡噌噌蹿起。万难之时她只好去寻求组织的支持。她向岢岚县委王志东书记详细汇报了他们的想法和思路之后，王志东书记当机立断，马上拍板："你提出的问题我们马上解决，扶贫队是为了岢岚的发展，我们必须支持。"为了让谁出资谁受益这条办法能写到政府的文件中，仇海涛和县国土部门的同行们红过脸，拌过嘴，为了让这条办法顺利出台，仇海涛一个人坐在角落里，列席了县政府的常务工作会，终于得偿所愿。

6月的夏日，骄阳似火，为了选地仇海涛和驻村扶贫队员以及村干部顺着岚漪河一走就是一天。选地也必须符合生态要求，25度坡退耕还林地不考虑，只有岚漪河两岸没有被开发利用过的荒地才可以。晚上回到宿舍扯着裤腿数刺雷成了大家的乐趣。造地点选好，机器设备到位，这个节骨眼突然连续三周大雨，机器根本无法进场。平时乐天达观活泼开朗的仇海涛终于尝到了熬煎的滋味，明白了什么叫无能为力。她饭吃不香，觉睡不好，连做梦都在盼天晴。三周过去机器终于可以进场了。她喜得合不拢嘴。她这样说："为了如期完成造地任务，我和队员们每天盯在工地，采取人歇机器不停的办法，和时间赛跑，一天24小时连轴转。最终如期高质量、高标准完成造地且通过了验收。脸晒黑了、身上晒得脱皮，没有一个人抱怨和退缩，乡亲们一个尊重的眼神和几句关切的话，成了最大的欣慰和满足。"

2016年9月12日，山西省首宗增减挂钩节余指标流转、耕地占补平衡指标易地交易签约，实现了山西省土地占补平衡指标省内交易零的突破。谁出资，谁受益，岢岚的零星造地出资的是村集体，干活的是村里的合作社，受益的是村民，指标交易的资金让每一个村子的村集体经济"破零"了甚至"加零"了，少则几十万元多则几百万元。零星造地让阳坪乡的百姓看到了脱贫致富的希望，也为全省提供了造地交易范本。2015年5月27日，岢岚县与太原高新区签订增减挂钩、易地补充耕地指标战略合作框架协议，岢岚县每年向对方提供增减挂钩结余指标1000亩，易地补充耕地指标1000亩，这个协议的签订，预计收益突破两个亿。

接下来还是发挥老本行的优势，推进高标准农田建设。老百姓根本听不懂什么叫高标准农田建设，还有个别村民持反对意见，说三道四，议论纷纷，沿岚漪河五村3500亩和中寨沟1600亩土地整理项目，就是在这些反对意见中开工并顺利完工的。数千亩高标准农田平踏踏地铺在山沟里，一辈子打地埂种地的村民们第一次看到并感受到了大面积机械化种植的好处。丰收景象充满希望的田野，让村民一下子冰释前嫌，把扶贫工作队员当成了亲人。

"都说老百姓的工作难做，其实最好做。"仇海涛说，"最简单的就是百姓，他们眼里只有自己简单的利益，眼前的一亩三分地而已，没有更多的需求。人人心里有杆秤，让百姓满意的不是简单慰问的米面油，而是党员干部为民的心、敬业的情、干工作忘我的态度。你来到这个小山村若是只为了镀镀金，混混日子，你去几次，他们的眼里他们的心里怎么会有你。"

"记得有一次在我扶贫的乡里，有位老上访户大娘来到乡政府，乡里干部看见了都躲开走了，会议室只留下初来乍到完全不知情的我。"仇海涛所讲的这个真实的故事，足以振所有官僚主义的聋，发所有形式主义的聩，请仔细听好了。"大娘得知我是省城来的扶贫干部，一把就抓住我的手，于是整个下午，我都在听大娘唠叨，说实话刚去村里，语言不是完全能懂，我只是不停地点头、给大娘倒水，陪她说话，一直说到夜幕降临，大娘也口干舌燥没话说了，我把她送到大门口，大娘一直在谢我，然后才心满意足地离开。我猜懂了大娘大致的意思，但我无能为力，只能大致地解释和倾听。后来她再也没来过乡政府告状。乡里同事觉得很奇怪，问，你怎么做到的？可我什么都没做啊。后来我认真想了想：其实，这个大娘和众多的老百姓一样，他们需要的是被倾听，被尊重而已。老百姓其实真的很简单。并不奢望自己的诉求都能够实现。那件事后我想了很久，其实老百姓来找我们，能迈开脚步来，已经很不容易。就好比我们去给领导汇报工作，如何张口，如何措辞，甚至连怎么敲门合适都会想到。他们辗转反侧好久，才决定来找我们，我们至少也能将心比心，以诚相待吧？"

2017年6月21日，总书记来岢岚视察时，仇海涛就在现场。23日，习近平在太原主持脱贫攻坚座谈会时指出："要通过多种形式，积极引导社会力量广泛参与深度贫困地区脱贫攻坚。"总书记的讲话给了仇海涛启发，挖掘资源，与太原市"峰之源"车友会建立了联系，共同开设"爱心屋"超市，并把第一个点投放在最偏远也是最需要帮扶的中寨村。当一件件暖心的物品满载而来发放给贫苦乡亲们时,整个村庄都沸腾了。城里人和村里人拉家常,有钱人和穷人聊种地,融成一家人。连一个村委会都开不了的中寨村,此时此刻融合成一个大家庭。看到那一幕仇海涛终于没有忍住眼泪:"村民们过去,为什么不团结?是因为大家都看不到希望,看不到出路,看不到外面,心眼窄了,世界就小了,矛盾就多了。"

爱心屋在中寨村落地后,车友现场给村民发放了大量食品和衣物。为了让村民珍惜车友的爱心奉献,建立起一整套爱心屋运营及物品发放管理制度,将爱心物品以生产奖、劳务补助等形式发放给积极参加村容村貌建设的村民,鼓励勤劳脱贫,把扶贫、扶志、扶智结合起来。在一系列奖补措施激励下,卫生有人打扫了,参加乡村建设劳动也踊跃了,组织开会也不再困难了。小小爱心屋给村里的生产、生活带来如此巨大变化,也引起媒体和省脱贫领导组重视,在郭迎光副省长参加的"攻坚深度贫困高峰论坛"上仇海涛打造一个"爱心超市集散地、社会扶贫综合体"并作了主题发言。腊月二十三,中寨村有史以来全体村民欢聚一堂,干部集资出大头,百姓参与捐款凑份子过小年。那一晚村里的年轻人一手持手机,一手拿着话筒,忘情地投入演出中,老人们开心地乐呵,为这些土演员们打着分。一个人还没有唱完,另一个人已经在做好了准备。晚会没有演员,村民就是演员,晚会没有灯光,旺火就是灯光,全村人都来了,歌声在夜空里久久回荡……一个过去开会连人都叫不来、为了争夺贫困户名额大打出手的落后村,现在全村上百人坐到一起过小年,这是多大变化啊!

"这天晚上,从不喝酒的我被热情的村民灌倒了,最后被抬回宿舍。其实那天我知道自己肯定要醉,但没想到会醉得不省人事。喝酒前我就横下一条心,领导、同事的酒可以不喝,长辈、亲朋的酒都能拒绝,唯独今天中寨村民敬的酒一定要喝干,不能以从不喝酒的弱女子为借口,驳了村民的热脸。就是喝倒了,也不能坏了喜庆场面。乡、村干部事后抱歉地说:没把队长保护好。我说,醉倒虽然出了丑,但我真心欢喜中寨村之不易的大好局面。只要各村都能这样凝心聚力,我们的扶贫攻坚就有了坚实的群众基础,脱贫致富的目标一定会早日实现。那一天真正到来的时候,我情愿再受一回罪,为乡亲们的美好生活再醉倒一回。"

如此壮举,如此豪语,从这个清秀的弱女子嘴里说出,殊为不易。

仇海涛的演讲稿,题目文艺范十足,名为阳坪乡里种太阳。顾名思义,阳坪乡原本应该是太阳的故乡,这轮太阳,在人类历史的阴影下,被长时间、漫不经心地遮蔽了。在仇海涛的心里,扶贫如同一轮温暖的太阳。这轮太阳给贫困的乡村带来了希望，带来了阳光。然而事情不那么简单，倘若我们是光明，就会有阴影，总想悄悄地把太阳藏起来。社会是光影艺术，阴暗心理映照灿烂走台，摇曳的是高级灰。有些时候，光明是黑色的，如同一块被关入炉膛，黑色的煤。火焰欢快，舔吃黑暗的同时，会烧穿暧昧，凝聚岩浆的崔嵬。光明是块奶酪，喜鹊吃它，乌鸦也拿它为食，但它属于人类。在井沿上会生长成滑苔，一不留神，便会让汲水人有去无回。更多时候，白雪皑皑，凛冽封闭了世界，千山万水，一片差猜。猴子会爬上船桅，眺望远远的海平线上，扑将来的波山浪堆。假如我们是太阳，光明的花朵，会在阴影里盛开，蜂闹蝶飞。太阳是认真的，它会纤毫无遗，照亮尘埃，尘埃会放大鬼胎。光明是开放的，它能容纳风雷，但不容许剪裁，不容许徘徊。人生离不了斑斓，也需要脏色从中使坏，犹如欢乐裹挟悲哀。太阳是玫瑰色的盆栽，朝出暮归，守候它是光明的婴孩。啼哭在降生时便知道，阴影是光明的奴仆，黑夜把黎明依偎。日出崦嵫，八仙放下酒杯，蓬莱已不是蓬莱。物换星移，太阳还是那一枚，时光如猛虎，还在细嗅蔷薇。佛说善哉善哉。

　　2019年仇海涛参加国务院扶贫最高级别的"国考"省际交叉检查，从冰天雪地的山西黄土高原来到十万大山的贵州高原，长达十三天之久在贵州贫困村落的考察，横向比较，纵向感受，颇多感悟，她先讲了个段子：在阴冷的1月，一位乡镇干部倒在一堆扶贫表格中，同事猛扑上去拼命摇醒："同志，你醒醒啊！"他虚弱地微睁双目，吃力地挤出："这、这是贫困户花名表、家庭成员信息表、预脱贫花名表、帮扶责任人信息表、危房改造表、饮水安全表、专项扶贫表、2013调查表、2014调查表、2015调查表、2016预算表、精准贷款表、富民产业表、卫生扶贫表、教育扶贫表、异地搬迁表、社会救助表、劳动力培训表、惠农政策表、帮扶成效表……请、请一定代我转交组织！"说完又陷入了昏迷。同事含泪晃着他的身子："同志，你醒醒，醒醒，组织还有要求，还……还……还要交电子版的……"这个流传于中国广大贫困地区的段子说明了一个现象，精准扶贫不能陷入无尽的资料怪圈。仇海涛呼吁：年终考核乡政府办公室堆满各种扶贫资料，各种统计表，一个通知，作废一堆。"5"全部加了"2"，"白"全部加上了"黑"，天天加班都做不完，大量时间、精力耗在纸面上，要为村里做点实事，反倒只能挤时间。在实打实、硬碰硬的扶贫一线，来不得半点虚的。表格、数据不要羁绊扶贫干部的手脚，能共享就共享，能合并就合并，能精简就精简吧！

　　仇海涛发现在岢岚贫困户精准识别有"八不进"，贵州贫困户精准识别为"九不进"，多了一个："有赌博、吸毒、打架斗殴、寻衅滋事、长期从事邪教活动、懒惰拒不改正的，不允许进入贫困户。"村民甲诚实淳朴，勤劳耕种几亩薄田，日子还算过得去，精准识别，如实填报收入，恰巧超出贫困户识别标准，不能列为精准贫困户。村民乙因懒惰而撂荒田地，全靠亲戚接济过日子，反而被精准识别为贫困户，享受各种帮扶政策，结对帮扶干部给他买来米、面、油，他抱怨说："为什么不买成方便面？这个我还得去做，多麻烦！"村民丙老伴白内障，扶贫队员为老人联系医院，手术中日夜陪伴床前，始终未见其儿女出现，术后国土资源厅职工集体捐款 3000 元给老夫妻。此时儿子出现，将 3000 元尽数拿走。如此不肖子孙，要他何用？还有类似的，老两口膝下两女、一子，两女成家嫁到附近村，时常接济老人，但老夫妻疼儿子，把钱全部给了花天酒地的儿子，女儿劝说也无济于事，于是愤而不再接济老人。儿子没钱花就在村里偷盗，村民们避之唯恐不及。村民们也无奈，说：你们得好好地帮扶他们！

在素有"烟县、酒乡、茶城、粮仓"的贵州湄潭县，性格泼辣做事果断的"八〇后"美女乡镇书记丁亮，从另一个角度回答了这个问题，她说："我们到贫困户家，第一件事就是帮他打扫房屋庭院，去一次打扫一次，久了，他们自己不好意思了，我们人还没有去，他们就提前主动打扫干净了。懒人也是一样的，你得让他不好意思，让他知羞识耻，浪子回头金不换，知耻而后勇！"说起帮扶走访那些"倔老汉，泼媳妇"，大家肚里都有苦水，可是大家都不再抱怨："哪有天生的懒惰，那只是一种挣扎过、努力过后依然贫穷的无可奈何。"

这是一种人所难免的不断认识认识再认识的过程。

2. 花事

五言（平水）
物我共清愁，知恩斥帝侯。
青红醅美酒，金币铸吴钩。

花事一纷繁，风霜便凋残。
古今人见惯，湖海两波澜。

那天，我应孟永华之邀参加了一个聚会，济济一堂，在座的全是全省各地的扶贫队长和第一书记。无论男女，脸色无一例外是挂了阳光釉的。谈起兴县、武寨、河曲、保德，谈起那里的村庄，那里的山，那里的水，那里的人，充满了激情。他们七嘴八舌，策划成立一个扶贫协会，完全是民间性质，为此他们还请来了省民政厅的一个负责人。我静静地听他们说话，忽然想到这其实也是一种任性，单位已经结束了他们的扶贫任务，单位领导希望他们尽快恢复从前的那种工作状态，却没有想到这已经不可能。他们已经不是过去的他们，多了什么又少了什么，他们身上多了摇曳在黄土高原上农民的贫苦影子，他们的影子却失落在那些被千沟万壑尽掩风流的村庄里了。他们想把已经开始的扶贫以抱团取暖的形式继续下去。

那次聚会虽然时间不多，但给我留下了深刻印象，我觉得这和政治没关系，在任何一个国家，任何一个民族，任何一个人类群体中，都需要这样一群人，许多虚头巴脑的东西在他们参与中，推动下，都会变成实实在在的东西，在某些人眼里虚头巴脑的情分，也能转换成白花花的银子，金灿灿的金钱。就在昨天，孟永华老师给我发来如下这篇记叙文，他谦虚地说这只是一些原始材料，希望我来润色一下。我也不谦虚，以为这样的拜托，是理所当然的，我也就这么一个本事。但我刚刚一看就晕了，觉得我陷进了一片血的热度里，只有被淹没在里边的份儿，已经全然失去了雕玉琢金的技能，所以我决定放在最后一章原文照录。

同时，孟永华还转来了冯毅和杜亮妹的资料，我已经做了剪裁润色，纳入到上边的章节之中。他同时还发来了第一书记之歌产生的经过以及一篇赞扬第一书记之歌的文章。

2018年7月1日，来自太行山、吕梁山集中连片深度贫困地区的40多名省、市、县派驻农村第一书记、驻村工作队长（员）在兴县蔡家崖村举行了"第三届第一书记、驻村工作队长（员）论坛"。论坛组织者忻州市公路局派驻五台县张家庄村第一书记路海源和省委党校派驻东庄村第一书记孟永华商量：咱们自己创作一首第一书记之歌。

路海源酷爱音乐，工作之余经常和几个发烧友开展各种演奏活动。孟永华爱好广泛，2016年在全省第一书记微信群里就组织过一次第一书记网上歌唱比赛。孟永华建议邀请康世海书记一起创作。康世海是省委办公厅派驻临县林家坪村第一书记，酷爱写诗，他的朋友圈里，隔三岔五就发布一首满怀深情的诗，歌颂第一书记、基层干部、贫困农民，很有才华。康世海一接电话一拍即合，三人创作小组成立了。

为了准确反映第一书记们的精神风貌和工作、生活全貌，提炼出歌曲的灵魂，路海源和孟永华冒着炎炎夏日，踏上了采风之旅。2018年7月5日，他们来到河曲县，到省住建厅派驻第一书记冯毅任职的南也村，看项目、访百姓，了解冯书记开心锁的故事，老百姓对这个省城来的后生连连夸赞，感受到了第一书记与贫困农民的鱼水深情。8月10日，他们来到吕梁山腹地岚县，考察岚县派驻第一书记王琨任职的史家庄村，王书记重视村庄规划、大手笔引进项目给他们留下深刻印象。8月15日，他们北上朔州市右玉县，考察了省商务厅派驻第一书记姚振华（现任工作队长）任职过的下元村，亲眼看到老乡们对姚书记的恋恋不舍之情。之后，他们重返吕梁，来到方山县麻地会乡郝家庄村，访谈了担任扶贫队长已经8年的闫保全书记（2015年兼第一书记），到临县前沟村访谈了"感动吕梁"人物孟宝奎书记，考察了省中医药大学派驻大石吉村的人称"马大姐"的马秋香书记，以村为家、默默奉献的王玉霞书记、邹世勋书记，体会了什么叫"天路"难行，什么叫山大沟深，为他们坚守信仰克服一切困难带领大家改变面貌的精神所感动。接着他们几个继续，路海源与孟永华、张尚富、刘文澜、徐光泽等第一书记们又南下太行山，来到省检察院派驻第一书记任锐任职的迎乐村，与工作队员们一起座谈，体验他们在革命老区脱贫攻坚的激情和梦想。次日，5人又北上左权，考察了晋中市派驻第一书记王俊华任职的下武村，专门到麻田纪念馆瞻仰先烈，接受红色教育，在英烈群雕前重温入党誓词，不忘初心、砥砺奋进的激情，油然而生。

经过2个多月的采风，创作组心中已经有了足够的素材和饱满的情感。9月3日，孟永华、路海源邀请仇海涛、梁春书、王丹、康世海等，成立了第一书记春晚筹备组，并对歌曲《第一书记》的内容和曲调进行了讨论。康世海是2016年11月由省委办公厅选派到临县林家坪镇林家坪村任第一书记，他酷爱诗词写作，写了许多诗歌来歌颂第一书记。孟永华选择了其中一首《农村第一书记》，康书记原诗很有意境：

谁知你的苦，谁知你的累；

从繁华的都市，进入乡间的小路……

三个人开始进行修改，他们定下几个必须要把握的原则：一是通过描写第一书记工作场面和生活细节，让全社会了解第一书记这个新生事物，关心他们、支持他们、帮助他们顺利完成这一光荣使命。因为他们在做着一项关乎中国梦能否早日实现的伟大的扶贫事业。二是为第一书记们鼓与呼，在脱贫攻坚战场上为他们加油、呐喊助威，为他们增加工作的动力，为脱贫攻坚做出更大的贡献。三是展现他们身上的革命精神。第一书记从环境优越的大城市来到山沟沟里，条件很是艰苦，雨天一身泥，晴天一身土，有时一天只能吃上一包方便面，每天都工作到很晚，甚至通宵达旦。

路海源出生在号称民歌海洋的保德县，自小喜欢爬山调、二人台与各种蒙汉调的民间小调，最喜欢《圪梁梁》那样情深意长的风格。一开始，就把作曲的基调定在抒情风格上，不自觉地就把曲风曲调加进山西民歌元素。2018年9月中旬的一个早晨，他在张家庄村旁的清水河边散步，突然有了灵感，不自觉地哼唱起了康书记写的诗，他兴奋异常，默记旋律，马上回到住所开始记谱。由于他不是专业音乐人，好多音符和音程上的标记还不规范，他就专门请教了忻州市群众艺术馆钢琴老师张蓓蓓，请她进行了谱面整理，并进行了一个小样试唱。当时张蓓蓓弹键盘，路海源弹吉他，这个视频转发给第一书记春晚筹备组人员，也转发给了五台县几位第一书记，得到大家认可。

曲子是一首歌曲的生命，而歌词是歌曲的灵魂。为了打造好这首歌曲，路海源和孟永华、康世海通过微信交流，一起认真研究、修改、打磨歌词，反复改了3遍。第二版的歌词是立足山西，也想着延续蔡家崖论坛的精神，就改为"走进吕梁，走进太行，告别亲人，来到村庄……"为了体现歌曲的政治性，他们又联系了省委组织部组织二处的谢治宇同志，请他提出意见，谢治宇推荐请忻州市委组织部常务副部长王廷同志把关和修改。于是，创作组集体去拜访王副部长。果然，王副部长的意见和建议非常具有建设性，他说："《第一书记》歌曲，首先是一个政治题材的作品，既要抒发感情，又要讴歌时代的主题，歌词应该突出体现脱贫攻坚的实质，又要表现与群众的鱼水之情。"具体修改为：一是脱贫攻坚，庄严承诺；二是五项职责，牢记心上；三是优良传统，我来弘扬；四是群众冷暖，时刻不忘……后来，他们就按照这个框架进行了重新的歌词整合，反复琢磨、修改，每个词组、每一句话、每个衔接都进行仔细地推敲，最后定稿，历时1个多月。歌词成形了："牢记领袖嘱托，激情满胸膛；告别亲人，来到村庄。田间炕头，访贫拉家常，老乡疾苦，记挂在心上。第一书记，第一书记，坚守信仰，迎难而上，风雨无阻，寒暑难挡，你把辛勤的汗水洒在第二故乡……"

这首歌的受众多半是第一书记们。这里要说明一下，12月7日（周六）孟永华老师邀我，他们计划十位第一书记去兴县慰问《第一书记们》剧组，问我有没有时间一起去，当天回来。这部电视剧的原型就是我在上文已经写到过的，省住建厅派驻河曲南也村第一书记冯毅，电视剧编剧是张明亮厅长，制片人是梁春书，兼演村支书，是男二号。印小天是男一号，演第一书记。我因为有事未能成行，但我知道了"第一书记"这个在脱贫攻坚中产生的群体，已经有了一部属于这个群体的电视剧。现在，他们又有了自己的歌曲，哪能不欢欣鼓舞。

这首歌曲第一次录音在朔州进行，路海源认识一位非常专业的录音师，在其家中录音棚录制。为了增加歌曲气势，从忻州、朔州邀请了十几位第一书记伴唱、合唱，也请他们见证反映自己生活的作品的诞生。路海源邀请了定襄县女歌手王亚楠演唱。录音完成后，创作组反复聆听，总觉得表达的意思还不到位。在第一书记微信群里发出后，不少人反映有些很沉重的感觉。过了一个星期，创作组在路海源任职的张家庄村，又对歌词进行了一次修改，吕文忠、仇海涛都提出了很好的建议。在五台县音乐协会主席张书平老师的大力支持下，又在五台县进行了第二次录音合成，邀请五台县男歌手王军平进行演唱，效果仍然不太满意。

最后，通过省话剧院副院长梁春书（派驻浑源县第一书记）的引荐，邀请青年歌手李娜、刘生辉进行演唱。李娜荣获过河北省音乐金钟奖奖项，刘生辉曾获得过央视星光大道的周冠军，他们实力强，人品好，义务演出。2018年12月16日，最后一次录音在忻州进行，梁春书书记亲自接来歌手，并参与监棚制作。由于准备工作做得充分，歌手实力强，录音只用了1个多小时就圆满成功。大家听到费尽多少心血日渐成熟的优美旋律和动人歌词时，许多第一书记激动得热泪盈眶。

2018年12月30日上午8：30，山西农村广播电台《第一书记日记》栏目里，《第一书记》悠扬的曲调传遍了神州大地。歌曲创作组的几位成员高兴地说，这就相当于《第一书记》的首发式，虽然没有鲜花，没有隆重的场面，但是已经不翼而飞，飞进了人们心里。这也算是献给奋战在脱贫一线的全国280万驻村扶贫干部、第一书记的新年礼物吧。

据说连任第一书记张尚富的家属听了也非常激动，说："这首歌真实感人，切实表达了第一书记毫不利己专门利人、听党的话勇于担当的思想。"曾担任过第一书记牛夏琳的妈妈张西阳，爱屋及乌，在微信公众号"作家新干线"记录下了他们家冬至时吃团圆饭时特殊的感人情景：正是冬至中午，我们全家正围着餐桌赞美满口留香的饺子。女儿的手机里飘出悠扬的歌声，感人肺腑的歌词，撞击心灵的音乐，随之便是女儿扑簌簌的眼泪落在饺子盘里。当听到第二段时我们全被这略带忧伤，高亢激昂的词曲带入情境。那奋进的、豪迈的，也包含了第一书记难以言表的艰辛的感觉，此时占据了我们全部的思绪。之所以有如此强烈的反应，是因为女儿也曾有两年的第一书记工作经历。那段艰辛的日子，不仅深刻在她的人生经历中，也烙印在家人的心里。此时，孟永华、康世海书记激情满怀的歌声，将女儿那两年奔波在长治山区的情景，生生带了出来。看着她如此动情，我们也喉头发哽。餐桌上热气腾腾的饺子，伴随着嘹亮、深情、撞击心灵的歌曲，我们过完了2018年的冬至。

听完第二遍，女儿抹去眼泪，关掉原唱说："我已全部记住歌词了，且听我给咱来演唱。"随着她满含感情，且到处跑调的歌声，满屋子飘荡着"第一书记，第一书记，你把辛勤的汗水洒在第二故乡……"如果没有那两年与百姓同吃、同住、同劳动的经历，听到这歌声的人，不会有如此震撼心灵的感觉。如果没有在乡村风雨兼程地辛苦过，写不出如此感人的歌词。再如果没有在百姓中摸爬滚打过，谱不出、唱不出如此深情、动听的声音！

词、曲、合唱全由这些在黄土地上奉献了自己一腔热情的第一书记合作完成，不禁让人心生敬意和赞叹！他们把第一书记的五项职责贯彻在实际工作中，他们将殚心竭虑，一心想让百姓走出困境的期盼，融会在歌词里，唱出了党和人民的血肉联系，唱出了第一书记肩负使命的担当。我们家自从女儿下乡任第一书记以来，经常围绕着农村工作的话题聊天，甚至将很多心思都融入她的工作中去：如何展开工作，如何尽快有效地实实在在地为贫困农民做些事情，几乎占据了她那段生活的全部。那两年的日月里，只要女儿背起背包离开我的视线，那条通往长治壶关的盘山公路，就不停地在我眼前晃动，眼巴巴地看着时钟，盼着她安全到达的信息。尤其是雨雪天，真真是心跟着她在山区的路上穿行。

他们为贫困山村修了路，建了农副产品基地，完善了党组织生活制度，帮助孤寡老人、留守儿童，实实在在将党的温暖和关怀，输送到边远贫困山村。

"通过女儿，我也接触了不少第一书记们。像孟永华教授，是省委党校右玉精神研究中心的主任，已连续数年奋斗在扶贫第一线，为扶贫工作倾注了心血。2007年，他在武乡挂职时，退伍残疾军人杨高堂的妻子患上罕见的'小脑萎缩'症，为了治病欠下大量外债，生活十分困难。孟永华将他们接到太原264医院、太原中医院治疗，并垫付了住院费，像亲人一样常去看望。他利用出差的机会，将其病历带到北京，让专家研究治疗方案。《山西日报》报道了他八年不辍关爱退伍军人家属的善举，省委党校也发出了向孟永华同志学习的号召。"

孟永华的简历大概如下：1965年4月生，中共党员，山西省偏关县人。1989年9月至1991年7月在山西省委党校哲学专业本科一班学习。入学前在偏关县监察局工作；1992年6月调山西省委党校学员部工作，先后任经管一班、二班、行管十一班支部书记、班主任（代理）。与人合著《市场经济与现代企业营运》一书。1993年被评为该校优秀工作者。

时年57岁的杨高堂是一名退伍军人，由于劳累过度患上了严重的腰椎间盘突出，走路只能依靠拐杖；26年前他时年56岁的妻子胡佩宏，得了罕见的脊髓小脑变性症，2003年彻底瘫痪。为了给妻子治病杨高堂倾其所有借下了高额外债。2007年，孟永华在武乡县挂职任副县长，他发现该县有不少人因为贫穷看不起病，便经常从太原把一些专家接到武乡县里坐诊。在一次陪老中医赵海明坐诊时，认识了杨高堂，孟永华和赵海明听了杨高堂的描述之后立即决定去他家里看看，赵海明仔细查看胡佩宏的病情后决定带病历回太原研究。

孟永华临走时留下一句话："等我消息，我会帮助你们的。"

几天后，孟永华真的上门了，除了药品和营养品，还背了米和油。孟永华告诉杨高堂，回太原后请教了很多专家，但是都表示这种病目前还没办法根治，但他会尽力的。又过了几天，孟永华再次出现在杨高堂家，这次他找了车把夫妻俩接到了太原264医院，并垫付了住院费。胡佩宏在264医院的风湿免疫科接受了全方位的恢复治疗，身体情况大有改观。

从那以后，孟永华成了杨家的常客，经常上门嘘寒问暖。即便孟永华在挂职结束后心里仍然装着这对夫妻，当听说胡佩宏的情况不好，就把他们接到太原给她治病，趁着出差还带着胡佩宏的病历去北京找医院询问治疗方案。为筹集更多治疗费，孟永华带着他们夫妇，拿着贫困证明和病历跑了多家红十字会、残联和工会。省慈善总会得知后，为他们捐赠5000元救助金，这是个人申请救济的最高等级。在省政协和省改革创新研究会组织的一次农村教育课题考察中，孟永华认识了左云县综合技术学校马文有校长，对方了解情况后慷慨捐款5000元。在孟永华的帮助下，面对生活中的重重困境，杨高堂重拾信心，他说那么多人帮助了他们夫妻俩，他们好好地活着就是对这些人最大的感恩。8年里，尽管孟永华早就挂职结束回到了原单位，但是他的资助却从来没有停止过。孟永华说："你们放心，你们家的事就是我的事，我会一直资助下去。"8年里，孟永华只要能抽出时间，都会到杨高堂家里去探望，没时间也要打个电话问问情况。其间，他还想办法帮杨家办理了低保和医保。

张西阳在文中还提到了这首歌的另一位创作人康世海。康世海被称为红旗第一书记，他坚持每周一在村委会院里升起国旗，真的是风雨无阻。他还送给我一本他的诗集，他倾情于扶贫，几乎所有的诗都是从心里流出来的，诗中不乏精品佳作。其中的一首诗诠释了他一心扑在扶贫工作上的精神境界：整理并纠正着歪歪扭扭的羊肠路，编织着明天秀美的村庄。一颗颗火热的心，一腔腔质朴的情，跟着一个个贫困户同频跳跃，随着一个个乡村在秋韵中荡漾。我们匆忙的身影，乘着秋风，带着土香，背着希望，从一个个村庄爬过一座座山梁……

那天聚会时，我就曾和孟永华谈到，据说中央相当明白并有明确批示："×××这个时代楷模，事迹是崇高的，精神是伟大的，关键是怎么通过文艺作品体现出来，要很有艺术性、有品位、很好看，千万不能搞成政治宣传片。"泛政治化，泛宣传化，泛套路化，会僵化生活，干枯鲜活，凋零花朵。但难能可贵的是这支歌并没有犯这个错误，虽然还是走了宣传片的套路，但歌词还是真切鲜活可以打动人的，而且明白无误地说出了所有第一书记的情结之所系，这个原本没有的情结因扶贫而生：第一书记，你把辛勤的汗水洒在第二故乡！

从此，这些生在城里的年轻的第一书记，个个都有了自己在农村的第二个故乡。他们放弃了城里优裕的生活,跑到贫穷落后地区过了两年苦日子,就算是什么也不做待在那里,天天混日子,也得睡四夜、过五日,过完两年的农村生活,耳濡两年农村的家长里短,目染两年农村的乡情民俗,天天在自然的怀抱里听虫鸣鸟语,潜移默化的唤醒和改造也会发生。

从这个意义上说,不仅仅是城里人跑来改变农村的贫穷现状和村人的落后思想,也是村里的贫穷在影响和改造城里人对乡村现状的认识。更何况混日子的人毕竟也只是少数,更多是想趁机干事的,两年的殚精竭虑、两年的含辛茹苦、两年的身体力行、两年的城乡生活的易位,在人的生命史上这些日子是一段不短的时光。城市人和乡村人天天混在一起,你焐热了一个村子,一个村焐热了一个你,影响了你,也连带着影响了你周遭的那个交际圈子,直接和间接的两个人群,这种交互式的长久交流,就算是石头,也会被捂出温度,孵出几只小鸡来。

这个小鸡注定会伴随交互者双方剩余的一生。

不仅是城里人在乡下有了第二故乡,乡下人也同时在城里有了一个朋友。何况还有很多连任者,如我认识的省地震局派驻五寨县杏岭子乡工作队长孙景慧,因为接任者抑郁了,她只好继续连任。还有已经三任的第一书记冯毅、张尚富等人。这段时光凿刻的不同寻常的印记,是时光不能磨灭的,尽管时光可以淡忘和流逝日子,却永远不可能使它掉色或剥离。

所有直接或是间接的参与者,都甘苦自知,恰如省委办公厅派驻临县林家坪镇林家坪村第一书记康世海原诗所述:谁知你的苦,谁知你的累;从繁华的都市,走入乡间的小路……

我注意到有报道称:吉林省1489名驻村第一书记有了自己的"家",成立了全国首个驻村第一书记协会,全省1489名驻村第一书记从"单打独斗"到"抱团取暖",在发展产业、扩大规模、打造品牌、开拓市场的道路上,联合作战、携手前行。以共联、共创、共享为市场发展原则,以扎根乡村、统筹资源、服务三农为宗旨,整合贫困村优势资源,持续加大第一书记代言活动在市场中的影响力和公信力,增加代言产品与市场和消费者之间复销粘连,打造嫁接多点市场销售新模式新举措,稳固扩大贫困户从中受益范围,通过采取多样化联合经营方式带动贫困户发展。协会将依托传统电商平台、嫁接新媒体销售资源、创建自有第一书记官方APP村城社交销售平台,确保贫困村产品进入全网化销售时代,打通贫困村与消费市场大门,促进贫困村与生产企业、市场与消费者、创收与增收之间形成可持续市场发展生态链条。据悉,该款APP预计5月中旬左右上线,届时广大消费者可足不出户购买到我省第一书记代言的农村原生态绿色产品,并通过在线直播了解到更多感人的扶贫故事。

第一支书电视剧、第一支书歌曲、第一书记协会的成立，有力地佐证了这个特定历史阶段因脱贫攻坚深入人心而萌生的事物的不容小觑，这个扶贫情结与时俱新抱团取暖自我生长的社会现象不容忽略，这个帮扶记忆联想转移动并持续发酵可能产生的深远影响不容轻视。

3. 朝暾

五绝（平水）
煤肥千壑暗，水瘦万山昏。
已失萧森树，招魂不见幡。

春秋日月轩，暮合起朝暾。
淙淙儿孙远，涓涓草木源。

我想康世海可能看过刘醒龙的小说《凤凰琴》，这篇小说从高考预选落榜生张英才的视角写了五位民办教师在山区小学工作和生活的情形，山区封闭落后，学校贫穷简陋后、教室破损陈旧，宿舍拥挤暗淡，野狼时常出没，可是每天早上学校要吹着笛子升国旗：每当太阳爬出山头，在余校长的大骨节手上，在副校长邓有梅和教导主任孙四海用笛子吹奏的国歌声中，在冷风吹得瑟瑟发抖的小学生注目下，学校的国旗与太阳一道冉冉升起。初来乍到的张英才慌忙跑到升旗的地方，问余校长怎么昨天没有提醒他。余校长说，这事是大家自愿的。

2016年末，山西省委办公厅选派康世海作为第一书记进驻临县林家坪村。临县位于黄河中游晋西黄土高原吕梁山西侧，西临黄河与陕西佳县、吴堡县隔河相望，北靠兴县，南接离石、柳林。面积2979平方公里（2013年），辖23乡镇，是吕梁市人口最多的县，也是山西贫穷落后封闭，乡村小学的情形甚至比不上刘醒龙笔下的小学。康世海进村后有感于此便自筹资金近7000元，给全村76名党员干部每人发放一个多功能电炒锅。自费去县城买蛋糕给全村每一个党员过生日。从山西省丝绸进出口公司争取上千件真丝衣服给全村党员干部和贫困户每人送一件。联系太原爱尔眼科医院为党员干部和贫困户义诊眼睛，赠送老花镜数百副，免费白内障手术数人。康世海联系山西锦波生物医药股份有限公司，为当地村民捐助了一批医药产品，价值86 324元。六一儿童节又自筹资金700元为林家圪垛小学200名学生购买学习用具。七一为全体党员发放背心。中秋节，给支村两委干部每人发一盒双合成月饼，并积极倡议支村两委同孤寡、空巢、五保老人一起欢度中秋佳节等。康世海的这个行为感染了身边的人，村干部林奴虎自筹资金近 800 元为全村 22 户孤寡老人和五保户每户发放 10 斤鸡蛋。村支部书记林渊和副书记林永平自筹资金各 1000 元，为杨家山村购买办公桌椅。

在调研、走访中，康世海发现，除了因病、因学致贫，部分贫困户仍局限在"等靠要"状态，缺少长期、稳定脱贫的内生动力。康世海提议村支两委开展"十个一"活动，即一周一次升国旗，一月一次义务劳动，一月做一件好事，一月一次主题活动党日，一周一人一次村委值班等。从 2017 年 4 月始，每周一早晨的 6 时 30 分，康世海和村委班子成员和村里的党员干部，就会在村委大院举行庄严的升旗仪式。谈起这件事，林家坪村党支部书记林渊实话实说："刚开始，不少村民、党员干部，甚至包括我自己，心里感到升旗能脱贫吗？现在许多村民也自发加入到升旗的队伍里。"康世海起初也没有想到村民会自觉加入，他深有感触地说："其实每个村民心中都有一面红旗，我们干部要帮助他们高高升起这面红旗。"

林家坪村由 5 个自然村组成，常住人口 996 户 2873 人，党员 69 名，建档立卡的贫困户 160 户 324 人。因为居住分散，贫困情形各异。在康世海的办公室里，一面墙上贴着五张林家坪地形图，上面密密麻麻地画满了小红旗、五角星、红三角、蓝色旗等。小红旗代表党员户，五角星是深度贫困户，红三角是他自己帮扶的贫苦户，蓝色旗是他所在单位帮扶的贫困户。林家坪村人依靠祖辈相传的红枣、土豆为生。近年来红枣市场供大于求，传统农业经济难以承载脱贫梦。康世海想方设法，推动流转土地 45 亩，建起 57 个香菇种植大棚，2017 年林家坪村 44 户贫困户因此受益，他还为雪灾后的香菇大棚跑回救济款 10 万元。争取了 10 万元改造和维修了老年人日间照料中心，争取了 20 万元改造幼儿园，争取了 200 万元建起了两个 200 吨水塔，争取了室内外体育健身器材共 30 多件，争取图书、书架、桌椅、文件柜和电脑等价值 7 万多元的东西。从原单位协调回办公桌椅、电脑、钢琴和空调等价值 10 多万元的东西等。此外，也还另外协调县里统筹建设两个光伏发电站，帮助林家坪村流转土地 80 亩，40 户贫困户直接受益。从交通运输厅积极争取资金 100 万元，硬化林家坪村后街 1 万多平方米，又积极争取县交通运输局 135 万元，在招贤沟架起一座桥。用康世海自己的话说，前者修的是"同心路"，后者架的是"连心桥"，寓意深刻，充满希望。

2017 年末，林家坪实现整村脱贫。

康世海卸任第一书记半年多还沉浸在扶贫工作中：那里的村干部和群众像一根无形的线一直拉着我的心，有时痛，有时笑，有时默默流泪，还有几次高声呐喊，现在回到单位半年了，只要一闭眼睛，村里的山、树、湫水河还有父老乡亲，全都像电影一样一幕一幕浮现在眼前，一直不能安下心来投入工作。多处请康世海去做报告，他做了个工作总结，认为第一书记和驻村干部只要做好1、2、3、4、5、6、7、8、9、10 就可以，觉得有趣且有道理，故择要如下：

"1"就是一种精神，即"傻子"精神。要么就不要去做，要做就要干出个样子，就不能斤斤计较，而且还得要吃亏，也就是别人认为的"傻子"。前几天《榜样》第四期的西辛庄党支部书记李连成，人称"吃亏书记"，他就是地地道道的"傻子"。他有一句名言就是：只要我这个党支部书记一直吃亏，西辛庄就不会垮下来。扶贫更是如此。如果你一进村，不想吃苦、不想受累、不想破费，怕吃亏、怕脏、怕身子疼，我劝你趁早回原单位吧，时间越长，名声越不好听，负面影响越大，不仅对你自己不好，也有损单位形象。两年来，我从扶贫补贴中拿出资金近5万元，用于村里扶贫的各个方面：救济老人、看望困难党员和患病的党员干部、群众、给党员过生日、举办活动发放礼品等。如果等到你申请的资金批下来，什么事情也做不成，黄花菜也凉了。你吃的亏越大，做的事情就越大，群众的凝聚力就越大，群众满意度就越高。当然了，这里说的"傻子"，是大智若愚，是人民群众的"傻子"。

"2"是两句话。记得在我任职第一书记前，分管我们的省委副秘书长毛益民问我："怎样当好第一书记？"我愕然了。他给了答案，即当一个好农民、当一个好村干部，为省委办公厅这块金色招牌增光添彩。他说得太好了。当一个好农民有两层意思：一是和村民打成一片，二是掌握一些基本农业知识和技能。当一个好村干部也有两层意思：一是能得到大家拥护的，群众基础良好的，农民中的佼佼者；二是要有领导能力、谋划能力、办事能力和号召力。为单位增光添彩也有二层意思：一是你的一言一行代表着单位的形象；二是工作必须出成绩，最起码不能落后，必须争这口气，别让人小看。

"3"是三心。即真心、细心和恒心。我一进村，村民都认为我年纪大了，来了就是混日子，走走过场，什么事也不会去做，大家谁也不理会我。我从他们的表情和眼神看出来的。记得在2017年底十多个贫困户，大多是60多岁的老人，凑了105元，要给我拜年，我流泪了，现场的人都为之动容。我离任时贫困户拿着一袋袋花椒、玉米、香菇、鸡蛋，送到我的住处。说明他们把我当自己人了、当作亲人了。细心就是观察贫困户要细心，做工作要细心。有的贫困户是假贫困，想套用国家扶贫资金，不要被他们蒙骗了，心里要有数。对老百姓必须讲诚信。我提议村委大院每周一早上七点举行升国旗仪式。为了践信，我推掉一切事务包括妻子生病、孩子、亲朋好友的事，刮风下雨、下雪也回村兑现这份约定。记得几次冒着大雨回到村里已经凌晨2点了，40分钟的路走了4个小时,还有几次冒着大雪乘火车到吕梁,租车回到村里已是三更时分,天黑路滑,几次跌跌撞撞险些滑到山沟里。就一个信念:周一早上和大家一起升旗。说话算数,雷打不动,红旗升起,诚信确立,人家才信你。

"4"就是"四来",党组织建起来、规章制度建起来、群众内生动力激发起来。贫困村党组织名存实亡,杂草丛生,大门锁锈,党员观念淡薄。村里工作一团麻、一锅粥,无利的事谁也不管,有利的事谁也不让,有麻烦事,大家踢皮球、打乒乓球、打太极;有好处的事,大家你争我夺、尔虞我诈、打得头破血流。所以,我们先要把党组织阵地建起来,让党员干部有一个能活动的温馨的家。必须先建立起各项规章制度,分工负责,用制度管人,规范工作程序,做到事事有人做,人人有事做,谁的事谁负责,奖罚严明。习仲勋同志说过,群众就是一堆干柴,把它点燃起来,就成熊熊大火。第一书记和村委班子带头、吃亏,开展阳光村务工作,一切工作公示公开,严格按照规矩办,禁止暗箱操作。临县465名第一书记去林家坪为期两天参观学习;宁武县组织部长贾建宁带领23个乡党委书记观摩学习。

"5"就是扶贫五字真经,即静、劲、精、敬、景。正如《大学》里讲"定而后能静,静而后能安,安而后能虑,虑而后能得"。"静"的意思是安静,静下心、沉下心,心无旁骛,聚精会神,慎重思考、稳扎稳打。农村条件比想象得都差,许多村民思想观念低下,村风民风不淳不正。先让浮躁的心情静下来,让好高骛远的理想低下来,让激情澎湃的冲动冷下来。放下姿态,扑下身子,带着感情和村民真心相处,切不可认为自己是从省城机关下来的,指手画脚,口出狂言。必要时还得"讨他们欢心",给点"小恩小惠",用些"小策略",村民很淳朴、单纯、实在,只有你能让他们得到实惠,他们就会把你当神一样尊重。

我刚进村为了尽快融进村民,取信于民,做了不少惠及民生的好事,为我和林家坪村民建立深厚感情打下了坚实基础。"劲"的意思就是干劲、闯劲、傻劲、巧劲,一鼓作气有奉献精神。孟保奎就是一个鲜活的例子,他能沉下心来,扎根山村,甚至把年幼的孩子带到村里,和妻子一起并肩顽强地工作,这是一种什么拼命精神呢?听到或看过他的扶贫故事的人,无不为之感动,无不为之敬佩。他不仅有很大的干劲,而且还有可爱的傻劲。还有碛口镇寨则坪村第一书记杜亮姝,她是一位女同志,30岁刚出头,也是全省模范第一书记,还是全国妇联十二大代表。她每月工作时间都在25天以上,为了村民的事风风火火,到处奔忙。"精"的意思就是精心、细心、匠心、精品、精准、精益求精、一丝不苟、小心谨慎。

以林家坪村为例,我用绣花功夫打造出林家坪村党建品牌,一个闪亮商标就是"精神富民文化强村"。"敬"的意思就是尊敬、敬重，有礼貌、低调做人、谦虚谨慎、原则性强，遵纪守法，以身作则。不论和村民相处，还是和村干部相处，一定给足他们面子，求同存异，多包容他们，多从自己身上找差距。俗话说"谦受益，满招损"，《易经》的64卦中，唯有"谦"卦六爻都吉。拿杜亮姝书记来说，成绩和光环一个又一个接踵而至，她总笑说："我的命好，也很幸运，是大家帮助的结果，身边的贵人多"。李青云书记也是这样，大家夸他时他总说："我做得还不够好，不如孟保奎书记和王城乡书记呢，只是自己机遇赶得好罢了。"我也是这样，当大家夸我党建品牌做得好时，我总是说："林家坪村的党建品牌不算什么，它只是省委机关幼儿园党支部的一个延伸部分，如果大家要看看真正的党建品牌，就来省委机关幼儿园参观。"低调做人，慎独慎微。做到"敬"很重要，忽视了它功亏一篑。

"景"的意思就是风景、成绩、榜样、口碑、欣赏他人、成人之美的代名词。每一个第一书记都身怀绝技，有闪光点。拿五台县团城村吕文忠书记来说，他两次连任两个村（上庄村和团城村）的第一书记，重阳节自费租用大轿车拉着三四十名孤寡老人进城洗澡、理发，老人们都感动哭了。他组织村民做手工饺子，往全省所有高速公路服务区配送，稳定增收，既解决就业，又为村民增加收入。他当兵时就用自己津贴收养一名孤儿供到上大学，这种大爱大德有谁能比呢？但他一直默默无闻，任职第一书记4年，没有拿过一个奖项，但老百姓口碑非常好。谁敢说他不优秀？还有临县李家塔村第一书记李云峰，也是不求名利，甘于奉献，任劳任怨为村民办了许多好事，成为湫水河畔一道美丽的风景。

人类是景感生物，望景生意，望景起兴。康世海继续举例，还有五台县北文西村第一书记王丹、临县双塔村第一书记刘小艳、临县杨家山村第一书记薄晓江、壶关县迎乐村第一书记任锐、临县白草村第一书记赵鸿杰、临县李家坡底第一书记王城乡等。当我们变成了别人眼里的风景时，就应该冷静下来，多思考、多总结、多提炼，把实践经验和工作方法总结出来，让更多从事农村工作的人少走弯路，一届接一届，真正实现全面振兴乡村的重任。

"6"是六种能力，即调研能力、领导谋划能力、监管能力、做群众工作能力、自我管理能力、协调、总结、宣传能力。记得2017年底，我听一个村干部说，有一个自然村的党员过了年准备去太原上访，组织者是一个近80岁高龄的老支书，原因是对前一任村书记有一些看法。我得知后，先把一位和我关系好的党员叫过来，详细询问情况，又把村书记和村主任叫过来，印证一些反映的情况。整个事情的来龙去脉都了解清楚后，我就先散出一些风声，一是说过去的这些事情正在调查研究中；二是说党员带头上访要有真凭实据，我知道他们没证据，只是道听途说，否则要问责；三是说聚众集资上访是违法的，有意见可以通过正当渠道解决等。之后，我就看看动静，看看风向。等到一过春节，利用闹元宵这一节日，我参加了他们的闹元宵活动秧歌队，还给他们赞助了500元。活动结束后，我通知全村20名党员来老支书家里吃元宵，元宵我已经提前买好了，上党课。吃完元宵后就开始上党课，先让大家重温党员的权利和义务，我详细地讲解党员的八条权利和八条义务，让大家对照自己言行进行逐个发言。事后大家都认识到自己的错误，把一场蓄谋已久的上访事件化解了。

半年后，老支书和我说，明白了我的良苦用心，大家都非常感激我。

两年扶贫当中，我经常和一些战友讨论，不仅要用心用情用力，还得用智，学会智慧扶贫，学会通过用一些方法达到扶贫的目的，比如借力、四两拨千斤、事半功倍、以点带面等方法，开动大脑，运用科学的方法解决扶贫的一些问题，既省力又效果好。智慧扶贫其中有巧妙协调、善于总结、适宜宣传等，一个事情成功与否关键在于前期协调效果好坏，巧妙协调是一种本事，化腐朽为神奇，化干戈为玉帛，不战之胜，善者善者也。总结能力也不容忽视，边工作边总结，每工作一段时间后就进行总结，每做完一件事后就进行总结，养成这个习惯，你就不会漫无目的地不抬头地工作，总结出自己独有的成果，可以受益终身。

"7"是指扶贫的七个方面，即党建、产业、乡风、民生、基础设施、乡村善治、文化。党建很简单，第一个比方是，如果把村民比作是一块块砖的话，党建就是根基，根基夯实了，这栋大楼就能高耸入云，稳如泰山。第二个比方，如果把村民比作一粒粒珍珠的话，那么，党建就是穿起这些珍珠的那根柔软坚韧的线，党建做好了，把它串起来，就是一条美丽的项链。第三个比方，如果把村民比作是南飞的大雁的话，党建就是领头雁。乡风文明渐渐提上扶贫工作日程了，大家逐渐地重视了。民生就是让村民感受到幸福生活。基础设施是指做好村里路、上下水管道、电线电缆、公共设施、植树造林、美化环境等等。乡村善治就是做好乡村的有效管理，村民、财产、公共设施、房屋、宅基地、乡村企业、产业、庄稼、医疗、养老上学、维稳治安、教育等管理工作。文化建设就是营造适合该村历史的文化氛围，留住乡愁，成为这个村的一个符号，引领全体村民向善向上，不断建设好家乡。

"8"是指大员，即党的政策宣传员、村民事务代办员、组织建设督导员、矛盾纠纷调解员、党建工作指导员、产业发展服务员、村情民意调查员、创先争优示范员。这八大员要求每一位第一书记和驻村干部都要做到，也是也是我们的具体工作职责。

"9"是指学好九门功课，完成脱贫攻坚任务，即政治、语文、数学、物理、化学、几何、体育、医学、生物。用"语文"脱贫攻坚。众所周知，扶贫先扶志和智，治贫先治愚，都需要一定的语文基础知识，没有深厚扎实的语文基础，这些扶贫工作是做不好的。所以，要加强学习语文基础知识，推动脱贫攻坚步伐。用"政治"脱贫攻坚。提高政治站位。"打铁须得自身硬"，充分利用"政治"这一利刃撬开脱贫攻坚的顽石。用"数学"脱贫攻坚。精打细算，帮贫困户算账、记账、核算收入等，会算全村贫困发生率，会谋算扶贫资金使用率，花好每一分钱，等等。我们的口号是：体重与贫穷同减，头发与贫困齐脱。第一书记或扶贫干部乘以支村两委，乘以党员干部，乘以工青团妇，乘以全村非贫困户，乘以社会各界资源的帮助，再乘以各级领导的支持，等等，就形成一股强大的脱贫力量。

我们村的香菇种植业，经过一年多的摸索、运转，基本收入稳定，带动44户贫困户脱贫。紧接着我们开始谋划孵化香菇酱厂、香菇罐头厂、脱水香菇厂和香菇干厂等，以此带动更多的贫困户脱贫。等发展稳定后，再发展种植、养殖业或其他产业。三位一体就是一个贫困村以主要产业为主，同时并存几个产业，它们统一在村委会领导下，壮大集体经济，稳定发展，振兴乡村。用"生物"脱贫攻坚。是指种植、养殖和生态绿化三方面。种植食用菌、药材、农作物等，养殖养猪、鸡、牛、羊和鱼等。生态扶贫就是指退耕还林、植树造林、红枣提质增效等，充分利用国家的扶贫资金达到脱贫目的。2016年退耕还林每亩补助300元，2017年红枣提质增效每亩补助200元。

用"物理"脱贫攻坚。物理的三大定律：杠杆原理、磁共振原理、能量守恒原理。杠杆原理就是指两方面内容，一方面是借外力撬动当地经济发展，带动贫困户，助推脱贫攻坚。磁共振原理是同频共同震动，带动群众震动，劲往一处使，共渡难关。另一方面是爱心传递和孝心宣传，广泛联系社会各界共献爱心，全力助推脱贫攻坚。能量守恒定律也是两方面内容，一方面是指脱贫后的贫困户，加强巩固发展，做到能量守恒，防止返贫；另一方面调整好产业结构、贫困户与非贫困户比例，还要调整好公共资源配置、国家惠民政策等，以此达到能量守恒。用"化学"脱贫攻坚。充分利用当地资源，变废为宝。有的地方有丰富的地热资源，有的地方有矿产资源等，在国家政策支持下开发出来，脱贫攻坚就不成问题了。

比如林家坪村有丰富的地热资源，因为含硫太高久久不敢开发。通过咨询专家可以进行脱硫，开发温泉养生度假村，和碛口旅游区、南圪垛红色教育基地连成一片，带动全村经济发展。还有湫水河，近些年来，由于污染严重，宝贵的水资源造成浪费，能否通过高科技处理，过滤净化再利用，发展养殖海鲜、灌溉、洗澡等项目。

用"体育"脱贫攻坚。发展体育运动,增强村民体质,多锻炼,少得病。运动会、跳绳、乒乓球、羽毛球、篮球、跑步、拔河等,避免因病返贫的可能,助推脱贫攻坚步伐。用"医学"脱贫攻坚。医学扶贫主要是指"一治"和"一养"。"三保险三救助"、五道保险、免费体检、三个一批、两个免费、一站式服务等。还有就是提倡健康饮食、良好的起居习惯。

"10"就是十全十美圆满完成扶贫任务。

康世海是个善于动脑筋的人,而且是个明白人,知道农民身上的缺点,农民身上的缺点其实也是人类身上的缺点,他总结得很实在,有相当的技术含量和可操作性。可以作为第一书记的工作指南,故摘录在这里以备扶贫人不时之需。

还有一点让我感慨的是,大同出生的康世海,生活在太原的康世海,以及临县林家坪村第一书记的康世海,在文中压根就没有提到煤,而大同、太原、临县,都是产煤的地方。似乎煤在山西人嘴里谈论的热度明显已经下降,这是一个非常可喜的现象。

4. 情 感

调寄《八声甘州》(新韵)

乐平安夜圣诞开心,逍遥我们村。

恰时光海运,宇航船近,舱睦芳邻。

伊马槽耶稣始,普度释迦临。

穆罕默德起,儒道机深。

俱乃不忍民瘼,欲消天下病,觅灸寻针。

志陋禽养味,学浅兽生金。

勿纷争星云遗粪,斥新韵填入大萧森。

风流蕴、乾坤追问,永地球春。

清明前,大地忽然变得郁闷,而且明显失语,让人无所适从。万木之中,只有松柏的族类,还悠然绿着,但也绿得十分勉强。但长满狗牙根小草的草坪,远远望去,竟然已经绿意盎然。走近细看,绿色还萧索,枯黄的颜色还笼罩着油绿。这景象让人想起很应景的一句诗:草色遥看近却无。朦胧的草色不会永远停留在早春,一切都将在时空运动下变得分明。造化是不可逆转的,转眼就到了清明。2020年的清明节,注定是个令人黯然神伤的日子。国务院号令对抗击新冠疫情去世的人与烈士开展全国公祭。虽然太原看不到天安门广场降半旗的现场,但可以听到太原拉响汽笛声和防空警报声,还有汽车喇叭声。依照《中华人民共和国国旗法》规定:"发生特别重大伤亡的不幸事件或者严重自然灾害造成重大伤亡时,可以下半旗志哀。"这个仪式郑重、庄严、肃穆。它是人民意愿的体现,更是法律的要求。对逝者的尊重,对生命的敬畏,从来都是一个国家与民族需要捍卫的准则。

我有感而发撰写了一副挽联:清明节默哀,杏花纷落如雨,长城内外,旗帜与头脸低垂;国祭日追思,桃花艳若冰霜,大江南北,笛声共警报齐鸣。

上文刚说过每周一坚持升旗仪式的康世海,今日,又逢国家悼念新冠肺炎逝者与烈士的降半旗追思祭礼,一面旗帜呈现多种姿态,佐证了社会文明的无所不在。有网友说,每一个烈士背后,都是一对孤儿寡母以及破碎的家庭,他们承受的苦痛,时间比我们长,心比我们痛……其实我们每一个人,都没有好好想过,在今后漫长岁月里该如何对待他们的家庭。照顾好烈士家属,是我们对烈士最好的慰藉。信然。想起前两天孟永华教授发给我的一篇《扶贫缘,战友情》——第一书记群体为吕文忠患癌妻子捐款纪实,就是一个活生生的例子。

2019年7月5日上午8点半,孟永华收到康世海发来的短信:刚得知,吕文忠书记遇到大困难了,咱们是否号召第一书记关心帮助?下面是他发给我的微信:"我老婆乳腺癌做手术了,在辽宁葫芦岛市解放军三一三医院请的北京专家过来做的,现在刀口刚愈合,下个星期准备化疗放疗。扶贫四年,家里三口人得癌症,岳父胃癌,岳母胰腺癌,都是大手术,岳母去年正月刚去世,今年老婆发病,老人没儿子,全靠我顶着,真是没办法。"

吕文忠2003年5月从部队转业到忻州高速公路公司工作,2013年被评为山西省道德模范。2015年8月,主动报名,被选派到大同市天镇县玉泉镇葛家屯村任第一书记。"富路纵横,思想先行"是吕文忠来到葛家村任职提出的8个字,近1个月时间走遍全村208户贫困户,通过"身在民中、民在心中"的暖心活动,让群众真正感受到了党的温暖。中秋、春节前自己拿出个人工资2000余元购买慰问品看望村里困难老党员和智障残疾群众。在葛家屯组建了一支娘子军威风锣鼓队,商铺开业和婚庆典礼邀请演出,每次每人能得到近百元的收入。又组织妇女成立了手工饺子合作社,打造"边城饺子"品牌,打入山西56个高速服务区。吕文忠同志的事迹在第一书记群里广为传扬。2018年7月,又被单位派驻五台县。

晚上,孟永华微信吕文忠,向他表明了大家想帮他的心意。正在焦头烂额万般无奈之中熬煎的吕文忠苦涩地这样表示:"真的不想给大家添麻烦,主要没医保全是自费,我自己想办法克服困难吧!前几天回忻州,亲戚给凑了一万多，五台东雷乡党委倡议乡干部、扶贫干部捐了一万零四百，化疗费用还低点，放疗每次就快一万，放疗化疗六次差不多得十万，老家哥哥姐姐也都在给我想办法，做手术我家里钱就都花完了。单位三个月没发工资了……"

孟永华立刻与康世海、省国土资源厅原派驻岢岚县阳坪乡工作队长仇海涛、忻州市公路局派驻五台县建安乡张家庄村第一书记路海源、省检察院派驻壶关县五龙乡迎乐村第一书记任锐、省商务厅派驻右玉县右卫镇下元村第一书记姚振华等商量，一致决定发动第一书记捐款帮助，同时用水滴筹的方式，发动社会力量帮助。晚上10点半孟永华把和吕文忠沟通的截图发到蔡家崖论坛群并发出倡议："战友们，吕文忠书记遇到困难了，希望大家一起来帮助他渡过难关，坚强的吕书记，遇到困难也不愿麻烦大家，默默地扛着，真是铁汉子！"

"一人有难，大家帮助，扶贫战友，情义无价！"仇海涛马上带头发出第一个红包。"顶起！顶起！相亲相爱一家人，我以实际行动支持吕书记！"乡宁县农委派驻枣岭乡神底村第一书记杨宗鹏也立刻响应，随之发出红包。大同市委讲师副团长、大同市脱贫攻坚指挥部宣传组组长、原派驻阳高县侯官屯村第一书记兼工作队长王玉梅也马上发来红包，省地震局派驻五寨县杏岭子乡工作队长孙景慧呼吁："大家帮助，共渡难关！"姚振华书记也助威："一方有难，八方支援！"仇海涛代表吕文忠和发起者连连致谢："谢谢大家！"快午夜12点时，山西中医药大学派驻临县清凉寺乡大石吉村第一书记马秋香、省发改委派驻代县阳明堡镇下官院村第一书记刘文澜、山西出版传媒集团派驻五寨县梁家坪乡阎家洼村第一书记王帅、吕梁市供销社派驻临县清凉寺乡青条山村第一书记方雪峰、省教育厅派驻方山县麻地会乡大西沟村第一书记崔亚丽等纷纷发来捐助红包。6日3时50分，原省农科院副院长周运宁；5时30分，吕梁会计学校派驻石楼县龙交乡王家沟村第一书记吕浩江；6时50分，省公共资源交易中心派驻和顺县李阳镇菜地沟村第一书记李宏波，陆续发来红包和祝福语。

"尊敬的各位扶贫战友们，"7时20分，吕文忠在辽宁省葫芦岛市医院，写下并发出了感谢信，"我叫吕文忠，是山西交控集团派驻五台县东雷乡团城村第一书记兼工作队长。自从2015年8月受党中央号召加入脱贫攻坚战役方队四年以来，我的坎坷一个接一个。真没想到我所驻村的贫困户每年递减脱贫，我自己却成了贫困户。2014年5月，岳父发现胃癌手术。2016年10月，岳母胰腺癌大手术，去年正月去世。今年5月，我妻子确诊乳腺癌转移腋下淋巴。岳父岳母没儿子，我老婆没工作，家中四口人，养女上本科大学，儿子上初中，去年又收养一女儿正在哺乳期。所有的经济来源都靠我一个人的工资负担和顶大梁。昨晚跟孟教授聊完我妻子病情和自己的困境就睡着了。刚才醒来看到大家的爱心捐助，我们全家真不知怎么感谢大家为好。真没想到在我遇到最困难的时刻，战友们都慷慨解囊帮助我，我们全家在辽宁省葫芦岛市医院谢谢大家了。战友们的这份爱心，不仅是对我们全家面对困难和坎坷的鼓励，更是对我今后扶贫工作的鞭策。我一定不辜负大家希望和祝福，尽快把我妻子的病治好，早日回到扶贫岗位，一如既往干好自己的扶贫工作，为贫困人民服务，以优异的成绩回报和感恩大家的这份关心和爱心。再次谢谢亲爱的战友们！谢谢大家！"

透过字里行间我们可以想见一条铮铮铁骨的汉子，在骨感的现实与丰满的柔情面前苦苦挣扎。他在与孟永华通话后，竟然力不能支地睡了过去。他醒来时，发现手机已经被如雨的红包和滚烫的话语刷屏了。悲苦的心刹那间被温暖和爱浸没。他哭了吗？只有他自己知道。

"吕书记不必见外，我们和你在一起！"宁武县委宣传部派驻凤凰镇柳沟村第一书记陈玲马上回应。素不相识的黑龙江省双鸭山市商务局派驻尖山区二马路春城社区第一书记周汉玲写道："请吕书记收下心意，祝爱人早日康复，困难是暂时的，你的战友会永远和你并肩战斗！"与吕文忠战斗在一起的定襄县电视台派驻五台县北文西村第一书记王丹："我和我们乡镇的捐款早先已转给吕书记，一方有难八方支援，何况还是我们自己的战友，大家还可以再号召一下身边的人，愿嫂子早日康复，吕书记顺利归队！"第一书记杜亮姝、兴县派驻蔡家崖村第一书记贺建军、长治市上党区扶贫办牛志业主任、山西农大派驻代县聂营镇西段景村第一书记邢晓亮……红包在群里不停地发，暖心的文字不停刷屏，吕文忠都看到了。

"兄弟姐妹们，我们是团结暖心的集体！吕书记加油，嫂子加油！"透过李宏波的文字能够听到他饱含感情的声音。方雪峰急巴巴地说："孟书记用滴水筹我们在各群转发，为我们战友筹款，人多力量大，我忙得没顾上关心吕书记，还以为好了呢。"正在医院陪伺住院父亲的浑源县派驻王庄堡镇东庄村第一书记高超发来红包："文忠书记加油！近日老父亲胰腺癌晚期，我也在医院一直陪着，献上一份绵薄之力，一起与病魔做斗争！人到中年，责任感、使命感越来越强，必然经历这样的事情。愿文忠书记坚强，愿我们每一个扶贫战友坚强！"

扶贫人也是血肉之躯，并非是铁打铜铸，他们与贫困户或是寻常人一样也有自己的困难和烦恼，只是不说而已。他们也有马高镫短捉襟见肘的时候，他们在帮扶他人之时也有需要帮扶的时候，但他们并不想四处张扬，而是先在惺惺相惜的同类人中寻求帮助和理解。

扶贫人是心连心的。山西省城学雷锋志愿团总团王素娟团长边发红包边赞叹：" 真情帮扶，温暖人心，优秀的第一书记们真棒！我们一起加油！"扶贫扶出关节炎的省安全厅派驻岚县王狮乡长门村第一书记许跃红这样激励他说："吕书记，谁都会遇到各种困难，困难不可怕，你是男人，更要给弟妹加油啊！一定会好的！"扶贫工作近 20 年的中科院山西煤化所派驻天镇县谷前堡镇白羊口村第一书记丁增平说："文忠，坚持！挺住！共同面对吧！尽一点力量吧！"周运宁老院长再次发声："吕文忠书记，你是我学习的榜样，家庭连续发生无情天灾，你仍坚守扶贫攻坚第一线，克服自己小家困难，奉献爱心大家扶贫。我们共祝您尽快走出阴霾，妻子及家人尽早康复，你是共产党的优秀代表，我衷心祝福你一切顺利安好！"

到上午 8 时 40 分已有 30 位战友、朋友捐款 5000 元，还有不少战友直接向吕书记慰问和捐助。8 时 45 分，周末回到家忙着看孩子的省焦煤集团派驻兴县蔡家崖村扶贫工作队长石坚忙里偷闲发来红包，太原市市场监督管理局派驻娄烦县盖家庄乡万子村第一书记张杰："文忠书记，加油！我母亲也是今年 2 月诊断为癌症晚期的，后来在山西肿瘤医院得以救治，目前为止恢复正常。你如果需要做手术，请联系我，山西肿瘤医院我能给你联系。加油！坚强与我们同在！"孟永华感慨："火热的心，真挚的情，咱们扶贫人真的是社会的中流砥柱！"

中央和国家机关工委派驻宁武县阳方口镇河西村第一书记李晨宇也加入捐助："祝福吕书记！祝家人早日康复！"姚振华书记对捐助情况还不满意，说："孟教授，后面还会有，有的同志可能忙得没顾上看手机。凡是过往的同志肯定会出手拉吕书记一把的。"上午 9 点，孟永华在群里报告了一晚一早捐助情况，并通报康世海、路海源、任锐正帮助筹划水滴筹。正在和顺县菜地沟村紧张地准备迎接国务院考核的李宏波马上反应："水滴筹出来，赶紧发啊，我使劲转！我的朋友圈 1000 多人，微博十万粉丝，热心人可多了！加油！"

上午 10 点，忻州市粮食局派驻五台县沟南乡马家庄村第一书记刘晓波向大家报告好消息："助力吕文忠，我们五台第一书记已经开始接力！"18 位战友、朋友捐助 2500 元。上午 10 点半到 11 点半，13 人捐助 3700 元。11 点半到下午 3 点半，又接到捐款 2859 元。

方雪峰书记还在催促："路书记、康书记、任书记水滴筹快点出来，吕书记是我们学习的榜样，我们要让有爱心的人得到社会的关心和关注，更需要社会上关心我们扶贫战线上的每个人！"平时在群里不多说话的省科技厅派驻汾西县邢家要乡后加楼村杨静书记悄悄转账给孟永华 1000 元，一直开展公益扶贫的峰之源小毛驴商城的张小龙经理也主动加入捐助队伍。牛志业发了朋友圈，有朋友捐给她，她又转给孟永华。仇海涛也陆续转来发给她的捐款。

省扶贫办叶明威、李良库、车海兵、陈建雄纷纷捐款。车海兵发出由衷的感叹："扶贫人不容易，不能让他们流汗流血再流泪。"撰写脱贫攻坚报告文学《掷地有声》著作的省作协副主席鲁顺民、中共山西省直工委组织部程晓彬副部长、朔州市委组织部的王津梁主任等人也捐了款。省法院原派驻浑源县大仁庄乡清水沟村第一书记杨如珍捐赠并感言："吕书记非常敬业，非常优秀，大家齐心协力，帮助他渡过难关！"白发苍苍的中央党校派驻云南墨江县雅邑镇坝利村第一书记赵广周也发来了红包和祝福。太原市财政局派驻娄烦县天池店乡陈家庄村第一书记段健彪发来捐款并附言："虽然我们素未谋面，但我们都是亲密战友，我们有一个正能量和团结的团队，在大家的共同努力下，愿战友克服困难，一定能好起来！"

6日晚上8点半，以《传递爱心，请帮帮扶贫第一书记》为标题，筹款十万元的水滴筹终于通过。晚上9点钟，第二波高潮来了，第一书记们的捐助方式主要转到水滴筹上。孟永华把水滴筹转发到蔡家崖论坛群："战友们，我们经常为贫困户捐助，今天，扶贫的驻村干部吕文忠家里遇到困难，希望大家施以援手，助他渡过难关。希望大家转发。"

甫一发出，陈玲书记马上实名转发，仇海涛斩钉截铁："转发！"并在转发时配上了煽情而真实的话语："帮我们的第一书记吕文忠渡过难关吧！为了百姓增收，他在大同葛家屯村创立了'边城饺子'、组建了威风锣鼓，老百姓增收脱贫了，他又转战忻州市五台县团城村，如今老人和妻子先后患病，我们也帮帮这位曾帮助过许许多多老百姓的第一书记吧！"

第一书记冯毅转发时说："自从有微信以来，我从来没有在朋友圈发过消息，这是我第一次在朋友圈发信息，是为我们一位战友！每一位苦干实干的脱贫攻坚战友们都有故事，都有一部心酸史。文忠书记是非常优秀的第一书记，请大家帮他渡过难关。谢谢大家！"他把水滴筹转发到河曲县第一书记群："各位战友，大家晚上好！打扰大家了。我是南也村第一书记、党支部书记冯毅。我即将开启脱贫攻坚第三个任期。在脱贫攻坚工作中我们都锤炼了党性，牢固了大局意识，坚定了担当意识。文忠书记是非常优秀的第一书记，希望大家能够帮助他渡过难关，谢谢大家！"鲁顺民主席在微信里为冯毅献上了三朵鲜花。

吕文忠书记所在五台县东雷乡团城村的村民也参与了转发，并言之凿凿地证实说："真人真事儿，我们村的扶贫第一书记，大家多帮忙！"团城村小名五丑、大名白五康的村民，发微信说："亲人们早上好，早些日子听说咱村驻村书记吕文忠老婆病了，但不知病得如此严重。最近老吕无奈发起了水滴筹。

大家也知道，老吕是一个多么刚强爱面子的人，不到困境是不会筹款的。相信大家和我也有同感，老吕在咱村的作为大家有目共睹。不是亲人胜似亲人，真是相见恨晚。现在这个世道像他这么踏实的人已经不多了。希望大家能帮他一下。"

看到这个截屏时，鲁顺民不由得也为之感慨说："国家援助之手伸向乡村，百姓有归属感。世上没有中国这样好的老百姓。"也再次证明我在前文所说的"社会人和生态人原本就是一个共同体，以城市人的心去换农村人的心，农村人有了城市的意识，城市人有了乡村的情结。不仅仅是城里人跑去改变农村，也是村里的贫穷在改造城里人。城市人和乡村人天天混在一起，你捂着一个村，一个村影响着一个你，这种交互式的长久交流，就算是石头，也会被捂出温度，孵出几只小鸡来。这个小鸡注定会伴随交互者双方剩余的一生。"

省水利厅派驻临县曲峪镇柏岭上村第一书记岳玉文转发并特别予以渲染："曾经的道德模范、优秀第一书记，听说今年过年，他回老家甘肃，在天水捡回来一个女婴！朋友们一边怪他鲁莽，一边给他发红包，他死活不要，他刚上大学的大女儿也是他捡回来的！可惜天不悯人，竟然遭受如此劫难，今天第一书记群里大家纷纷向他伸出援手，又帮忙制作了这个水滴筹，请有能力的朋友帮他一把吧！"山西医科大学派驻宁武县迭台寺乡胡家沟村第一书记王志新坦言："加油，我转发了好多群，这次我豁出去了，不再矜持不好意思转发。"他在所有群转发并直接给朋友私信转发，只为"和大家心情一样，希望早日能够筹够款项"。

忻州市交通运输局派驻繁峙县横涧乡河家窊村第一书记张天文转发并配文："他曾经是名军人，现在奋战在脱贫一线的第一书记，他献出自己的爱心，资助收养了孤儿，4年驻守贫困村而对家庭缺失关爱，自己的爱人得了癌症，希望大家转发并资助他……"

随着滴水筹捐款人数的增多，捐款数额不断地增加，路海源幽默地发微信说："回复爱心人士，眼睛疼啊！"9点半，路海源截图显示已经5000多元；10点，仇海涛截图显示8493元，到10时40分，已经超过20 000元了。王志新书记信心满满："过两万元了，明天继续努力！"

康世海在蔡家崖群里发了报道吕文忠事迹的《新华视点——重回大山》《山西经济快讯——山里娃：第一书记吕文忠》，他"希望大家把吕书记的事迹和水滴筹同时发出，让大家更加了解这个应该帮助的人"。零点整，路海源截图通报已经3.6万元。王帅转发来希望出版社孟少勇社长的捐款。零时40分，热心的马秋香再次现身："已转朋友圈并再捐助。看朋友圈，朋友们都在转发，正能量，点赞！凌晨2点，省农业厅派驻临县扶贫工作队大队长李惠芳还没有休息，转发并积极捐助。康世海发微信赞曰：一个热血军人，一个全国道德模范，一个群众喜欢的扶贫干部，一个优秀第一书记，视群众为亲人，视他乡为家乡，舍小家为大家，两任第一书记帮助群众脱贫致富，成为群众的贴心人。我自从去年创作歌曲《第一书记》与他相识，为他的人格魅力和战天斗地扶贫精神所折服。昨晚和他聊微信才得知他的恶劣近况，遂和孟永华、任锐商议帮吕文忠渡过难关的办法。今天一早，看到全省许多第一书记下红包雨，踊跃捐款，帮助战友，很是感动。第一书记贫困谁来扶？真心希望有爱心的朋友，伸出温暖的手，帮助这个曾帮助贫困群众脱贫而自己却成为贫困户的第一书记……"

7日晨6时，方雪峰发来"吕梁扶贫"的一个截图："虽然他不是吕梁扶贫干部，但是天下扶贫干部是一家人，我们不帮谁来帮？如果摊上这些事的人是我们，也许今天求助的就是我们自己了。明天，我们吕梁扶贫将在自己的平台转发这篇求助文章，尽我们所能帮助这位第一书记。而且我们承诺，只要是我们扶贫干部遇到这种事情，我们都会竭尽所为你们奔走呼号，为扶贫干部撑起温暖的港湾。爱心接力，从你我做起，举手之劳，何乐不为！！"

转发就是帮助，人品就是信义。"僧念镇第一书记工作群"邢洪敏书记："裴小亮：你说话，你作证，一个字：捐。"早上7时10分，仇海涛截图，兴奋不已：五万了！康世海发出三个有力的臂膀图。孟永华高兴万分："今晚应该实现目标了，战友万岁！让社会各界知道这世界还有这么好的干部，有利于改善人们对干部群体的一些不正确认识。"康世海书记又发出《第一书记》歌曲宣传片，动情地说："让我们一起重温我们的歌曲吧！""总书记的口号是：消灭贫困，不落一人！我们第一书记的口号是：互助共进，不落一人！"清华大学博士舒全峰也发来信息："已尽绵薄之力，祝愿吕书记爱人早日康复！"崔亚丽感慨："蔡家崖群，我众多微信群中最温暖的一个。"杨静煽情："古有保家卫国，今有脱贫攻坚，战友相逢不相识。请少喝一杯酒，少抽一包烟，捐点钱给这可怜的第一书记！他在下乡扶贫的四年里，欠家人太多了。帮助他留住家人，能回家多陪伴陪伴，不要流血流汗再流泪。"

9时24分，金额显示82 220元，40分钟就接到捐助一万元！9时58分，截屏报告金额达到89 400元，再有一万元就实现目标了！邢晓亮激动地说："这么短的时间，这么快的速度，这么大的金额，这么多的转发，这么多人关注，也是创造了水滴筹的奇迹了！"杨宗鹏深受触动："证明两点：一是我们这支队伍是值得信赖的。二是群众对我这支队伍也是信赖的。"10时59分，金额已经达到99 798元！孟永华欣喜万分："差二百就十万了！大家真给力！"11时整，路海源截屏："100 055！3136帮助，629次转发！您关心的大病患者已完成筹款！"一场传递大爱的水滴筹，不到15个小时，就完美收官！水滴筹操盘手路海源发出战报："7月6日20时26分至7月7日11时，经过14小时34分、3136人次的爱心捐助下，吕文忠书记的滴水筹爱心筹款10万元，已全部到位，捐助系统即将关闭，待吕书记提供相关佐辅资料，即可提现。感谢大家的关心帮助！感谢所有爱心人士的真情大爱！感恩扶贫人团队的抱团取暖精神！！！从此，扶贫的路上永远充满温暖与感动……"

"十几个小时筹到了十万，我们，没有什么做不到的！"陈玲感动连连。刘国香也是"太感动了"！大家激情爆棚，蔡家崖论坛群里，激动的表情和文字一个接着一个："为扶贫人点赞！""这就是团队的力量！这就是爱的力量！""我们是一支温暖的铁军，咱们扶贫人有力量！""携手互助，大爱无言。""我们是第一书记，没有什么是做不到的，吕书记加油！""咱们第一书记有力量！""一天扶贫干部，终身扶贫情谊！""正能量的团队！""这样的精神令人热泪盈眶！""我们的战友们又打了个漂亮的胜仗！""为我们所有扶贫干部点赞！""是的！太感动了！太激动了！""感动中国的一个微缩版，证明做好人不吃亏，鼓励咱们继续做好人！"

此时捐助活动倡议者康世海说："替吕书记谢谢大家鼎力支持！"并发出两首歌：《团结就是力量》《众人划桨开大船》，歌曲《第一书记》的旋律已经再次在大家心中唱响……

窗外，清明节的半旗还在低垂，笛声和警报声却已消逝。

以上这篇纪实文章的作者是本次事件的组织者策划者孟永华，他恨不得把所有捐赠者都写在文中，每段文字都炽热烫人，我做删节时，如同沸汤里捞骨头，岩浆中寻石块，很是难为。难免挂一漏万，但没有伤筋动骨，还能从中感受到第一书记情愫的血脉中激溅有声的喷发和涌动。春天真的来了，迎春花和杏花都已相继开残，正是桃花盛开的季节。门前的早樱树和小区广场边上的西府海棠都已经含苞待放。枯萎了一冬的草地上，又新生出茸茸的绿草。这些小草属于禾本科狗牙根属，别名百慕大草、绊根草、爬根草。多用作草坪草。我国黄河流域以南，新疆伊犁、喀什、和田等地多有野生。它们属于碧连天的芳草，是大地的衣裳和春天的使者。它们最擅长的是安慰人的眼，滋润人的心。在足球场还会被修剪整齐，垫那一颗不停滚动的球形物和不停运动着的大脚们。它们不显赫，不尊贵，只是些普通的草本植物。我在一首五律新韵里曾赞美这些以自己的身体铺陈大地的芳草：茸茸大地魂，姓字狗牙根。翠起诗龙跃，青枯画虎蹲。茵茵濯肺怨，嫩嫩蹴国恩。古往匍于野，今仍是草民。

逝者已矣，生者还要继续活下去。窃以为，哀荣死者不如照顾好生者。不仅是大疫之下会有逝者与烈士出现，任何一个行业、一项工作中，都可能会出现逝者和烈士，在追思死者的同时，还要照顾好生者，这是大家都非常明白的道理。所以我才会对这个因为扶贫而产生的水滴筹大感兴趣。这个新年礼物，较之我在前一节写到的第一书记之歌，似乎分量更重。

窃以为其分量丝毫不亚于欧·亨利笔下所写的《麦琪的礼物》，两个故事的主人公同样都是社会中普通的工薪阶层，虽然我们这些扶贫的第一书记，生活也未必拮据如《麦琪的礼物》中的男主人公吉姆，但都是国家工作人员。圣诞节夫妻俩为送给对方一件爱的礼物，吉姆忍痛卖掉了祖传下来最为珍贵的金表，而为德拉买了一套"纯玳瑁做的边上镶着珠宝"的梳子；德拉为了自己的丈夫吉姆能有一条拴金表的白金表链，而不惜卖掉了自己最为珍惜的那一头瀑布般的秀发。他们为了双方的爱情都舍弃掉了自己最宝贵的东西，而为彼此换来的礼物却因此变得毫无用处。但夫妻间的爱却因此而熠熠生辉，感动了所有的人。我们的第一书记并不富裕，他们在乡村帮扶八竿子打不在一道的贫困村民，水滴筹的对象也没有亲缘关系，没有一起工作过甚至素昧平生，只因为惺惺相惜，是否显得更加难能可贵？这种人类的崇高情感能打破各种樊篱而同鸣共振，这才是我们人类共性世界光明永恒的希望。

外国人的圣诞节类似中国的春节。如今世界上有许多外国人也开始过我们的春节，之所以如此，也无非出于中国人过圣诞节的心理吧。但我以为，还有一个原因是信息爆炸交通发达，使彼此间的隔膜缩短，填平了地域差别，拉近人与人之间的距离，使地球沦落成浩瀚宇宙间一个小小村落，使人类走出了国与民族的个性狭隘，人类共性得以解放和弘扬。近些年来人为设置的民族疏陌与国家政见的阻隔正在不断被瓦解并打破，世界各国与各族之间正在进行史无前例的大融合大贯通，虽然完全融合还有待时日，但已经是一种必然趋势，已经处于时时刻刻的潜移默化中。有些人为设制的沟渠，渠虽然成了，水不到，或流向别处，也是枉然。一切都是水到渠成的。狭隘的爱国主义和逼仄的民粹主义正在崩解和融冻，天地间彻响着冰消雪解的声音。是好还是坏？好坏只是人的认知，自然从不理会个人类自己设置的是非好恶，它只做必须和应该做的，从来不问该不该，或为什么要这么做？

个人是否愿意，是否喜欢，是否心中讨厌，都没有用。例如，当下时，地球村里，五花八门的各国货币，正在从四面八方向国际化汇兑走来。这个金融汇兑的篮子，过去拎在美元的手上，后来添加了欧元，现在又添加了人民币。地球村村民的邻里之间，已经实现了货币流通，节日自然也会互相流通。世界人类文化和习俗的大交互和大融通，意味着一种新的人类生态现象和结构正在逐渐形成，这种人类的新生态是良性的也是弥足远大的，因为它是人类共同体的愿望，也是人类可持续发展的一个让人感到欣然的福音。这是不以人的意志为转移的。所以我国领导人才会大力倡导人类命运共同体。所以我认为这个因为扶贫人而产生的新年礼物，不仅属于中国也属于世界，这种情怀不属于一国一地，而是人类情感的汇集。

千百年来，人类面对的有两个与生俱始、最为顽劣的敌人，一个是衰老与病死，一个是贫穷和饥饿。生老病死是天然的成分居多，而贫穷和饥饿人为的因素居多。生老病死在科技与医药的日新月异有所改变，人的寿命普遍得到了相应的延长。地球能养活的人口有限，贫富差距悬殊，加大了剪刀差，饥饿还在世界上肆虐。中国政府锐意脱贫攻坚消灭贫穷全民奔小康绝非一国一地对贫穷和饥饿的改变和努力，占地球人口七分之一大国的饥馑是可怕的。如果中国不能温饱有余，十四亿人口向全世界进发去寻吃觅食，那就是世界的没顶之灾。祈祷中国的脱贫攻坚奔小康成功，应该是世界人类的共识。中国人安定了世界就安定了。所以我想说，中国政府脱贫攻坚奔小康不仅是送给本国贫困村民的一个爱的礼物，也是送给全世界全人类的一个和平稳定的爱的礼物。这仅仅是个开始，全世界全人类今后都应该为之努力。

忽然想起去年秋我曾有《拟散曲》一首，说尽了人生，却是烟火气十足，放在这里冲淡一下这浓浓的政治味道：

　　白露滴滴融金，秋风缕缕分愁。
　　昼短，衰草寒烟瘦，夜长，落花流水肥。
　　风欺，几丛黄蒿忧，雨戏，满树红叶羞。
　　抬头月如钩，升腾，它冉冉向中秋。
　　琵瑟乱弹铁马，箫笛横吹吴钩。
　　弹罢，几声青红残，吹完，一曲莺燕休。
　　城深，将秋封作侯，楼高，把人关成囚。
　　愁死李清照，苦也，搭半个欧阳修。

（原载《中国作家》纪实版2020.7）

生命之证

——武汉"封城"抗疫 76 天全景报告（长篇节选）

_刘诗伟　蔡家园

引子

2020 年初，中国武汉"封城"抗疫 76 天。

这个巨大事实证明了人类最具力量的理念：

把人民群众生命安全和身体健康放在第一位！

因为事情太大，城里城外都可以看到无限场景；因为身在其中，我们必须勇敢深入和真实记录。

"封城"期间，我们两人遵照政府通告居家 34 天后，经申请获批，戴上口罩，奔赴抗疫前线采访，至 4 月 8 日"开城"，历时 42 天。

新冠肺炎是一场突如其来的特大疫情。一座千万人口的城市"封城"抗疫，在人类史上绝无仅有。

我们一直在阅读有关这场抗疫战争的报道与评论，绝大多数情况下对其中的真诚与真实充满敬意。它们具有不同视角的可贵价值。但是，暂时没有看到整体呈现及意义。单一视角在表现个体或局部精彩时势必遮蔽思想的放射，这是叙事选择的限制。尤其是当我们走过战场之后，更加相信只有奉出全息的武汉抗疫事实，才可能抵达与之匹配的写作。

这既是一场宏阔浩大可歌可泣的人民抗疫战争，也是应当被历史正视和珍视的人类文明与高贵的缩影。

从叙事形态上看，它就像一只标准足球，由若干皮块组成，其中部分为黑色五边形，部分为白色六边形——如此便有了圆球的形状。这是我们期待的整体。当然，人类故事从来不会像人造的物件那样整饬均衡。

更为内在的逻辑是，瘟疫之于人类，根本上是一种避开种族、阶层、国家和意识形态的进犯，人类必须尽快建构并学习与瘟疫相遇相处相争的文明，而这个文明的根基与指引只能是生命至上。

面对瘟疫，尤其是特大瘟疫，人类免不了被打回生命原形。这不是休止也不是终结。倒是有可能以生命为起点，直截了当并毋庸置疑地生发和确认真理的逻辑，从而把人类的真理重新叙述一遍。事实上，符合真理的文明一方面与身陷疫灾时的求生、恐慌、苦难、悲伤、愤慨、指责、果敢、抗争、救治、英勇、关爱、互助等生存反应并行不悖，一方面已然指向理性、体制、理念、伦理、科学、法度、合作、预防、统筹、发展和最大程度护佑生命。这不是观念的超越而是公然的终极，是人类好日子的前提。当然，它不可能通过写作来实现——必须经由人类共同契约践行。

一切只能建立在诚实与真实的基础之上。

愿将伟大事实与真相献给人类。

第一章　红窗帘在飘

对未来的真正慷慨，是把一切献给现在。

——加缪

4月8日——武汉诞生了一个纪念日：

"封城"76天后的武汉终于"开城"！

早晨，武汉醒得特别早。天空蓝得扎眼。所有人走出家门，笑脸被阳光照耀。小区的青翠与花朵在风中摇曳。健身角，老太太站上旋盘婀娜扭腰，老大爷赤手甩臂；丁字路口，两个小男孩争抢一只足球，一个小女孩在花坛边追赶蝴蝶；阳台上，一位少妇抱着婴儿看楼外的景色，婴儿迎着阳光笑；隔壁的阳台上，是一个白皙高挑的外国女子举着手机打电话……她在讲武汉的阳光吗？

今天将有超市店铺复市、公司工厂复工，街上的车辆在阳光下流淌起来。青壮年男女走向小区大门，保安小哥正在测体温放行。有人偏要逗一逗小哥：对不起呀兄弟，从今天起我们要上班。但小哥好久没有幽默了，照例严肃回道：解封不等于解控，还要内防反弹、外防输入——慎终如初晓不晓得？

我和家园跟大家一样，各自出门迎接阳光。远方的朋友接连打来电话，都是问候武汉。这么好的时刻，当然高兴。可是，我们刚刚从抗疫前线采访回来，76天，一座城市的话题，从哪儿说起呢？

站在小区岔道口愣怔，眼中有些叠影。时光透着生命的气息。我又看见了那幅枣红色窗帘，在江那边的汉口，从一幢宿舍楼的窗口飘出来，带一层轻透的纱幔，那么鲜亮，舒卷或摇摆，在细雨里，在雪花中，在夕晖下，伴着《汉阳门花园》低回的乐曲，就那么一直飘在寂静街巷的上空……那家的主人去了哪里？他们还好吗？76天，邻人不断地拍它的视频放到网上，万千网民每天牵挂地看着它——飘！

恍然间，漫天的枣红色里浮出一张沧桑的脸——那人是国人敬重的84岁的钟南山院士……

"封城"前3天，2020年1月20日。

白天是平常的，办公室没有人像《鼠疫》里的里厄医生那样看见一只牙齿带血的半死的老鼠。午间工作餐时，我还跟年轻朋友们打听春节期间有什么开心的电影。

晚上9时40分左右，家中客厅的电视机开着，正在播放CCTV《新闻1+1》节目，经过时随意驻足，看见钟南山院士在电视里讲：根据目前已掌握的病例，新型冠状病毒肯定人传人。作为著名呼吸病学专家，他的神情笃定而焦急。当时只知道钟院士是17年前抗击SARS（非典）的领军人物，不晓得他作为国家卫健委第三批高级别专家组组长，昨日率队来武汉考察过疫情，他的话代表专家组意见。但这时武汉人的心思是过年，不一定都收看了这档节目。

赶紧查阅当日的新闻。不查不知道，一查心一跳：

截至1月19日22时，武汉市累计报告新型冠状病毒肺炎病例198例，治愈出院25例，死亡3例！

这天，习近平在云南考察，得悉新冠肺炎"人传人"，指示"把人民群众生命安全和身体健康放在第一位"！20日上午，李克强主持国务院常务会议部署疫情防控；下午，孙春兰副总理在全国疫情防控工作电视电话会上发表讲话……新冠肺炎已纳入传染病防治法规定的乙类传染病，并采取甲类传染病管理措施。

原来，我还不知道疫情已经来临！

随后两天，看不见的新冠病毒在暗中传播，身边的朋友开始交流疫情信息。多数人的态度依然平淡而简明：那能怎么办呢，瘟疫的事，安心猫着呗。有人跟两个月后一位外国总统的态度大同小异：哎呀，不就是恶躁（厉害）一点的流感吗，躲一阵子就过去了。总之是猫一猫或躲一躲。

1月23日凌晨，武汉市内传出第1号通告：

> 自2020年1月23日10时起，全市城市公交、地铁、轮渡、长途客运暂停运营；无特殊原因，市民不要离开武汉，机场、火车站离汉通道暂时关闭。恢复时间另行通告。

一切由此开始。

这就是国内外媒体所说的"封城"，后来把中外城市的限足抗疫一律简化为"封城"。当时，国内曾有媒体温婉地叫作"摁下暂停键"。

市民随之反应：差不多每个家庭都派人出门了，买粮油蔬菜回来囤着，买口罩和消毒液回来备着；有人加买防护手套和护目镜，还有人整了几套医用防护服。到晚间或者次日，多数超市和药店的防护用品与消毒液断货；上网买，网上也买不到……于是网上网下的议论热闹起来。

这是23日或24日，已经出现的新冠肺炎病人（截至23日累计确诊病例495例）分散在武汉的各处，绝大多数市民还没有真正看到疫情，觉得"封城"算不上天大的事。

事情的到来似乎过于平淡，并无壮烈之感。只是，窗外的街面突然空寂下来，一年一度的"春节"不见了，偶尔有小鸟飞过寒冬苍白的天空，或者歇在柳树的枝头东张西望。

大家毕竟缺乏瘟疫知识，更不懂新冠病毒。

到了第6天，钟南山院士在接受新华社和广东珠江电视台采访时，禁不住哽咽地说："大家全国都来帮武汉，武汉能够过关的，武汉本来就是一座很英雄的城市！"那一刻，他的泪水充盈眼眶。这段视频即刻广泛传播，武汉以外的见者或许有些诧异，而身在武汉的人，因为"封城"下猝不及防的生死变故和生命体验，听到钟院士这番鼓励与安慰的话，便如委屈的孩子，任由泪水从眼眶奔涌而出……

我和家园都不是第一时间得知"暂停"通告的。因为疫情让我失眠，1月

23日起床较晚。打开手机，微信里充满"封城"消息。我理解的"封城"无非两条：不要离开武汉；不要到处乱窜。也没上网查阅这个通告，起初甚至不晓得这个通告是由"武汉市新型冠状病毒感染的肺炎疫情防控指挥部"这个名称拗口的机构发布的。

当天，我发了一条微信："武汉要镇定！信科学，莫慌张。大家不被传染就是对社会做贡献。我们正在被感动和鼓舞。传染期会过去。"因为是面对朋友圈，这倒不是空洞的高调，而是听过钟南山院士的访谈，了解了一点中央指示精神，也基于有限经验和知识的判断。事实上，在得知"人传人"的次日，我针对本单位工作特点，已在工作群发出通知：自当日起，在法定上班日每天只安排一人值班，其他人在家办公，不要出门，直到农历正月十五。态度和做法符合"封城"的要求。

"封城"之初，我跟家园还没有商谈去抗疫一线采访的事，但我们几乎每天在电话里交流和谈论疫情。

"封城"那天的10点之前，第一个电话是妹妹打给我的。妹妹家住武汉市汉阳区，今年轮到她做东召集兄弟各家的人陪母亲吃团年饭。因为突然封了城，她在电话里支吾地为今年不能请我们团聚表达歉意。她年轻时做过护士，但她一直都说"那个新什么病毒"，我不断提示她是"新型冠状病毒"；末了，她叮嘱我和家人坚决待在家里，不要出门惹"那个新什么病毒"，我又提示她一次。这么看，当时普通老百姓只知道有个病毒，连是个啥病毒也是含糊的。

然后其他亲友打来电话。外地亲友除了提醒多加保重，一般建议老实在家待着，或推荐读什么书；本地亲友说过保重的话，接着为不得相聚而遗憾，也谈"封城"时局，讲"封城"中的笑话。10点之后，同乡程老弟打来视频电话，告知他在10点之前的3分钟——还不到3分钟，收费站的栏杆都要放下来了——但他驾车成功脱离武汉，且在路边歇口气，马上回仙桃老家过年，嬉笑的样子简直像是逃课的小男生。我给表弟打去电话，他说他在汉口火车站，我说不是"封城"了吗，他说他正在迎接他母亲（我姨妈）。我问火车站出来那么多人怎么办，他让我从手机里听他身边的声音：是一对刚出站的夫妻在发牢骚，女的说"个板妈的"怎么样回去哟，男的说你问我我问哪个呀——走回去。我又问外地人怎么办，他告诉我，很多人正在找黑车（违规出行的高价车），办法总是有的。

家园提供的家族微信群的情况清晰有致：一位叔叔说，我是劳动人民，身体扎实得狠，不是我怕病毒，是病毒怕我，我正坐在家门口喝茶咧，但你们坐办公室的身体不行，必须得防；堂弟是在深圳上班的"白领"，回武汉来过春节，担心"封城"影响按期上班，已抢在上午10点之前驾车出城开往深圳；

小表弟只愁一件事——刚谈了一个女朋友,本打算春节期间彼此拜见父母的,城一封见不成了;姑妈是一家企业的领导,建议大家今年春节不要互相串门,出门记得戴口罩,回家先洗手,不去人多的地方,与人说话保持一米五以上距离。在这个群里,共同的不爽是因为"封城"失去了春节的欢乐。

也就是说,人们当时更多的是为日常生活纠结。

2020年1月27日(正月初三,"封城"第5天)上午,李克强来到武汉考察,在武商超市与一个购物的大妈有过一段别开生面的交流互动。那个大妈穿亮黄色大领棉袄,头发时尚地束于头顶,戴白口罩白手套,正在收银处扫码验货。李克强一行戴蓝口罩站在旁边观看,她一边礼貌地转首回应,一边不耽误手上的活。李克强说:"祝武汉老百姓平安健康!"她顺便提了一个词:"长寿。"李克强赶紧加上长寿。总理挥手,她也挥手,手势很雅致。画面中,那个大妈表现出武汉老百姓在"封城"中的从容淡定。这段视频即刻在微信圈疯转,给人添了不少喜气。

当晚,武汉市民自发组织了一场"阳台大合唱"。夜幕下,万千楼舍灯火齐明,阳台和窗口人影幢幢,同声唱起《中华人民共和国国歌》和《我和我的祖国》,高喊"武汉加油"。那是声与光的汇聚和释放,让一座城市在悲壮中充满豪迈。

只是,歌声和喊声过后,一切复归静寂,所有人还得具体地"居家"抗疫。当时我们对"封城"之初的民众心理做过分析,得出的结论是:大家对"封城"并不恐慌。一般心态大体分为七种:(1)相信党和政府,天塌下来党和政府会撑着;(2)对付疫情,除了躲避也没有别的好办法,"封城"倒让人多了一份踏实;(3)虽然一个春节报废了,毕竟生命更重要;(4)正逢春节,家里备了十天半月的年货,一时半会儿吃喝没问题;(5)疫情总会过去,就像SARS(非典)一样;(6)被感染生病的人只是少数,不一定轮到我;(7)武汉出了这个事,如果有需要,得帮一帮。不排斥还有其他种种。

这就是最初的状况……因为无限热爱现有的生活,宁愿在战略和战术上同时藐视新冠肺炎。

但疫情一旦进入城市,便不会停止脚步。

病毒起初总是得胜者,坏消息不断传来——

1月23日(封城第1天):新增确诊70例(累计495例),新增死亡20例(累计23例)。

1月29日(封城第7天):新增确诊356例(累计2261例),新增死亡 25 例（累计 129 例）。

　　1 月 31 日（1 月的最后一天）：新增确诊 576 例（累计 3215 例），新增死亡 33 例（累计 192 例）。

　　数据显示：疫情正在急遽蔓延！而且，这些数据只是核酸检测的结果，还不是实际病患反映——这不是人为因素，是当时的检测能力确实做不到"应检尽检"。不过，当时普通老百姓对此尚不知晓；同时对疫情数字也没什么概念，更谈不上量化分析。

　　实际上，真正刺激人的坏消息并不是主流媒体发布的。

　　地方传统媒体努力报道正面消息和辟谣，而且不那么善于使用网媒传播。报纸甚至忘了广大市民此时全都宅于家中，看不到纸媒新闻。而地方传统媒体的消息落空之际，正是不问出处的网络自媒体异常活跃之时：

　　——某医院发热门诊部的走道上挤满了求医的患者，有人已经站不住，有人在呼叫。

　　——某医院急诊室门口的地上躺着患者，保洁员在喷药水，医生正跑步抢救下一个病人。

　　——某医院缺少防护物资，医护人员身无铠甲直扑战场，多人被感染，剩下的人擦干眼泪继续向前冲。

　　——一个居民找社区书记反映，要求给发烧咳嗽的家人安排住院治疗，社区书记无能为力。

　　——一个家庭，公公感染了，婆婆感染了，丈夫也感染了，做儿媳的情况不明，小孩子还跟大人在一起。

　　——一个小女孩的妈妈病亡，小女孩不能靠近妈妈。殡葬车载着妈妈离去，小女孩戴着口罩一边追赶一边哭喊。

　　——居然有一个被感染的市民，因为住不进医院，报复社会，随意敲开居民的家门，朝人脸上吐涎。

　　——湖北之外的某地挂横幅、贴告示，驱赶湖北人，"420"开头的身份证成了"病毒"，一辆"鄂"牌轿车的玻璃被砸。

　　——外地人被"封"在武汉，一名男子每晚蹲守在火车站亮灯的地方，等待"万一"有逃离武汉的机会……

　　这些信息直截了当，带着似是而非的指责。

　　虽然只是个别现象，但当个别现象一个接一个叠加，又没有其他信息对冲进来时，只会形成失衡的恐怖局面，这种情况下——恐慌比疫情更加汹涌。

　　似乎没有人深究：恐慌的缘起不是这些消息，而是疫情——是疫情发展的必然结果。不过，此时"封城"跟恐慌还扯不上关系。

接下来，抗疫在短期内处于"抗不住"的状态：一方面医疗救治不能立马改观而加剧恐慌，一方面恐慌冲击隔离防控而扩大感染，因与果互动恶化。到正月初八左右，居民们拉开橱柜门和冰箱门，看到囤积的年货不多了，上网购物又发现卖家都不给发货，想到出不得门更出不了城，"封城"也成了催化恐慌的因素。

但我们嘀嘀咕咕之后依然严格遵守纪律。

这时，恐惧是小心翼翼的，慌张是静默安宁的，所有人更愿意按照"封城"要求老实待在家里，仿如屋檐下面临风雨的小鸟。由于没有心情看书、追剧、打游戏和搓麻将，连评议调侃这一年春晚节目的兴趣也没有，反而有了大把时间用于恐慌。反正张着耳朵也听不到窗外的响动，干脆整天翻看手机里的微信和抖音，不停使用哭泣和祈祷的表情包；一旦闲下来，就电话问候分离的父母或儿女，再一次提醒多加保重。

家人之间开始出现新状况：彼此检查戴在脸上的口罩是否漏缝，监督对方纠正喜欢摸鼻子而不喜欢洗手的坏习惯，强调跟小区居民说话至少保持一米五以上距离。一对夫妻发现在门外接受快递物品的防护环节有漏洞，一定要加以解决，用上了沙盘推演，但扯来扯去，引发一场口角。一位女教师打扫卫生间后，在马桶盖上搁一张字条，字条上工整地写着三个字：已消毒。微信里冒出一段视频：一栋高楼半腰中的一间房屋里，女人泼洒酒精消毒，男人打火抽烟，不料点燃酒精，顿时火光大作，浓烟滚滚，接着是家用电器砰砰地爆炸。隔日，又是一段火灾视频，又是酒精消毒，烧燃了整整一间独栋的房子。

两个哥们儿竟然在电话里密谋歪主意：逃离武汉，逃到乡下去（他们在乡下有老屋或亲戚）。怎么逃呢？所有出城的路口都有警察把守着。一个说，向抗日游击队学习呗，趁天黑步行绕过岗哨。另一个说，拖着老婆孩子能走一百多里路程吗？一个说，多带些干粮饮料慢慢走呗。另一个说，就算逃回去也不好生活呀？结果，两个吃不得苦的家伙放弃了游击方案。不久，二人中的一个电话告诉我，他俩都庆幸自己没有出逃，因为乡下"封村"封得更猛。

大家暂时乖乖地待在武汉的家里，用微信和抖音打发时光。可这是一种难以持续的生活：一家人如果不能一人一房，同在一室也要保持"社交距离"；女的去做饭，男的留在原位看手机，反之亦然。谁也不会说出恐慌，只把恐慌搁在心头，但僵硬的表情泄露出深重的忧郁。所有人都忘记了日期和时间，只晓得白天和黑夜。恐慌越来越受到居家憋闷的挤压。微信视频里传来武汉民谣《汉阳门花园》，老男人冯翔抱着吉他在唱：晴天都是人/雨天都是伢/冬天腊梅花/夏天石榴花/过路的看风景/住家的卖清茶/十年没回家/天天想家家……

大半个城市顿时泪雨纷纷。

突然有人推窗大吼一声：对面楼上的，出来吵个架吧！问题是吼叫并不能消除恐慌的根由。几天后，微信里的恐慌直接站到阳台上来敲锣哭喊：没办法了，大家谁来帮我一下，救救我母亲！敲锣哭喊者是一名年轻女子，她的母亲咳嗽发烧，CT影像显示双肺感染，病情十分严重，按规定必须先做核酸检测方可入院，但核酸检测需要等，她已经等了一个星期。

瘟疫不只在微信里蔓延，同时在现实里逼近。

一街之隔的朋友黄先生的家里发生了疫情：他的岳父岳母住在附近宿舍楼的一楼，平常有护工照料二老，"封城"前夕护工回乡下过年，照料的事由妻子和姨姐轮番负责；"封城"后，先是听说护工在家乡确诊为新冠肺炎，接着岳父发病，而且一上来就是重症。正月初四，好不容易联系到收治医院，黄先生搀扶88岁的岳父上转运车，老人抓着他的手默默无语，就是不放，他不忍掰开老人的手又不能不掰开，眼泪唰唰直流。没几日，岳母、妻子和姨姐相继出现新冠肺炎症状，所幸都是轻症。当时医疗资源紧缺，社区只能安排症状较重的妻子去隔离点就治，留下岳母和姨姐居家"自疗"——由社区提供必要的服务并保持联系。这时，黄先生不能去陪伴岳父或妻子，但必须照顾岳母和姨姐的生活，便每隔两天给她们送一次食品和蔬菜：他戴上防护帽、防护镜、口罩和防护手套，拎着满满的塑料袋走向岳母和姨姐的住地，像接近火药库一样提心吊胆；他把塑料袋放在窗台上，敲敲玻璃窗，转身离开，等他走远了，屋里的人开窗取货。后来，黄先生的岳父不幸病逝；庆幸的是，岳母、妻子和姨姐历经一场恐惧与悲伤后全都痊愈。黄先生说，他每天靠喝酒壮胆才挺了过来。

在"封城"抗疫之初的20天里，武汉三镇每个社区都暴发了疫情，新冠病毒迅速到达所有市民的身边，各家各户简直不敢打开门窗。

一千万人有一千万种恐慌，全部恐慌都是同一性质。

也有相当一部分人看不出半点恐慌，比如奋战在一线的医护人员和社区工作者，比如大义逆行的志愿者，比如坚守岗位的警察和各级公职人员——他们以勇敢和奔忙覆盖恐慌，看上去就像压根儿不用恐慌的人——他们是"封城"抗疫的中流砥柱。我们曾经产生过一个奇特想法：宅于家中的人们与一线人员其实是可以互换角色的。

可以吗？

恐慌有两个伴侣：愤激与忧伤。

一天傍晚，一位作家朋友电话告诉我，那天他打了一整天电话，好不容易弄到两套医用防护服,准备给一对夫妇穿着去医院告别病亡的父亲,但新冠病毒太凶,医院方面暂时还没谈妥……他说完,我没法回应,电话里一阵沉默。后来,我只有悲愤地叹息:这要是看得见的敌人,我们就举一把长剑,骑上战马杀向汉口(因为当时都说新冠病毒是由汉口传播开来的)!可是,这是多么虚妄。

听过或看过手机,常常独自坐在窗边发呆。

窗外有一棵枝干光秃秃的大柳树,鼠年就停泊在树下。时空里没有声响,依稀看得见不远处的长江与汉水。

这天,大柳树在冬日的阳光下一动不动,我的目光在它的躯干、杈枝和枝末游走,找不到一丝儿动的细节,可见风也被封了……

又一天,早晨醒来先闻鹧鸪咕咕,后有麻雀叽喳,无声的世界格外空荡,不是宁静而是冷清。已经有许多天,窗外能听到的与人类有关的声音是偶尔在大街上奔跑的救护车的呼叫……

又一天,绝对没有风,树可以作证。宅区的树密集而广大,有绿色的香樟、橘树、桂花、枇杷,也有灰白的银杏、灰黑的水柳、灰褐的杨树、灰红的梧桐——在冷冬时节全带着灰色的调子。梧桐是白的干,在山坡上高出香樟,顶部的残叶灰红。绿色是一堆一堆或者一坨一坨的;带灰调的枝杈稀疏向上,决绝刺空,坚毅而茫然。一只阳雀子落在绿色香樟上,出现篮子大小的一片颤晃;之后跳去附近的大柳树,光秃的柳树根本不作理会。一只猫向大柳树下的地面走来,极瘦的灰猫,极慢地移动,在大柳树下曲行,嗅着地面,越发缓慢;一会儿,空着嘴离开,没一声怨言,去向别处。一只野鸽子歇在猫曲行过的地面,木偶似的动头,走几步再动几下,终于也飞走。先前的阳雀子来了,蹦蹦跳跳,也不细觅,有些慌张,某处影子一晃,像直升机一样逃窜,去到大柳树的枝上,过一会儿,再滑翔下来……想起家中贮存的菜品不多了,下楼去大柳树下看看,那里有一片晒席大的菜地,母亲的余荫和爱养还在,凝结在冬寒的微弱的绿色之上……

恰在这时,家住汉口的三弟打来电话,说到今年过年大家未能去汉阳与母亲相聚,心里很不是滋味。前天他利用督查"医废"处理工作之便,绕去汉阳喊了一声母亲,没有上楼,母亲在楼上打开窗户答应,照样嘱咐我们好生待在家里……后来,他不知为什么告诉我,他在汉口看见一面枣红色窗帘,老在一座楼上飘呀飘……放下三弟的电话,耳边回响《汉阳门花园》的曲调,眼前恍然闪现钟南山院士饱含泪水的眼睛和一座"英雄的城市",眼眶不由得一酸。

那面枣红色窗帘愈发在城市上空飘荡……

外界的关心在继续。自"封城"之日起，朋友徐先生几乎每天通过微信问询我的安危，了解国内疫情。徐先生在捷克做中外文化（文学）交流事业。当时，我对徐先生的关心怀有一种躲闪的潜意识。因为，半个多月前（元月上中旬），他从中外媒体中了解到武汉疫情，几次电话微信我，提醒多加防护，而我，几乎满不在乎地回应——知道，不严重，武汉的大街小巷跟往常一样风平浪静，平安无事。现在，我虽没事，但当时我为什么"满不在乎"地回绝好意呢？像是欠了朋友的情义，让我很是不安和尴尬。

有人搬来了宗教。老同学杨先生从美国得州打来电话，问过疫情提醒保重后，让夫人给我讲话。当时美国得州似乎还没有疫情。他夫人给我讲基督，慢声细语，讲基督的信仰和博爱，讲美国华人筹集物资援助祖国抗疫。我本来是无神论者或只信自然神的，但在"封城"下无心做事，就一直听着。当然，我对善意的宗教并不反感，因为祂在精神的某个层面行善。

接着来了一桩基督故事。武汉籍在北京工作的李先生发给我一段微信视频：17世纪中期，欧洲暴发一场空前的具有强烈传染性的黑死病，一年不到人口死去一半；在英伦半岛，南部是重灾区，而北部却幸免于难，为什么呢？因为那个亚姆村。当黑死病传染到亚姆村时，一位叫威廉的牧师站了出来，对村民们说：现在谁也不知道自己是否被感染，如果已经感染了逃与不逃都是死，但逃出去后一定会传染更多的人，留下来吧，把善良传递下去，让他人得福。村民们接受了牧师的劝导，在村子北边的出口筑起一道石墙——相当于今天的交通设卡堵路。到黑死病退去，全村344人只活下33人，威廉牧师也死于黑死病。可就是这个亚姆村，阻断了黑死病向北传播，为英伦半岛留下了一片后花园。今天，人们去到亚姆村可以看到300多座墓碑，墓碑上有村民们死前写给自己的墓志铭：威廉牧师的墓碑上写着——请把善良传下去；一位医生写给回娘家的妻子——原谅我，因为他们需要我；一位矿工写给女儿——亲爱的孩子，你见证了父母与村民的伟大。结论：这便是信仰的力量——即使是死也要善良。

天啊，这是多么尖锐的事实，它来到了我们的面前！

不知道这段视频是不是某位远在别处的当代牧师的劝导，我微笑无言，却羞于申辩。可惜了一朵高尚的奇葩。我心里想说，人类不是为了善良而善良的，善良不过是自愿珍惜和捍卫别人向来珍惜和捍卫的美好事物——包括人的生命，但善良由谁来珍惜和捍卫？

我担心朋友理解起来费劲，只说：我们已经生活在21世纪的第20年，社会力量和人类科技文明可以让我们镇定。

事实上,"封城"初期走出小区并无强制约束。当时,因为疫情已经明显,市民们并不需要特别管制,绝大多数人都自觉关在家里避疫;而病患者或疑似患者按照防控规定,由社区统一安排。

城区内小范围行车也没有严格禁止,单是限制过长江和汉江,不能去抗疫战场;又由于没有公共场所可去,也就没必要上街了。

正月初九(2月2日),阴天,间断微雨,"封城"进入第11日。最新疫情报告:武汉市累计确诊4109例、累计死亡224例;未报疑似人数;有个新说法叫"密切接触者",湖北省共有48 571人。这一天,全国亿万人民都在翘盼火神山医院竣工交付使用。报道说,火神与即将建成的雷神两家医院共计可收治2000多病人——可我的加减法一直在忧悼地忙碌。

窗外,大柳树上探头探脑的小鸟不动了。

我看见那面枣红色的窗帘在空中飘荡……

下午小雨空蒙,我开车出小区,去附近看看。街上行车稀少,前后至少200米无车。沿途静悄悄的:湖北日报大楼门前没人,亢龙太子酒店门前没人,省社科院门前没人,湖滨酒店、省博物馆和省美术馆的门前都没有人。一城的人扔下一城荒凉。街面的空荡与静寂不同于手机里的视频景象,有一种人类突然不知去向的陌生感,偶尔泄露悲凉的痕迹或动静。想起一句诗:恨别鸟惊心。

车到省作协院子门口,门杠自动抬起,不见门房保安。

进院子,院子里没人。上楼去杂志社,先开大门,再开办公室的门,自然没见到同事。倒是有一个人在办公室的墙上,那是忧愁的鲁迅先生。我在办公室看完春节前编定的一期刊物的清样(印刷厂不知什么时候能开工)。起身离去,看了看鲁迅先生。下楼开车,院子里还是没有人。出院门,门杠自动抬起,不见门房保安。

驱车行至东湖边。窗外的东湖停顿在傍晚的昏暗中,那迷人的艳阳波光只在脑屏的昨日和意念的明日。忽然看见道旁有两个行人:一男一女,20岁上下,都戴着白口罩。他们并肩侧搂,漫步在空旷世界的微雨中……也只有他们!

他们应该是我们的孩子,他们怎么不打伞?

我放慢车速,看着这生命里的青春,视线霎时模糊了。

伞是没法送的。眼前只有那面枣红色窗帘在飘呀飘……

微信圈开始转发各种抗疫日记。因为宅于家中,这是最可以做的事情。

有一种日记特别让人感动。同事小张，一家三口，女儿今年高考，丈夫是个干部，2月3日就带领党员干部下沉到江岸区花桥街支援社区抗疫。小张在微信圈发过两则日记：2月10日，"天又阴了，阴晴不定。熟悉的网购方式行不通了，小区团购凑不够人数。再研究其他方式，又懒得研究。只能把难题交给在社区值守的先生。与他的接头方式：提前电话告知，各自戴口罩手套相距2米交接，货品我拎回家一件件消毒后再放冰箱，他接过我事先装好的两顿饭菜，顺便将几袋垃圾带走。闺女要跟爹说话，先生连忙提醒退后离远点。年前两耳不闻窗外事装修的房子，没想竟是为隔离分居做了准备"。2月16日，"先生连续十几天值守在社区，昨夜更是加班至深夜11点多。今早，突然打电话来让我自己团购，他不方便送菜了。再三追问，得知他的车半夜里被什么砸坏了玻璃，4S店没开门，无法修理。想起昨夜呼呼的冷风，不知他怎么过的。又怨他太大意，一点防备意识都没有。电话里传来的声音很疲倦，也不忍多责备了，只求他自己平安无事。"这种极普通的抗疫与避疫生活正是武汉"封城"时期的写照。

无数的日记将构成对这场疫情及抗疫的一个方面的记忆，也包括对日记主人的记忆。

家园和我一度也是"日记帮"。到2月中旬，我们深感两人的日记只记录了武汉的千万分之二（即使这样，我的日记发表后，还发现弄错了一个日期）。我们更加期待见识"封城"抗疫的整体事实，或者走出家门，去抗疫一线亲眼看见战斗的场面。不久，家园报名参加党员突击队下沉社区，定期去社区协助防控工作。但我"走投无门"，做志愿者的年龄已超了。

还有一群人，不时各抒己见：有的舒缓民情廓清纷扰，有的分析事态诚恳建议，有的针对时弊直言要害，有的满怀激情鼓舞士气，有的大处着眼提供思想，有的遴选资讯推介观点……当然还有别的。他们发表意见的方式主要是微信、微博和访谈，转文、写文和口述；内容大约有三点可取：提醒改善具体工作；启发深层调整；帮助部分人转移注意力。

我和家园也看这类信息，偶尔也发个微信，但看着想着，觉得多是固定经验与单一观念的对号、想象以及情绪重复，明显有两点不能让人满意：一是缺乏医学、流行病学、人类学、经济学、相关历史知识与社会管理学等方面的思想资源，无法与疫情现实对话；二是没有疫情现场经验，不了解全局，局限了视野。武汉"封城"抗疫这么大一场生死之战，如果仅有这些言说和一批好人好事记录，显然是不对称的，或者就是失真的历史。

直说吧，大家需要看到瘟疫主题的巨大凸显。

现实里，疫情正在侵占人的神志。恐慌已把人们打回生命原形——只剩下生存祈求。这不是那些声音可以解读与回应的。这是马斯洛的人的需求层次的最低层——看，病患者在奔走求医，在艰难地呼吸，有人已经死去——而我们眼看着就是他们的跟随者！此时之状况，便是人的起始，便是形成观念、确立价值、调理社会、构建文明的逻辑起点。

而此时，真正能够平抑恐慌的是北京带来的消息：是飞机火车大巴卡车来了，是驰援武汉的医护人员来了，是中央指导组来了，是街上出现了奔跑的志愿者，是社区书记沙哑的喊声，是钟南山、李兰娟、王辰等人在电视里讲科学防护，是火神山与雷神山医院开建，是一个接一个方舱医院开舱……当时，要是全体武汉人站在窗边或阳台上可以看见这一切，该多好啊！

2月16日，一个雪后晴天。我来到武昌区涂家岭社区银海花园，跟家园见面。他戴着口罩，穿着防护服，正在小区里喷洒消毒水，树上残留的雪花不时飘落到他身上。等他忙完，我们站在小区门口说话。谈到下沉情况，他说社区的"至暗时刻"刚刚过去，给我讲一些既感人又让人思考的事情。我说，你看，迈出一小步就有大收获。说到后来，两人一拍即合，决定对武汉"封城"抗疫进行全面采访。

2月下旬，我们拿到通行证，开始"逆行"采访……迎着那面枣红色的窗帘。

第十六章　你是人间四月天

生活在前进。它之所以前进，是因为有希望在；没有了希望，绝望就会把生命毁掉。

——特罗耶波尔斯基

没有哪一种哭声会如此明亮而绚丽，仿佛一束礼花在夜空绽放，向着这座凄冷的城市热烈宣告："我来了！"

时针指向2020年1月25日0时8分。在湖北省妇幼保健院产房，武汉鼠年里的第一位"小天使"诞生。这是一个特殊的日子，所以她的降生就显出特别的意义。当时，央视春晚正进入高潮，人们载歌载舞欢庆新年到来。年轻的爸爸一扫连日积郁的阴霾，开心地说："希望咱家的小公主能为非常时期的武汉带来新力量！"他给孩子取小名叫"年宝"。

48分钟之后，在一江之隔的武汉市儿童医院产房，又有一个"鼠宝宝"诞生。这个女婴胖乎乎的，哭声同样嘹亮。助产士彭怡琳将宝宝递给新妈妈，笑着说："祝贺！我们一起完成了历史上防护等级最高的分娩和接生。"医生穿着防护服，产妇戴着口罩。合影时，护士给小宝宝也戴上了口罩。

两天之前，由于新冠病毒来袭，武汉的城市生活不得不摁下"暂停键"，可是，新生命的到来无法暂停。他们就像新芽破土、激浪排空，势不可挡。用湖北省妇幼保健院产科病区副主任操冬梅的话说，道路交通管制，小病可以不看，慢病可以缓治，生孩子可是一分钟都不能耽误的。在那段艰难的日子里，操冬梅和同事们一次又一次为正常产妇或新冠肺炎产妇接生，一次又一次见证着新生命带来的喜悦和激动……

从1月23日到4月8日"封城"期间，武汉共出生1.8万新生儿。这两位"小天使"在大年初一凌晨的诞生，标志着新一年武汉生命之门的开启。那些次第响起的稚嫩啼哭声，如春雷滚动着希望，亦如春光明媚着城市黯淡的表情……

从2月下旬开始，我和诗伟几乎跑遍了武汉的各大定点医院。那段时间，各医院其他科室几乎都停诊了。停车场空荡荡，可以随意停车；候诊大厅冷清清，不见一个人影。医院向来是最热闹繁忙的地方，如此静寂的场面不由得让人心生恐慌。这就是疫情之下的武汉现实。

可是也有例外。当我们在3月8日下午来到武汉市儿童医院采访时，见证了另一番景象。

那天下着小雨，有些阴冷。我在医院里兜了一圈仍找不到停车位，最后还是保安帮忙找了个角落临时停放。进入医院大厅，一股热浪扑面扑来。我对武汉市儿童医院并不陌生，过去带孩子来看过病，这里总是人山人海。现在虽说没有那么多人，也还是熙熙攘攘的。最引人注目的是挺着大肚子的孕妇们，有的被丈夫搀扶着缓缓而行，有的捧着肚子坐在椅子上候诊，还有的撑腰站在大厅里排队取药。每个人都戴着口罩，眼神既疲惫又幸福。

在电梯口，一位系着红色羊毛围巾、穿着白色羽绒服的俏丽准妈妈倚靠在丈夫胸前，娇声和他讨论着孩子的取名问题。她长长的睫毛上，扑闪着喜悦。这场面看上去宁静而温馨，让人心生暖意。如果不是已知新冠病毒正满城肆虐，我真的难以相信，这里就是危险的新冠肺炎患儿定点救治医院……

院长邵剑波的介绍将我拉回到严峻的现实。在1月30日，武汉市儿童医院就开始按照传染病病区要求进行改造。不到一周时间，开设了11个病区，准备了262张病床。其中包括确诊患儿收治病区、疑似患儿收治病区、新生儿和重症患儿病区，后来又增设了一个产科待排查病区。

1月22日"封城"前夕，已经有30多名孕产妇连夜赶来待产。由于交通管制和医院分流，有些孕产妇担心离开医院后再也无法回家，哪怕距预产期还远，也拎着大包小包坐在医院里不肯走。还有的产妇临近预产期，本来可以等待顺产，可她们不愿回家，坚决要求剖腹产。病房全部收满了，有人就睡在检查室里等候床位。

险情亦是不断。受"封城"影响，有些孕妇没能按时做产科保健和孕期检查，等到情况危急时才赶到医院。有的产妇入院时大量出血，需要紧急抢救。还有的产妇血压高得骇人，竟然达到200/130mmHg。有个产妇送到医院时，婴儿的腿和臀部都出来了，随时有窒息危险，好在抢救及时，母婴平安。

有的孕妇有过新冠肺炎患者密切接触史，有的可能还处在潜伏期，可是家属往往不愿如实告知医院。这样，传染风险大大增加。

一位孕妇在做剖腹产时，发烧、咳嗽。直到手术结束，她才说出丈夫已确诊。她担心先说了实情，会被转到其他定点医院隔离。还有一位早孕的疑似患者要做清宫手术，本来医生已经和她谈妥，她答应去定点医院。可是在定点医院的电梯口遇到搬运尸体，立刻转回来，她好说歹说就是不肯去了，非要在这里做手术。

好在医院早有周密预案，在分娩、护理、治疗过程中都采取严格防护措施，没有出现一例院内交叉感染。

每位医护人员都是超负荷运转，马不停蹄地在手术室、产房、隔离病房之间来回穿梭。产科三病区主任周燕告诉我们，最忙的时候她一天要换6套防护服，这也是儿童医院医生的特殊之处——不能穿同一件防护服接诊不同的孕产妇。防护服每穿脱一次都有烦琐而严格的流程，可以想象，这得耗费她多少精力。

新冠肺炎患儿的治疗就更复杂了。无论是SARS还是MERS病毒感染，都没有新生儿治疗相关文献，成人治疗经验肯定不能照搬，这意味着一切从头开始。婴幼儿不会表达，病情变化全靠医护人员临床观察。

2月5日，武汉市儿童医院新生儿内科收进了年龄最小的一位新冠肺炎患者——女宝宝笑笑。笑笑妈妈双肺有毛玻璃样阴影，属于高度疑似患者，笑笑在出生数小时后就被转送到这里。给她做了两次核酸检测，结果都呈阳性，CT检查显示双肺纹理增粗。医院组织专班24小时轮流监护笑笑的生命体征，不放过任何一点病情变化。笑笑是足月产儿，没有其他合并症，住院期间主要是给予密切监护和对症治疗，康复过程比较顺利。她能吃能睡，一顿可以吃掉80~100ml牛奶，笑脸一天比一天多，眼看着就长胖长大了。过了半个月，她的核酸复查结果为阴性，症状消失，胸片正常，达到了出院标准。

院方给我们提供了这样一组数据：1月24日，收治第一例新冠肺炎疑似患儿；2月6日，该院首批5名患儿治愈出院；2月13日，该院收治的国内首例危重型新冠肺炎患儿康复出院；2月21日，全国最小年龄新冠肺炎新生儿康复出院；4月1日，该院疑似和确诊新冠肺炎患儿正式"清零"，此前康复出院的疑似和确诊新冠肺炎患儿合计779例。

武汉"封城"76天，共有2238名婴儿在武汉市儿童医院安全出生，平均每天30多人。对于正在疫情中苦苦挣扎的城市来说，晦暗的天空被这些如期绽放的小小蓓蕾点亮，让人不能不笃信生机勃勃的未来正在倔强展开……

"封城"头一天的1月22日，湖北省妇幼保健院就拿出整层楼进行隔离病区改造，并建立了负压手术室、隔离产房。为了避免交叉感染，医院对疑似新冠肺炎孕产妇实施"双隔离"。产妇就诊在发热门诊，顺产到隔离产房，剖宫产到隔离手术室，分娩后送入隔离病房，宝宝则转到新生儿隔离病房进行观察。这样，疑似孕产妇与正常孕产妇、婴儿实现完全隔离。

但是，很多孕产妇送来时已情况危急，根本来不及做CT、血常规等进行新冠肺炎排查，医护人员只能披挂上阵，冒着风险做手术。

操冬梅告诉我们，情况危急时，啥都来不及想，脑子里只有两个字——救人，不然可能是一尸两命。给她留下最深印象的是一位34岁的患者刘女士。刘女士历尽艰辛在华中科技大学同济医院成功做了试管婴儿手术。可是怀孕37周多时，她的CT片显示肺部出现明显毛玻璃样病变，成为新冠肺炎高度疑似患者。同济医院主院区不是新冠肺炎定点医院，院方要求她更换医院生产。刘女士联系附近的私立医院，可他们都表示不具备收治条件，无力接收像她这样的孕产妇。那天，刘女士和母亲又急又累，坐在马路边失声痛哭，一度陷入绝望。最后，还是120把她们母女送到湖北省妇幼保健院。当时已是凌晨1点55分，刘女士的宫口开到0.5厘米了，必须马上手术。她被送进负压隔离产房，唯一陪同她的母亲按照要求被送走隔离了。身边没有亲人，刘女士眼里满是忧虑和恐惧："宝宝会不会被感染？"操冬梅握着她的手安慰道："你要相信医疗科学，我们会把你和宝宝照顾好的。"然后亲自上手术台。6分钟后，新生命锐亮的啼哭声响彻手术室——母婴平安。刘女士后来说："宝宝给了我信心，医生更让我安心！"

为刘女士做手术之前，操冬梅刚为一位确诊新冠肺炎的产妇完成接生。这位产妇送到医院时宫口已经开了两指。对医生而言，顺产接生感染的风险更大。用助产士崔玮昕的话说，助产的过程就是与产妇贴身"肉搏"，产妇喊叫、呼气产生的大量气溶胶会包围医生。但为了产妇和婴儿的安全，操冬梅还是选择帮这位产妇顺产。宝宝平安降生。操冬梅事后仅消毒、清洁就花了两个多小时。这位身材娇小、性格活泼的医生笑嘻嘻地说:"穿上三级防护服后,缺氧、恶心,护目镜看不清,有时得凭直觉操作。"她说的"直觉",其实就是娴熟的技术。疫情发生后,她一直住在医院里,最多一天要做六七台手术。她透过窗户指了指办公楼下的樱花树,笑道:"每接生一个宝宝,我就感觉樱花又开了一朵。樱花全开了,你说这世界多美!"

产科主任孙国强告诉我们,为了确保母婴安全和医护人员安全,所有确诊或疑似新冠肺炎产妇的手术都由具有副高以上职称的、经验丰富的医生来操作。疫情期间,没有发生一起医疗事故。

该院产科日均住院孕产妇 330 人,日分娩量约 70 人。其中最多的一天分娩 108 例,也就是说,平均 13 分钟就有一个宝宝降生。哭声与笑声交织,希望与喜悦伴生,这是何等热烈的生之韵律!

湖北省妇幼保健院是名副其实的"生娃大户",过去连续 16 年新生儿出生数排名全省第一,这次"封城"抗疫期间,共有 5041 名婴儿出生,而且实现了零感染、零死亡。

相对于成年人而言,儿童感染新冠肺炎后出现重症、危重症的比例更小。武汉市儿童医院收治的患儿绝大多数是轻症,护士每天的主要工作就是给他们量体温、测血氧、做雾化,督促他们吃饭、吃药。后来,还建了一个活动室,孩子们可以去里面画画、搭积木、做游戏。

由于新冠肺炎具有强烈传染性,疑似或确诊患儿的家长被隔离就医了,他们不能像平常住院那样有大人陪伴照顾。这些孩子最小的出生才几个小时,最大的不过 14 岁,完全托付给了医护人员。所以,这里的医护人员还承担着"护士妈妈""医生爸爸"的职责。

2 月 25 日,90 后护士袁芷君接手了一位特殊小病人——两个多月大的冬冬。他们家是典型的聚集性感染,先是爸爸、妈妈和外公相继中招,后来一直照顾他的外婆也确诊了。袁芷君成了这个无陪宝宝的"临时妈妈"。刚开始,她非常忐忑:我没结婚,男朋友都没谈呢,宝宝那么小,软软的肉肉的,拿他怎么办呀?第一次给冬冬换尿不湿,她研究了半天才分清前后。给小家伙换衣服也让她费了九牛二虎之力,他爱乱蹬乱动,将小胳膊小腿塞进衣服里可不容易。她在本子上记录冬冬的生活情况,比如喂奶、喂药、洗澡、换衣服、换尿不湿的时间,还有哄他睡觉的时间……两三天之后,就掌握了他的作息规律。

后来,医院安排三个有育儿经验的护士组成专班 24 小时看护冬冬。别的护士也很喜欢冬冬,有时候忙完手头的活儿,就跑过去逗他玩儿;一听到他哭,就过去抱他、哄他。他成了科里的"团宠",最多的时候五六个护士围着他转,大家笑称他是大众"小情人"。

冬冬外婆建了一个微信群"宝宝的联络基地",袁芷君也被拉了进去。她每天都在群里发一些冬冬的照片和视频。她说:"刚开始照顾宝宝只是为完成一项工作,可现在每天如果不陪陪他,会感到失落。只要盯着他亮晶晶的眼睛,听着他咿咿呀呀地发声,你会感到心被融化了,好幸福的感觉。"

另一位"临时妈妈"胡纤是一位名副其实的妈妈,她的孩子只比乐乐大一天。因为要上一线,她只好忍痛断掉母乳。她每次抱起乐乐,脑海里就会浮现出自己孩子的样子,心里既甜蜜又揪心。乐乐爱朝她笑,一笑就露出两个酒窝,和她的孩子一样;乐乐皮肤有点黑,而她的孩子皮肤更白;乐乐比较安静,她的孩子更活泼……医院安排轮休,胡纤回到家,把孩子抱在怀里,孩子盯着她看了很久,表情怯怯的——好像不认识她了。她鼻子一酸,眼泪差点掉下来。逗了半天,孩子恢复了记忆,开始朝她怀里扑,咧开小嘴朝她笑。在那一瞬间,她又想起乐乐笑的样子,心都醉了……

为了拉近与孩子们的距离,所有进入隔离区的医护人员都在防护服上画卡通图案。再后来,每个人都有了自己的专属图案。刘思景成了"佩奇妈妈",还有"大白阿姨""蝴蝶阿姨""机器猫阿姨""奥特曼叔叔"等。医护人员邀请孩子们给图案涂色,兵兵也蹭上去凑热闹。卡通人物更生动了,病区的气氛也变得活跃了。

非常时期,这些小患者与医护人员结成了一种特殊关系。稍大的孩子似乎也在一夜间长大,常常给"临时爸爸""临时妈妈"们带去感动与惊喜。

8岁的小女孩芳芳很文静,不像有的孩子大大咧咧,喜欢围着医生、护士转。每次护士给大家分东西、组织做游戏,她总是默默地站在旁边观看。袁芷君以为她不合群,走过去想拉拉她的手,没想到她直往旁边躲。袁芷君说:"你来和我们一起玩吧!"芳芳低下头,双手互相绞着,小小的身体缩得更紧了,小声道:"我喜欢护士姐姐,但我生病了,怕传染给你们。"

9岁的嘉嘉最喜欢小美姐姐——呼吸内科的护士舒美燕。入院那天,他一个人孤零零地坐在休息区,舒美燕一直陪他聊天,还给他拿来晚餐。再见面时,嘉嘉送给舒美燕一幅画,上面画着他最喜欢的飞机模型。过了几天,嘉嘉神秘地说:"小美姐姐,给你一个惊喜。"原来,他把手机屏保换成了自己和小美姐姐的合影。一天快下班,舒美燕突然收到他的微信:"到病房来,有惊喜!"她来到嘉嘉的病房门口,发现门把手上放着两个橙子,旁边还贴着一张字条,上面写了两个字:"拿走。"舒美燕暗笑:真霸气!一股热流已将她的心淹没。

……

李文清是一个有心人,她为住院的患儿拍摄了 2 万多张照片和视频。只要翻开这些图片和视频,她的脑海中就会浮现起一个又一个故事。"我们每天给家长发视频、发图片,告诉他们孩子的情况。孩子今天多打了一个呵欠、多吃了一口饭、多说了一句话,这对家长来说都是莫大的安慰。"她相信,这些照片和视频不仅记录了一段特殊历史,也记录了一份特别的爱和希望,值得永远珍藏。

我没有问过李文清,是否读过林徽因那首著名的诗《你是人间的四月天》,但我想她一定会喜欢:

你是一树一树的花开,
是燕在梁间呢喃,
——你是爱,是暖,
是希望,
你是人间的四月天!

有段时间,我几乎每天上网去看"小石榴"的直播。他是一名新冠肺炎患儿,在武汉市儿童医院育儿箱里待了四十多天。他那小苹果似的脸,还有挥手蹬脚的样子,实在惹人怜爱。

"小石榴"的出生和成长,堪称一部传奇。

2 月 3 日凌晨 1 点,华中科技大学同济医院产科急诊室来了一位怀孕 41 周多、双肺感染、羊水浑浊的孕产妇——她就是"小石榴"的妈妈。她已经辗转了几家医院求医,如果同济再拒收,她就无路可走了。当时,同济主院区产科并没有隔离病房,接诊的医生刘海意立刻联系医务处,专门为她腾了一间隔离病房。当天下午,正好空出一间手术室,刘海意准备给她做急诊手术。产科主任冯玲看到刘海意额头上不停出汗,就一把拉住她,说:"你身体不舒服,还是我来做吧。"

手术顺利,母婴平安。"小石榴"转入新生儿病房,他的妈妈被送回同济医院感染隔离病房继续治疗,爸爸则送到武汉肺科医院住院。这一天正好是农历正月初十,他是下午六点出生的,所以取名"石榴"(谐音十六)。这个名字既包含着对他的祝福,也寓意全国人民像石榴籽一样聚成一团,共渡难关。

"小石榴"一家三口分隔在三处。为了帮他们圆团聚梦,央视直播的记者在同济新生儿科架起了摄像头,进行 24 小时直播。这样,不仅爸爸、妈妈可以全天候看到"小石榴",全国网友也可以关注他的一举一动,见证他的成长。

直播开通的时候,"小石榴"的爸爸龙先生激动得热泪盈眶。他说:"宝宝长得还挺好,就是有点黑。在视频当中看到医护人员给他喂奶、拍嗝、翻身,我就想,他们真是很伟大。平时觉得医生只是一个职业,但是在这特殊时期,才真正能体会到他们是人间天使……"他经常在深夜打开手机,静静凝视着视频那端的宝宝。看着看着,哑然失笑。

2月19日,"小石榴"两次核酸检测都呈阴性,转入普通病房。

3月3日,"小石榴"满月了。他刚出生时,体重3470克,一个月增加到了4130克。全国网友给他举办满月"云派对",共有9000万人围观。网友岚岚留言说,小宝宝手舞足蹈,其实是对世界的探索,祝愿"小石榴"永远保持好奇心……有小姐姐给他画卡通画、送剪纸,还有小哥哥给他弹奏乐曲。医护人员为他精心准备了礼物,有手绘画,有彩色"摇摇球"。

龙先生给宝宝发来视频祝福:"爸爸特别想进入你的梦里,看看你到底在跟谁玩耍?要不怎么睡得那么香?转眼你都满月了,是你的到来让我和妈妈觉得人生是如此圆满,特别是你在这特殊时期出生,妈妈不仅要忍受生你的疼痛,还要和病魔做斗争。原谅爸爸妈妈这么长时间还没有抱过你一次,让你一个人在病房里。好在'护士妈妈'们把你照顾得如此好,现在爸爸已经康复在家,妈妈也在隔离观察当中,相信我们一家三口很快就能团聚了。"

3月12日,"小石榴"出院。好几位"临时妈妈"特地换了班来给他送行,大家都依依不舍地把他抱了又抱。管床护士郑艳群搂着他舍不得松手,说:"一晃40多天过去了,宝宝每天都在变化。刚来时就这么一丁点儿,现在会跟你笑、跟你互动了。受疫情影响,我自己的孩子不在身边,每次看到他,我都感到特别亲。"

龙先生抱起孩子和妻子并肩走出医院。这一天,武汉的天特别蓝,阳光格外灿烂,就连空气中似乎都浮着淡淡的奶香。"小石榴"依偎在爸爸怀中,眼睛骨碌骨碌转,对一切充满了好奇。

他还不知道,爸爸、妈妈为什么一直含着泪水在笑……

4月8日这天,武汉"解封"。我和诗伟约定,各自放松一下。盘点了一番手上的采访资料,我决定再去一趟武汉市儿童医院,想了解新冠肺炎儿童治疗的最新情况。

这天,医院群里分享了一个好消息:该院首例新冠肺炎确诊者、患有白血病的8岁男孩小羽在ICU昏迷一个多月,终于苏醒过来;而且,经过三次血浆治疗,他的核酸检测呈阴性。

我还意外地获悉了卢静静和她的儿子优优的故事。

卢静静虽是皮肤科医生，也上了抗疫一线。临行前，5岁多的优优说："妈妈你别怕，我派最厉害的奥特曼保护你。"到了医院，卢静静就让同事在她的防护服上画上奥特曼，然后拍照发给优优。优优非常开心，觉得有钢铁战士在帮妈妈打病毒。他每天督促妈妈统计消灭病毒的数目。等到和同学视频时，他就炫耀一番妈妈的"战绩"。

爸爸买回樱桃，优优说要留下来奖励妈妈。爸爸告诉他水果放久了会坏掉，他只好吃掉了樱桃。随后，他把种子埋进了花盆里。每天，他都给盆里浇水，还抱着它晒太阳。他对卢静静说："樱桃核已种下去了，等它发芽长成树结了樱桃，你回来就能吃樱桃了。"

卢静静回家的前一天晚上，丈夫悄悄把苹果、橘子放进花盆里，告诉优优说，水果长出来了。优优非常激动，跟卢静静视频："妈妈，你快回来，我要给你一个巨大惊喜！"……

这天，我没有遇上卢静静，不知道她是怎么面对儿子的"巨大惊喜"的。但是我可以想象得出，她肯定会和我一样憧憬那种子的发芽、开花和结果——那个梦想固然稚嫩，却有一种原生的鲜活，因为它包含着深深的爱意和蓬勃的希望，足以产生开天辟地的能量……人类自从诞生以来，就一直在与各种危险的病毒和致命的疾病进行抗争，多少次眼看要陷入灭顶之灾，正是因为希望的种子不灭，最终顽强生存下来。病毒的历史远比人类历史漫长，它有自己的生存与进化法则，蕴含着不可想象的力量。有人曾经悲观预言，作为一个生物体，人类在病毒面前永远是弱者。可问题没有那么简单。人类不仅仅是生物学意义的存在，还拥有无与伦比的精神能量，譬如爱和信仰，譬如创造的能力、谦卑的态度和顽强的信念……它们淬炼出希望之光，烛照着人类不断自我反思，探寻生存正道，所以生命才会延绵不绝、生生不息。

由优优的故事，我又联想起此前采访著名儿科专家、武汉市儿童医院院长邵剑波时，他谈到一个观点：瘟疫教育应该进入课本，这是生命教育不可或缺的内容。对于优优这代孩子，他们经历过的，当然不应遗忘；对于未来的一代又一代孩子，他们必然还将经历，应该未雨绸缪……

这天，进出儿童医院的人明显增多，候诊大厅里排着长长的队。人们脱下厚厚的冬装，虽然仍戴着口罩，但是步履明显轻快多了。

我走出医院去取车。经过一片草坪时，正好看见两个工人在给树木和草地浇水，薄薄的水雾在空气中弥漫。真是难得的好天气，阳光噼噼啪啪打在树叶上、花瓣上，也打在我的头上和肩上，让人感到满世界都滋润而热烈。一位头发花白的老人，牵着一个五六岁的小男孩从我身边走过。老人侧身微微弓腰朝向小男孩，小男孩扭头对他说着什么。纵然戴着口罩，但孩子的笑声依然像银铃一般悦耳。我注视着爷孙俩的背影,感受着他们的喜悦与幸福。突然,那男孩挣脱爷爷的手,径直向草坪那边跑去。就在距离草坪两米来高的空中,横亘着一道窄窄的彩虹。孩子一边奔跑,一边仰头高喊:彩虹,彩虹,我来了!我来了!

那真是一道炫目的彩虹,由看不见的地方生出,向着看不见的地方伸去……孩子穿着绿色T恤,背上印着多啦A梦夸张的图案。他挥着双手,那巨大的"竹蜻蜓",似乎要带着他飞起来,向着那彩虹桥而去。

我注视着这突如其来的一幕,胸中倏地涌起一股热流……就在这时,一辆小车从我身边驶过,车里传出一支熟悉的歌曲,那是周华健的《亲亲我的宝贝》:

亲亲我的宝贝,我要越过高山
寻找那已失踪的太阳
寻找那已失踪的月亮
亲亲我的宝贝,我要越过海洋
寻找那已失踪的彩虹
抓住瞬间失踪的流星
……
啦啦呼啦啦啦呼啦啦
最后还要平安回来
回来告诉你那一切
亲亲我的宝贝……

在路旁愣怔着,我终于忍不住热泪盈眶:亲亲我的宝贝,你就是希望啊!为了呵护你,我们和这座城市,还有无数的人,愿意倾尽所能、付出一切!

(原载《中国作家》纪实版2020.10)

岭南万户皆春色
——广东精准扶贫纪实（节选）

_丁燕

序幕　潮起珠江口

人不是干旱的子民，干旱的子民是各类沙漠。

人是湿润的子民。是湿润的海洋，湿润的大江，湿润的湖泊，湿润的坎儿井，湿润的细雨和雪花哺育、喂养和滋润了它的子民。

有这样一条江——它发源于江西省信丰县，流经广东省南雄市、始兴县、曲江县、韶关市、英德市、清远市，在佛山市的三水与西江相遇后，最终汇入南海。这条全长近580公里的大江，古时人称"溱水"，而现在，它有多个称呼——从源头到韶关时它被称为浈水和武水，在韶关之后它被称为北江，而在三水之后它又被称为珠江。

珠江奔流不息，浩浩荡荡。是一股怎样的激情使然，让这条大江无往而不胜,最终如一把利剑劈入南海?这条由北江、东江和西江汇聚而成的大江,是中国的第三条长河,也是中国南部最粗壮的一条血脉。和黄河之于黄土高原、长江之于江南水乡的重要性一样,珠江之于岭南大地实乃至关重要。珠江绝不只是一条流动的大江——珠江还为中国带来了"南方"这个词!珠江以自己的方式塑造了"南方",影响了"南方",最终,让"南方"的影响力蔓延至整个中华大地,乃至五湖四海的全世界。

珠江的重要性来自它由西向东的运动时,对两岸所产生的压力,而这种压力又会不断地影响这些地区的地理、历史、经济、人文。当珠江以龙卷风般的威力席卷整个岭南时,它在入海口处形成了一个三角洲。这个名为珠江三角洲的地区,已和京津塘地区、长江三角洲地区,成为中国最为炽烈、活跃、激荡的三个核心地带。潮起潮落,风云变幻。珠江口的发展与变化,在改革开放这四十年里达到令世人惊叹的地步——在珠江三角洲两岸的城市群的土地面积不足全国的1%,但却创造出了全国GDP的13%!

那是一条江,那是一条不畏困难勇往直前的大江!当最终在进入南海时,涌起千堆雪般的滔天巨浪。原本,水珠是世间最微小、最柔弱、最稚嫩的事物,然而,当千万滴水珠汇聚在一起后,却爆发出惊人的能量,似乎能把一切障碍物推开,而创造出璀璨的奇迹。珠江是大自然赐予岭南的标志性建筑,就像珠穆朗玛峰代表着西藏,而天山则代表着新疆。生活在珠江两岸的人们,从古至今,无不从这条大江中获得食物、交易和信心;生活在珠江两岸的人们,从古至今,皆深谙珠江之习性,其行为举止自和生活在平原或高海拔地区的人不同。这些大江、大河与大海的锻造,让他们更能适应变化,更具有创新意识,更勇于尝试"头啖汤",更愿意"顶硬上"。

1000多年前,苏东坡留下了"岭南万户皆春色"的诗句;在700多年前,文天祥则留下了"零丁洋里叹零丁"的诗句;而在1978年7月,一家名为虎门手袋厂的企业出现在了广东东莞市虎门镇,成为全中国第一个"三来一补"(是来料加工、来料装配、来样加工和补偿贸易的简称)企业,自此,拉开了中国改革开放的帷幕。四十年砥砺前行,如今的中国,业已成为世界强国。且看,那座连接香港、珠海和澳门的港珠澳大桥,如巨龙般横跨伶仃洋,将中国人的自信与梦想点燃。如今,湾区经济已成为国家战略,而地处珠江三角洲的粤港澳大湾区,将被打造成国际一流湾区和世界级城市群,将成为中国市场经济最发达的地区,也将是实现中华民族伟大复兴的孵化器和助推器。

北江是珠江的儿子。远远望去,那条青灰暗绿的长带子,正裹着水浮莲一路向下。当它从河川间流过,从田野里穿过,从城市旁滑过时,显得格外轻巧妙曼。是的,大多数时候,北江能心平气和、按部就班地向前涌动。然而,有那么一个时刻，这条江变得躁动不安起来，那些原本柔顺的液体像通了电般可怕。江水冲垮了河川上的堤坝，吞噬了田野里的庄稼，还淹到了城市建筑物的台阶上。经过一番较量，最终，河水又回到了自己的主航道，慢慢恢复了心情，继续按原定路线前行。人们在收拾烂摊子时虽满嘴抱怨，但很快就原谅了它。和一时的暴怒相比，北江带来的礼物实在慷慨——鲫鱼、银鱼、青鱼、草鱼、鳜鱼、鳊鱼、条鱼、鲮鱼、唇鱼、赤眼鳟、卷口鱼、瓣结鱼、桂华鲮、黄尾密鲷……单是这江里的鱼儿就多得数不清，更别说其他宝贝。

　　临江而建的假日酒店，每天都会迎来一批批客人，尤其是那些坐着旅游大巴而来的中老年人。他们惊叹于江边橘红色的游艇、墨绿色的棕榈树、蔚蓝色的游泳池、纯白色的沙滩椅，继而发出一阵阵惊呼。傍晚时分，当你从一座小桥穿过北江时，看到桥身下延伸出一条栈道，有三四十米，两侧密麻麻停泊着五六十艘小木船，船舱旁横七竖八地插着许多木杆。那些木船的体积很小——有的在船舱上架起一个拱棚，有的就那么赤裸着，像你在新疆南部叶尔羌河上看到的独木舟。你看不清船舱里到底装的是什么，只能看到一个个模糊的圆包袱堆在船尾，太阳早已落山，整个江面陷入浓黑。从酒店招牌处辐射而来的黄色光芒，让黝黑的江水泛出一团粼粼的波光，像是撒了一把碎珍珠。

　　凌晨时分，当你从酒店窗口俯瞰时，发现昨晚挤挤挨挨的木船已驶走了大半，只剩下零星的七八条。现在，那小船就像显微镜下的草履虫，细小的身子晃悠在青绿的水面上，充满童话色彩。那些夜晚你看到的木棍全都被拔了起来，放在船身两侧。你能看清船舱里的渔网和圆包，但却看不到一个人。你不禁思忖起来——仅仅用眺望的态度来观看，便像是隔着毛玻璃看世界，一切都显得朦胧而模糊。你要从楼下走下来，你穿过镇子，你要进入村子，你要站在田间地头，才能看得更清，看得更多。

连江口镇

　　这个名叫连江口的小镇，恰好位于清远市和英德市之间。当你从酒店窗口眺望时，你所看到的灰蓝色江面并不是连江，而是北江。你要从酒店楼下的沿江路——而不是货车轰隆的银英中路——出发，向北行走20分钟，才能看得到连江。连江古时被称为"湟川"，是北江的第一大支流，号称"小北江"。这条江发源于广东省连州市，流经连县、阳山、英德，在连江口镇汇入北江，浩浩荡荡275公里。当它毫不犹豫地跃入北江的怀抱后，两条江很快便融为一体。最终，接纳了连江的北江缓缓地从酒店楼下流过，也缓缓地从你的视线里流过；最终，这个两江交汇处之处被称为"连江口镇"，总面积300多平方公里，总人口3万多人。生活在这里的人们以说客家话为主，饮食以河鲜为主。

在镇子里转悠时，你的视线中总会出现大大小小的灯箱广告——张添娣个人诊所、李丽婚纱摄影、建文医药店、邓先迎牙科、廖勇家具商场、地道水蛇粥、本地山坑螺、清远走地鸡、筒骨海鲜鸡、布带鸡粥、茶香乳鸽……这些店铺总会让你想起故乡。在新疆哈密市大十字街道上，也有挂着牌匾的店铺——古丽婚纱店、买买提修理部、艾买提包子店……你发现在连江口镇的店铺里，最为招摇的便是"河鲜酒家"——简直是小镇的金字招牌。爱民豪市场则位于小镇的中心地带，各个档口出售着各种货物，尤以河鲜、鸡、鸭、鹅的生意最为火爆。

"吃河鲜，到北江；最美味，在连江口。"连江口河鲜行紧挨着市场，是一块露天之地。在铁架子撑起的大棚下，摆着一个个塑料盆，盆内装着游动的小鱼。这里的地面是湿漉漉地泛着白色鱼鳞，沟里流着暗红色的血水。穿胶鞋的人们不是端着盆子倒水，就是从盆子里往外捞鱼。一位穿夹脚拖鞋的男子，从盆里抱出一条鱼——那鱼体形壮硕，简直像个小婴儿。他将它摔在水泥路面上后，一位穿塑料拖鞋的女人走过来，将手里的木棍举起，对准鱼脑袋便敲了下去。起初，那鱼的尾巴还在她赤裸的脚踝旁扑腾，可很快，鱼尾巴便不再摆动。

到处都是鱼干。鱼干的种类之繁多，令你这个来自西北沙漠地区的人大为吃惊。那些小摊上用红底白字写着"鳡鱼干销售"，铁丝上则吊挂着切成方形的、三角形的、长条形的鱼干。在三轮摩托车的车斗内，摆放着一堆指头肚子大小的鱼干。一位扎着马尾巴的女子熟练地拿起虾干放在嘴里咀嚼。她买这些干货并不是要自己吃，而是拉到广州的市场去卖。她说广州人很喜欢这里的鱼干，她便长年到这个档口取货。她是本地人，吃这里的鱼干长大的，所以只要嚼一口，便知道那鱼干到底好不好。

你在小镇已住了一段时间。每一次在街上漫步，都会引发一次强烈的情绪地震——时间好像在倒流，你好像又一次回到了童年时期，又一次回到了故乡哈密。你已忘记了一座城市作为胚胎时的模样，而现在，这个小镇便是那个胚胎。现在，小镇尚处于熟人社会向陌生人社会的转型时期。虽然这里的夜晚也亮着路灯，也有人群在晃动，店铺在开张，但这里离真正的城市尚有相当距离。这里的马路也算宽阔，但有的路面却坑坑洼洼。在小镇的街道两边，你没有看到那种统一规格的垃圾桶——人们将垃圾丢在一个个水桶里，而水桶的口就那样敞开着。柏油路的两侧，经常能看到一摊摊沙子和碎石块。你发现，街上到处都是半大的小孩——穿着T恤衫，踩着拖鞋，用铲子挖沙子，用棍子打石子。

　　这里的人们说"市场"时，特指那镇中心唯一的市场；说"超市"时，特指那镇中心唯一的超市。你站在市场入口处左右张望，确认此地便是小镇的CBD。你发现这里最热闹的景象，便是十字路口卖水果的三轮车。车斗内那些红红绿绿的果子，甚是喜人。这里没有必胜客，也没有麦当劳、肯德基；这里没有喧嚣的音乐声，也没有旋转的霓虹灯；这里没有匆忙的脚步，也没有压力感和紧迫感。到了夜晚，当大货车消失后，很少有车辆从街面驶过。整个小镇陷入沉寂，异常安宁。行人们显得慢吞吞——男人们手提红色塑料袋，女人们推着婴儿车。只有那些穿着蓝白红校服的学生们，骑在自行车上驶过，在转过弯道时像一群欢快的鱼儿。

　　某一天的夜晚，你看到一个惊骇的场景——有辆大卡车在路灯下驶过，那长方形的模样并不显得特别，但是在那个车斗里，装着满满一车的原木！那些木头一个挨一个，显得壮硕至极。是谁砍下了它们？它们要被送到哪里？它们为什么会出现在柏油路山上？等你达到连樟村后才知晓——那些木头应该是镇子周围的村民们砍下来的，它们应是被送去木材加工厂的。显然，连江口镇是一个充满城乡接合部味道的小镇。这里的种种细节都昭示着这样一个秘密——它和周边乡村有着千丝万缕的联系。虽然它已拥有了柏油路、市场、超市和车站，然而，它离真正的大城市距离依旧很远。

连樟村

　　在连江口镇的东南面有个小村，名为连樟村。这是个典型的岭南小村——清晨，当云雾缭绕在绿山坡的顶部时，山脚下那些黄泥黑瓦的屋子，就像一座座童话小屋。更为神奇的是，那云雾、那山坡和那屋子，全都倒映在山坡下的河流中。于是，山与河形成了一幅上下对称的完美图案，而处于正中部位的那些屋宇，则像一双大眼睛里的瞳孔。天空与河流分别在更高处与更低处，都是灰白色的，愈发凸显出中间部位的重要性。如此和谐静谧的一幅瑰丽图案，于连樟村的人来说，不过是抬眼即见的平常景象。

　　你揣测，连樟村的"连"字应由"连江"而得；那么"樟"字呢？连樟在明代初期被称为"大瘴之地"，言其山林繁密，瘴气弥漫，缺少人烟。那么，是人们取"瘴"为"樟"，最终形成"连樟"二字的吗？瘴气是热带原始森林里动植物腐烂后生成的毒气——因无人有效地处理动物死后的尸体，加上热带气温过高，为瘴气的产生创造了有利条件。这种在山林间的湿热气体能使人致命。《后汉书·南蛮传》:"南州水土温暑,加有瘴气致死者十必四五。"瘴气并不是专指某一种病,而是包括了许多疾病。按照发病季节,瘴气可分为——青草瘴、黄梅瘴、新禾瘴、黄茅瘴;按照症状的表现及性质可分为——冷瘴、热瘴、哑瘴;按照植物命名可分为——桂花瘴、菊花瘴;按照动物命名可分为——孔雀瘴、蚯蚓瘴、黄蜂瘴。各路瘴气都是在清明节后发生,霜降节后收藏。当其发作的时候,有两种表现。一种是有形的——像云霞,也像浓雾;另一种是无形的——或腥风四起,或异香袭人。

对生活在大山里的人来说,进山是件非常重要的事,绝不可马虎大意。进山最好不要一大早,而要等到太阳出来以后。进山前的晚上要戒掉七情六欲。早晨,必须要吃饱饭,最好能喝几口苞谷酒,暖暖身子,壮壮阳气,方可抵抗瘴气。瘴气会挂在杂树间,若有若无,像丝带般缓缓流淌。一旦被人碰着,人的皮肤便会溃烂,面色会变得青黄,而十指则会发黑。严重时,说不定还会送命。夏天,即便是特别热——哪怕到了挥汗如雨的地步——也不能解开衣衫,当风取凉;晚上躺在家里,一定要关好门户——这些,都是为了防止瘴气入侵。

总面积不过31平方公里的连樟村,模样像个襁褓,被四周绿茸茸的群山所环抱——它的林地面积有4万亩。连樟河从村东南流向村西北,像一条柔软的飘带,将一块块分散而袖珍的田地连缀起来——它的水田面积有900多亩。崇祯年间(大约17世纪),有陆氏、邓氏、卢氏、林氏等姓氏陆续迁入此地;谢氏则是从佛冈烟岭迁到这里的。到民国二十九年(1940年),这里被称为连樟乡。后来,又先后被称为连樟高级合作社、连樟大队、连樟村委会。

地理环境会导致人类生存方式的形成,也会培育出人的不同性格。连樟村人的性格,是由大山、河流及田地共同塑造而成。首先,他们是灵活的。因为没有大块的土地,农业收入有限,人们很早便懂得运用多种耕作方式来维生。他们既会种地,还会砍木头。在当农民和当小贩之间,他们需要灵活地转换自己的角色;其次,他们是坚韧的。相较于种地,上山去砍木头和砍麻竹笋则更为辛苦。山路不仅崎岖,且雨天越发泥泞,而且山中的蚊虫甚多,做起活来尤为艰辛。把木头和竹笋从山上运送下来,不仅是个体力活,还是个技术活,同时也是个高难度的危险活。这一切,都要求村民要掌握更多的技能才能生存下来;其三,他们是质朴的。这里的人们生活虽然简单,但他们的情绪却很饱满。他们的最大愿望是能有一栋红砖房,能吃上白米饭,能让孩子们去上学,能有活计来维生。

山路弯弯,曲曲折折。单是那从连江口镇到连樟村的12公里山路,便将小村变成了一个世外桃源。然而,小村虽然像桃源般遥远,但却没有桃源般的富庶。这个凹陷在大山深处的村庄，一直都凹陷在可怕的"贫困陷阱"里。作为连江口镇唯一的省定相对贫困村，连樟村下辖17个村民小组。因山多而地少，很多人家的耕地面积不足一亩，故而村民的日子过得相当困顿。在2016年时，这个2000多人的小村中，尚有近140人未脱贫。然而，在新时期精准扶贫政策的指导下，到2020年，小村不仅所有贫困户皆已脱贫，有些人家还走上致富的道路。

事实上，连樟村从来都不是一片所谓的世外桃源，它有着自己的冲突和危机，也有着自己的理想和希望。在这里，当气候、风光、土壤和可爱的人民等元素汇聚在一起时，再加上政策的引领，便绘制出了一幅簇新的画卷——你在别的地方、别的时代从未看到过。在这个小村里，寄托着人类文明的全部未来。这里的"未来"，绝不是指单纯的经济发展，也不是指科技、艺术等考究的文化形式，而是指不愁吃、不愁穿，保障义务教育、基本医疗和住房安全的人道精神；是指"全面小康路上一个都不能少，脱贫致富一个都不能落下"的平等精神，也是指构筑"人类命运共同体"的博爱思想。

笑容

每天凌晨，当天色尚处于朦胧状态时，家在坳背村小组的陆奕和便戴上草帽，拿着砍刀去进山。他要将一根根麻竹笋砍下来，再运下山后卖掉，以此补贴家用。他还不满50岁，但面孔显得异常沧桑。不，不是他的五官有什么问题——在那张四方脸上，是浓眉、细眼和高鼻梁，再配上厚唇，是个端端正正的男人的模样。让他有些老相的原因，是他总是黑着脸，皱着眉，闷声闷气不爱说话。邻居们说："嗨！他一年都笑不了几次的！"他的脸总是冷冰冰的，像是黑夜里的一个小小局部；他的五官总是处于凝滞状态，故而面部表情显得僵硬而笨拙。要想从那张空白的脸上榨出个笑容来，真能把人给累死。他像个藏在冷库里的人，四肢冻硬了，动作也冻硬了，所以，笑容从心尖爬到眼尾的速度极为缓慢。有时，那笑还没爬到半中腰，便因为放弃而又跌回到原点。他不想笑。好像一笑，那些出现在脸上的纹路，就会在心里留下火辣辣的刺痛。于是，那张脸便在冷冷的拒绝里，变得发暗发黑。

现在的他，像是走到风箱的中部，格外尴尬和难受——父亲因年迈而行动不便，妻子因重病而致残，三个孩子均在求学中——这是让他常年伤神、情绪低落的暗伤。希望就像蜡烛，就在他的眼前晃悠，但是，却被一阵风呼啦啦地给掐灭了，任凭他跺脚、叹息和悲凉。现在，这个家就像一座岌岌可危的黄泥土屋，而他就是那屋里最重要的大梁；现在，他得抵押上自己的所有时间、技能和劳作，才能这屋子不至于在摇晃中坍塌。他是这个家管事的家长，也是这个家出力的长工——无论大事或小事，地里的事或家里的事，都得由他的肩膀来扛。妻子看着他辛苦，但却帮不上忙，只能让泪珠往手背上砸；老父亲只是一口一口地叹着气，叹的是那种老年人的长气；而孩子们各个敛声屏息，小心翼翼，唯恐哪里做得不好，惹父亲生气。

事实上，一户人家的家境好和家境差，并不是因为那家人不努力、不勤劳、不聪明；更多的时候，是因为太多的不利因素刚好凑在了一起。现在，贫穷如烈焰上房，将这个家烧成了个破架子。若不是这个男人黑着脸咬着牙扛着，这里早已变成焦土一片。哀莫大于心死——这男人便把自己的微笑关了禁闭，以此来惩罚自己。

其实，他一直处于害怕之中。他怕自己撑不住软下去，那颗定时炸弹便会爆炸，而整个家便会因此坍塌。现在，作为家里的精神支柱，也是家里的唯一劳动力，他把自己所有的时间都榨干了——除了种地、上山砍笋外，他还到处打零工，什么苦活累活都咬着牙干。可是，即便忙得像陀螺般旋转，也只能让全家人勉强糊口。别说什么"致富"，他连把头上那顶"穷帽子"摘下来的勇气都没有。想想看！单靠他一人之力，怎么能扭转这个乾坤？况且，他已不再年轻，干起重活来越来越吃力；况且，父亲和妻子的身体也是越来越差，而越来越大的孩子们的开销却越来越多。他根本不敢想未来，一想便觉得心尖上挂着根铁丝，在一拉一推地让他生疼。当那疼辐射到脸上时，便形成了一团乌云，经久不散。原本，他就没打算当一个不平凡的人，然而后来，他是慢慢才发现，要想当一个平凡的人也很不容易，因为他家的处境已处于普通人生活水准之下——在 2016 年时，他家被核定为贫困户。

就在他陷入伤心绝望之际，一项新政策却如春风春雨，融化了他冰封的心田。在新时期精准扶贫政策的指导下，村里来了驻村扶贫工作队。工作队与企业联动，为贫困户提供分包管理竹山的就业机会。当他家又分到了 18 亩山地时，让他有了脱贫的信心。2017 年，他家仅种麻竹笋和大棚蔬菜的收入就有 2 万多元，再加上他做散工的 1 万多元，以及低保金、残疾人补助和孩子们的教育补助，一年有 4 万多元的收入，日子有了转圜的余地。虽然他依旧忙个不停，但肩上的担子显然轻了不少。

2018 年 10 月 23 日下午，当习近平来到连樟村后，看到陆奕和的家是一栋 3 层的红砖房，宽敞的客厅里摆着木质沙发和茶几，柜子上是一台大屏幕电视。总书记拉着他的手，从扶贫政策的落实到家庭住房，再到他父亲的身体，以及孩子们的教育，一一询问，事事关心。当总书记得知他家的房子是在政府补助和个人筹资下新建的时候，连声称好。在整个聊天期间，总书记一直都握着陆奕和的手，而陆奕和则一直微笑着，微笑着。临行前，当总书记在村里发表讲话时，陆奕和就挤在人群中。当他听到"乡亲们一天不脱贫，我就一天放不下心来"时，脸上堆起了笑意；当他听到"产业扶贫是最直接、最有效的办法，也是增强贫困地区造血功能，帮助群众就地就业的长远之计"时，脸上的笑意越发浓烈；当他听到"我们在脱贫以后还要致富，还要走一个现代化的道路"，脸上的笑容便彻底地绽放了开来。

在总书记做客后，邻居们发现那个寡言的男人变得爱说爱笑起来。他说："总书记的手特别厚实，握着特别暖和。"他还说，"总书记问我现在的政策好不好？我回答'非常好'。"他陡然间有了勇气，居然向银行申请了5万元贷款，承包下了60亩毛竹山！他说："我粗略地估算了一下，这片山地的年收入可到三四万元啊！"他感慨："现在的扶贫政策实在好，可是脱贫首先要靠自己，勤劳才能致富，不好好干对不起自己，也对不起总书记。"陆奕和还是以前的那个陆奕和，但陆奕和又不是以前那个陆奕和。他的身影愈发忙碌——他弯腰进入大棚蔬菜基地，他在半山坡上挥刀砍笋，他在去灵芝公园打工的路上——那张脸上洋溢着藏不住的笑容。到2018年底时，他家的年收入已接近10万元，是2016年以前的9倍多，彻底实现了脱贫。

2019年注定是个不平凡的一年。元旦期间，当陆奕和在电视里听到习总书记在新年贺词中讲到"在广东清远连樟村，我和贫困户陆奕和交谈脱贫之计"时，眼圈一红，鼻子发酸。他对邻居们说："那一刻，我感觉很温暖，很激动，很开心。"这一年，陆奕和过得更加忙碌——白天，他要种地、砍笋和打工；晚上，他还参加了电工培训班——这可都是实实在在的忙碌，没有掺一点假。这一年的日子像春竹拔节，嗖嗖地往上长。他思忖着说："2019年虽然毛竹笋的价格低，但靠着加工厂的收购，倒也不愁销路。特别是在农村电网建好以后，企业也愿意在我们这里投资建厂。我有信心在2019年实现收入翻番。"他和朋友们合作承包了3亩地，准备种植药材，想走创业致富的道路。到年底，他家的年收入已超过11万元。他说："请总书记放心，我已实现脱贫，还要努力奔小康。"

邻居们突然发现，那个面孔发黑、隐忍罕言的男人，脸色已不再是黑暗的一个小小局部。劈面相逢后，那张脸会绽放出一个满满的、超额的笑容。他的两眼放着晶光，释放出热辣辣的温度。他主动地打着招呼，遣词造句句相当顺溜，表情亦相当坦然。他说："现在，我砍起竹笋来更有劲儿了。"

出去

连樟村人在路上见面后会询问对方——"出去吗?"若在连江口镇相互碰到,他们便会询问——"进去吗?""出去"指的是从村里到镇里;而"进去"指的是从镇里到村里。这两个动词的前面和后面都省去了地名,因为那地名对人们来说都心知肚明,故而无须赘述。因为这条山路是唯一的,所有山路两头的地点也是唯一的;因为是唯一的,所以没什么其他选项会来打扰,所以人们就选择了使用省略句。

事实上,"出去"和"进去"是一个钱币的正反两面——没有 A 便没有 B。两者相辅相成。"出去"暴露了连樟村的位置,表明了它的地理边界——小村位于大山深处,需要通过"出去"才能与整个世界联系起来。连樟村人的目的地是连江口镇,但对他们来说,那也是"出去",因为那是个和故乡完全不一样的世界。这种创举的意义,堪比西北人"走西口",山东人"闯关东",广东人"下南洋"。

一个人一旦有了"出去"的念头,便是有了想去看看另一个不同世界的念头。即便仅仅只有 12 公里,但若想要走出去,也需发一番宏愿,经一番挣扎,最终才能成行的。外面永远具有吸引力。然而,外面也永远不像自己设想的那样美好,所以才有了另一个词的诞生:"进去"。进去就是归家,就是重返那熟悉之地,就是想念村里的清新空气和熟稔的人际关系。于是,你又不远万里地"进去"了。

事实上,没有"出去"就没有"进去"——它们是事物的阴阳两面,既矛盾又统一。阳兮阴所倚,阴兮阳多伏。一个人只有在离开家乡后,才能真正懂得家乡的含义。当连樟村人离开村子走到大山外之后,他们看到了什么,听到了什么,感受到了什么?如果他们不说,别人便无从所知。然而,大家都知道的是,即便外面的世界很精彩,但还是有很多人选择了"进去"。第二次踏进同一条河流后,你的目光会变得完全不同——你曾经十分厌弃的那些田野,那条河流,那片山林,陡然间又变得神采奕奕,充满魔力。

山路就在那里。即便以前它是坑坑洼洼的黄土路,后来铺上了石子,现在又铺上了沥青,可它说到底还是一条路。路的模样发生了改变,但路的距离——那可恨的 12 公里——并没有缩短 1 厘米。这条路的形状像一条歪歪扭扭的绳子,总让人陷入想入非非的联想。有些人幻想着"出去"后会有另一种好日子等待着,但是,看到陆国练"出去"后又回来了,他们的步伐便有些犹豫。

60岁的陆国练看起来还相当年轻——虽然脸色黝黑，但五官很周正，眼神也格外机敏。他的身材虽然适中，但精瘦而灵活。他喜欢爽朗地大笑——那种幅度特别大的笑，堪称是百分之百的大笑。他一张嘴便发现了他的不同——那是一口异常标准的普通话；你同时还发现，他说话时用词活泛。原来，他曾经"出去"过。

1983年，陆国练一个人离开连樟村，和韶关的一个女人结了婚。但在5年后，他又一个人回到了村里。他坦言自己曾有过儿子，但离婚时判给了女方。他将婚姻失败的原因归结给大山。"我们村属于山区，一道山坡连着另一道山坡。因为路不好走，所以干什么都很困难。"他陷入回忆时眉头皱得更紧："那个时候，家里的生活特别贫困！"他有5兄妹，加上父母和嫂子们，吃饭时要围成一圈。他将胳膊用力一挥："那个时候的日子是，今天没活干，明天没饭吃！"他深深地叹了一口气："那个时候，每一天都过得很累。"

在陆国练看来，"那个时候"和现在，完全是天上和地下。是的，那个时候！那个时候，如果连樟村不是被大山包裹，如果从村子到镇上的山路没有那么崎岖漫长，如果在村子里就能找到挣钱的门路，他还会不会"出去"呢？离开连樟村就意味着离开故乡，离开自己熟悉的地方。无论是到韶关还是到别的地方，都意味着离开了自己的根基。

那个时候，当别人向他介绍韶关女子时，他不是没有犹豫过。他是男人，五官端正，好手好脚。想着想着，他就觉得满心委屈，满心别扭。然而，他想"出去"的愿望是那样强烈。他花了30块钱就办完了婚礼，让全村人艳羡不已，且成为那段时间的重点谈资。谁能想到，5年后的一天，他甩着两只手又回来了。陆国练再次出现在山坡上、小河边和木头堆前。干活的时候，他的嗓门很大，笑声很响亮——但也仅仅如此而已。看起来，他和5年前并没有什么变化，但这之后，他却再也没有结婚。他绝口不提那5年的经历，而只是用"女强人很难搞的"这句话概括了过往。显然，在这个男人心里，那5年时间就像是一座地窖，被深深地埋在心底。那个小小的空间里，没有窗户，逼仄而寒冷。

1988年，当陆国练回到村里后，下决心要改变自己的穷日子。他在地里种了水稻。虽然他的地不多，但种水稻相当麻烦——买肥料和农药都要花钱，田间管理还要花时间。忙碌一年，收获的稻谷只够糊口，要想有钱还得找别的门路。他四处望望——除了从山里讨生路外，别无他法。虽然他有3块山地，但到山里去并不是一件容易的事——即便是最近的一块山地，开摩托车也要10分钟，最远的那块要40分钟。山地以前种的是砂糖橘，后来又改种了麻竹笋。

　　山路又高又陡，平时走起来都很困难，如果遇到下雨天便更是费劲。在山上砍木头是件极费力的事，但比砍木头更闹心的是运木头。将一截粗细不匀的木头，费力地塞到车斗中，再小心地顺着山路弯下来，脑袋里的神经绷得和钢丝一样。这样劳作一天后，会浑身发累，太阳穴发疼。然而，即便是小心再小心，有一次，他还是翻了车。仰面跌倒后，他感觉眼前一黑，头脑乱成一团，神志变得模糊，好像天要塌下来一般。在那极其古怪的一刻，他感觉蜗居在肉身里的灵魂像是离开了一会儿，但是等他挣扎着爬起来时，那灵魂又回来了。

　　他满口喘着大气，心跳如敲鼓，将自己上上下下打量了一遍，确认依旧好手好脚。这个时候到来的疼痛感，让他惊喜交加，简直像是受到了温馨的爱抚。是的，他是那个被爱的人！是的，他并没有被抛弃！他的鼻孔一酸，眼窝变得湿乎乎。他感慨自己比那个叫邓春活的女人幸运——她的男人开着拖拉机到山上拉木头，翻车后便再也没能从地上爬起来。每个遇到他的人都关切地询问："怎么样？有没有事？"他大大咧咧地笑着，用力摆摆手。

　　从韶关回来后，他一直都没有再找老婆。他总是阴差阳错地和女人分开了。晃晃悠悠，一眨眼，很多年过去了，他还是一个人。虽然他整天乐呵呵地忙来忙去，但显然，一个人干活还是比不上两个人一起干。虽然他手脚勤快，什么苦活累活都愿意干，但日子还是过得不富裕。在扶贫干部的推荐下，他当起了村里的"交通劝导员"，一个月能挣3000元。他在这个村子长大，对村里的每一条路都烂熟于心，所以这个活很合他的胃口。遇上村里搞大的庆祝活动，来来往往的车辆扭结成团时，他会忙前忙后地指挥车辆，疏导人群，模样既严肃又认真。他知道这个工作得之不易，所以干得尽心尽力。

　　他知道自己是那个被爱的人，他知道自己并没有被抛下。忙碌一天回到家中，他躺到床上时还在盘算——明天要干点什么。藏在他心底里的那个小地窖，慢慢地不见了。在这个村子里，有的人手脚不灵便，有的人脑子不灵光，他虽然只是一个人，但什么都很灵光。这样一比，他便觉得自己很是幸福。田里的稻子需要他，山上的麻竹笋需要他，往来的车辆需要他，众人在喧哗时也需要他。于是，他带着满意的笑容合上了眼皮，即刻进入安眠。第二天，他活蹦乱跳的样子，像是一条水里的大鱼。

砂糖橘

　　在连樟村人看来，砂糖橘是一种"过去的"植物。事实上，植物由枝杈和影子共同组成——当植物的枝丫被砍断或烧毁后，它的影子却不会即刻消散，而会长久地徘徊在原来的地方。有影子的地方会弥漫着一种奇怪的香味——橘子树下便弥漫着橘子成熟时的香味。村人只要站在原来栽种橘子树的地方，便能闻到那种味道，便知道影子们还没有离去。

隆冬时节的英德市，天气还十分暖和。公路两边的小山坡上绿意盎然，大小果园里一片橘红色——那是清一色的砂糖橘。在你看来，砂糖橘不过是一种富含维生素C、钙、纤维质、少量蛋白质、脂肪及丰富的葡萄糖、果糖和蔗糖的水果，然而，对连樟村人来说，砂糖橘就是黄金。当橘子树缀满果实时，村民们还没有被贫困所裹挟，还充满了各种幻想。然而，它来了——黄龙病！它不是一种病，而是一把世界上最闪亮的最锋利的刀。那把刀曾在锈钝中沉睡，然而，当它陡然醒来后，发出锃亮的光，干出的事让村民们大吃一惊——它一棵一棵地将橘子树全部砍断后，又把那些树干烧毁。

关于砂糖橘怎么建园，怎么种植，密度多少合适，栽种后如何施肥……村民们心里一本账。每个人都有一堆关于吃橘子的经验——别把橘子上的白丝撕掉，那东西能通络化痰、顺气活血；别一天吃三个以上的橘子，对牙齿有害；吃橘子的同时不要吃萝卜，否则会诱发甲状腺肿；吃橘子时不能同时喝牛奶，否则会出现腹胀、腹痛、腹泻等症状……可惜，人们就是不知道黄龙病的厉害。一旦得上了这种病，不仅那棵树要被彻底毁掉，甚至连整片橘林也会被摧毁，一棵不留，因为黄龙病是传染的！最开始，人们发现树叶开始变黄，后来，那叶子便开始脱落，整个树冠会变得稀疏。过了一两年，整棵树便会逐渐枯死。所以，一旦发现树得了黄龙病，便要立即挖出，再集中烧毁，不能留下残桩。

连樟村大面积种植砂糖橘始于20世纪90年代中后期。这里产的橘子晚熟、应节、皮薄，很受城里人喜欢。显然，橘子和这个地方很是有缘——这里位于广东省的中北部，是南亚热带向中亚热带的过渡地区，入春时吹南风和偏南风，入冬时又吹北风和偏北风，形成了温暖湿润、雨量充沛、无霜期长的特点。粤北的这个位置相当奇特——不但能避开北部的寒害，还能避开南部的台风，又能承接因台风带来的阵雨，让夏秋的干旱得到缓解，极适合橘子树的成长；这里的土壤以黄壤、红壤、赤红壤为主，有机质含量丰富，自然肥力高，土壤团粒结构好，可耕作层厚，也能让橘子树长得甚欢；这里接近北方，有着便利的交通条件，而那些来自上海、浙江、河南或辽宁的水果批发商，很愿意到这里来采购。

最辉煌的时候，整个连江口镇曾种植过3万亩砂糖橘。那时，连樟村几乎家家户户都种砂糖橘。每年春季，橘园便开始颤抖。那些埋在土里的根系吮吸着土壤里的水分,让身躯变得湿润起来。水分在橘子树的身体里不断地循环和扩张,加上太阳那缓慢而温和的光合作用,最终,橘子树由一个青春少女变成了慵懒孕妇。到了收获季节,果园里红彤彤一片。和别的橘子相比,砂糖橘显得个头较小,像一个个红鸡蛋,但形状却不是椭圆形的,而是浑圆形的。这个袖珍小水果很让人难忘——鲜亮的红皮非常薄,极容易剥离;果肉呈金黄色,入口爽脆,汁多无渣,清甜中带着股蜂蜜味。

在果树成熟期时,那些小橘子闪烁着橙红光泽,芳香四溢。望着那一颗颗的小宝贝,人们止不住地陷入想入非非。从表面上看,站在树下的他们十分平静,但其实他们的内心像大海般澎湃。橘子就是黄金,就是现钱,就是欢笑,就是明天。那个时候,村民们认为橘子树会和蓝天与白云一样,一直一直地这样存在着,一直一直地这样丰收着。然而,这个梦却有终结之时。让黄龙病到来后,橘园的世界变成了暴风雨的世界。

"你知道吗?我家600棵砂糖橘,曾经卖出了20万元的年收入!"陆国祥现在住的砖房是2013年建起来的——当时兄弟们还没有分家,就一起凑钱建了这栋房。建房时花的20万元——10万元是卖砂糖橘攒下的钱,另外又借了亲戚的10万元。那10亩地的600棵砂糖橘,对这个家的贡献实在是太大了——大哥的儿子和女儿读大学的钱(一个人一年3万多元)都是卖橘子的钱供的。可后来,"橘子得了黄龙病,便搞不到钱了",因为"得病后的橘子便没办法挂果"。

2012年是个可怕的年份。全村人的心尖都被一双无形的大手撕扯得发疼,但却一点办法都没有。人们只能眼睁睁看着树叶变黄。不出两三年,整个山坡上的橘子树全都被砍掉了。没了橘子树便没有了收入,可盖房子欠下的账还没有还。怎么办?他咬牙买了台拖拉机到山上拉木头。砍树和拉木头都很累,但一年还能挣个两三万救急。田也要耕!只要田里一没活,他便上山去砍树。就这样忙碌着,不敢有一天空闲,才算把日子过下来。他笑着说,终于等到了2016年。有了扶贫政策后,现在的日子好多了。

麻竹笋

在连樟村人看来,麻竹笋是一种"现在的"植物。虽然现在,这种植物正上演着成功者的角色,但它离真正的成功尚有一定距离。它不仅要树立起根茎的尊严,还要让它的影子也获得尊严,它的权威性才算真正地确立了起来。

麻竹笋又名甜竹、大绿竹、瓦坭竹,是一种国内罕见的食肉笋品种,素有

"岭南山珍"之称号，被国内外老饕们誉为"第一绿色保健食品"。笋子的株高可达30厘米，中空有节，叶片大，互生。毛竹笋喜欢高温多湿的天气，在30摄氏度以上的温度里会生长迅速，产量很高。

麻竹笋是一种食用蔬菜，可凉拌沙拉，也可煮炖，纤维多，用途广。自明代以来，连樟村就有种植竹笋、精制笋干的习惯。麻竹笋的特点是肉厚鲜嫩，爽滑可口，无脂肪。这里的笋干曾在清朝中期已远销广州、港澳及东南亚等地。麻竹叶具有药用和食用价值，是包粽子的上好原料，可令粽子清香爽口，回味悠长，还寓意着"竹报平安"的好意头。新鲜竹笋的颜色呈淡黄色而不是乳白色，吃在口中十分爽脆。笋干最好用淘米水熬煮后浸泡一天，再用来炖猪肉或鸡肉。当笋干浸染上肉味，口感会格外肥美而滋润。

麻竹笋含有一种白色的含氮物质，它让笋子具有一种独特的清香，能甘寒通利，促进肠胃蠕动，使粪便变软，具有开胃和促进消化的作用；麻竹笋还具有低糖低脂的特点，富含植物纤维，可降低体内多余脂肪，消瘀化瘀；麻竹笋内的植物蛋白、维生素及微量元素的含量也很高，可增强机体免疫功能，提高抗病能力。生活在城市里的上班族，工作和生活都很紧张，很容易造成压力性便秘。若每周能吃上两次麻竹笋，对消化、吸收、通便都有促进作用；而在过年过节时吃麻竹笋，则寓意身体健康，生活像竹子一样节节高。

笋是节状生长的，买笋时要看节与节之间的距离——距离越近越紧密，笋肉就越细腻，吃起来味道就越好。买笋时还要看笋的形状——上部大而底部较小的笋比较好，这样的笋壳少而笋肉多。把笋剥开后，笋肉越嫩白，吃起来便越脆；绿色的笋肉，吃起来会感觉很涩。

晒干的麻竹笋有种酸味。那味道在连樟村人闻起来，根本算不上什么。然而，对一个村外人来说，那酸味十分巨大而且明显。这便让村外人皱起眉头——难道是连樟村人的嗅觉太粗陋？然而，当你在村里吃了鲜竹笋炒肉片，又吃了竹笋干炖肉后，便知道村里人的舌头非但没有钝化，反而相当灵敏。他们知道麻竹笋好吃，还知道有些麻竹笋是从镇里批发到村里来的，根本不是村里人自己晒的。

陆国祥说："刚砍笋的时候浑身发痒，但是做惯了，也就慢慢习惯了。"一条笋有50斤重，把皮剥掉后最多只剩下10斤。2019年，一斤麻竹笋能卖到8毛钱，比上一年的价格高了3毛。砍笋是个辛苦活，笋子叶上有茸毛，会让人浑身发痒。当麻竹笋长到1.2米至1.5米时，便可以砍了。用刀一剁，再用手一掰，将砍倒的笋垒成一堆，再搬到山下去。老笋难砍，要砍好几刀；嫩笋只需一刀，便可以掰断。他一天能砍笋600多斤，再用拖拉机拉下山。他心里明明白白——砂糖橘是彻底完蛋了，现在只能靠麻竹笋。2017年，他咬着牙花了 4000 元，雇挖掘机开出条山路。以前笋全靠人的肩膀往下担，现在，把笋往拖拉机车斗里一放，便突突突地运下了山。

声音

中午时分，邓承仙正在睡觉。邻居拖着竹子在她家房后走动的声音，令她陡然惊醒。那种在别人听来只是"唰啦唰啦"的声响，通过她的耳膜和心脏，便被扩大成鞭炮炸裂时的"噼噼啪啪"。那声音如此猛烈而劲爆，令她在床上发抖不止，感觉世界末日就要降临。在这个世界上，这个女人最害怕的东西就是声音。无论怎样的声音，都会让她不舒服——电视剧中那人将杯子往桌上一放的声音，医院里护士将公章在纸上一盖的声音，吞咽口水时听到从自己喉咙里传来咕嘟的声音……这些都会让她心跳加快，汗毛倒竖。声音让她害怕，让她惊悚，让她忍不住浑身打摆子。

邓承仙穿着件姜黄色的长袖 T 恤衫，黑裤子，赤脚踩着一双拖鞋，扎着一束马尾。她的新家就建在旧房子的对面——那栋砖房的外墙上刷着白石灰，地面上铺着防潮砖，客厅里摆着木沙发和木茶几。你目光所及的还有电饭煲、烧水壶、电视机和消毒柜。可以说：这个家里的电器，一应俱全。阳光从敞开的大门和窗户里射进来，让整座房间显得格外亮堂——这屋子简直是你在这个村子里看到的最明亮的屋子！你不觉感慨："你家的采光真好啊。"但女主人马上说："夏天的时候比较晒。"她的普通话相当标准，表达能力也很强。当她在说话的时候，总是配合着眼神和手势，整个人显得活灵活现。

她家有 3 亩地，种的是水稻。年轻时，她和别的女人一样，"满山跑，干多少活都不觉得累"，但是到了 46 岁后，她发现自己的身体好像变朽了。她总是处于紧张和焦虑之中，总感觉心跳得厉害，身体像要吹爆的气球，头顶上有一根导火索。更为可怕的是，她被声音折磨得好苦好苦。有时，她正在家里干活，突然听到外面有很大的声响，好像是从音箱里放出来的音乐。然而，当她出了门后，却又什么都听不到了。但是，当她返回到房内，耳畔又是一片巨响。

她的丈夫总是咳嗽，而且越咳越厉害。到医院一检查，原来是肺癌。从 2000 年到 2010 年的 10 年间，她带着丈夫到处看病，医药费共花了 6 万多——有一次，他们在佛山的医院看病，一次就花了 2 万元。眼看着丈夫一天比一天虚弱，她的心里十分难受，但毫无办法。2010 年 10 月，丈夫在病痛的折磨中撒手人寰。

她说就是从那个时候开始，自己的身体变得很不舒服。最初的征兆是心跳加快，怎么都控制不了。她感慨："以前干活很舍得出力气，干完了地里的活，又到山上去干，满山跑都不觉得累。"有一次，她挑着竹笋回村。当她要过河时，水突然涨了起来，直淹到腰部，把她差点都冲走了，但她还是挑着笋爬了上来。以前，她能挑动120斤的笋，而现在连90斤都挑不起来。"腿承受不了那重量。"

46岁是个分水岭。她记得十分清楚，"就是从那一年开始到医院的"。她觉得身体越来越不好，总是出汗——浑身上下都冒汗，尤其是胸窝里的汗更大。"嗨！睡个午觉能把床板湿透一半，身上的衣服全都湿透了！"她总感觉到处都疼——有时是两侧的腰眼疼，疼得直不起身来；有时则是胸腔有刺痛的感觉，像是有剑穿过；她还能感觉到从心脏到胳膊的血脉不畅通。她形容自己的心脏内部——"像灯泡在慢慢地暗下来，太阳在一点点落山"。然后，她瞪大眼睛，直直地盯视着你，"我的心脏里面是黑的和暗的"！然而，在另外的时候，那颗心脏又像突然被通上了电，热流从里面汹涌而出，直传到脚趾，让整个身体控制不了地想下跪。有时，当她睡到晚上三四点，突然被惊醒，发现自己的右腿下部丧失了知觉。她便抱起腿来朝地上用力一摔，再用手连续拍打，最终才慢慢地恢复了知觉。

那时，村里还没有开通公交车，她便叫亲戚开车送她去英德人民医院。一见医生，她还没开口说病情，眼泪就先忍不住掉了下来。虽然她好手好脚，但她过得实在辛苦。那个心血管科的医生问她——"是不是生活压力大"，她却摇摇头。经过各种检查，医生告诉她得的病是"心脏神经官能症"。同时，她还患有甲状腺功能减退、更年期综合征和抑郁症。在医生的建议下，她开始了住院治疗。可是，在医院的生活，"实在是太可怕了"——那头破血流的男人喘气的声音让她难受；那护士推着带轮子的车踢踏跑的声音让她难受；那病人揪着头发从喉咙里挤出的呻吟让她难受；那半夜有人睡不着用指甲抓墙的声音也让她难受。于是，她强烈地要求——出院回家！

她按医生的嘱咐吃药，也按照医生叮嘱放松心情，但她的病情却越来越严重。譬如，听说第二天要坐车出村时，她就开始心跳不已，一直焦虑不安。等到坐在车上后，心跳非但没有平缓，反而更加厉害；譬如，有时当她躺下睡觉，总感觉被一双大手给按住脖颈，怎么都无法动弹。最后，她要费很大的力气挣扎，才让自己从梦里醒来。

她总是睡不着。有时努力地睡着了，但又总是被惊醒。如此反反复复地折腾，令她痛苦不堪。等她再次到医院时，看的却是心理科。心理医生十分详细地询问了她的家庭情况。她坦言自己有3个孩子——大女儿28岁，已结婚；

小女儿26岁,在外面打工已10年;儿子25岁,在广州上的大学,学的是会计专业,现在正在找工作。她是低保户,每月有753元的低保补助。医生劝她想开一点,放松心情,多到外面出去走走,多干活,慢慢调节一下就好了。医生给她开的安眠药是进口的,一片要50元。"怪得很!那药吃完就睡着了!"

睡眠的情况改善了之后,另一种病情又暴发了——甲状腺功能减退。这种病的表现是头晕、头疼、耳鸣、记忆力差。于是,在她吃的一堆药里,又加上了一种"左甲状腺素钠片"。她在家里用电饭煲煮饭时,经常会忘记开电——等到要吃饭时才发现,米还是米,水还是水;她非常害怕明火——家里虽然有煤气灶,但只用过一两次,因为她总是忘记怎么打火;可是,当她用电磁炉煮汤时,又会因为恍神而让汤沸出来。

她对自己的身体产生了深深的担忧,所以对药物有了强烈的依赖感。看到电视广告上说北京有种药多么多么好,她便信了。那药一盒1300元,她一共买了3万元。家里的亲戚听说后,马上阻止了她:"你上当了!再别买了!"她翻箱倒柜,找出个小本子给你看,上面写着一个"北京朝阳区"的地址。她盯着你,满脸狐疑:"北京还能卖假货?""可我吃了后,真的舒服很多啊!"

邓承仙带你去看她的地。那块种花生地就在路边,只比一张圆桌稍大一点,但这并不妨碍她凝望它时,眼神里流露出母亲般的慈爱。那块地的形状很不规则,三垄花生苗不足10米,稀稀拉拉地摆开架势。那些植物的叶片发黄,一派蔫头耷脑的样子,好像还没有野草长得精神。邓承仙絮絮叨叨:"花生和人一样,刚开始叶子油绿油绿的,后来慢慢变黄,等快成熟的时候就会长出黑点,就像老人斑。"她好像在嫌弃这些家伙:"看看,还没有收呢!"她拢起一把花生秆,用力一拔,植物的根须便被拔了出来。那些椭圆状的小东西上粘着很多泥土,就像刚出生的胎儿身上沾着汁液。当女人低头凝望那些小家伙时,眼角、眉梢和嘴角全都飞扬了起来。她抖着花生的根须,试图将泥土掸下去,但那动作格外轻柔,生怕让哪颗花生落在地上。

她现在住的房子是2017年建的,花了12万元。"如果没有政府补助的4万元,这房子无论如何是盖不起来的。"每逢过年过节,扶贫干部们还会拿来装着300元钱的大红包。老房子的厨房就在新房子对面——屋顶上的瓦片坍塌出一个洞,屋外的墙基黝黑发绿。进入内里,像进入了一个洞穴:从墙根到屋顶,一色全黑。这间厨房里堆着一大摞竹编筐和一堆木柴,还有各种坛坛罐罐、脸盆水桶之类的杂物。虽然因盖房子借了3万元的债,买门窗和钢筋的2.6万元也是赊的,但她并不后悔建新房。显而易见,新房子到底不一样——更敞亮!更干燥!更卫生!更方便!她常常拎着筐子去房顶晒干菜,幻想着能再攒点钱,可以再加高一层。在扶贫干部的鼓励下,她准备在地里种蔬菜和西瓜芭乐，可以多卖点钱。现在，她的小女儿和儿子都在外打工，每年大约有 5 万元的收入。她带着你一起来到屋顶。在这个制高点上，她能举目四望——这个家的日子，眼瞅着是越来越好了。

木匠

从中心村小组到杨梅坑村小组，不仅要路过一条弯弯曲曲的山路，还要路过一条河上的一截窄桥。那桥身似乎刚好装下了车身——司机只要稍微一拐方向盘，整个车身便会即刻落入河水中。过了桥后，司机又曲曲折折地绕了好几个弯，终于，在一栋砖房前刹了车。陆奕罗的家就在这里。门前环绕着一条水泥板隔成的小溪，十几只母鸡叽叽喳喳地在漫步，铁丝上吊挂着 T 恤衫和毛巾。进入屋内，你看到水泥地面十分整洁，木沙发和木方桌也擦拭得相当干净。电视、冰箱、消毒柜、烧水壶一应俱全。1961 年刚出生时，这个男人的身体还是健全的，可在他两岁时，得了小儿麻痹。现在，他穿着件深蓝色的长袖 T 恤，蓝色长裤和黑色皮凉鞋，就坐在你面前。

他的五官显得相当周正——粗眉深目，高鼻厚唇。皮肤并不黝黑，反而有些姜黄。虽然额头和眼角也有细细的皱纹，但这依旧是一张中年男子的面孔。他说话的声音很低沉，语速也不是很快，但显然，这是个思维敏捷的男人。从他的眼神里射出的目光，机敏而尖锐。他举起手指有些懊恼地说："手受伤了，干不成活，真急人。"他是一天也不想休息的那种人。在他看来，干活不仅仅是为了挣钱——他人生的全部意义，都凝结在劳作中。

当他拄着拐杖往前行走时，左手紧紧地抓着拐杖的头部，而右手则抓着拐杖的中部。他将全身的重量都攀附在拐杖上，好像将整个身子吊挂在那根木棍上一样。他就这样艰难地往前挪一步之后，再挪一步。然而，他走路的速度一点也不慢，和正常人迈开大步的节奏差不多。他的脊椎骨向外鼓凸，形成了一个大包。正是这个大包让他的上身无法直立，加上双腿也比一般人软，所以他的整个身体显得非常矮小。

他遗憾自己只上了两年小学——到学校去要走山路，而且要走一个多小时。早上出门时要带上中午的饭，傍晚时才能回家。晴天时还好些；如果遇到了下雨天，山路就特别难走。他的脑子特别灵光，学什么都很轻松。但是后来，他还是放弃了上学。当木匠的想法生发于 20 岁——他总不能这样甩着手过一辈子。别人都去山上砍木头砍竹笋，可那些活他干不了；家里有 2 亩地，可以种水稻也可以种花生，但他也干不了。他把地都让弟弟去种后，盘算着干一些力所能及的事。他的腿不好,能选择的职业范围非常有限。思忖了几天后,他把目光锁定在"木匠"上。

然而,掌握木工活并不容易——他根本找不到师傅来教自己。他家住在山区,路途太远,而且,他也掏不起请师傅的费用。于是,他便自己买原料,自己看尺寸,自己琢磨着干起来。最初,他先试着做一些简单的产品,后来,他便开始做复杂的。就这样,他慢慢地摸索了十几年后,才感觉自己算是个熟手了。他的家里放着一张桌子,四方四正的,显得端庄厚重——棕黄色的桌面异常平整,四条桌腿异常稳当,桌面与桌腿的衔接异常平和。然而,这张桌子和普通的桌子有明显的不同——桌腿要更矮一些。显然,这是主人为自己量身定制的;显然,这不仅是主人家的一件物品,还是他的展览品。

说起自己最擅长做的,他有些得意——"木桌,当然是木桌!""可是……"他的声调又低了下来,"现在,很多人都到市场上去买桌子了!"他还擅长做圆木桶——榨花生油的时候,要把花生先放在木桶里蒸,再在大锅里炒熟后去榨油。你曾在连江口镇的榨油坊里见到过那种大桶——有一米多高,腰身粗大,虽然只卖 100 元,但销量依旧不是很大。

他推开侧旁房间的门——这是他的工作间。一台涂着黄绿色的机器出现在眼前——台式平压刨木工多用机床,型号为 MLQ342。这机器浑身簇新,是扶贫干部通过各种方式为他化缘来的。房间里堆着的那些圆木棍,都需要用这个机器裁成木板,才能做成各种箱子或桶子。他用手指抚摸着那机器,眼神里流露出慈爱的笑意。他不断地赞叹道:"这个和以前的那个不一样啊!这个功能很多!"当他坐在机器旁开始工作时,整个人都显得神采奕奕,像舞台上的演员被一束追光所照耀——他的肩膀、他的胳膊、他的双手都配合着他的目光,让木板被刺啦刺啦地切割开来。一切都显得那样机敏、灵巧而迅速。在这台机器面前,他获得了一种尊严。

现在,他以做蜂箱为主。因为名声在外,所以无论是连樟村的养蜂人,还是村子周围的养蜂人,都会到他这里来定做——陆飞庭的蜂箱就是在他这里做的!一个箱子的售价是 60 或 70 元,除去成本和人工,可净赚 30 元左右。状态好的时候,他一天可以做两三个,能挣 60 到 100 元。每个蜂箱的规格都不相同,要按养蜂人定的规矩来做。每年,上门来找他做箱子的人大约有 50 个,这些人能为他带来 1 万多元的收入。蜂箱看起来容易,但做起来十分复杂。他拿起一个木框比画着说:"要想做好蜂箱,是很不容易的。"做蜂箱不能用杂木,一定要用杉木,因为杉木比较轻,便于搬动;箱内还要放四五个隔板,隔板上还要装上纱布。

他没有找老婆——"不敢叫人介绍"。他叹了一口气——"怎么好意思呢?"他每个月有460元的低保补助和150元的残疾补助。可是,他却一点也不愿闲着。他愿意干活——哪怕是苦活和累活,他都愿意干。因为,"做才有,不做没有。"有时候,他做活时弄伤了手指,医生让他休息,可他却在屋子里走来走去,异常难受。

突然,门外走进一个粗壮的男人,说是来送木头的——原来,是村里的扶贫干部联系了附近的农场,给他赠送了5立方米的杉木。他立刻拿起拐杖朝外走。虽然每走一步,他的身体都要花费很大的气力,但他还是走得那样快、那样急——他一心想要看到那些木头的模样。路过那堆叽叽喳喳的母鸡群,又路过盖着黑瓦片的那栋屋子,还路过挂着"我爱你中国"的红色横幅,终于,他来到了道路的拐弯处。当他的身子倚靠着拐杖停下时,他的脑袋只比那拐杖高出一点点。

是的!那手扶拖拉机的车斗里,塞满了粗粗细细的圆木棍。于是,他指导着司机将车倒入一片空地。他的声音略微拔高了几度:"倒,倒,再倒!好了,好了。"司机从拖拉机里走下来,将车斗上的两根直立木棍拔掉后,那些木棍便呼啦啦地散落了下来。司机返回驾驶室,将车斗的前端抬升起来,形成40度角,让那堆木棍缓慢地滚下来。当司机将拖拉机轻轻往前一抽,在那灰绿色的草滩上,便留下了一大堆的棕黄色的原木。你看到那木匠的眼睛里闪着晶光。他似乎已看到这些木头变成了一块块板子,在他的指挥下,通过拼贴和镶嵌,变成了各式各样的物件。使用那些物件的人都知道,那东西是陆奕罗做的。

他从来不觉得自己倒霉,也从来没有抱怨过自己的父母。他能深切地体会到父母的辛苦和不易——"在那样的环境下,我的父母没有遗弃我,我已经很感激他们了。"他说他小的时候,从村里到镇上要走4个小时的山路。所以当他生病后,因为这可恶的山路而耽误了对他的治疗。然而,他很快就释然起来:"现在好了!坐公交车,20分钟就能到镇里了!"从表面上看,他是个相当可怜的人——个子那么矮,每走一步路都那样费劲。然而,当你和他接触后,却发现他是个相当坚韧的男人。原本,他是个"无劳动能力的贫困户",可是,他不仅通过劳动让自己变得有用,而且还充满了对他人的理解和同情。他在生活的磨砺中所闪现出的人性光辉,是那样璀璨。

天河客运站

只需要一个多小时,大巴车就从连江口镇到达了广州天河客运站。从早上

7点开始,到下午6点40分,每隔两小时左右,都有一趟从镇里发往广州的班车,票价为50元。大巴车司机把着方向盘,一路都在飞奔,像一个溜冰运动员在表演。大巴车不断地超车、超车、再超车。一眨眼,它已将大货车、小汽车等都甩得远远的。

从大巴车上下来,你感觉眼前一阵眩晕——车站里不仅人多楼高,而且到处都是喧嚣声,令你万分不适。你来到侧旁的天河新天地,发现里面的很多铺位都空着。在楼顶的电影院,《少年的你》票价为70元。你坐在楼下的麦当劳,发现周边的年轻人,大多穿着白色T恤衫、黑色九分裤、白色运动鞋。无论是吃炸鸡腿,还是喝可乐,或者品麦旋风,他们都是边吃边看手机。每个人的心思都不在吃上,而是在看上。手机里好像有个大旋涡,能将所有的目光都吸纳到它的中心去。你坐在窗边的位置,能看到玻璃外走过的那些女孩。当你看到一件白色纱裙飘过时,心里想的是,这种款式的裙子在连樟村从未见到。

其实你知道,天河客运站已显得非常陈旧——灰色的外墙吊挂着褐色雨痕,遮阳棚上的蓝色帆布被晒得发白,而商场里的电影院和快餐店里的炸鸡不过是城市生活的标配。但是,当你设想自己若是一个刚刚离开连樟村的年轻人时——譬如邓春活的女儿,或者林金娣的外孙女——他们会不会觉得眼前的一切都充满魔力?他们会不会觉得欢唱在耳畔的音乐如此动听,晃悠在眼前的色彩如此绚丽,河流般起伏的人群如此浩荡?这就是城市。这里到处都走动着年轻人,到处都是工作机会,到处都是意外和奇遇。

然而,连樟村还是连樟村——那个位于大山深处的小村子。它是世界上最安静的一个地方。它由亲人、大山、树木、小溪、月光和蝴蝶构成。在村子里,每一个物体都深深地感激着另一个物体,因为没有任何一个物体可以单独存在。世界在彼此相连中越来越浑圆,越来越美好。

尾声　南海风更疾

中国的扶贫工程不仅复杂而浩大,且无前例可循,遇到问题只能靠自己解决。然而,中国人有中国人的智慧!以前,让所有贫困户"一个都不落下"地全部脱贫,是件根本无法想象的事情;如今,让全国所有的贫困人口实现脱贫,让全国所有的贫困村都摘掉穷帽子的奇迹,不仅成为中国历史的首创,且在国际上也是第一次!如今,千年梦想得以实现,而这,正是从大国走向强国的中国给予全世界的一份礼物!

位于南海边广东省,是改革开放的前沿阵地,曾勇立潮头引时代风潮,如今，在精准扶贫这场攻坚战中，又交出了一份特殊的答卷——它有省内和省外两个战场！到 2019 年底，广东省有劳动能力相对贫困户的年人均可支配收入达到 10 560 元，累计 160 万相对贫困人口实现脱贫，90% 以上的相对贫困村达到出列标准；到 2020 年底，广东省的全部相对贫困人口达到 100% 脱贫，相对贫困村 100% 达到出列标准；同时，广东省还帮扶广西、四川、云南、贵州四省（区）、14 个市（州）、93 个贫困县，让近 420 万人也脱了贫！

"岭南万户皆春色"——1000 多年前，当伟大先贤苏东坡来到岭南这片热土时，欣喜地写下了这样的诗句。然而，不让万户人家不仅沐浴在"自然的春色"中，而且还沐浴在"幸福的春色"中，这个梦想直到现在才得以真正实现。

潮起珠江口，梦圆南海边！

（原载《中国作家》纪实版 2020.11）

一名武汉民警的春天

_纪红建

一

丁零——丁零——

一阵急促的手机铃声响起。

沈胜文迅即抓起枕头边的手机,并下意识地看了下时间:4时21分。

"老沈吧,打扰了,请务必在今天早上5点赶到所里点名。"电话那头说。

沈胜文马上说:"好好好,我现在就出发。"

他边掀开被子下床,边对妻子说:"所里紧急通知,5点点名。"

"什么事这么急?"妻子坐了起来,惊诧地问道。

"肯定与那个新型冠状病毒肺炎有关。"沈胜文说。

妻子披上衣服,赶紧下了床。虽然丈夫当兵出身,身体素质一直不错,但自从步入中年后,各种毛病接踵而来,高血压、冠心病和肺气肿他都有。她还担心他丢三落四。上次世界军运会，所里也是紧急开会，他一激动，不仅常备药物没带，连手机都忘了。

来不及洗漱，穿上衣服，戴上口罩，提着那个装有日常生活用品和药物的小包，他就冲向楼下。

他意识到可能要投入一场"战争"。

当兵出身的他知道，要打赢一场战争，首先必须做到知己知彼。

可现在呢，对于敌人，一切都是模糊的，甚至是陌生的。

医生目前还不完全知道那个新型冠状病毒到底是个啥，他怎么搞得清呢？但他听朋友说了，那家伙看不见、摸不着，狡猾得很，要小心点儿。

源头还不清楚，很可能是竹鼠、獾这类野生动物带过来的，所以朋友们都说，千万别吃野生动物。

最开始有朋友说，赶紧多买点儿口罩，最好买 N95 的。后来又有人说，买普通口罩也行，可以起到阻止飞沫传播的作用。

让他印象深刻的是三天前，钟南山院士在接受央视采访时谈道，这个病毒"肯定有人传人的现象"，没有特殊情况不要去武汉，出现相关症状要就诊，要戴口罩。

这天是 1 月 20 日，除夕的前四天，立春的前十五天。

沈胜文是武汉市公安局江岸分局百步亭派出所的一名普通民警。

和所有武汉人一样，他的故事，也是从春节前夕拉开序幕的。

五天前，武汉过小年。

那天下班后，沈胜文去了母亲那边。

"妈，这些年一直忙忙碌碌，没好好陪过您老人家。今年过年把您接过来，我们好好陪陪您。"他紧紧地握着母亲的手说，"我们打算腊月二十九把您接到我家过年，年三十那天，我们还想请您亲家过来一起吃个团年饭。"

"只要你们一家和和美美、平平安安就行，去不去你那边都没关系。"母亲说，"但亲家公和亲家母倒是有大半年没见了，我想见见他们。"

母亲今年八十二岁，但身体硬朗，思维清晰。

母亲曾是个苦命的女人。

20 世纪 50 年代末 60 年代初，她和丈夫从湖北孝感，前往遥远的新疆支边。小两口曾经决心扎根边疆、服务边疆、保卫边疆。然而到那里后，可能是因为水土不服，她在那边连生两个孩子都夭折了。每次回想到可怜的孩子在自己怀里死去，她都心如刀割。她是一个女人，她是一个母亲啊，能不伤心绝望吗？看着妻子伤心欲绝，丈夫只有带她离开那片种下他们理想种子的地方，回到湖北老家。

回到湖北老家，她一连生了三个儿子，个个活泼可爱、健康强壮。沈胜文是老满。可在1977年，也就是沈胜文九岁那年，他的父亲因病去世。母亲含辛茹苦地拉扯着三个儿子。虽然她意志顽强，但她毕竟是个弱女子，所以只要儿子长成毛头小伙，她就想着法子把儿子送进部队。三个儿子送了俩，老大和老满。

母亲顽强的性格，潜移默化地影响着沈胜文。

他去当兵时还小，才十六七岁。踏上南去的列车时，他发现其他战友包里都装着点心、饼干等好吃的，只有他包里没有。母亲在他包里放了什么呢？一个笔记本、一支钢笔、一个影集，还有几本高中的书本。他不是很能理解母亲的做法。送他时，母亲脸上热泪直流，但在当时，他对母亲的泪水是冷淡的。后来，从共青团员到共产党员，从战士到班长，从志愿兵到正式干部，从1998年抗洪到2003年抗击非典，母亲的泪水在他的脑海中渐渐清晰起来。现在，每当想起那一幕，他总会忍不住悄然落泪。

从母亲家里出来，沈胜文没有急于回家，而是径直去了岳父岳母家。

岳父今年78岁，比岳母大两岁。对于二老，他始终心怀感恩。感恩他们平常对自己这个小家庭的呵护，感恩他们培育了一个温柔贤惠、知书达理、善解人意的好女儿，也就是他的妻子。

妻子个头不高，可说有些小巧，但在丈夫心中，她却是那么高大。1993年，他们相知不久，沈胜文就跟她说，我在海南当兵，现在还不能随军，两地分居，你能不能接受？她说，有什么不能接受的，你又不是在外面流浪，你是保家卫国，这是你的光荣，也是我的光荣。他又说，但现实生活很具体，你必须一个人面对生活，面对生活中的柴米油盐酱醋茶。她说，中国军嫂这么多，她们都能两地分居，都能自己照顾自己，凭什么我就不能？就这样，他们步入了婚姻的殿堂，随后有了可爱的女儿。刚随军那会儿，部队条件有限，他们居住在一个十来平方米的小房子里。但妻子没有觉得这里小，反而觉得这里是个大世界，有青春、有热血，还有女儿无尽的欢笑。看着妻女快乐，沈胜文干起工作来特别有劲，年年先进，一连立了五个三等功。

2004年，他已经当兵18年了。也就在那年，部队改革，需要有人脱下军装，很多人不舍。他问妻子意见。妻子说，转不转业，你和组织定，我听你们的。他说，你来海南几年了，已经习惯了这边的气候和生活，怕你舍不得。妻子却说，我不是习惯了海南的气候和生活，是习惯了你，你说什么时候回湖北，我们就什么时候走。

回武汉安排工作，对于军转干部来说，可选择的余地还是挺大的。有的选择往省市大机关跑，有的选择去重要部门，但他的想法不同，他舍不得摘下大檐帽，想到派出所当一名基层民警。他对妻子说，我还是怀念军营生活，当警察戴大檐帽，可能是军旅人生的一种延续。再说，我文笔不行，写不好报告，不适合待在大机关。大机关应该让有水平、年轻的同志去，我就到基层干些具体实在的事。我当过连队指导员，做群众思想工作还是可以的。妻子说，只要你觉得好就行，到哪里都是工作。过日子过的是舒心，我们只要生活稳定就行，不求大富大贵，也不求高官达贵。就这样，他高高兴兴地来到百步亭派出所报到上班。

让沈胜文感动的是，妻子不仅善解人意，懂得换位思考，还对他高度信任。在家里，两口子的手机从来不设置密码，谁也不翻谁的手机。原来当兵，现在从警，他养成了一个习惯，机不离身。晚上睡觉，也要把手机放在身边最方便拿到的地方。最开始，他把手机放在枕头边。后来妻子建议，手机有辐射，对人体有伤害，尽量放远点儿。他听妻子的，把手机从枕头边移到了床头柜上。前些日子，武汉承办世界军运会，他知道这不仅是武汉的大事、湖北的大事，也是中国的大事。他又把手机从床头柜上挪到了枕头边。军运会结束，他的手机才又从枕头边挪到了床头柜上。最开始传闻有种不明原因引发的肺炎时，他还没有足够重视，手机依然放在床头柜上。那天钟南山院士说了这个新型冠状病毒的厉害后，他赶紧把手机挪到枕头边。

沈胜文把年三十请二老到他家吃团年饭的事一说，岳父岳母满口答应。他又说，我母亲也会在我家过年。二老说，那太好了，好久没见到亲家母了，一定要给她带点儿什么。他说，不用了，不用了，过两天闲点儿，我会给她买。二老说，那不行，你是你的，我们是我们的。他又说，那就约好年三十上午10点左右过来接你们。二老说，我们身体棒棒的，不用接，坐公交去，反正有老年证，免费还省事。

从岳父岳母家回来的路上，沈胜文还想着，来年春暖花开的时候，一定要带着两边的老人出去旅旅游。不论是当兵还是从警，他都只顾着忙单位上的事了。妻子也是，除了上班，就是带女儿，培养教育女儿。总之，主要心思都没在父母身上，他们亏欠父母的太多太多了。现在女儿已经25岁，大学毕业了，参加了工作，他们有精力有条件多陪陪老人，好好尽孝了。

他还突然想起一件事，明天要到银行柜员机上取6000元崭新的票子，最好是连号的，母亲3000，岳父岳母3000。年三十吃团年饭时给他们，生活还是要有点儿仪式感……

想着春天的事，看着万家灯火的大武汉，沈胜文脸上露出了甜蜜的微笑。

凌晨5点，所里准时点名。

"接市防疫指挥部紧急通知，从今天10时起，全市城市公交、地铁、轮渡、长途客运暂停运营，机场、火车站离汉通道暂时关闭。所里留下一个班，其余人全部去高速公路、机场执行封城任务……"所长说。

这就是众所周知的武汉"封城"。

但所领导没让沈胜文去机场和高速路执行任务，他有些失望。

"家里的任务非常繁重！"所领导的理由也很充分，"留老沈在家放心。"

还没来得及多想，战友们也还没有出发，他的任务就来了。

值班中的他接到报警：一名精神障碍患者发病，在药店持刀伤人。

他立刻带上辅警直奔现场。

非常时期，伤者非常恐慌，不敢到医院救治。好在伤势不重，在沈胜文的耐心劝说下，经过消毒包扎，伤者情绪逐渐稳定下来。

随后，他一边多方联系，一边细致地做精神障碍患者家属的工作，将病人送到精神卫生中心治疗。

……

沈胜文怎么也没想到，他就是以这样的开场投入到了这场持久战"疫"中。

二

"不行，我要参加突击队！"沈胜文坚定地说。

所长说："转运工作非常繁重，也非常辛苦。老沈你年纪大了，就不要参加了，让年轻人上。"

"我五十多了，女儿也参加工作了，万一有个什么事，也无所谓。"沈胜文说，"他们还年轻，孩子还小，有的还没成家呢。"

这天是1月27日，正月初三。

因为疫情越来越严重，医院和社区根本就忙不过来，武汉公安立下军令状，帮助转运收治隔离"四类人员"（确诊患者、疑似患者、发热病人、密切接触者）。沈胜文他们的工作立即变得繁重，并且是直接面对患者和病毒，危险性陡然加大。

其实所领导在劝说沈胜文时，早已把自己的名字列入突击队名单，并安排自己第一批转运患者。

因为参加转运，沈胜文真正认识了防护服。虽然当过十八年兵，但他是在陆军高炮部队，没有接触过防化部队。这次他不仅认识了防护服，还与它成了亲密的"战友"。

"面对新冠病毒，必须胆大心细！"他在心里想着。

最主要的是要做好防护，而做好防护必须正确掌握防护服、护目镜、口罩等的穿脱方法。自己不会，就多请教学习，多练习。他一步一步不急不忙地来，对两只手消毒后，便开始穿隔离衣，戴头套和脚套，再穿防护服，戴护目镜、口罩和面罩，最后戴手套，有两层，里面是一次性手套，外面是一层胶手套……必须高度重视"三口"：领口、袖口、鞋口。不能让病毒有任何可乘之机。

当然，这些过程，必须是同事之间互相帮助才能完成，是个团结协作的工作。

沈胜文虽然军人出身，有坚强的意志，但他也有情绪激动的时候。

从1月27日到2月16日，20天时间里，他和战友们天天都在转运，没日没夜。泪水，就这样在他母亲的脸上静静地流淌着，从冬天流向了春天……

有一天，他到派出所上班后，负责的第一个小区转运患者是位婆婆。

他一眼就认出来了，她是名退休律师，算是老熟人。原来他负责这个社区时，她没少支持警务室的工作。不管是邻里纠纷，还是有人打官司，她都会过来无私帮助。

看到老朋友，婆婆想打招呼，但她连抬手的力气都没有了。

沈胜文非常担心，他的担心也很快成了现实：婆婆没有力气上车了，连续试了三次都没上来。

所领导已经千叮咛万嘱咐，转运过程一定要做好防护，一定要保护好自己，千万不能触碰患者。

但此时此刻，作为一名人民警察，他能坐在这里无动于衷吗？

到所里工作后，他一直在社区警务室工作，那是基层中的基层。警务室一般只有他一个人，作为单个民警，他的工作必须依靠群众、发动群众啊，群众就是"千里眼""顺风耳"。警力有限，民力无穷。特别是群众一口一个"沈户籍"，叫得那么亲切、那么甜蜜。

顾不了那么多了，他跑了下去，一把抱起婆婆，送到了后座上。

看着婆婆如此虚弱，他知道她的病情严重，必须尽快到医院治疗。可他又不敢开太快，快了怕颠着她；又不敢开慢了，慢了怕耽误她的治疗。

"稳点儿，稳点儿！快点儿，快点儿！"他在心里默默地念着。

又一天，他送完患者回来时，已经天黑了。

从医院到所里，开了一刻钟，他居然没有碰到一辆车。

他想到了年前过小年那天跟母亲和岳父岳母承诺的，想到了那天晚上回家时武汉的万家灯火，越想越心酸。

"怎么了，我可爱的武汉，您怎么成了一座冷城了呀！"

他终于抑制不住伤心，痛哭起来。

再一天，他送10位病人到一个隔离点。但隔离点人山人海，已经人满为患了。

看着尚未被收治的病人期待救治的眼神和伤心的泪水，沈胜文心如刀割。

"难道你们要见死不救吗？"

"假如他们是你们的亲人朋友，你们也会不救吗？"

"你们的良心跑到哪里去了？"

积压在沈胜文心底的愤怒彻底爆发了。

当时负责收治的是当地卫生院的几位年轻护士。

"我们也想让他们住下啊，可是人实在太多，我们这里根本就没地方住了，只有四个床位了。"

"病情严重的，我们根本就没办法治疗。即使住在这里也会越拖越严重，必须赶紧送到医院去。"

说这些时，她们的眼里噙着泪花。

沈胜文很快就意识到自己做过了，为自己发脾气而内疚不已。直到今天，一想起这一幕，他就深深自责。

怎么能怪她们呢？那时患者大量增加，医院和隔离点的床位非常有限，火神山、雷神山医院正在修建，方舱医院还在酝酿阶段，人等床是迫不得已的事。

还有一幕令他又气又心酸。

那天他刚送完两名重症患者，回到所里就接到一个报警电话。

报警的是一位婆婆，说是她儿子从医院突然回来了。她儿子不仅是新冠肺炎患者，还肾功能衰竭，挂着尿袋。

当他带着报警的婆婆、患者的弟弟去做工作时，他们都拒绝了，不肯走进患者的家门。患者弟弟说，我也有孩子，我要是被传染了怎么办？

沈胜文只有自己去。

一了解，患者太想家、太想老婆孩子了，所以回来了。好在他老婆带着孩子住到了娘家，没有碰着。

"沈警官，有名重症患者快不行了，需要紧急转运。"

1月30日，正月初六。

已经晚上11点了，沈胜文接到转运指令。

此时，他已经跑了六趟，换了六套防护服，转运了18位病人。

"小邓，赶紧穿防护服。"他对协警邓宇杰说。

邓宇杰是他的搭档，90后，退伍兵，共产党员。他是个高大、帅气、结实的小伙子。

当他们赶到时，患者已经生命垂危，无法转运了。

"你们快点救救我！"患者拖着微弱的气息说道。

沈胜文瞬间泪眼模糊。

患者是个爹爹，68岁。此时，他还神志清楚。

婆婆泪眼婆娑地说："昨天才感觉身体不适，谁会想到一下子病得这么严重呢？"

紧随沈胜文他们之后到的是120的急救医生。

沈胜文当时并没有感觉爹爹已经走了，因为爹爹已经没有力气挣扎，眼睛是睁开的，脸上有泪痕，眼里还含着热泪。

但120医生刚来，爹爹的心电图便成了一条直线。

而此时，沈胜文到达患者家中才二十多分钟。

看到这幕，站在门外的邓宇杰低下了头。他流泪了。

虽然隔着护目镜，光线也非常昏暗，但沈胜文知道邓宇杰在哭。

沈胜文赶紧走了过去，拍了拍他的肩膀。拍他肩膀时，沈胜文也忍不住哭了。

但他们又很快镇定了下来。

邓宇杰想向屋里迈进，沈胜文把他往后一推，说："你就站在这里，里面的事由我来处理。"

"不行——"邓宇杰还想往里走。

"听我的，小邓！"沈胜文再次将他往后推。

没多久，区卫生防疫站的一男一女两位医生，还有一名社区医生赶来了。

卫生防疫站的医生，背着喷雾器，从单元楼外到电梯、到楼道、到室内，边走边消毒，特别是将屋内进行地毯式的消毒。

很快，婆婆的女婿赶到了。

没见到女儿，婆婆很惊讶。但很快，她就从女婿的眼神里知道了女儿的境况——发烧了，是疑似患者。

那是婆婆唯一的女儿。

女婿说，他妻子哭喊着要来，但他没让她来。

婆婆更加自责起来。她声泪俱下，一边说，一边哭。

她说，这一切都怪她，如果不是她经常到外面跳广场舞，如果不是她喜欢逛超市，也不会染上这个病，是她传给爹爹的。本来还约好与女儿女婿和外孙一起吃团年饭的，都是因为她染了这个病……

看到婆婆深深地自责，他们都在安慰她。

"爹爹的身份证呢？"沈胜文对婆婆说，"要凭身份证到居委会办死亡证明和相关手续。"

婆婆先是使劲地想，怎么也想不起来。她又在屋里到处找，也没找到。

"对了，可能在他身上。"婆婆突然想起来了，"他昨天就在说，要把银行卡、医疗卡、身份证和现金准备好，明天去医院。"

听到这儿，沈胜文双眼又模糊了。

"谁不想好好地活下去呢？谁会想着死呢？可是——"他在心里想着。

谁去找爹爹的身份证？

沈胜文想，他们都还是孩子，还是自己来吧。

刚才他简单地跟区卫生防疫站和社区的三位医生聊了一下。那位小伙子30多岁，身材并不高大，而另两位小姑娘，都才二十出头，比自己女儿还小。

看着他们，就如同看着自己的女儿。

看着他们，眼里就流出了泪水。

难道沈胜文不怕吗？他也怕，毕竟是接触重症感染者，但凡哪个地方存在漏洞，就有可能被病毒感染。

但又有什么办法呢？

在群众面前，他是守护神；在年轻人面前，他是长辈。他必须冲在前面。

在爹爹的右裤袋里他找到了一个钱包，里面放着银行卡、医疗卡、身份证和现金。

将钱包消毒后，沈胜文把它交给婆婆。

婆婆眼里全是泪水，说不出话来。

或许现在，她也被沈胜文感动了。

……凌晨3时16分，殡仪车缓缓离开。

沈胜文他们向着殡仪车深深地鞠了三个躬。

那晚的场景，一直出现在沈胜文的大脑里，他伤心，他自责。为什么自己不是医生，为什么自己不能救那个爹爹呢？可是，他又想，即便自己是医生又能怎样呢？这是一场不按套路出牌的战争。

经历那晚后,他总在担心自己会不会感染,协警邓宇杰会不会感染。自己感染就罢了,邓宇杰千万不能有事。他才二十出头,还没成家,甚至连女朋友都没找。而邓宇杰之所以与他一起出生入死,就是因为他也是共产党员。

三

"尊敬的所支部:我是民警沈胜文,一名中共党员。当前疫情复杂严峻,正值发起全面总攻之时,我听闻江岸区方舱医院警力紧张,急需增援。作为一名中共党员、公安干警,我现申请加入方舱医院防疫战斗,不计报酬,不论生死……"

2月16日,沈胜文向所里提交了请战书。

所领导一看,急了,说:"老沈,您这是闹哪一出?"

历来勤勤恳恳、任劳任怨、听从指挥的沈胜文,这是怎么啦?

原来他对所领导给他安排的工作有所不满。

这天开始,武汉开始开展为期三天的集中拉网式大排查,落实五个"百分之百"工作目标,即"确诊患者百分之百应收尽收、疑似患者百分之百核酸检测、发热病人百分之百进行检测、密切接触者百分之百隔离、小区村庄百分之百实行二十四小时封闭管理"。

所领导知道他与群众打成一片,关系融洽,也善于做群众工作,于是叫他回到他所工作的社区警务室,配合居委会和物业做好社区封堵硬隔离。

但沈胜文不乐意。

"让我回警务工作室,那不是变相地让我退出战斗去休息吗?"沈胜文压着怒气对所领导说。

"现在社区封堵硬隔离,社区工作量大了,会非常忙、非常棘手,工作同样重要。"所领导说。

"有医院忙吗?有医院棘手吗?有生命重要吗?"沈胜文说,"我要去方舱医院,那里更需要我。"

所领导一听,狠心说:"老沈,回不回随你。如果你管辖的社区出了任何问题,拿你是问。"

毕竟是军人出身,毕竟是共产党员,沈胜文最终还是听从指挥,回到了社区警务室。

他想,这是他已经工作了十六年的工作岗位,应该可以得心应手,应该可以缓口气了。

但这回他想错了，灾难面前，每个人都无比真切地贴近了生活的另一种面目。

做人的工作，其实更恼火。更何况他管辖的这个社区本来就是个人员结构复杂的社区。

什么让他恼火呢？既有群众对隔离的认识不够，也有隔离后对群众生活和情绪造成的影响。

"我要出去！"

"再不让我出去，我就要翻墙了。"

……

他们可都是他的"千里眼""顺风耳"，只能不厌其烦地做工作。

像平常那样心平气和地说肯定不行，他们听不见，也不会听，只能吼，把音量提高八度。可是音量提高了，他的喉咙疼起来了，接着嗓子哑了。

他心急如焚。

他就熬中药吃，然后把它当茶喝，大口大口地喝，一大杯一大杯地喝。

他的嗓子渐渐好起来了。

再吼，喉咙不再疼了，嗓子也没哑了。

"还是欠练。"他在心里说。

"沈户籍，不好了！"那天上午，有群众在电话里焦急地说。

"别紧张，慢慢说。"沈胜文说。

"社区里有个精神障碍患者爬围墙跑出去了，手里还拿了个钢叉。"

"什么时候？"

"有半个多小时了。"

他一听，急了。

一是不知道那人是否感染新冠病毒，二是怕他出去被感染，三是怕他行凶伤人。

他马上打电话向所里报告和求助。

于是，立即兵分两路追踪。

一路是所里的视频侦察员在所里查看监控，一路就是沈胜文跟着他的轨迹追。

这天下着雨，沈胜文开着车冲进了雨雾。

刚出门不久，他就接到视频侦察员电话，说在小区边上的视频里看到那个精神障碍患者了，但背的不是钢叉，是一把玩具猪八戒耙子。他背着包，戴着帽子，但没戴口罩。

沈胜文稍微松了口气。

调看监控，是个具体而细致的活儿，需要耐心，也费时间。

现在街头车少人少，按理说容易找到。但在好长时间内，既没有在监控里看到那个精神障碍患者的影子，也没有在街上看到他的踪迹。

"除了能去他母亲那儿，还能去哪里呢？"沈胜文在心里想着。

于是，他给精神障碍患者的母亲打了个电话。

他母亲住在离儿子三十多里外的一个小区。这个家没有其他人了，只有母子俩相依为命。母亲七十多了，有老年综合征，得了糖尿病，每天要打胰岛素，已经行动不便了。

母亲说，儿子打了电话，说要来看我。但他记不得路，前几天没有封小区的时候，儿子从汉口走到汉阳，从汉阳走到武昌，走了整整一天，才到我这里。

沈胜文说，我们现在通过监控找他，如果您儿子到了您这里，您赶紧给我打电话。

她说，你们不用找，我儿子虽然有精神病，但他肯定能找到我这儿来的。

但沈胜文淡定不下来，继续找。

"到了堤角公园。"下午五点半，视频侦察员来电话说。

堤角公园就在患者母亲所在小区附近，沈胜文直奔老婆婆家。

敲开老婆婆家的门，她儿子正坐在那里吃着盒饭。那是一位好心的邻居中午送给她的，听说儿子要来，她舍不得吃，就留给了儿子。

沈胜文看到，精神障碍患者身上脚上，与他自己一样，全是湿的。

"站起来！"沈胜文向他瞪着眼，严肃地说。

"沈户籍，有什么事跟我说。"婆婆立即做起和事佬。

"你已经涉嫌严重违法，得带走。"沈胜文说。

"能不能让他先吃完饭再走？"婆婆说。

"可以。"沈胜文说，"吃完就走。"

接着，婆婆又对儿子说："沈户籍是个好人，下这么大的雨，找了你一天。现在病毒这么厉害，是怕你被感染，怕你出问题呀。"

"妈妈，我放心不下您啊！"儿子说。

"妈妈自己能照顾自己，再说社区和邻居经常给我送吃的用的。"婆婆说，"听妈妈的话，沈户籍是好人，是来救你的。再不听话，我们两人都会活不下去的。"

送精神障碍患者回家的路上，他们两人聊了一下。

"听说你有天围着武汉三镇走了一圈？"沈胜文问。

"是的,一天没吃饭。"他有点儿得意地说。

"为什么要走?"沈胜文问。

"去看我妈妈。"他说。

"不知道到你妈妈家的路吗?"沈胜文说。

"怎么会不知道!"精神障碍患者说,"我会法术,到我妈妈那里,根本不用看路,走着走着,自然就到了。"

"你还会法术呀!"沈胜文笑着说。

"我法术高超,病毒见了我都会害怕,要让路。"他说。

"那好啊,我就沾沾你的光。"沈胜文一边开车,一边笑着说。

精神障碍患者说话天上一句地下一句,语无伦次。

"我是我妈妈的保护神,今天我是去给她施点儿法术,她老人家至少可以活到一百岁。"他说。

……

沈胜文与他聊着、听着、感叹着。

送他回到家里后,沈胜文又掏钱给他买吃的用的,并协调社区保障他的生活。

沈胜文也想着把他送进精神病医院,但进精神病院要做核酸检测,他死活不同意,说他法力无边,做什么检测?好在他不发烧,身体也无异常。但等疫情平复以后,沈胜文还是想把他送到精神病院,让他得到有效治疗,走上正常的生活。

每次社区人员去找这名精神障碍患者,他都会先做一番挣扎。他说:你们管不了我,我只听沈户籍的。

这话传到沈胜文耳里,泪就涌了出来。

"我不能倒下,我一定要坚持下去。"沈胜文在心里默默地为自己鼓劲加油。

他知道,只有把自己化作春风,才能绿遍整个社区。

"欣欣,开下门好吗?"

那天下午,沈胜文相继接到辖区内一所中学校长、副校长和班主任的电话。他们说学校有个叫欣欣的初一女生,今年12岁,听话懂事,成绩优异。爸爸感染了新冠肺炎,在医院治疗;妈妈是密切接触者,安置到了隔离点。妈妈是他们学校的老师。现在只有欣欣一个人在家,他们也隔离在家,出不来,希望得到社区的关注与帮助。

"谁呀?"屋里传来欣欣的声音。

"我是社区警务室的沈户籍呀!"沈胜文说。

欣欣先是从"猫眼"里观察一番,看到穿着警服的沈胜文手里提着一袋东西。她先打开防盗锁,再打开门。

"这孩子安全意识不错,知道把门反锁。"沈胜文一阵欣慰。

他给欣欣带来了本子和笔,一些上网课的学具,还有一袋零食,以及消毒的酒精。

"谢谢沈伯伯!"欣欣说。

"欣欣,中饭吃了吗?"沈胜文问。

"吃了,沈伯伯。"欣欣说。

"吃的什么?"沈胜文问。

"在微波炉里热了妈妈昨天做好的饭和菜,我自己又煎了一个鸡蛋。"欣欣说。

"鸡蛋你会煎吗?"沈胜文有些惊奇。

"会,妈妈教过我。"欣欣说。

"给屋里消毒了吗?"沈胜文问。

"消了,之前用84消毒液消毒的。"欣欣说,"也用酒精消毒了,用喷壶喷的。"

沈胜文心里又是一阵欣慰。

"我给你带来了酒精。"沈胜文说,"但一定要注意,酒精和84不要同时用,它们会发生化学反应,人会中毒。"

欣欣还是个孩子呀!沈胜文不放心,便对欣欣说:"伯伯再给你家消次毒吧!"

"谢谢沈伯伯!"欣欣说。

随后,沈胜文用酒精把欣欣家里里外外进行了一次全消杀。

……

"多懂事的孩子啊!"回警务室的路上,沈胜文还在心里感叹着,"孩子是祖国的花朵,千万不能有丝毫的马虎。"

回到警务室,他马上把这事报告给了社区。社区高度重视,立即安排一名楼栋党小组组长负责欣欣的一日三餐。

随后的日子,不光沈胜文和楼栋党小组组长照顾欣欣,还有社区领导、网格员、送物资的社工,学校老师也一天一个询问电话……这些,不都是这个春天温暖的春风吗?

其实,此时的武汉,谁都在争做阳光,温暖自己,也温暖他人;谁都在争当树芽,努力生长,想长成大树,为这片土地遮风挡雨;谁都在留下动人的旋律和音符,奏响生命的最强音。

是啊,这是一个需要修复的春天,也是一个值得赞美的春天。

3月4日上午,沈胜文接到欣欣妈妈的电话。

欣欣妈妈的话语也像一阵春风:她三次检测都是阴性,确定正常了,可能马上就要回来了。

听到这个消息,沈胜文立即打开笔记本,在上面写道:在这场战"疫"中,谁都在感受着邻里关爱的温暖。对于一个社区来说,一人走百步,不如百人走一步,我们聚是一团火,散是满天星。

一个地区、一个国家,难道不也是如此吗?

四

沈胜文到银行柜员机上取了那6000元崭新的票子了吗?

是连号的吗?

回答是肯定的。

但他对母亲、岳父岳母的承诺终归没有兑现。

这6000元现金全用在社区居民身上了,另借的3000元现金,也用完了。干什么呢?给居民买菜,买日常生活用品。只要一声喊,他就来了。杂七杂八,三块五块、三十五十的,怎么好意思要居民的钱呢?

不光掏钱,他还把家里一台闲置的面包车献了出来。

捐献面包车的事就早了,还是市局下达紧急动员令,要求各派出所立即对接街道社区,协助转运收治隔离"四类人员"那会儿。当时所里能抽调用于转运的警车只有两辆,根本不够用。看到这一情况,沈胜文辗转反侧。最后,他向所长请战:把我的私家车改成转运车,我来当司机,请组织批准!于是,他家里的面包车也投入到这场战"疫"中。

……

那6000元现金,早已升值!

听说沈胜文的事迹后,来自全国各地的爱心人士先后通过他,给他工作的社区捐赠了一万多个口罩,他全部转发给了社区群干、志愿者、居民,没有给妻女留一只。老朋友送来的6000多公斤大白菜,沈胜文分给辖区困难户,没有往自己家里拿一棵。而他自己经常不能按时吃饭,这四十多天来,他吃得最多的就是方便面……

再看看他的母亲、岳父岳母、妻子、女儿。

"妈妈,您是易感人群,一定不要出门。就是吃盐水,也不要出门。"他对母亲说。

同样的话，他也对岳父岳母说了。

妻子还是那样善解人意，家里经常会有民警和社区干部来排查，她只字未提自己丈夫是民警。在这个特殊时期，她从未主动给丈夫打电话，怕影响他的工作。

每次沈胜文打电话给妻子，或是与妻子视频，他都会表达自己的歉意。

但妻子却不以为然。她说，说不准这是人生中最有意义的一个春天。疫情总会有过去的那一天，即便今年春天不能踏青，不能旅游，有什么关系呢？不还有明年、后年嘛……

妻子朴实的话语，让他感动不已。

其实沈胜文有他的害怕。

不是怕死。

对于死，他早就做好了充分的准备。

早在2月初，他就给女儿写了一封信。

说是信，其实是战前遗书。

"女儿，你好！这段时间，爸爸住在单位，除了工作，想得最多的就是你。曾经错过你上学时的辅导，错过你毕业时分享的快乐，错过你初入职场时的迷茫，也许还会有更多的错过。女儿，所有的错过，爸爸希望你能原谅。因为，我觉得我身上有太多的责任。这个时候，很多新冠肺炎患者需要运送；病患家中有视力残疾的老人需要随时关心；隔离群众中有独居老人生活没有着落；疫情当前，有群众的救命药需要送达……爸爸的工作中就是因为有这么多的不能错过，才总在错过你、亏欠你、忽视你。女儿，所有的不能错过，爸爸希望你能体谅。爸爸是一名党员，我认为党员面对疫情，就要不惧生死，逆向而行。因为我不能错过自己内心的担当。道阻且长，行则将至。我们共同期待胜利的那一天，到时候，爸爸一定不错过我们约好的踏春之行！"

沈胜文害怕的，其实是被感染。

他知道，病毒潜伏期长，而他天天要跟社区的人，要跟自己的战友打交道。假如自己被感染，则会传染很多人，殃及很多家庭。

于是他曾三次偷偷到社区医院做血象检测。虽然他的防护措施做得非常到位，虽然同事说他当兵出身，身体结实，打得死一头牛，但他还是害怕。

每次去，他都会选择在傍晚，那是人最少的时候，他要尽量减少与人接触。同时，他还会乔装打扮，怕人家认出来，怕人家无端猜疑。

除了偷偷做血象检测，他还悄悄地海量喝水，好利尿排毒。他还坚持吃连花清瘟胶囊，清瘟解毒、宣肺泄热。

  沈胜文毕竟是个生活在世俗社会中的平凡之人。
  在这场战"疫"中，他一往无前地冲在最前面，而他心里装着的是可敬的老人、可亲的妻子、可爱的女儿。
  特别是可爱的女儿。
  在部队时，女儿还小，他很少陪伴在她身边。转业回武汉当民警，除了每天正常地上下班，每四天还会有一个长达二十四小时的值班，女儿很少见到他。
  他觉得自己对女儿的亏欠实在太多太多，没辅导过学习，没有接送过她上学，没参加过家长会，没有给她买过一份礼物，没有带她度假旅行，答应带她出去玩也基本做不到。一切的一切，给她的陪伴确实少之又少……虽然他多次立功受奖、评优评先，却不是个称职的好爸爸。女儿懂事，从来没有责怪过他、记恨于他。
  唯一让他有点欣慰的是，女儿上大学后学车时，是他手把手地带着加班练习，顺利通过考试的。现在女儿的驾驶技术比他还好。
  当然，女儿的优秀也让他打心底里自豪。
  女儿性格有些内向，成绩优秀，从小学到高中，一直都是上的火箭班。高考时，虽然发挥失常没考上985、211学校，但她的分数还是超过一本线十来分。在大学，女儿又拿上了双学位。特别让他津津乐道的是，女儿的英语和书法，得过全国大学生英语竞赛二等奖和湖北省大学生书法大赛二等奖。
  因为这场疫情，女儿也推迟了上班。于是，她跟着妈妈在家里学习厨艺，做面食、做蛋糕、炒菜。女儿是他的心头肉啊，以前他从来没让女儿进过厨房，所以女儿对于这些是陌生的。
  那天，女儿发来一个自己做的蛋糕。
  沈胜文一看，非常惊喜。做得真好，跟蛋糕店卖的一样漂亮。
  每天深夜睡觉之前，他总要躺在床上先想想女儿，看看女儿做的蛋糕。
  看着看着，他就看出了笑容，看出了眼泪。
  沈胜文的春天很小，小到只有女儿，只有女儿做的一个蛋糕。
  沈胜文的春天很大，大到像天空一样广阔，像大海一样宽容，像大山一样稳定。

（原载《人民文学》2020年第4期）

而今迈步从头越

_ 欧阳黔森

一

我不止一次站在娄山关的隘口,俯瞰这一片巍峨的群山。

这是大娄山脉最为险要的地方。隘口向北入川,向南入黔,过了此险便可两边长驱直入再无如此雄关。

望着盘山而上飘入云端的公路,我想,没有了这条公路,很难想象人可以随时来往。我曾想象过没有公路的娄山关的模样。那模样看起来,的确雄伟、苍凉,给步行者一种难以翻越的感觉。有了这样的感觉,因此,当八十五年前,一位伟大诗人徒步翻越这里挥毫写下"雄关漫道真如铁,而今迈步从头越"的词句时,那种山高我为峰的豪情,至今让人热血沸腾!

人们早已不可能体验没有公路的娄山关了,就是眼前这条以"七十二道拐"的险峻而著称于世的盘山公路,也不再是联通黔渝的交通要道。凡是驱车走过这里的人都体验过,要翻越这座大山,这一上一下的,即便是小车也需要一个多小时。现在,这种情形不复存在,早已天堑变通途,一条高速公路巨龙般从山体腹部贯通,穿行过往仅仅十余分钟而已。

更令人震撼的是,这片地处乌蒙山区和武陵山区交界处的磅礴群山中,如今是条条道路呈网状联通,实现了村村通、组组通,这将无疑会长久地、持续地改变居住在这里的各族人民的生活,这将是改变红色老区贫困面貌的重要标志性成果,那么,红色老区彻底战胜贫困的目标还远吗?答案是已经在眼前。

2020年3月3日,贵州省人民政府发布公告,正安等24个县(区)符合国家贫困县退出标准。

至此,闻名遐迩的红色革命老区遵义市的最后一个深度贫困县——正安县正式脱贫摘帽,这也宣告了遵义市成了贵州省率先实现全面脱贫的地级市,彻底撕掉绝对贫困的标签。

截至目前,全市8个贫困县全都退出、871个贫困村出列,92.22万建档立卡贫困人口全部脱贫,贫困发生率从2014年初的13.75%,下降到2019年底的零。遵义在全省率先实现了整市全员脱贫目标,实现了全面消除绝对贫困。

脱贫攻坚贵在精准,重在精准,成败之举在于精准。习近平指出:"必须在精准施策上出实招、在精准推进上下实功、在精准落地上见实效。"

牢记习近平的殷殷嘱托,遵义市聚焦"六个精准",全面摒弃搞"盆景""路边花""形象工程"等一切形式主义,既不降低标准,也不吊高"胃口",实行"人盯人"战术,扎实推进精准识别、精准帮扶、精准退出工作,做到识别纳入有严格的规范性、动态帮扶有精准的针对性、脱贫退出有真实的可靠性,确保脱贫工作务实、过程扎实、结果真实。从注重脱贫实效"解穷困",到守牢保障底线"兜穷底";从增强造血功能"改穷业",到攻克贫困堡垒"强穷村";从改善基础设施"换穷貌",到改变生存条件"挪穷窝"等举措,探索出了一条具有革命老区遵义特色的脱贫之路,向党中央、省委和全市800万遵义人民交出一份合格的答卷。

在与遵义市委书记魏树旺的交谈中,我渐渐有了这样的一个感受,这个感受直接撞击到了我的胸口,使我不由得心潮澎湃,感慨万千。不难想象,全民脱贫这个人类历史上从未有过的伟大工程,如果没有中国共产党的坚强领导,是永远不可能实现的。我在扶贫第一线也是耳闻目睹了许许多多可歌可泣的故事,可要我像魏书记一样如数家珍地罗列出那些数不胜数的扶贫事迹和翔实数据,我只能是自惭形秽。

"群众搬迁到哪里，党组织就建到哪里；搬迁群众在哪里，党员就在哪里。无论有多么偏远，无论有多少困难，哪里有贫困，哪里有危急，哪里就有党旗在高高飘扬。"魏树旺说这段话的时候，并没提高嗓音，还是那样娓娓道来，稳重而不失亲和。这在我听来何尝不是如雷贯耳，掷地有声呢！他有这样的语调，分明就是成竹在胸的笃定和自信。

我始终坚信，凡是有底气的人，从不靠声音之大来解决问题。

事物的属性总是充满辩证，这时，我感觉我的声音必须大起来，因为我要说的这句话，即使是无须提高嗓门，本身也实在是分量十足。这样的分量，要让我的嗓门不提一个高度，这不是让我憋着难受嘛！按捺不住的我举起茶杯，嘹亮地喊了一声：干杯！为遵义"清零"出列。

魏树旺书记当然也痛饮了手中的茶。

"清零"了红色老区人民的绝对贫困，可要确保这个成果，可谓任重而道远。对于这一点，我想凡是参加了脱贫攻坚的人，都会有这样的担心。如何有效降低返贫率，或者说保持贫困发生率为零，是今后扶贫工作的重中之重。这样的问题我们肯定会探讨。毋庸置疑，我们的探讨绝对不会回避一些基层尖锐的问题。对于我这个常年走在脱贫攻坚一线的三届全国人大代表，魏书记是了解的。我们曾无数次在全国人代会议期间交流过很多问题，当然，实事求是是我们永远遵循的话题原则。

他说，遵义的脱贫攻坚起了个大早、开了个好头。虽然在全省率先实现全面脱贫目标，但并不意味着我们可以"刀枪入库""马放南山""松一口气""歇一歇脚"了。

我说，清零不易，持续确保脱贫成果才是关键。

他说，只要我们的党员干部真正学懂、弄通、做实了总书记的系列讲话精神，我们就能攻无不克、战无不胜。在"全省脱贫攻坚的'终场铃声'没敲响时，我们不能独自走出'考场'，必须反复检查核对，确保交出更高分值的'答卷'。"

我说，我要下去走走，眼见为实。

他说，好一个眼见为实。你想去哪里？

我说，正安县。

他说，正安是遵义最后一个"清零"的深度贫困县，你去过吗？

我说，十八年前去过。

二

假如你再次走进久远的记忆深处，而眼前呈现出的景象与你的记忆毫不相干的时候，你一定很惆怅、一定会很遗憾。可是，当这样的惆怅和遗憾，仅仅是触动了你内心世界那些柔软部位的时候，那么，祝福你，因为你此时一定扬起了笑脸，眼里充满惊讶后的喜悦。

此时，我就是这样的。十八年前，我来过并留下深刻记忆的正安县城已面貌一新，几乎找不到任何旧时的痕迹。这些痕迹正是我心中的挂念，而挂念久远了，那就成了乡愁。当那一缕乡愁柔软地涌上我心头的时候，有人问了我的感受。我扬起了笑脸，愉悦地说："换了人间。"

在场的人，都扬起了笑脸。

记得习近平讲过：党中央的政策好不好，关键看老百姓是哭还是笑。这句质朴的话，我的理解是可谓切中要害，掷地有声，振聋发聩，醍醐灌顶。

有了这样的理解，在我走村过寨的采访中，便坚持一条这样的原则，不管是谁提供什么样的资料素材给我，不到一线眼见为实地访问，决不引用。善于观察洞悉是一个作家的基础本领，你是皮笑肉不笑，还是发自肺腑的笑，我当然感受得到其中端倪。有了这样的认识，我坚持与每一个相遇的贫困户促膝谈心、交朋友。可以这样说，我到过无数的贫困村，见过无数的贫困户，只要与他们一拉开话匣子，我就没有见过愁眉苦脸的人，他们灿烂的笑容，真真切切地感染了我，我的笑便也灿烂起来。有了这样的笑，我想无须再多说什么。此时，与他们分享幸福和获得之感，比什么都快乐。

众所周知，贵州是全国脱贫攻坚的主战场，而地属乌蒙山区和武陵山区的贵州部分，便成了贵州脱贫攻坚的主战场。正安县正是地处乌蒙山区和武陵山区交界处的国家级深度贫困县。正安县是典型的山区农业大县，也是一个人口大县，全县土地面积 2595 平方公里，辖 20 个镇（乡、街道），154 个村（社区、居委会），总人口 66.08 万人，其中农业人口 60.12 万人，有 17 个贫困乡镇、90 个贫困村。2014 年以来，全县建档立卡贫困人口 31 298 户 128 031 人，贫困发生率为 21.33%，是贵州省 16 个深度贫困县之一，也是遵义市唯一的深度贫困县。2019 年底，全县 17 个贫困乡镇和 90 个贫困村已全部出列，31 298 户 128 031 名建档立卡贫困人口按现行标准已全部实现脱贫。2020 年 1 月，正安县脱贫攻坚在省第三方评估验收中取得了零错退、零漏评、贫困人口全部清零和满意度 99.22% 的好成绩。2020 年 3 月 3 日,省政府正式公告正安县退出贫困县序列,在全省 16 个深度贫困县中率先实现现行标准下农村贫困人口全部脱贫目标。

我是 2020 年 5 月 6 日经过三个半小时的长途跋涉,于下午 4 时到达正安县城的。当然是立刻走访。当遵义市人大常委会副主任、中共正安县委书记邓兆桃问我想先看什么时,我毫不犹豫地回答移民搬迁安置点。邓兆桃二话不说,说走就走,我们便驱车前往。

于贵州而言,易地扶贫搬迁任务可是重中之重的关键所在,贵州于 2019 年 12 月 23 日,宣布全面完成"十三五"时期易地扶贫搬迁任务,全省累计实施搬迁 188 万人,其中建档立卡贫困人口 154.33 万人,同步搬迁人口 33.67 万人,整体搬迁自然村寨 10 090 个。这样的数字,是令人震撼的。从全球近 200 个国家和地区来看,这样宏大规模的搬迁,几乎是不可想象的,说整体搬迁了一个国家的人口,我想也是显而易见的。

从"怎么搬"到"搬后怎么办",这个问题可谓是困难重重,但又是必须要解决好的问题。这个问题做得好不好,与搬迁群众的幸福感、安全感、获得感紧密相连。如何让搬出大山的贫困群众实现"搬得出、稳得住、可发展、能致富"这一目标,对广大扶贫干部以及他们扶贫的对象,都是严峻的考验。

以前,我去过很多搬迁点,不是有这样的问题就有那样的问题,总之矛盾还是相当突出的。自从精准扶贫实施以来,充分体现了共产党人善于在矛盾中解决矛盾的能力和决心。这些年取得的扶贫成效,举世瞩目,人民群众有目共睹、感同身受。

早耳闻正安瑞濠移民安置点做得好,今天,之所以突然提出要看看这地方,一是秉承我一贯的采访原则——耳听为虚,眼见为实;二是我采访的线路和目的从不提前告诉采访地。我每次下基层,都坚持这样。在没到采访地之前,无论谁问我采访对象和目的,我都坚持不说,只说到了再说再商议。这样做,有可能容易让人误会,可我还是愿意这样,我只是希望用我习惯的方法进行,看起来随意性很大,于我而言,却乐此不疲。

也就不到十分钟就到了正安瑞濠搬迁安置点,我们下车后,便信步往前走,走进社区,走进街道。我们就这样随意地走在街道上,街道两旁行人不少,三三两两站着或坐在椅子上的人也不少。还好,我们的出现并未引起他们的特别注意,这正合我意,这样,我便可以随意地观察他们。

见我只看不说话,邓兆桃书记也不多言,我们就这样东看看、西瞧瞧地走了两条街。终于,我忍不住开了口,我说:邓书记,没有比笑更能说明问题的了,走了这么久了,我还没见到一个愁眉苦脸的人,我能感觉这些人的笑是真诚而发自内心的。

邓书记笑了，我当然也扬起了笑脸。

据介绍瑞濠街道移民安置点是遵义市搬迁及建设规模最大的安置点。安置房总投资11.7亿元，占地443亩，共有9个小区、72栋楼、160个单元，住房3652套，搬迁规模达3794户17 534人，目前已全部搬迁入住。为确保"搬得出、稳得住、能致富"，社区街道以"五大体系"建设为抓手，以"三心"（搬得放心、住得顺心、过得舒心）为目标，紧紧围绕"12345"工作思路，扎实推进后续扶持管理工作。

首先狠抓"三个突显"，确保群众"搬得放心"。在选址上突显优势：该安置点紧靠工业园区、县职校、三甲医院、一场五馆、物流中心等人员密集场所，区位优势明显，群众搬迁入住后有利于解决就业、就医、就学等问题；在设计上突显功能：总建筑面积51万平方米，住宅建筑面积3.4万平方米，商业面积4.3万平方米，车库10.36万平方米，配套建设了医院、小学、幼儿园、农贸市场、商业门面、车库等，满足了群众生产生活需要；在建设上凸显质量：始终围绕打造"工程建设、服务管理、就业创业、社会治理、基层组织建设"示范工程和全省乃至全国的易地扶贫搬迁示范工程这一目标，在建设中严格规范操作、按图施工，在材料采购、施工监管、内在质量、外资形象等责任到人，严把质量关、严抓严管，全力打造群众放心的工程，确保了群众搬得放心。

再是推进"12345"工程，确保群众住得顺心、过得舒心。

一是建强一个组织，实现领导全域化：成立街道办并下设2个居委会，成立了党支部，选派了2名政治素质高、服务能力强的党员担任支部书记，充实了基层支部力量，为移民搬迁工程的长效管理奠定了坚实基础；选派配强了9个苑长、72名楼长，形成了"苑长制＋楼长制"的网格化自治组织；依托工会、妇联、团委等机构，建立妇女儿童之家、职工活动中心、丰富了群众生活，融洽了邻里关系，让群众感受到不管搬到哪里，都有组织的关心、关怀。

二是建设两个社区，实现服务更便捷。扎实推进"平安社区"创建、打造"智慧社区"，加强社会综合治理，不断提升基层社会综合治理智能化水平，深入推进智慧社区建设，着力构建便捷高效的社区管理和民生服务体系，创造安全、舒适、便利的社区生活环境，切实增强搬迁群众获得感、幸福感、安全感。

三是组建三个中心，实现服务高质量。组建了物业管理服务中心。引进物业管理公司组建多支物业管理服务队，对安置点水、电、农贸市场、车库等进行管理，对市政公用设施、绿化、环境等进行修缮和维护，全面保障群众生活有序。同时，在干部职工、党员群众中选拔身强力壮的人组建治安巡逻队，对防火防盗、党的政策进行宣传，提高安置点群众防备意识、保障群众财产安全。组建了社工服务中心。每年投入20万元购买社会服务，采用"社区＋社工＋社会组织"的三社联动模式，整合政府、社区、社会等多方资源帮助易地搬迁户适应新的生活环境、转变村民到居民的生活习惯、帮助解决生活困难、实现能力增长。此外，积极鼓励有意愿为安置点群众服务的年轻人成立志愿服务队，特别针对安置点空巢老人、留守儿童、残疾人等特殊群体送关心送温暖。成立了教育培训中心。依托"新时代市民讲习所"，大力开展感恩教育、道德教育、市民化管理教育、法律教育和就业养老、医疗卫生、社会保障、民政救助等政策宣讲，增强搬迁群众脱贫致富的能力。

四是健全四个机制，确保后续有保障。

建立"三转"机制，解决搬迁群众后顾之忧：帮助落实转学，搬迁户涉及的4664名子女全部转移到安置点附近的建政中学、正安四小、安置点幼儿园等学校就读；帮助落实转户口，按照积极、稳妥、自愿的原则，有效推进了户口转移工作；帮助落实转低保，实施低保提标扩面工程，将原享受农村低保的520名群众全部转为城镇低保并提高标准，同时将过渡期生活困难的4902名移民新纳入城镇低保，实现了移民生活有保障。

建立"三帮"机制，确保生活有保障。落实单位帮"栋"，明确65个县直部门各帮1栋楼，对所帮楼栋的特困群众采取特殊帮扶措施。截至目前已帮助300余户特困群众购买家电、家具等基本的生活用具；落实企业帮"元"，明确神曲乐器、黔安农牧等142个企业各帮扶1个单元，对有就业能力的给予引荐，目前已吸纳425名群众到园区就业。落实干部帮"户"，明确全县2500名县直机关干部"一对一"结对帮扶，宣传政策，帮助群众理清发展思路，解决实际困难。

落实"三就"政策，确保后续能发展。解决群众就医，坚持从优从高、群众自愿的原则做好医保接转。同时在安置点配套建设了卫生院，并对搬迁群众开设医疗"绿色通道"，提供先诊疗、后付费和"一站式"服务。解决群众就业，根据搬迁群众的年龄、性别、特长等建立健全了信息库，精准实施培训。坚持以就业为导向，通过"移民点单""企业下单""政府买单"的"菜单式""突击式"培训，截至目前，已培训4480人次，其中家政、护工培训11期660人次，厨师培训5期250人次，电工、焊工、建筑类培训5期300人次，保洁、保安培训7期420人次，其他技能培训1050人次，入住前培训1800余人次。精准对岗对位，解决就业7528人，实现户均就业2人以上，就业率达84.1%。解决群众就学，配套建设建政中学、正安四小、安置点幼儿园,并严格按政策兑现"两助三免"、国家助学金等政策,切实保障搬迁户子女就学问题。

完善"三地",确保群众有收入。在迁出地建立合作社,把搬迁户迁出后留在原居住地的宅基地、承包地、林地"三块地"进行统一收储,利用搬迁群众承包土地、部分扶贫资金、"特惠贷"等参与入股各类龙头企业,实行"保底补贴+效益分红"模式,集中发展农业产业,构建以"三变"为主要内容的利益联结机制,切实提高搬迁群众收入。

五是实施五个工程,引领搬迁新实践。一是打造"堡垒工程"。充分发挥党组织战斗堡垒作用,吹响"群众搬迁到哪里,党组织就建到哪里;搬迁群众在哪里,党员就在哪里"的行动号角。二是打造"服务创新工程"。创新服务模式,实施"党建+综合治理"服务、"党建+群团组织"服务、"党建+社会资本"服务,提升服务效能,使搬迁社区党组织工作方式更加符合服务群众的需要,提高群众的安全感和满意度。三是打造"党群连心工程"。充分发挥社区党支部战斗堡垒作用和党员先锋模范作用,从搬迁党员、机关党员、退休干部党员中选择了党性觉悟高、政治素质强的284名党员担任"党群连心户"户长,围绕政策宣传、民情反馈、引领致富、纠纷调解、工作监督、民事代办和街容整洁,以户长示范、党员带头、群众参与为主体,以"党群连心户"为抓手,通过党带群、干带群、先带后,让群众感党恩、听党话、跟党走,形成互融互促、和谐共建的良好氛围,充分发挥党员先锋模范作用,为党员搭建了一个发挥作用、服务群众的有效平台。四是打造"党建安居工程"。通过迁出地、安置地"双向互动"引领,聚焦改善搬迁户民生,构建纵横联动的大党建体系,着力解决搬迁后续工作难题,确保脱贫质量。五是打造"文明提升工程"。加强搬迁社区精神文明建设,重点实施"三项活动",居民思想道德素质明显提高,文明意识进一步增强。通过开展文化浸润活动、素质培育活动、幸福指数提升活动,引导群众感恩奋进、自力更生。

看在眼里,记在心里。这一刻,我已下定决心,要用我的笔来书写这一切。我的写作就是一种爱好,就是一种心情,就像我登上一座山峰,就想敞开喉咙,唱他个痛快一样。因此,我认为文学就是一种真情的流露,就是一种记忆,需要我们常常挂念,我认为,文学于我,这就够了。

记忆是文学的源头,记忆是人类社会文明进程的痕迹,而这些痕迹告诉了我们什么,我想,每一个中国人都了然于胸。五千年的中华文明史告诉我们,人民,只有人民才是推动历史的动力。管子曾告诫君王以人为本。孔子说:君舟也,民水也,水能载舟,亦能覆舟。唐太宗李世民明白这个道理,推动了贞观之治,从而奠定了伟大盛唐的基石。今天,以习近平同志为核心的党中央,贯彻始终以人民为中心的执政理念,是封建帝王将相所望尘莫及的。精准扶贫的实施,是中国历史上最大的惠民工程,那么,精准扶贫成为人类历史上最伟大的惠民工程,放眼世界舍我其谁。

我反复阅读习近平的文章和讲话的时候,常常被文中那些伟大的情怀所感染。当一个人的人生忧乐与整个民族的忧乐乃至是死是活相连的时候,这样的人生经历就值得永远记住的了,并且还要让它代代相传。一个失去记忆或者专记乐事不记痛事的民族注定是个失语的民族,而一个失语的民族注定没有未来。总书记的经历和记忆是伟大的,是我们民族的集体记忆:有苦难,又自有战胜苦难的办法、力量和智慧。

所以,学懂、弄通、做实习近平的系列讲话精神,是每一个党员干部的修养所在,这样才能实现以人民为中心的各项目标和任务。

我眼见为实了,可我还想更实。于是,我见到了户长、楼长、街道办主任等人。

陈昌兴从偏远的小雅镇搬至瑞濠安置点后,当上了党群连心户长,主要负责党的政策宣传、社区工作监督、民事代办、纠纷调解等工作,经常为移民群众的生活起居琐事忙碌。

他说:"很多村民刚搬来时,闹了不少笑话,如马桶不会用、防盗门不会开、出门找不到回家的路,提水桶接水冲地板,水漫几层楼等这类事情。"见我没及时搭话,他有些腼腆,好像自己没做好工作而内疚一样。

我说,我去很多搬迁点,这样的情况比比皆是。

陈昌兴这才轻松起来,他说,现在好了,群众从最初的"不习惯""担忧顾虑"到"住得舒服""安居乐业",实现了稳得住,还要能致富的转变。

我说,你很有水平,讲得真好!

他说,不是我讲得好,本身就是这样好的,不信你上街随便找一个人问问。

我说,早问过了,与你一样,都说党中央的政策好!

他说,我们都是尝到了甜头的人,不说好就太没良心了。

我说,对,太没良心了。

我们一起笑了起来,周围的人们也都笑了起来。

"楼长"是群众的法制宣传员、邻里纠纷调解员、治安防范协管员、综合信息采集员、宜居环境监督员,在服务群众、融合邻里等关系方面发挥着重要作用,搬迁户们也越来越离不开"楼长"了。因而"有问题,找楼长"这一句口头禅便在安置点流行起来。

楼长董志莲说:"找我没问题,只要我能办的,绝对没问题。领导和村民们信任我，推荐我当楼长，我就要尽职尽责。"

像董志莲这样的"楼长"，在瑞濠安置点一共有 71 位，他们主要为安置点 3795 户 17398 人做服务工作。这样算来，她要负责 3 个单元 72 户。作为"楼长"，董志莲的主要职责是调解邻里矛盾、管理楼栋的卫生，大家遇到大大小小家庭琐事，也都会来找她帮忙，她从不推脱，总是想尽办法解决问题。

我问她，这么多户，有事都找你。你能解决他们的问题吗？

她说，农民成市民了，大家刚来时还真心慌得很。

我说，说说大家恐慌什么？

她说，一下子从农村搬进城市，有些人一时难以适应小区的生活环境，出门不带钥匙，打不开防盗锁，有的不会开网络电视，有的把鞭炮放进冰箱里，有的出门找不到回家的路等情况时有发生……

"搬迁后，我们接受群众咨询 3 万余人次；为群众开锁 3000 余次；开水关水 1000 余次；处理生活用电问题 2000 余次；处理矛盾纠纷 500 余次；护送群众回家 500 余次。"街道办主任吴太玺补充说。

大家都热情地围了上来，七嘴八舌地讲述他们自认为闹出的许多笑话！气氛一下子活跃起来，笑声此起彼伏。

我也忍不住笑了起来，我说，这就是你们的恐慌呀！我看你们这是快乐的"恐慌"。

大家都哄地一声笑了。这笑声一阵阵传开去，几条街之外都能听见。这一张张快乐而幸福的笑脸，传递了一个非常明确的信息，他们的获得感、满意度是真实而令人信服的。如此灿烂的笑，是勉强不来的。

我的脸也灿烂起来，心思一下子飞到了花茂村。习近平在那里曾感慨地说了两句话，一句是"怪不得大家都来，在这里找到乡愁了。"还有一句是"党中央制定的政策好不好，要看乡亲们是哭还是笑"。

当年我采访花茂村红色之家的村民王治强的时候，他笑起来像一朵向日葵，他指着习近平坐过的农家椅子说："习近平就坐在这里，他说我们是哭还是笑的时候，在场的乡亲们都笑开了花。"

此时，我感觉到我们大家都笑得像一朵朵向日葵，党中央的政策像太阳的光辉照耀着我们。

乡亲们有了这样幸福的笑容，那么，这样的眼见为实，这样的笑，怎能不震撼人心！感人肺腑！！那么，我们坚信百万党员干部下乡实施精准扶贫是深入人心的伟大工程，他们的辛苦指数，换来的是老百姓真真切切的幸福指数。

以人民为中心是习近平治国理政的核心理念，人民立场是马克思主义政党区别于其他政党的显著标志。

习近平强调,"党的一切工作,必须以最广大人民根本利益为最高标准。检验我们一切工作的成效,最终要看人民是否真正得到了实惠,人民生活是否真正得到了改善,人民权益是否真正得到了保障。"

在正安县瑞濠安置点,我眼见为实,县委县政府正是以搬迁群众所需为导向,以解决群众的就业和创业为重点,不断完善移民后续扶持帮扶机制,有效破解了搬迁群众不敢来、不想来、如何住、如何富等难题;让居住在深山中的贫困群众搬迁出大山,使群众的生活得到了改善、生存得到了保障,获得了真正的实惠。

为了确保贫困户能顺利入住,当地政府实行了这样一项优惠政策:每名搬迁人员只需自筹资金 2000 元,就可以搬进人均面积 20 平方米的新房,住满五年后还可以获得房屋的产权。房屋已经装修完毕,电视、冰箱、空调等家电一应俱全,人们可以直接"拎包入住"。

正安县瑞濠移民安置点作为遵义市规模最大的易地扶贫搬迁集中安置点,居住着来自 20 个乡镇的 1.7 万余名易地扶贫搬迁群众,其中建档立卡贫困户占 95%。要让大家"搬得出、稳得住、能致富",说起来轻松,干起来并不容易。

搬迁是手段,脱贫才是目的。搬迁群众要实现一步住进新房子、快步过上好日子,不仅需要"扶上马",还需要多举措再"送一程"。只有这样才能使"搬得出、稳得住、能致富"不是一句空话。要做实,仅仅有工作激情是远远不够的,我们必须要有办法、能力和智慧。

有数据显示,目前瑞濠移民安置点实现每户至少 1 人就业,户均就业 2 人,远高于贵州省平均水平。2019 年 4 月,瑞濠移民安置点被贵州省政府评为易地扶贫搬迁示范点。围绕就医、就学、就业、医保、低保、社保等方面,正安健全移民生活保障机制。当地实施"企业帮元、单位帮栋、干部帮户"大走访,共同助推"迁企联姻、迁地融合、千人帮扶"大融合。截止到目前,已帮助群众解决生产生活困难 3000 余个,提供就业岗位 4000 余个,解决土地流转 1527 亩。通过劳务输出、自主创业、开发公益性岗位等方式,就业率达到 90.4%。安置点里有 2055 名老人,由于刚从农村搬进城里,生活反差较大,他们不知道该怎么打发时间。根据大家的需求,安置点建起了手工、合唱、广场舞、快板、乐器等 12 个兴趣小组,通过开展丰富多彩的活动,帮助他们尽快融入城市生活。依托农民(市民)讲习所,利用电视、微信公众号、广场显示屏,丰富社区群众精神文化生活,让群众归属感、获得感有根有基,让搬迁群众尽快融入社区新生活。现在,群众的获得感正在从"田间地头,锄头背篓"向"唱歌跳舞，幸福生活"转变。

有笑声的地方，一定会让人流连忘返。虽然此时还不知道我该往哪里返。来到正安县时，并未在哪个宾馆落脚，说来就来了，不知不觉已三个小时过去，却仍然感觉意犹未尽。在这里遇到了很多新朋友，我们相谈甚欢，一时要走，还真有些依依不舍。不舍的新朋友们说：吃了饭再走。我说：吃饱了！精神大餐呀！挥手告别的现在，正是下次重逢的开始，既然，我们共同拥有了一段快乐的时光，并成了朋友。这样的快乐，必将成为我们共同的记忆，而记忆正是我们回忆美好的源头。有了这样的源头，我相信总有再见的一天。我很期待，并慎重地重复，再见！再见！！再相见！！！

我希望，所言无虚，我明白，承诺就是债务，我坚信，一定会再来。离开了瑞濠移民安置点，我的脚步必须迈向正安县经济开发区，因为有一个承诺，我必须去兑现。

三

在来正安县的高速上，总能看见这样一块广告牌，上书：听正安神曲，品正安白茶。

白茶好理解，正安白茶名噪一时，确实是好茶，我喝过，叶芽嫩白而微黄，色汤晶莹剔透。像正安这样茶叶种植面积达 23.7 万亩的规模，约 6.3 亿元的产值，在遵义市所辖的县当中并不算多，但就其白茶而言，毫无疑问却是最多最好的。

可这"神曲"就非得知其来源，才能究其竟。初看"神曲"是遵义神曲乐器制造有限公司的简称，仔细一琢磨还不尽然。如果非得要把"听正安神曲"视为是遵义神曲乐器制造有限公司的喻义，从狭隘的理解来讲，也不为过，而当你走近正安县吉他产业园区，你的想法就会改变。

听神曲，品白茶，一听一品都好。可要我说，这听的似乎名气更大些。这样的名气，来自"吉他兄弟"的传奇。这个传奇不是一般的传奇，这个传奇除了传奇所蕴含的情节离奇、人物行为不寻常的定义外，还赋予了壮士断腕的勇气和猛士断喝的霸气。

在我看来，情节离奇也好，行为不寻常也好，就传奇而言，并非只是区别于常人常事，也并非只是强调传奇本身。于常人常事而言，传奇固然有它令人向往的一面，更多的是让人观者如堵。谁都明白，传奇本身的不确定因素，决定了你可能因为传奇了一回，也许你的事业、甚至生命也不复存在了，或者事业兴盛、生命辉煌。所以，向往不一定付诸行动，还有什么词能像"观者如堵""蹑足止步来"比喻这样的现象呢？

这样看来，把"吉他兄弟"的传奇归纳为一般的传奇，仅仅只是看到情节离奇、人物行为不寻常，那就肤浅了。这不一般的传奇，注定了这个传奇所显见的勇气、霸气，而这个勇气和霸气的支撑点是眼光、是智慧。

一个壮士需要断腕的时候，难道我们只能仅仅看到他的勇气吗？这勇气的后面一定有他审时度势的智慧，除非他是懦夫，绝不是壮士。

一个猛士一声断喝的时候，难道我们只能仅仅看到他的霸气吗？这霸气的后面一定有他坚韧不拔的信念，除非他是莽夫，绝不是猛士。

在我看来，壮士之壮，在于心之魄、胆之雄、气之豪，正所谓虽手无缚鸡之力，也敢于亮剑；猛士之猛，在于身之力、力之量、量之捷，正所谓雷霆万钧之下，势不可挡。这样看来，壮之于心，猛之在力，一个修内，一个炼外，两者皆备，所向无敌。

当然这个世上原本也没有无敌的人，即便是有那么几个自己宣称或别人看似无敌手的人，其实，这样的人，最难战胜的往往是他自己。

我说了这么多，似乎有点刻意拔高"吉他兄弟"的味道，其实不然。从古至今，在这块古老而神奇的大地上，从不缺少生长精彩传奇的土壤，既有荆轲这样一去不复还的壮士，也有项羽这样力拔山兮气盖世的猛士。然而，五千年文明史告诉我们，天下百姓、人民群众所造就的数不胜数的传奇，正是推动人类社会前进的动力。

老百姓说得好，三百六十行，行行出状元。这些平民式传奇，也是人类社会发展中不可缺失的精彩，而"吉他兄弟"今天所呈现出的精彩，不由让人感觉到它所蕴含的传奇性，令人不得不惊讶，不得不刮目相看！

我还没有见过"吉他兄弟"，他们的名字便已如雷贯耳了。第一次听见"吉他兄弟"是在三年前的一次会议上。主持会议的是时任中共贵州省委常委、宣传部部长慕德贵同志。会议的内容主要是落实中共贵州省委宣传部"十三五文艺精品工程项目"。

会议上领导如数家珍地讲了两个人物，一个是家喻户晓的"老干妈"辣椒名牌持有人陶华碧的传奇故事，一个是"吉他兄弟"回乡创业的传奇事迹；并指示说，这是孙志刚书记点的题，要用影视的形式，讲好贵州故事。这是我第一次听到吉他兄弟的故事，这故事讲得太鲜活、太传奇了，听来确实是个好题材。可惜我手里正好有孙志刚书记点题的长篇电视连续剧《伟大的转折》和《花繁叶茂》的创作生产任务，便与电视剧《吉他兄弟》擦身而过，与"吉他兄弟"俩也就失之交臂了。

见到"吉他兄弟"之一的郑传玖已是一年以后的全国人代会上。我和郑传玖都是全国第十三届人大代表，起初却不认识。后来中央首长来贵州团参加政府工作报告讨论时，郑传玖发了言，我也发了言，这才让我俩把名字和人对上了。

我们彼此真正意义上的认识，是在我们第一次的谈话中。那时，我们在餐厅不期而遇。

他操着一口地道的遵义正安话，欧阳老师，当初我最希望是你来写《吉他兄弟》的。

因为，遵义人见人都叫老师。我也操一口遵义正安话说，郑老师，可惜嘞！错过嘞！

他说，有时间，一定到正安来看看。

我说，有机会一定来，一定来。

有了这样的承诺，一直没有兑现，今天我到了正安就一定要见到郑传玖，看看他的吉他厂，听听他的"神曲"。

这三年我们各自都很忙，见面都是在北京的全国两会期间。人们常说一回生二回熟，这三回嘛就成老相识了。

我们成了朋友，我也就越来越了解他了。他说他从来没想到过，有一天自己会吃"吉他"这碗饭。他小时候除了常见的二胡和手风琴，从未见过别的乐器，何况吉他这种西洋乐器。

他与吉他结缘，完全是一次意外。三哥郑传祥离家去广州打工，却误打误撞进了一家吉他厂工作。听闻哥哥干得不错，不知吉他为何物的他，顾不得那么多，有心去投奔三哥。既然想了，就要付诸行动。这是有心人的特点，说走就走，去广州打工改变自己的命运。

前途的不可预知，总会有这样和那样的恐惧感，对于一个初出茅庐的山里娃来讲，几乎都有这种感受。郑传玖是个例外，凡是有着这样例外的人，一定具备着创造传奇的可能。这样的人，面对陌生的生活不但不会恐慌，反而会亢奋不已，这样的亢奋，无疑是有助于人的抗打击能力的，在其前行的道路上，无论是荆棘丛生，还是险象环生，没有什么可阻碍他坚定的步伐。

一把吉他的成形是一份磨手工、耐细心的工作。哥哥郑传祥喜欢跟手里的活计"较劲"，善于在精雕细作上下功夫，在这一点上郑传玖做得也不差，短短几年后两兄弟对做吉他的所有工序都了如指掌了。

既然自己掌握了技术，自己干总比给别人干强。兄弟俩于是辞了职，联系了志同道合的老乡和亲戚，凑了125万元的股金，租厂房，买设备，18个股东兼工人，创建了广州神曲乐器厂。

郑传玖回忆起当初的决定，真是有点后怕。125万元，几乎是他们18个人全部的家当，一旦失败，过去几年的辛苦就付之东流了。原来是老板拿工资给他们，每天只须琢磨如何做好一把吉他就行，现在他们自己是老板了，工资、房租、水电等都要自己操心。而如何销售更是大问题，原来根本就没想过。郑传玖评价自己当初的行为，说胆子实在太大，实在是无知者无畏。他把这行为自嘲为没文化才敢于这样做。

我理解他所讲的文化并非真正意义上所指的文化，而是一种狭义的说法，这个说法其实很不准确，可大家都习惯了，用错了，用多了，也就不错了。一般情况下说没文化，大可理解为没有多少学历。由此我们可以推断，胆子大与有没有文化无关。我对他说，谁说你没文化，我跟他急，你做文化的事可真是了不得。把文化产业做成这样，还自嘲没文化，这看起来谦虚，其实很骄傲。

他憨厚地笑了。

我也笑了，很认真、很诚恳。

胆子大不一定就能梦想成真，胆子小也未必就一事无成。成与不成关键要看这胆子大小的支撑是什么。要说支撑这东西，实在太多。

只要明显能看到一种支撑，那么我们就无须有太多的担心，当一个人的前途困难重重，还能自嘲面对，这也是一种顽强的表现，而这样的顽强，是阻止胆怯的最好支撑。郑传玖就是这样的人。

郑传玖面对的问题太多，这不，2007年7月刚开工时，合伙人竟然都傻乎乎面面相觑，造什么样的吉他？客人要什么样的吉他？品牌是什么？客户又在哪里？

胆子大的他俩又一次拯救了大家的胆怯，不管怎样先得干起来，先做些常规的样品出来，客户来了没有货是绝对不行的。

一个月后，好不容易接到第一份订单，整整200把吉他。大家喜不自胜，以为有救了。不想客人验收时，这也不满意，那也不行，挑挑选选收下一半还不到。这件事，给人的第一感觉是遇上奸商了，可扪心自问，经验不足，第一次大规模生产，不能说这批货质量没有问题。

还是胆子大，一把火全烧掉。兄弟俩把不合格的吉他堆在厂房，当着全厂人的面烧，吉他在火焰中噼里啪啦地响，火光闪耀灼眼灼心，伤心是难免的，伤头可不行，只要昂起的头不会低下，那么从头再来，有何不可？

筚路蓝缕，一路坎坷，在2008年，他们接到了一家美国吉他厂10 000把吉他的代工大单。郑传玖心想这回翻身了，可以大干一场。可一场金融危机粉碎了他的梦想。兄弟俩哪知道什么是金融危机，更没有经历过。美国吉他厂的倒闭，导致兄弟俩的吉他成品只能压在仓库里。危机，这是郑传玖兄弟遇到的最大的危机，工人要吃饭，厂房要交租，钱没有着落。

怎么办？两兄弟只好厂商变零售商，先是卖给需要吉他的朋友，再找朋友托关系，1把，10把、100把地零星出售，能卖多少卖多少，他们知道，自己难，别人也难，就看谁能坚持住，挺过眼前的难关就有希望。

幸运之门永远会对着那些不遗余力、向着希望勇敢前进的人们敞开。一场在上海举行的大型乐器展，改变了兄弟俩的困境。

"没想到，竟有中国工厂能做出这么棒的吉他！"在众商云集的展会上，塔吉玛的品牌代表由衷赞叹。

这个代表当即下单2000把。这样的机会，对郑传玖兄弟，可谓是雪中送炭。咬牙坚持这么久了，等的就是今天。这2000把是个开头，"塔吉玛"后续加单源源不断，佐证了郑传玖兄弟的神曲吉他厂产品的质量，是经得起市场考验的。

不久，美国吉他大牌"芬达"也主动找来寻求合作，国际大单一笔接着一笔的到来，神曲之名也在全球业界口耳相传。

如果把郑传玖兄弟的成功，仅仅归结为胆子大或者说是运气好，这就是低看了他们。我经常思考这样一个问题，你把别人看低了，你就高了？你把别人看高了，你就低了？这高高低低各自心里最清楚。这样看来，我们可以这样判断：不清楚的人是永远走不上成功之路的，除非他装不清楚。

郑传玖当然清楚自己是谁了，他也不用思考这"高低"，他只有朴素的行为，高低我就这样做了，咋的？不行吗？这无须有答案，你只须明白成功之路有千条万条，不二法门是做一个好人、一个有智慧的人。

谁都知道，做一个坏人有多么的容易，才会明白做一个好人是多么的难。在吉他这个行业，做一个好人不难，难堪的是也许你不在这行业了；做一个坏人也不难，难堪的是也许你也不在这行业了。那么怎么做呢？我的建议是像郑传玖兄弟这样做，面对好人决不做坏人，面对坏人不能只有好心而没有好手段。常言说

得好，商场如战场，要善于与魔鬼打交道，何况我们的对手还达不到魔鬼的级别。

郑传玖自嘲"没文化"，在别人眼里这可能就是"憨"，这"憨"不是愚蠢的意思，是憨厚实在。这是好人的品质，也是郑传玖的智慧，这是赢得客户和同行有效的态度，这样的态度，可以让奸商退避三舍，这样的以"憨"对"奸"，简单而有效。

看看这世上的人，谁不愿意与憨厚的人打交道呢？虽然他未必自己就憨厚

实在。郑传玖靠着这"憨"做好了系列吉他产品，赢得了同行的赞誉。有了质量，有了口碑，就有了一切可能。这些可能，已经在郑传玖兄弟的传奇创业历程中精彩纷呈。

郑传玖可谓吉他行业里的壮士和猛士。而在我看来，壮士是好人的典范，猛士是魔鬼的噩梦。

郑传玖回乡创业这件事，说犹如石破天惊也毫不夸张。

这在我眼里无疑就是壮士断腕。也许有人不同意我的看法，也不无道理，不就是回乡创业嘛，壮士断腕夸张了吧！

可我坚持我的这个看法。你想想，这"神曲"吉他厂从沿海大城市广州搬到深山里的正安县，有可能"神曲"变成了"山曲"，你信不信？

是的，我们看到成功人士回报家乡的事迹很多。当年共青团贵州省委发起的"春晖行动"中许多感人的故事在今天看来仍然令人热血沸腾。

"慈母手中线，游子身上衣。临行密密缝，意恐迟迟归。谁言寸草心，报得三春晖。"我始终相信，离乡久远的人，或是年过半百的人，但凡看到、听到这首诗，无不动容。那么，有机会回乡，一定是他们良好的夙愿。于是在"春晖行动"的号召下，有人回乡捐款捐物，有人想方设法回乡创业，等等。

一个成功人士的商业决策，一定不会草率，草率的人也从来都不会成功。有了这夙愿，也只能是想方设法。我们可以从这想方设法里，看到善良的诚意和良好的愿望。可仅仅有这些是远远不够的，所以只能想方设法，有的人想方设法回乡创业了，是因为他所做的在家乡可为，可如果你所做的不可为，你非要为之，那么到最后的结果是——你可能再也无力回报家乡了。要帮扶他人，自己得先站稳了。

显然"神曲"变"山曲"于郑传玖而言，是不可想象的。

之所以他答复寻上门来的正安县长的话是"考虑、考虑"，其实就是一种善意的推脱。

当年家乡的领导来找，兄弟俩当然很开心，心想，县长来了嘛，这面子得给，家乡贫困多捐点钱，也没什么问题。毕竟"神曲"在家乡名气不小，传回去说郑家兄弟抠门可不行，这几年钱也没少挣，回报家乡也应该。

可说着说着，他发现县长没那么容易打发。结果证实了他的判断，县长不要他的钱，是要他的命。当然这命不是生命的命，而是他的命根子——神曲吉他厂。

县长诚恳地说，正安的经济状况不行，是省内倒数的贫困县之一，你们是正安人都清楚的。现在县领导班子刚换完届，大家都感觉担子重，想搞出点亮色来。这调研下来一看，正安20多万外出务工人员，有5万多人专做吉他。

其中做了老板、自己有厂的，挑来选去，最好的只有你们这一家。我们商量好了，想请你们把厂搬到正安去。

搬回正安生产吉他的说法，吓了郑传玖一大跳。脑子里闪现的是"不可能"这三个字，可一到嘴边，却成了"考虑、考虑"。搬厂，这可是动了命根子的事，正安？广州？谁来判断，都会是一样的。做吉他行业，在广州已形成了一套完整的体系，离开，不仅是冒险？基本上是干不了啦！

让郑传玖没想到的是，他的那一句推脱"考虑考虑"的话，成了县长锲而不舍的理由。

一个人只要锲而不舍，几乎没有几个人能够始终拒绝。郑传玖也是这样，他当然要为之付出代价。厂是搬回正安了，可用的进口木材，还得从广州进，成品也要运到广州，无疑大大增加了成本，机器设备的维修、零件配件的更换，如在广州一个电话当天搞定。这在正安就太难了，他饱尝叫天不应，叫地不灵的痛苦。更痛苦的还在后面，产品出来了，质检抽查出了问题。收货人不干了，以前的免检待遇就此取消。对于一个企业来说，这不几乎要了命嘛！

当有人问他这些废品吉他怎么处理时，他犹如猛士一声断喝：烧掉！

一把火烧了。郑传玖就是有这样的狠劲。这一回火焰灼伤的是乡亲们的眼睛，他们都内疚地低下了头。

郑传玖要的就是这个效果。他知道，只要他还昂首挺胸，眼前的乡亲们，一定会有在哪里跌跤，就从哪里爬起来的信心。

没有教不好的徒弟，只有孬样的师父。于是厂里出现了这样的场景，公司老总郑传玖亲自培训工人，白天黑夜争分夺秒。

其实，他可以避免这样的困境，可是，回乡办厂，不在家乡招工，那回来的意义就大打折扣了。他想到了困难，但没想到这么难……

郑传玖的故事讲到这里，我说他有壮士断腕的勇气你们信了吗？那么，我愿意再重复我的话：

"一个壮士需要断腕的时候，难道我们只能仅仅看到他的勇气吗？这勇气的后面一定有他审时度势的智慧，除非他是懦夫，绝不是壮士。

一个猛士一声断喝的时候，难道我们只能仅仅看到他的霸气吗？这霸气的后面一定有他坚韧不拔的信念，除非他是莽夫，绝不是猛士。"

后来有一天，他虎头虎脑地向我走来，他身材并不高大，却相当魁梧雄壮。当然，我们会谈一谈他的吉他，那时，我就问他，你那时就没有想到，你可能会失败吗？

他憨厚地一笑，他说，幸亏我防了一手，要不真有点撑不住了。我先带了一条生产线回正安，我哥的另一条生产线留在广州，以防万一。我这边最困难的时候，是我哥支撑起了公司，为我争取了时间。

两年的时间，郑传玖不仅站住了脚，经营状况也很好。这样，"神曲"在广州就仅保留进出口的经营功能，依旧由哥哥郑传祥负责，生产部分，全部搬迁到正安。

郑传玖说，"当初下决心回乡，除了县里打的亲情牌让人心动外，主要还是贵州正安经济开发区的规划和招商政策及远景吸引了我。当时，'神曲'生产的吉他属于两头在外，一头是原材料全部进口，另一头是成品全部出口。那时候的正安没有生产原料，成品远，运输也大大增加成本，更谈不上配套产业，高速公路也没通，说实话，这样的条件毫无优势，并不具备办吉他厂的条件。但我想，等这些条件都具备了，再来也许就晚了。有政府的大力支持，土地成本也低廉，还有劳动力充足等优势，从长远看，回家乡发展更有利。"

事实证明郑传玖智慧的判断是正确的，他琢磨着县委、县政府对"神曲"的看重，主要是因为他们做的事，连同这个产业，能给正安的脱贫攻坚开辟有力的途径，也能给贫困群众带来就业机会和致富的希望。

郑传玖谦虚地说：我就是一棵小草。

我说，现在春风吹满了山谷。

他说，那我们就做成一片绿地。

他说得没错，"神曲"已绿遍山乡，在文化产业之路上，走出了自己的特点，成了大娄山深处一张亮丽的名片。

"神曲"在中低端的制作和销售方面可谓如鱼得水。下一步冲击高端市场，是"神曲"的奋斗目标。设备必须升级，制作更加精良，选材更加考究，邀请制琴大师加盟的手工琴工作室，进口东印度玫瑰木、洪都拉斯桃花木等举措，都是为了"神曲"的全面升级。于是，在宽敞的新厂房里，我们看到流水线上有自动化的激光开料、自动喷漆车间，还有工序长达数月的手工上漆、精准的温湿度控制车间等作业，这些无不体现"神曲"蒸蒸日上。

听正安神曲，品正安白茶，朴素的广告语，透露出的是一种强烈的自信。听曲品茶，品茶听曲，这是优雅的中华传统文化。你听，或是不听，你品，或是不品，这不要紧，要紧的是这真实的存在；你来，或是不来，你近，或是很远，听香品韵，来与否、远与近味道却是如出一辙呀！

正安经济开发区的扶持政策好，政府说话算数。许多吉他企业听了郑家兄弟的"游说"，又眼见"神曲"财源滚滚，这才放下心来，纷纷入驻正安。企业越多，规模效应越强；规模效应越强，越吸引更多企业入驻。蝴蝶效应正在大娄山脉深处精彩上演！

贵州正安经济开发区于 2012 年 12 月获省人民政府批准为省级经济开发

区，规划面积17平方公里，已建成面积3.6平方公里，建成标准厂房近70万平方米。入驻企业108家，而吉他生产及配套的企业占了72家，其中吉他制造40家、吉他销售15家、吉他物流10家、吉他培训7家。

显然，这是一个以吉他产业为主的特色产业园，现年产销吉他600余万把，产销量占全国的1/5，全球的1/7，是目前全国乃至全球最集聚、最规范、最大的生产基地，并因此获得了"中国吉他制造之乡"称号。

从与县长吴起的交谈中我了解到，郑氏兄弟的广州神曲乐器公司是第一家入驻正安园区的企业。他感慨地说，这真是"无中生有"啊！我们县是远近闻名的深度贫困县，是属于"一方水土，养不起一方人"的边远山区，我们正安有5万多人在外地从事吉他生产，这样的人才资源上哪找去，县委、县政府自始至终盯准这一资源，毫不迟疑、及时跟进，打"乡情"牌，重点突破，主动劝导"凤还巢""雁回归"，正所谓"神曲引来金凤凰，党政跟进成园区"。从无到有，吉他制造产业在这块热情的土地上创造了一个又一个奇迹。

近年来，正安县委、县政府深入贯彻落实省委志刚书记"把正安吉他打造成为多彩贵州的又一张靓丽名片"和市委树旺书记"把正安吉他做大做强，成为实体经济的一道亮丽风景"的指示精神，按照县委"一心三区"规划布局，以打造千亿级工业开发区为目标，以脱贫攻坚为统揽，以党的建设为引领，强力推动园区建设，严格按照强建设、重招商、严管理、优服务的工作思路，园区发展已初见成效，产值近60亿元。经过多年招商引资，集聚了神曲乐器公司、钰丰乐器公司、贝加尔乐器公司、凯丰乐器公司、娜塔莎乐器公司等多家优质企业，实现了"从无到有"到"有中做优"再到"优中到强"的跨越提升，带动就业近1.4万人，解决贫困人口就业1374人，带动6690人稳定脱贫。

园区生产的吉他60%用来出口，绝大多数企业都涉及外贸销售，主要销往美国、德国、巴西、日本、英国等30多个国家和地区，占亚洲市场的20%、美国市场的30%、巴西市场的40%；除了为国际大牌代工，还有20余个自主品牌。"国际吉他产业园"一天天热闹起来，正安的经济数据也一天天好看起来。先后荣获国家轻工业部颁发的"2019年度乐器行业优质资源奖"和贵州省文改办颁发的"贵州省文化产业十佳品牌"等殊荣。

在这里到处都可见到"吉他"的元素，吉他文化广场中央引人注目的巨大吉他雕塑，已然成为正安的一个标志性符号。据邓兆桃书记介绍，这里将建成世界上最大的吉他博物馆、最高端的吉他演奏厅、最好的吉他大师工作室和最完善的配套吉他生产线。未来，正安将按照吉他工业、吉他文化、吉他旅游"三位一体"

发展思路，全力以赴做大做强、做优做精吉他产业。

离开郑传玖的"神曲"工厂，他邀请我吃了再走，正安人都是这样热情。

见他真诚的模样，我非常诚恳地说，今天是公事，饭就不吃了，哪天有空私人相聚，兄弟们喝上一杯多好。你到贵阳说一声，我私人私菜私酒请。

他说，行。

我们又有了一个相互的承诺！介于我们都有践行承诺的秉性，我想，在不久的将来，我们会再次见面，两个"文化人"在一起喝它个痛快。饭后已晚上10点，与几个十八年前的文友品茶聊天，聊正安当年的大街小巷，聊今天正安的新貌，从他们的眼神和笑靥中，我体会得到那一份喜悦和自豪。他们当然要问我今天对正安的感受，我的一句"换了人间"让在场的所有人都感慨万千、感同身受。

当白茶的清香浸入心扉之时，我们的相谈便有了一股乡愁的味道，这味道如陈年老酒般的甘醇飘溢出来，使我们的回忆刹那间芳香弥漫。这芳香甚至在他们不得不离开后，仍然留香。

夜的黑也难以朦胧我的眼帘，今夜无眠。

在似睡似醒中，我走进了正安的小巷，这时，一首久远的老歌婉转悠扬地在我脑海里飘扬起来：

  故乡的小巷深又长，
  青石板上木屐响，
  听完古老的故事
  去找花仙子
  星光里，我的初恋
  我的初恋染着茉莉香
  哎……哎……
  今晚我来寻小巷
  小巷却不知在何方，
  花仙子住在高楼里
  歌唱我起飞的故乡……

（原载《人民文学》2020.10）

家住黄河滩
——黄河滩区脱贫迁建全景实录（节选）

_朵拉图　逢春阶

序　曲

"大水走泥，厚云积岸。"滔滔不息的黄河，在中华大地上留下一道弯弯的深痕，这道深痕默默地搬运着高原上的黄土、裹挟着两岸百姓的奢望、失望、绝望，但更多的是希望。一年又一年，撕扯着、撕裂着、纠缠着的是安全感、幸福感、获得感。她不舍昼夜地奔流，哺育、塑造和影响了一个伟大民族。

新时代，有一群人也要在黄河滩区留下一道深痕——脱贫迁建、安澜安居。从根儿上消除洪水对滩区百姓生命财产的威胁，改善其生存条件和发展环境，保障搬迁群众"搬得出、留得住、有事做、能致富"。这道斧削一般的深痕，是光荣的印记，是尊严的象征，如千年大树的年轮一般，也将在中华民族伟大复兴征程上成为一个显著标志。

新中国成立以来，党和政府高度重视黄河问题。1952年10月，毛泽东同志来到黄河岸边，发出"要把黄河的事情办好"的伟大号召。

一代代共产党人关心滩区群众安危，为此付出的汗水、泪水，甚至是生命，不可胜计。

但由于历史欠账太多，部分滩区群众"灌溉难，吃水难，用电难，出行难，上学难，就医难，娶亲难"等问题还没有彻底解决，关键的关键是安居难。一砖一瓦费思量，何时一觉到天明？

千百年，安居梦难圆，醒来泪潸然。"三年攒钱、三年筑台、三年盖房、三年还账"恶性循环的"魔咒"还没全部解开。

面对恶劣的环境，有抵抗与反抵抗的焦灼，有征服与被征服的刺激，有围堵与反围堵的悲壮。更多的是漫漫长夜里的等待和腮边的泪水。

黄河滩区人们的命运一代一代一直悬在河上，滔滔不绝的黄河水，日夜在诉说。

让贫困人口和贫困地区同全国一道进入全面小康社会是我们党的庄严承诺。

新时代黄河滩区脱贫迁建是以习近平同志为核心的党中央交给山东的一项重大政治任务，是一项惠在当前利在长远的重大民生工程、德政工程，不仅承载着中央对山东的重托，更承载着60万滩区百姓长久以来的"安居梦""致富梦"，对全省打赢脱贫攻坚战、全面建成小康社会具有重大战略意义。

党和国家领导人心系滩区群众，多次实地考察，向地方干部询问黄河防汛情况，了解黄河滩区群众生产生活状况并与那里的主要负责同志座谈，对推进黄河滩区居民迁建工作做出全面部署，共同探讨扶贫开发和加快发展的良策。

2017年4月，从审计署审计长调任山东省委书记的刘家义，履新第一次调研就来到临沂、枣庄、菏泽，在黄河滩区，先后到郓城县随西村和鄄城县西曹村扶贫车间，了解滩区群众的生活。2017年5月6日，刘家义又到菏泽市东明县调研黄河滩区脱贫迁建工作，主持召开黄河滩区脱贫迁建工作座谈会。此后，他又多次到滩区考察调研，慰问滩区群众。

盯紧"黄河滩"、聚焦"沂蒙山"、锁定"老病残"，山东针对深度贫困地区发力，集中力量攻坚克难。

盯紧黄河滩，就是盯紧黄河滩区内782个村的60万人，确保2020年实现安居梦、致富梦。

从2017年底开始，我们在黄河滩区的各个战场采访，一幕幕感人的场面，一则则动人的事迹，一组组惊人的数字，一排排奋战的人群，如不息的黄河水，滚滚而来，汇流成一轴精彩的画卷。我们期待着"滩区脱贫迁建"这轴长卷，更加精彩地舒展在齐鲁大地上。

我们目睹了这样的画面：就要搬迁了，就要永远地离开了，再看一眼那弯曲的沙土小路，再看一眼路旁那落满尘土的杨树，再看一眼已经略显破败的提水站，再看一看默默地流淌着的黄河。抓一把沙土放在口袋里，放在自己崭新楼房里的阳台的花盆里。家养的小黑狗，挣扎着不肯上车，狂吠着，朝着河的方向，眼里也有了晶莹。

我们听到这样的故事：有位戒酒多年的老农，在月光下，喝了半斤老白干，不顾家人劝阻，踉跄着，一步一步朝前走，提着酒瓶，走到了黄河边，把酒洒到黄河里。这是告别酒，这也是邀请酒；这是祝福酒，这也是庆功酒。心情一激动，酒量不固定。来呀，感情深，一口闷；感情厚，喝不够……

村里几个白发苍苍的老太太跟我们絮叨：离别的前夜，顶着夜色，将白天蒸好的馒头，做好的菜，买好的烧纸和香，让孩子们带着，到黄河岸边点起来祭奠，一起磕头。感谢河神保佑！感谢党！感谢人民政府！老太太的目光里写满了虔诚。

搬了新居，老两口睡不着，老头子翻来覆去，辗转于床。老婆子埋怨，你这是咋了？老头一个人躲在阳台上，清晨起来，老太太看到一地的烟头。老头呢？等了半天才回来。他说，又回到老家去转了一圈。而老太太，其实也一夜未眠，眼角始终是湿润的，她想得更多，除了往昔的一大堆柴米油盐，还有家长里短，但想着想着，就想到河边去了。隔壁的两口呢，也没睡着，掌柜的跟媳妇说的是在黄河边打鱼的故事，而媳妇跟掌柜的回忆的是嫁过来第一天失望的故事，你一句，我一句，长一句，短一句，恍惚梦中，二人感觉比往日更亲昵。

我们感慨，黄河滩区脱贫迁建流淌着一种精神，这种精神感天动地，这种精神流淌于远古，昭示着未来：目标定了不能等，难点来了不能绕，痛点和堵点来了，豁出去！倒排工期，挂图作战。使命我们担，右肩累了换左肩。

因了黄河滩区脱贫迁建，大家所做的一切，都有了审美价值。世界原来如此美好，人生原来如此瑰丽，我们所做的一切，原来如此美好。

由于视野和能力所限，我们的采写难免挂一漏万。但我们是真诚的，时时被感动着。我们一边写，一边心在颤抖……

第十八章　大迁建战场上的青春方阵

我们在黄河滩区大迁建现场采访，看到到处都有年轻人奋战的身影。他们在不同岗位上，以相同的激情投身于大迁建的工作中，克服重重困难，自觉向实践学习、自觉拜老百姓为师，成为让党放心、让人民满意的青春方阵。

"纸上得来终觉浅，绝知此事要躬行。"面对滩区迁建这一大工程，你没有经历过，你就不知道其中的艰辛；你没有体会过，你就不知道其中的快乐；你没有沉淀过，你就不知道其中的分量。这群年轻人，在滩区大迁建的"大熔炉"里接受历练，接受考验，这一切都能化作他们生命的一部分，而且是坚实的一部分、闪光的一部分。若干年后，这群年轻人会自豪地对自己的后人说：大迁建，我参与了！

高青县有位参与黄河滩区迁建的年轻人郑建说："我觉得能参与到这么大的工程里来，很幸运，也很自豪，三年的日子没有白过，我竟然还有这么大的能量干这样的事情。虽然付出了汗水，但收获的更多，收获的是自己成长的快乐。我懂得了一个道理，人活着，不能仅仅是为了自己的享乐，为他人带来快乐，自己就快乐。具体说，为滩区人带来快乐，我就快乐。我无悔于我的选择。因为黄河滩区迁建，我们所做的一切，都有了价值。"

年轻的方阵、年轻的心，他们日夜奋战在黄河两岸，默默奉献，默默成长。让我们走近他们……

村支书辞职，她挺起柔弱的肩膀

站在我们面前的许琳琳，略显柔弱，这个85后女子，哪里来的胆量和能量，挑起了全村迁建任务，领着快要散了架的村庄，走上正途？许琳琳说得很直白：我是滩区人，知道滩区人的难，更知道滩区人的犟脾气。

许琳琳生在滩区长在滩区，大学毕业后又嫁到滩区，她和所有祖祖辈辈生活在滩区的女人一样生下来就吃苦，但不怕吃苦。不同的是她受过高等教育。

许琳琳的娘家是孝里镇的徐道口村，如今是嫁到孝里镇郭庄的大学生村干部。接受我们采访时，她有些腼腆和羞涩，坐在我们面前的沙发上，上穿白色T恤衫，下着黑色运动裤，两手轻轻地搭在一起，规矩地放在膝盖上，她戴着一副紫色的近视镜，鼻翼两侧有些许浅浅的雀斑，笑眯眯的一脸书生气。

可她说起做搬迁工作的那些日子,委屈得一再抹眼泪,几度哽咽地说不下去。

2018年1月郭庄村党支部换届,选了新一届的党支部成员,书记和两名委员共三人。2月村委换届,许琳琳被选为村主任,她一上任,正好赶上向全体村民收缴迁建的自筹资金,每人1万元。郭庄村整体迁出的工作任务,在2017年就部署好了,入户摸底时,村民也都选了喜欢的户型,只是还没有具体到选哪一个楼哪一套房。

许琳琳想不到,去年就已经定好了的搬迁计划,今年实施起来竟是如此艰难。在开始收钱之前,村支书突然辞职了。"听到消息,我简直是蒙了。"许琳琳说。

更让她想不到的还在后头,接着一个支部委员也辞职了。收钱的过程中,另一名支部委员也辞职了,许琳琳眼睁睁地看着郭庄村支部解体了。

郭庄村只剩下许琳琳和另外两个村委,而且这两个村委和她一样都是第一次担任村委职务。他们没有经历过"大事儿",没有工作经验。

郭庄村隶属孝里镇下巴办事处,办事处的耿书记,找到许琳琳,要求她在没有村支部的情况下,全面主持郭庄的工作。当时她压力很大,不敢接这项工作,自己此时还不是党员,嫁到郭庄时间不长,不太了解村里的情况,也没有工作经验,担心自己不能胜任这项工作。

但是耿书记说,她是区人大代表,不能辜负人们的期望,在困难面前要经得住考验。

她犹豫了,夜里都睡不着觉。担心自己不管,郭庄会错过这次千载难逢的搬出滩区的机会,这么实惠的搬迁政策可是政府给的,郭庄村一旦因为任何原因被落下了,可能以后再也没有机会搬出滩区了,如果那样,全村的人就得后悔几辈子。她认为自己有责任有义务来承担这项工作。

许琳琳之前了解到孝里镇广里村和广里店村两个村的情况,明明是政府出钱帮着搬出的好机会,就是因为村里的工作没有做好,有些村民受个别人蛊惑没有主见,结果多数人不同意迁出,同意人数没有超过90%,现在两个村已经放弃搬迁。可这两个村是大村,广里村3000多人,广里店村1000多人,都留在滩区内,人多也能连成片,虽然说经济一定赶不上滩区外发展快,但对以后生活的影响还不会太大。"我听说那两个村的村民想通了以后,很多人都已经后悔了,又都想搬出来,可是一切都晚了,楼房早已按同意搬出的村子规划好了。这么好的机遇丧失了。"许琳琳说。

下巴办事处管辖区9个村,都是连在一起的小村。许琳琳所在的郭庄仅112户468人,如果其他8个村都搬出去了,郭庄村没有搬出去,孤零零地留在滩区里，道路、水电以及其他公共设施都会成问题，她无法想象后果会怎样。"我睡不着就想，我当了大学生村干部，弄不好这事儿，会一辈子自责的，也许几辈子都会被人骂。"

为了整个郭庄村能成功地搬出滩区，让村民过上向往的好日子，许琳琳豁出去了！她为自己打完气，再给另外俩村委打气。

第一项工作是挨家挨户做思想工作。白天村民们都在地里干活，她和其他两名村委只能选择晚上 8 点以后分别入户，向村民解释政策，通过反复交流做通他们的工作。

离开村民家，再返回大队办公室，交流总结当天的工作情况，有哪些户同意交钱，哪些户不同意，为什么不同意，找出解决问题的办法，再计划明天入哪些户。每天忙完，拖着疲惫的身子回家都得 12 点以后。

许琳琳的女儿才 2 岁，她接任村主任之前，曾经担任村妇女主任和村会计，那时工作忙，差不多晚上 10 点多能回家，他们一家三口一直和婆婆同住，女儿白天由奶奶看着，晚上她回家，即使女儿睡着了，她也会把女儿抱过来跟她睡，让婆婆睡个好觉。婆婆年龄大了，看一天孩子很辛苦。可是现在每晚都忙到 12 点以后，孩子只能全交给婆婆带了，她既心疼婆婆，又愧对女儿。

她说自己是经历过生死的人，特别珍惜亲情，无论是对婆婆对丈夫还是对女儿，都想尽最大可能地多陪伴。

她 2007 年毕业于山东广播大学外语系的英语教育专业。2008 年在孝里镇代课，2009 年在长清代课，代课期间不幸患了再生障碍性贫血，随后因贫血下了好几次病危通知书，父母强装笑颜，从不在她面前说病情，可她隐约感觉到病情的严重性。每天清晨醒来，她都会在心里对自己说，哦，我还活着。每一个晚上入睡时，她不知道明天是否会醒来。在她生命的最低谷里，暗恋许琳琳多年的初中同学郭永忠向她表白了爱慕之情，并承诺要娶她。许琳琳理智地拒绝了，尽管她很感动也很喜欢他。可郭永忠一直坚持，后来许母郑重地和郭永忠谈了许琳琳的病情，医生说她目前不适合结婚，就是现在病情有所好转，也不能生孩子。而郭永忠始终坚持，2011 年他们结婚了，婆婆也把许琳琳当亲女儿一样疼爱，在爱的呵护下，许琳琳身体越来越好。

2015 年她怀孕了，去医院检查时，医生劝她尽量不要生，无论是怀孕期间还是生产的时候，出点小状况都会有生命危险。丈夫听医生的话，不同意她冒险生孩子。婆婆也说，不能让你冒着生命危险生孩子，还是打掉吧。丈夫是独子，她懂婆婆心里是多么渴望有个孩子。而此刻肚子里的孩子是上天赐给她的礼物，是一个鲜活的生命，她没有权利为了自己的安危，剥夺孩子的生命。

十月怀胎，她比一个健康的孕妇付出了更多的艰辛和痛苦，并随时有生命危险，当她在输完血小板后，剖腹产下了健康女儿的那一瞬间，她喜极而泣。看着褴褓中的女儿，那一刻她是世界上最幸福的母亲，她要时刻守护着女儿，她要把一生全部的爱给女儿。

随着女儿的成长，她的身体也渐渐恢复了健康，但她不愿向任何人提及患病的那一段经历。

她硬着头皮，挨家挨户敲门，人家不开门，就等着。思想工作，一家一家做。有的做通了，有的呢，勉强做通了。

第二项任务是收钱，她有思想准备在收钱的过程中会挨骂，如果收钱没有那么难，书记也不会辞职。但她相信只要大家明白她是为了全村好，早晚会理解她的。

那段时间，许琳琳心无旁骛地做与搬迁有关的工作，无暇顾及其他工作。许琳琳和工作人员在大队办公室收钱，有些村民就站在大队门口骂，谁交钱就骂谁，这是交钱，急啥？急着抢爹吗？听到这么难听的骂声，有些想交钱的也不敢交了。

许琳琳在协助收钱，有人指着她骂，一个女人究竟想干啥，还想当武则天一手遮天吗？可惜你有当皇帝的想法，没有当皇帝的命。尽管她想象会挨骂，可还是想不到他们会骂得那么狠那么难听。

许琳琳伤心至极，她一直认为只要真心为村民们着想，维护村民们的利益，他们都是通情达理的人。曾经村里有个4岁的小女孩因胆管堵塞，没有钱做手术，她用手机轻松筹的应用，帮助筹齐3万元的手术费，小女孩得救了。有些困难家庭申请低保户，她都是亲自帮他们填写各种资料和表格，并联系办理手续。她还帮助村里的残疾人向残联、民政部门申请轮椅等设施。她做这些工作，村民们都看在眼里，所以换届时他们推选她当村委会主任，这也说明他们是信任她的。

一定有什么误会，他们才会如此不冷静。后来许琳琳了解到，各村都有传言，只要整村搬迁成功，就奖励村书记10万，或者奖励一套房子。而此刻郭庄村是她主持工作，大家都认为只要全村交完钱，她就会得到10万元，或者是一套房子。

找到了原因，许琳琳开始挨家挨户地登门解释，这次整村搬出滩区项目是从中央到地方的精准扶贫项目，一户一套资料要送中央去批示。总共多少人数，每人补贴多少钱，都是有数的，搬迁完成后还会审计检查。孝里镇有41个村列入搬迁项目，如果一个书记能奖励10万元，这钱谁出？从哪里出？每人40平方米的指标也是都核实好的，没有一套多余的房子，怎么可能奖励书记一套房啊！

谣言澄清了，趁热打铁，村委会开始第二轮的入户做工作。

他们把村民按年龄分成青年、中年、老年三类家庭。分析他们各自关注的问题是什么，青年家庭最关注孩子的教育，中年家庭最关注眼下的生活质量，老年家庭关心搬出去能否住得起。分析透了，再有针对性地做工作。

入户青年家庭做工作，许琳琳会和他们聊孩子的上学问题，她讲述代课时的亲身经历，特别有说服力。她说："农村孩子和城里孩子的差距大，不是孩子本身的差距，而是教育的差距，就说英语老师吧，我在村里和镇上的学校都代过课，在镇上学校上课，一个英语老师只教一个年级的英语课，就可以把备课精力用在课堂上，寓教于乐，提高孩子的学习兴趣，孩子学得快记得牢，老师也轻松。而村里的学校师资缺乏，一个英语老师教3个年级的英语课，备课都备不过来，哪有精力再去搞智趣教学丰富课堂啊，总是干巴巴地上课，孩子们会对学习失去兴趣，学习成绩明显不如城里的孩子好，家里经济条件又不行，让咱们的孩子将来怎么和城市里的孩子竞争啊，咱们能眼看着孩子长大以后还过咱们的生活吗？如果别的村都搬出去了，只剩下咱村，可能学校都开不起来，孩子们还不知道去哪里上学呢！就是每天接送孩子也是很大的困难。接送距离远，好天气还行，再赶上下雨下雪的，怎么办？可如果搬到城里去，咱们的孩子就和城里的孩子上一样的学校受一样的教育。"说到这个程度，青年家庭很少还有不同意搬迁的。

入户中年家庭做工作，先和他们聊生活的苦，一辈子要盖好几次房，总是攒不下钱，往往能引起他们的共鸣。再聊现在政府帮咱们搬出去，得抓住这个机会，搬出去过城里人的生活。最后再说孩子长大了，结婚盖房子，是个难事，孩子不愿意住在滩区的村里，咱得去城里给孩子买房子，城里的一套房子多少钱，咱买不起。现在政府帮咱们盖房，这么优惠的政策，咱们不同意搬出去，是不是没有道理呀？中年人听了这番话也觉得不搬是没有道理的。

入户老年家庭做工作，老年人会担心搬出去生活是否有保障，在村里住，拾点柴就能做顿饭，不用电钱不用煤气钱。搬出去住楼，撒泡尿都得花钱，得用水冲呀，担心住不起。听老人们这样说，许琳琳会耐心地开导他们，爷爷奶奶们一辈子也没有住过楼，都这么大年纪了，也该体验一下住楼的滋味。咱搬出去，土地流转出去，可还是咱集体的土地，收益还归咱们个人，土地的补偿金再加上每月的养老金，住楼钱也能够花的。咱们每人出一万元，政府就能帮着咱们住上楼房。城里的楼房边上就有大超市，买菜买东西随时可以去买，多方便哪，不用等赶集，走那么远的路去买。城里的楼房距离医院也近，看个病买点药都比住在村里方便多了。老人们听了琢磨着也有道理。

"唉！总算是忙完了。"许琳琳如释重负地说，"按照计划，郭庄村2020

年 6 月就可以搬进新楼房了。"

今天说起那一幕幕，许琳琳几次落泪，此刻的泪水有委屈，但更多的是欣慰。我们默默地把纸巾递到她手里。她说，之前上级领导进村检查指导工作，她一早出门时，都会和婆婆打招呼，今天哪个老师来了，她可能得加班晚回来一些，她习惯称呼领导为老师。婆婆总是笑眯眯地回答，放心去吧。

她现在忙起来，只要是回家晚了，女儿就会仰着小脸问："妈妈，是不是你老师又来了？"说完，她幸福地笑起来。

非常 4 + 1

滨州市滨城区黄河滩区迁建，集中在市中办事处，市中办事处于 2019 年 2 月中旬临时成立滩区迁建办公室。

31 岁的迁建办主任孙天乐，领着 4 个 85 后，分别是：1993 年出生的张凯、1986 年出生的魏倩和单美丽、1991 年出生的宋雪娇。正可谓是"非常 4 + 1"青春方阵。

见到孙天乐，他乐呵呵地笑着，一脸憨厚，像个不谙世事的大男孩，但人特别聪明，工作经验丰富。他 2012 年 6 月毕业于山东科技大学金融学专业，在校就是班长和学院团支书的助理。当年 7 月考取了省委组织部的选调生，分配到滨城区市东办事处，任郭集社区主任。2016 年 12 月从市东办事处调往市中办事处，任统战委员，2019 年 2 月担任迁建办公室主任，带领临时从各个岗位抽调的另外 4 名 85 后工作人员投入到搬迁工作中。

从方案制订、数据测试、复核，到挨家挨户政策解释，核对户口、核对人数，了解户与户之间的关系，摸清可能存在的问题。孙天乐全程参与了每一个流程的每一个步骤。

为了更有效地开展工作，孙天乐配合评估等相关部门为每家不同的院落绘制了院落图，把各种资料整理成电子版，经各级领导研究，按 2017 年 5 月 31 日这一时点的在户人数制订各分房方案。

确定时间节点后，仅是确定随迁人员的标准，就用了两个通宵。办事处书记组织开会讨论，大家在会上争论得脸红脖子粗。比如 2017 年 5 月 31 日之前已经结婚的，男方户口在村居，没有转进来户口，也没有工作的女方，可以算随迁人口。那有工作的女方算不算随迁人口？2017 年 5 月 31 日之前已经结婚的，女方户口在村居，男方已经转出去的、在外面有工作的，算不算随迁人口？什么样的工作算随迁人口？什么样的工作不算随迁人口？是不是男女平等对待……讨论中大家畅所欲言，这次搬迁是政府的精准扶贫工程，各项搬迁政策和方案制订都必须符合精准扶贫的要求。只要不符合精准扶贫条件要求的，无论是谁都无权享受政策的优惠。

经过两天两夜的激烈讨论，大家终于达成了共识：无论是男方还是女方，只要其是公职人员，就不能算随迁人口；一方名下在外有房产的无论有无工作都不能算随迁人口；等等。

方案和时间节点一经确定，孙天乐他们及时和派出所核对之前在户的人数，还特意收缴了户口本，统一管理，以防节外生枝。当然村民有各种需要提供户口本的事情，可以凭村委开的介绍信来借户口本，使用完毕后立刻归还。

他们根据政策，认真地计算每家每户的指标，列出各种方案，耐心地和村民们交流，告知村民有几种可以选择的方案，他们认为最好的方案是哪一个，提出建议，最后让村民们自由选择。

张凯毕业于青岛大学，原在私企做软件工作，2018年8月9日通过考试，成为社会工作者，在区工会工作。他有些腼腆，但给我们的感觉是特别阳光也特别踏实，待人热情，说话和气。

魏倩原在市南社区计生委工作，是个能说会道的女子，性格泼辣，干活麻利。

单美丽原在人大办公室工作，性格温柔，说话慢声细语，微笑时腮上一对深深的酒窝让她的笑容特别甜美。

宋雪娇原任文汇社区党总支副书记，戴一副眼镜，说话直来直去，看似大咧咧的性格，情感却特别细腻，是可以为一句话流泪，也可以为一句话笑的女子。

2019年7月18日的下午，我们在迁建办公室见到了这几位可爱的年轻人，他们都是因为迁建工作而凝聚成一个整体，成为一个战斗的集体。

张凯在整理分装在多个档案盒里的户口本原件，不时地有村民拿着村委盖章的介绍信来取走户口本和交回户口本。

宋雪娇一早就下村核实冷库数量去了，一进门就坐在办公椅子上一边拍打腿，一边抱怨说："真是让蚊子吃了！现在的蚊子怎么这么厉害呀！"说完才发现正在采访的我们，忙笑着和我们打招呼。

魏倩在电脑上整理迁建测试表，内容翔实的测算表正是爱钻研爱学习的孙天乐设计的。院落号、房位号、档案号、姓名、上报户籍人口、户数、门牌号、房产局测算的院落面积、院内建筑面积、安置指标、随迁人员的姓名、户籍人口安置房套数和剩余建筑面积购房套数都是按面积分栏列示，备注一栏还注明了各种关系、可能出现的状况和村民的要求等。各个居委会的各种复杂情形和各项指标,应有尽有,看起来一目了然。无论是局外人还是哪户村民想来查一下情况,一看就明白。

一个漂亮的年轻女人来咨询她家的情况,魏倩很快在电脑的测算表里找到她家对应的那一行,和她解释政策和分房的具体办法,女人一看就明白家里能分到几套多大的房子,但还是询问有无可能多要一套房子。

这期间有一个老汉来借户口本,张凯查了一下登记表,很快从若干的档案盒里找出老汉的户口本。查看登记表时,张凯发现老汉的大儿子户口本还没有交上来,就让老汉捎话给儿子尽快交户口本。张凯耐心地解释交户口本的重要性,户口本是分房的依据,没有就会耽误分房。老汉年龄太大了,反应有些迟钝,似懂非懂,木讷地答应着,转身离开了。

年轻的漂亮女人也离开后,张凯无奈地叹了一口气,问我们:"你们能想到吗?老汉有两个儿子,大儿子不知为何没有交户口本,刚出门的女人是老汉的小儿媳妇。"我们惊讶万分,女人和老汉看起来完全是陌生人,陌生到彼此不认识一样。农村的家庭矛盾,真是我们无法想象的。

宋雪娇说:"我小时候也是在农村长大的,可是我们家的亲戚们都很团结,从来没有感受过这么冷漠的亲属关系。我们去村里做思想工作,短短的几个月,我见识了一生都不可能遇见的那么多的家庭矛盾,真是千奇百怪,都无法用语言来形容,就是各种各样的奇葩呀。"

魏倩说,他们去村里和村班子成员一起核对户口人数,了解户与户之间的关系,有些是父母子女关系,有些是兄弟姊妹关系,有的家庭和睦,有的形同陌路互不来往。其实村民从心里是愿意搬出去的,只是有些家庭矛盾不好解决,都想为自己争取更多的利益。摸清了矛盾的根源,才能有的放矢。做外迁思想工作,其实就是解决各种家庭矛盾。

单美丽说起过去几个月的经历,一双美丽的大眼睛里依旧闪烁着泪花。

那段时间他们经常加班加点,某天晚上他们加班到凌晨2点半,接着下村入户做思想工作,因为白天村民躲着不见,做思想工作必须得能见到人哪,所以想出其不意地利用夜间入户做工作。敲门后,男村民打开了家门,女主人一看进来3个年轻人,正是白天挨家挨户做搬迁思想工作的迁建办工作人员,有一个还是挺漂亮的年轻女子,女主人接着伸出两只手做出往外撵鸡撵狗一样的动作,冷冷地说:"出去!出去!"接着还转身骂自己的丈夫,"谁让你开门的?你也不看看,是人不是人你都让进门吗?你也给我滚出去!"单美丽当时就气哭了。

后来她遭遇过多次类似的情形,有时,上一刻她刚刚受了委屈在偷偷抹眼泪,下一刻接着有村民找她询问情况,她只能努力地微笑着,解答问题。毕竟此刻她面前的村民和她刚刚经历的委屈没有一点关系，她没有任何理由不热情相待。在工作中她慢慢地练就了带着眼泪笑的本领。

这项工作很烦琐，也很辛苦。签订协议是迁建工作最为重要的环节，签约现场在露天搭建的棚子里，他们和其他工作组的成员一起在现场提供"保姆式服务"，村民想签约，只要拿着证件来就可以签约，跑腿的事情全部交给工作人员来做。

2月里的天气还没有转暖，他们坐在露天棚子里工作，午餐就是在露天吃盒饭，傍晚，腿都冻麻了。由于前期做了大量的准备工作，7个外迁村，除了人口较多的赵四勿、刘口村，其余5个村全部当天完成签订协议的工作。

单美丽回忆着往昔的一幕幕，感慨的同时依旧是含着眼泪微笑的表情，搬迁工作即将结束，按照计划新楼的主体2019年10月就能完工，而他们办公室的成员也即将回到各自原来的工作单位。刚说到此，宋雪娇已经掉泪了，她边抹眼泪边说，这段时间工作虽然辛苦，可大家在一起心情很愉快，真舍不得和大家分开。

写到此，我们打电话给孙天乐核实了几个数字和细节问题，他的声音依旧是激情饱满的，许多问题都装在了他的脑子里，随口就答复了。他说下面这些数字，会一直装在他脑子里：滨州市滨城区在滩区范围内共25个村居，涉及建档立卡的贫困户多达94户211人。其中，旧村台提升改造18个村，涉及3113户8793人，外迁7个村，涉及1664户5433人……

当我们问及办公室其他人员时，他才有些失落地告诉我们，这几天就解散了。

我们眼前立刻浮现出孙天乐忙碌的背影，单美丽微笑时那一对深深的酒窝，还有爱哭爱笑的宋雪娇，腼腆的张凯……

看不见的战线，看得见的眼泪

黄河滩区迁建，我们一路走来，发现一个有意思的现象。如果说大迁建是一个大战役的话，有四个舆论场，一是官方的，一是民间的，一是主流媒体的，一是自媒体的。再具体点说就是两条战线：一条是看得见的，面对面的；一条是看不见的，背对背的，网络的。而活跃在看不见的战线上的，大多是年轻人。在看不见的战线上，传播正能量，引导舆论的，也一定是懂网络的年轻人。

在看不见的战线上，给我们印象最深的是济南孝里镇滩区的年轻人。一个是孝里镇宣传办主任牛振勇，一个是宣传办科员周萍萍。

一个一个微信群，众声喧哗。有一阵子，负面信息占了上风。针对迁建微信群成立了反迁建微信群，在群上发布各种不利迁建的言论，鼓动群众拒绝搬迁。

牛振勇意识到问题的严重性，第一时间和宣传办科员周萍萍潜入各群，讲解政策，做思想工作。想不到有人在群里多次骂牛振勇和周萍萍，不但语言恶毒，不堪入耳，甚至对他俩人肉搜索，进行人身攻击和威胁，攻击完就把他俩踢出去。可是他俩不妥协，又换名进群，继续在群里和他们斗争。再次被踢出后依然化名进群，记不清被踢出多少次，但最终牛振勇他们经过不懈的努力，占领了舆论阵地，将党和政府的政策、正面的声音传到群众心中。

接受我们采访时，牛振勇说："我们在群里被骂得太惨了，有的用文字，有的发语音，用农村骂大街的方式骂我们，说我们是走狗、奸细。骂得让一些正义的群友都看不下去了。有个叫王建的小伙子直接在群里与这些骂人的约架，要为我们复仇，还有一个网友私下里给我们提供各种舆情和信息，让党委政府能及时把握动态，掌控大局。"

后来他们成立了官方认证的公众号，在公众号上第一时间发出政府的声音，并邀请孝里镇的各方贤士，献计献策。为了坚持问政于民、问需于民、问计于民，还特别开放了评论和后台留言功能，让大家畅所欲言。

周萍萍提起当时在群里挨骂的事，感慨万分。她想不通，迁建这么千载难逢的机遇，有些村民为什么要那么强烈地抵制。

周萍萍生于1990年，烟台大学毕业后，2014年10月考上孝里镇的公务员，在宣传办工作，经常上山下乡，跑滩区也比较多，从镇里到黄河边道路崎岖不平，特别难走。交通不便也是滩区百姓贫穷的主要原因之一。今天她还记得村民们说过的一句谚语：孝里洼、孝里洼，旱了收蚂蚱，涝了收蛤蟆。那时的滩区，不是旱就是涝，无论是旱还是涝，粮食都是颗粒无收，滩区居民总是过着朝不保夕的艰难生活，有时甚至是靠扑蚂蚱捉蛤蟆充饥。

周萍萍说，进微信群做思想工作的那几天，感觉比一个世纪还要长。有时晚上都不敢睡觉，一直盯着手机看，就怕群里或者公众号上又出现什么想不到的言论。丈夫顾凡是负责园林工程设计施工的项目经理，看到妻子每天都紧张兮兮地盯着手机，很不理解，他印象里公务员的工作都是很轻松的。他心疼妻子，儿子还不到2岁，有时他真想劝她辞职，在家里带孩子算了。可是他懂妻子的追求，只能选择支持她的工作，做她坚强的后盾。

顾凡从外地干工程回来，习惯把车停到周萍萍单位附近，等着接她下班，从不打电话告诉她，自己出差回来了，在等她，怕打扰她工作。他都是等她到了下班的点,才打电话跟她说:"我回来了,在车上等你,车停在外面。"

每次周萍萍都心疼顾凡等那么久,为啥不回家歇歇。顾凡总是笑呵呵地说自己刚到,可是周萍萍知道他等了很久,因为驾驶座是放倒的状态。他有个习惯,在超过1个小时的等待时间里,他喜欢把驾驶座椅放倒了睡一觉。

有天晚上9点多了,周萍萍在微信群里又被骂了,委屈得一个人跑到园博园里的一座桥上哭起来,边哭便给丈夫打电话,感觉脚下的桥都被她哭颤了。在济南东干工程的顾凡接到电话,立刻驾车近两个小时赶回来安慰妻子。他像哄孩子一样说,不哭不哭,告诉我谁骂你,咱们去打他。今天周萍萍回忆这一幕,幸福地笑了。她说当时也明白丈夫是哄她,也不可能真去打人家,可还是心里好受了许多。

周萍萍说,前段时间,有个在微信群里骂过她的村民,还专门微信她,想请她晚上去喝啤酒吃烤串呢。周萍萍感觉特别欣慰,老百姓终于理解了她,感觉没白付出。

第十九章　黄河做证

著名作家张炜曾在多年前谈到黄河,他说:"黄河流了好多年,它把好多秘密都渗透在两岸的泥土中。有两个老头儿,十几岁时流浪到东北去,到了七八十岁的时候,几经周折回到了自己出生的地方。这是个离黄河入海口20多里的村庄。回去的时候,每个人从地里包了一包土走。走的前一天晚上,两个老人搂抱着,在炕上滚动着哭了一夜。我一直到现在也搞不明白,这包泥土里边究竟有什么东西?哲学家好像琢磨得更透一些。"

张炜之问,问到了根上,故土难离,尽管故土给了自己那么多的伤害,但是所有的伤害盖不过黄河给予的家的温暖。

那是如豆的希望的灯光,那是旷野里温暖的篝火,那是大树的一圈圈年轮,那是渗透到血液里的不可破解的一串串密码。

我们沿着黄河走,像采撷着黄河的浪花一样,采撷着一个个动人的故事……

我们脑海里抹不去的是黑白"全家福"和彩色"全家福":

过去,村民每家都拍一张全家福,但是黑白全家福上人的面部多是僵硬的,难见笑脸,隐含着一层略显伤感的含义,就是身边的亲人若被洪水冲走后,看着全家福能有一个念想。而今终于搬到了新村了,村民在新居里,再次拍一张全家福，这一张张彩色全家福，则是开心的笑脸，幸福的姿势。

我们脑海里抹不去的，是大大的千人"全村福"：

2019年大年初一，平阴县玫瑰镇外山村照了一张全村福。

村支书李庆军说，等迁建到新村去，他们还要再照一张"新全村福"。

从黑白"全家福"到彩色"全家福"，从滩区祈福到社区祝福，从"全家福"到"全村福"，幸福来自迁和建，来自改造和提升，来自大家共同的奋斗。以如此大的规模跑出如此快的速度，以如此短的时间实现如此大的变化，这是好多滩区百姓所想不到的。

黄河可以做证。

我们脑海里过电影一样闪回着滩区群众的复杂表情，抹不去的是老百姓发自内心的诉说：

鄄城县李进士堂镇芦井村曾是距离黄河最近的一个村子，该村距黄河最近的一处房子，离黄河只有30多米。芦井村过去并不在黄河沿上，随着几次洪水泛滥，河道不停变动，冲掉了村里的大片耕地，侵蚀了大半个村庄。受黄河河道滚动的影响，村庄也一直在不断地移动。原来这个村有一个东西街，一个南北街。南北街被黄河淹没了后，东西街也淹掉了三分之一。而房子呢，则像被切豆腐一样被切到河里，一会儿工夫，整个村子就"沦陷"了。

2015年10月，芦井村和附近的范门楼村被列为全省滩区迁建一期试点，所有村民都于2017年10月搬到了位于镇驻地的楼房中，过上了远离黄河水患的生活。

可72岁的吴永贤仍时不时回到芦井村溜达着看看，有时候捡回一个树叶，有时候捡回一块砖瓦。他微笑着说："从旧村到新区，感觉就跟做梦一样。我这辈子有两个没想到，一个是能顿顿吃上白面馒头，一个是能搬出滩区，住上楼。"

我们脑海里闪回着"黄河滩区迁建"工作者的感悟：

"黄河滩区里，有的老百姓还真穷啊，如果不身临其境，你就不知道实情。老百姓的期盼是那么急切，那么具体。我突然发现自己参与了迁建工作，3年见证了一个大事件，整天的报表、统计、协调，就不再觉得枯燥，也有了价值。"从农业农村厅抽调到黄河滩区迁建办公室的杨萍萍如是说。

"看到骑着摩托车来看自己新房子的老百姓的期待眼神，就想起进村做工作时，老百姓那不解的恼怒的眼神，两种眼神，是从疑惑到清醒，是从不信任到信任。"高青县发改局农业和社会事业科科长、黄河滩区迁建办的工作人员周文静说，"通过参与滩区迁建，磨了性子，锻炼了能力，特别是学到了一些跟老百姓打交道的技巧。"

长清区孝里街道郭庄村大学生村干部许琳琳说:"黄河滩区脱贫大迁建不同程度地丰富了我的人生阅历,提升我对社会和自我的认知,帮助我逐步确立了自己的社会角色和人生方向。个人的成长不是个人的私事,而是与周围的世界一起成长。"

而高唐县木李镇黄河滩区迁建办的80后小伙子郑建则说:"我觉得这3年没有虚度,干了件实实在在的事。等我上了年纪,我也有资格跟我的儿孙们说,你看看,这几栋迁建楼是你爸爸、你爷爷参与盖的。"

我们脑海里闪回着那些眼圈发红、身躯疲惫的镇村干部们的身影:

黄河滩区是个大考场,锻炼和考验着干部。迁建村镇党员干部带头发挥先进模范作用、带头做群众思想工作、带头缴纳承诺金、带头参与决策与监督、带头搬迁拆旧宅等,极大地唤醒了广大党员的服务意识,激发了党员干部的责任感和使命感。"这次滩区迁建,都是老百姓最需要迁建的村庄,人们最需要的东西最珍贵,你给他最珍贵的东西,他一定记一辈子。遇到为老百姓真干事、干真事的人,老百姓眼神都变了。我们就是冲着这个温暖的眼神,也要干好!"作为滩区脱贫迁建的主战场,东明县焦园乡党委书记张建国信心满满地说。

陪我们在滩区采访的左营乡党委副书记郝衍智说:"当大家齐心协力共同做好滩区迁建这件事情的时候,一个人的劳累和疲惫也就被集体的温暖所融化。"

我们脑海里,抹不去的还有那种协作精神:

黄河滩区迁建涉及机构改革前的山东省直机关26个部门,省发改委牵头,农业厅、文化厅、国土资源厅、海洋与渔业厅、交通运输厅、经信委、环保厅、教育厅……

工作千头万绪,协调难,但只要为了一个共同目标,什么都能协调成功。

在黄河滩区专项调度会上,各级领导的身影频频出现,从省委书记到省长,再到各级各部门,目的就是紧盯规划目标不动摇,在任务落实上强力突破,进一步倒排工期,细化时间表,实化任务书,具体化施工图,紧盯工程质量不降格,坚持质量第一、安全至上,拿出"绣花功夫"。

在惠民县大年陈镇副镇长弭善福的办公室里,我们领教了什么叫"绣花功夫"。我们看到了厚厚的一本会议记录,我们一页一页地翻阅着,从2017年9月4日在镇政府会议室的会议记录开始,接着就是9月6日在榆林社区的会议记录、9月9日在郭口社区的会议记录……从会议记录的时间我们感受到会议的密集,而最密集的阶段几乎是每天都有会议,每一次会议记录的内容,都详细到开会时间、地点、参会人员和各种问题。

弭善福说："'绣花功夫'第一位的是耐心，也就是能坐住，坐不住，你就无法绣。耐心是耐什么呢？是耐住烦，一针一针，看似动作不停地在重复，但是每一针都有细微的不同。而这看似重复的动作，时间长了，就让人烦。要不烦，就得找到节奏，有了节奏，心才能稳住。"

我们脑海里抹不去的还有施工人员严谨细致的科学精神：

我们看到筑村台的强夯作业，他们这是在打造"航空母舰"，泥沙自然沉降，需要8个月，时间必须保证。但是，即使这样还不符合检方要求。怎么办？施工人员用强夯机（装有重15吨的铁块）再夯，强夯机将铁块举到15米高，重重落下，一下一下地夯实，夯实，再夯实。我们听到强夯机发出浑厚的响声，地面随之震动。

我们看到设计人员精心设计户型、休闲空间、乡村记忆馆，一村一品、一村一韵。

"想当然害死人，不抓落实是犯罪。""人民利益高于一切，安全责任重于泰山。""向历史承诺，为子孙造福。"类似的标语在各个迁建现场都悬挂在醒目处。

萦绕在我们心头的还有一个疑问，为什么黄河滩区住了那么多年的村庄，一直搬不出，老百姓做梦都盼着早日搬出来，而到了现在一下子就解决了？

很关键的一点是，我们国家富强了，有能力办大事了。新中国成立70年，在人类发展史上不过弹指一挥间。但是，中国人民以70年不舍昼夜的奋斗，成就了波澜壮阔的东方传奇。新中国成立70年来，我们党领导人民创造了世所罕见的经济快速发展奇迹和社会长期稳定奇迹，中华民族迎来了从站起来、富起来到强起来的伟大飞跃。

党的十八大以来，以习近平同志为核心的党中央，提出一系列新理念新思想新战略，出台一系列重大方针政策，推出一系列重大举措，推进一系列重大工作，解决了许多长期想解决而没有解决的难题，办成了许多过去想办而没有办成的大事……而黄河滩区扶贫迁建，就是长期想解决而没有解决的难题，就是过去想办而没有办成的大事。

"时代是出卷人，我们是答卷人，人民是阅卷人。"这是70年来中国共产党人对"为谁执政、靠谁执政"问题的郑重回答。我们通过实地采访，做出如下结论：黄河滩区迁建，是时代答卷的一个试题，党和政府是夙夜在公的答卷人，交给滩区人民的是优秀成绩。

"老百姓从滩区迁出来了，住上楼了，这仅仅是个开始，后续的事情会更多。"济南市长清区孝里街道党委书记孟斌说。孝里街道是山东省黄河滩区迁建人口规模最大的乡镇，外迁安置工程占地1409亩，建设居民住宅楼149栋，安置村庄39个、人口3.1万。"下一步，我们将以更大的干劲、韧劲和后劲，以有效的社会治理、良好的社会秩序，让人民的获得感、幸福感、安全感更加充实、更有保障、更可持续。这可是一篇更大的文章。我们刚刚庆祝了新中国成立70周年，巨大的爱国热情和愈挫愈勇的追梦激情被激发出来，我坚信，在党的坚强领导下，我们一定能克服一切困难，创造更多的人间奇迹。"

凡所过往，皆为序章。站在新起点，瞄准新目标，我们的路正长。我们分明已经听到，新时代的《黄河大合唱》在天地间回荡……

（原载《中国作家》纪实版2020.8）

一座乡村医院的重量

_ 徐风

文人总爱说乡村是一首田园诗,说乡村是草色迷离的逍遥世界,其实有些过于浪漫。或许那是一种情怀,兼有隐逸、淡定的意味,像陶渊明。但与特定的现实相比,还是过于轻巧。不错,乡村的风光是很美,如果环境没有被污染,空气会很新鲜,河水也清澈,那是很有韵致。但是,如果自然灾害来了,如果病痛降临了,最束手无策的,就是乡村。尤其是疾病的肆虐得不到控制,生了病没有钱医治,夺命的残酷完全抵消了那种脆弱的美丽与无助的温情。

首先我们来熟悉一个地名:十里牌。它坐落在江南宜兴古城的北郊。江南一带的地名故事太多,版本也各异。一种去伪存真的说法是,古代的时候,此地牌坊林立,而且名头轰响。但是谁也敌不过时光,前后不过几百年,皇恩不再浩荡,长达十里的牌坊全没了,与牌坊没有关联的老百姓当然还在。只是朝廷不管怎么变,百姓的日子只有一个苦字。此处应该有一个人物出场,时间则定格在20世纪的1951年,此人是个书生,当地文庄村人,父母都是农民，他自幼体弱，药罐子须臾不离。长大了发誓行医，要为父老乡亲治病，洋学堂他没有念过，但拜的师父江湖有名。专攻痔疮与烂腿之类，偏方秘不传人，称为当地一绝。当他出现在公众的视线时，名气已经不小，常见的毛病基本手到病除。在十里牌小镇的文庄村上，开了一间吴济民私人诊所。原先进村只有一条小路，逼仄，弯曲；后来被众人踩宽了，可以齐刷刷地走几辆板车。

吴济民是此人的大号。但你问当地人吴济民是谁，都说不知道。农民们习惯叫他的乳名盘法。这一声盘法叫得知根知底，也体现了一种亲密无间。盘法这个名字，和春生、寿根、土宝、祥大……排列在一起，就像一根玉米秆上结的棒棒，是十指连心的关系。常见的一种景象是，吴盘法背着药箱，风雨无阻，走村挨户地巡诊。他脚大，下雨的天气，农民一看田埂上的脚印，又大又深，知道是盘法来了。他走进村里，狗是不叫的，只摇尾巴，大狗小狗都认识他。

后来联合诊所挂牌，他的麾下集合了8个人，多半是近亲徒弟，当地有名的老中医居然也来入伙，认他人好，甘愿在他麾下吃饭。他是老板吗？话是他说了算，但对外的场面，特别是政府那边有什么事，都是他的一个外甥支应。

通常，我们想知道的很多往事，都活在老人的嘴上；他们怎么讲，那事情就是怎么样的，我们没有一把尺子去丈量那些往事的真伪与深浅。但经验告诉我们，有时前人留下的一些数字，其靠谱的程度会超过老人的讲述。终于找到一本发黄了的医院院志，像一个忠实的哑巴，耐心地等了我们几十年，捧给我们的文字记载，大约是不愿意撒谎的。当然，打开它，如果不细细琢磨，会觉得乏味。就像农民种田，无非就是翻地、施肥、插秧、灌水、收割。但是，如果你懂得那个时代的世道与人心，你就会感到那些冰冷的数字下面的内在温度。

不过，映入眼帘的第一笔数字就让我们纳闷，1952年，该诊所共诊疗病人9307人次，收入3500元，支出3400元。盈利100元。

如果按今天的眼光，这个诊所肯定出了问题，给将近上万人看病，怎么会只盈利100元呢？

然而8个人里并无异议。因为农民高兴，都把他们当活菩萨。当时的诊所，就在吴盘法置下的私宅里，院志称其有20余间，大抵都用来做了病房。诊所的隔壁，就是文庄小村，农民端着饭碗都可以来看病。有时吴盘法在吃饭,病人来了,捂着半边脸,龇着一口牙,说牙疼了半夜,耕田的力气都疼光了。吴盘法把吃饭的筷子调一头,插进病人嘴里,扳开一看,说化脓了。等我吃完饭帮你弄一下,然后,筷子并不换,还是调一头,继续扒拉着吃饭。

吴盘法最拿手的医术,当然是对付痔疮和烂腿。这两样毛病,恰恰是江南农村最常见的。出死力气的农民,两只脚长年踩在水田里,自然成了蚊虫与蚂蟥不肯放过的美食。干农活的人,腿没有不烂的;而压死担子的力气活儿,更让这里的农民"十男九痔"。

除了痔疮和烂腿,还有血吸虫病,民间称"膨胀病",下田的人,很难不被藏身于一种钉螺的病虫盯上。吴盘法对此也极有办法,都是土方,住院20天就可以治愈。

然后呢,病看了,药也抓了,该出院的也该走了,但是病人站在那里挪不开步子;一个常见动作就是挠头。一脸的无奈。没有钱,怎么办呢?吴盘法问清缘由,一挥手说,兄弟,大伯,走吧。回去活儿不能干了,还是要歇着啊。

也有病人说那可不成,立个字据,秋后收了稻子还钱。可是,到了秋天,稻子歉收了;又拖到麦收,家里老人亡故办丧事,哪还有钱还医药费。

问题在于,诊所不是公立的,没有一分政府补贴。医者的仁心,也不能悬在半空里,人都要吃饭。不过,没有人能够改变吴盘法。他见到患病的农民,总有一种天然的亲近。因为他自己就是农民的儿子。一边看病,还一边跟病人拉家常,此人泪点可能有点低,心柔软,听着别人的身世,自己落下泪来。这个病看下来,不但不收钱,吴盘法还自己掏钱给病人回去,做路费,买补品营养。

诊所内部,有很严的规矩,什么"七要七不要",贴在墙上,都是职业道德标准,每个人都会背。其中有一句"要待无钱人和有钱人一个样",这句话别的地方很难见到,农民们看到了特别温暖。

有时会治愈,常常给安慰,总是肯帮助。这三句话,吴盘法总要交代给新进诊所的徒弟。他说,这三句话不是他发明的,是一个美国医生刻在自己墓碑上的。我们这样的乡村医院,大病是肯定治不了的,但是,我们给病人的安慰与温暖,大医院不一定做得到,这就是我们的优势。

有一句话,他天天要问的,你安慰了吗?他有个观点,安慰就是药。

结果到了第二年,看病的人增加到1万多,诊所的利润却只有79元了。

掌声肯定是不断,但诊所基本上谈不上发展,因为没有钱,买不起设备。可能吴盘法们认为,好评如潮就是最大的发展。

院志的"大事记"里这样写道:

> 1954年，诊所为121位烈军属和贫苦农民免收医药费15 867元，并向烈军属赠送毛巾100条，肥皂100条，火柴2箱。

寥寥46字，透露了很多信息。第一，免除的医疗费，绝不是一个小的数字。1954年的1元可以买多少东西呢，那时的猪肉是5毛一斤，油条是2分一根，上等白米是一毛二分一斤。1.5万多元，房子都可以造10余间了。第二，在免除医疗费的名单里，郑重地把烈军属排在贫苦农民之前，不光看病免费，还掏钱给他们买毛巾、肥皂、火柴，这表明吴盘法们很有政治头脑，至少与当时社会的主流价值观是"接轨"的，当时的军属很吃香，逢年过节都要享受敲锣打鼓送喜报上门的礼遇；至于烈属，那更是全社会都要肃然起敬的。你不能单纯把它看作是拍政府马屁，而是吴盘法们在顺应当时社会潮流的同时，用这些举措来争取更多的人心。

> 1955年，诊所与唐俊乡和平农业生产合作社、苏亭乡文庄农业合作社订立保健合同，规定农忙季节每天巡回一次，进行卫生宣传，社员看病由农业社出具证明，诊疗费八折优惠，医疗费到收稻麦两季交还，受到社员欢迎。

"大事记"的这段记述很有意思。如果稍作分析，也不能完全把吴盘法们的良苦用心完全看作是慈善之举，事实上，吴盘法们内心也有焦虑。十里牌的地理位置，与县城只有十里之遥。当时的社会风气比较纯正，"贫下中农"的政治地位很高，县医院的身段也在逐步放下，不断有医生下乡来为群众看病。吴盘法倒不是担心县医院跟他抢生意，而是在技术与设备的较量上，他的诊所与县医院差距太大。所以他要扬长避短。县医院好比正规军，进村还要老百姓带路，打几枪就拔腿走了，哪里有他这样土生土长的优势。所以，应该把诊所与附近的农业社签署保健合同，看作是吴盘法们深思熟虑的一次主动出击。

与农业合作社签署保健合同，从根本上看，还真是一桩吃亏的买卖。但吴盘法们为什么坚持要做？因为他们吃准了农业合作社就是政府在农村的基层组织，当时的社会，私立机构正在逐步消失，吃皇粮成为天下人第一值得的骄傲。吴盘法们的诊所虽然得到农民们的支持，但政府的态度一直比较矜持，至少是没有正式表态。与农业社签署合同，等于就是与政府挂上钩了。这是诊所在政治上的一大进步。

同时，合同里还有一句话，就是农忙的时候，诊所的医生必须每天到田头巡回一次，有病看病，没病看也要进行卫生宣传。今天的人读到这里，简直匪夷所思。如此折腾，不是跟自己为难吗？其实，不签署这个合同，吴盘法们也是这么做的。真实的情况是，一到农忙季节，诊所就门可罗雀。像吴盘法这样的秉性，你让他闲着，好比是让他等死。尤其是那么多的农民兄弟，他不但能叫出他们的乳名，还知道他们在什么季节容易犯什么病。他更知道，平时有点小病，农民是不治的，一是没钱，二是没时间，能扛就扛过去了，很多小病，扛着扛着就成了大病。所以，他必须带着医生们主动出击，一到田埂上吴盘法就来了劲，仿佛救护队到了打仗的前线。通常的情况是，带去的药，半天就没了，钱是一分也收不到，合同里写得明明白白，医药费到稻麦两季收获的季节再结算，还要打八折。其实，吴盘法们早就在这么做了，之所以写进合同里，为的是让农业社知道，诊所已经倾其所有了。

那么，到了稻麦收获的季节，诊所真的能收到农民们治病赊下的账吗？放在过去，还真的很难；现在农业社介入了，谁穷谁富，都在干部心头的一本账上挂着。如果真有人赖账，农业社干部会出来干预——除了特别贫困的户头，一般的人家，欠下了看病的钱总是会还的，农民们说，将心比心，吴盘法也要吃饭，病不能白看。就这样，诊所终于有了一点积累，置下了一些手术用的设备。

这一年诊所还有一件大事值得记述：职工的工资由评点折账制改成月固定工资制。其间也透露了一些内情，评点折账制，说白了就是每个人的收入，是根据诊所利润的多与少，根据每个人工作能力的强与弱、贡献的大与小进行浮动。这不是吴盘法的发明，而是民间社会的游戏规则。如果这一年诊所入不敷出，那大家的碗里就只能是清汤寡水。同时，"点评"的要害在于，可以把多干与少干、干好与干坏区别开来。这个规则，其实是应该坚持的，但是，当时连农业社也是大锅饭了，诊所再这样干，岂非汪洋中的孤岛一座？

改成月固定工资制，一是透露出诊所有了一些积蓄，抗风险能力有所增强；二是受到当时主流社会"一大二公"的影响。或许吴盘法们的内心深处，是希望早日被政府"招安"的。为了迎接这一天的到来，他们必须在自己的"旧体制"上下刀子。尤其是吴盘法自己，他的收入在诊所应该是最高的，实行月薪制，他当然还是最高，但肯定不如原来高了，他等于是给自己减薪。这是他发送给外界的信号，吴某人不贪财，吴某人恭候政府来接收。

秘而不宣的治烂腿、痔疮的偏方，吴盘法也献出来了。原来，所谓偏方，也就是一种看起来很普通药膏，用鸡蛋黄熬的，其中要加几味中药，都是地头田边常见的草科之类。偏方就是这样一种东西，难者不会，会者不难。有时候，灵与不灵就相差一口气。吴盘法把方子公开，等于是堵自己的后路。如果我们揣摩他彼时的心理，除了焦虑，还能有什么呢？说他是做给共产党看的，有点不公平；说他是为了手下的弟兄们有个好前程，那就是让诊所尽早纳入政府的体制，那才是真的。他还宣布，诊所的房产，也归公了，尽管公家还没有向他展开怀抱，但他已经做出了姿态。聪明的人都知道，私有制的机构正在这个国家逐步消失，要么自生自灭，要么脱胎换骨。

院志记载，这一年他们终于独立地完成了首例疝气手术。其语气好像成功发射了一颗原子弹。今天看起来，简直太小儿科了，但是，你把时光退回半个多世纪，在还没有通电的江南乡村，在条件设备过于简陋的诊所里，没几把钳子，也没几把手术刀，已经相当了不起了。

90张病床，对于1956年的十里牌联合诊所接纳的3048个住院病人来说，实在是太少了。毗邻的安徽、浙江，甚至江西、湖北，都有病人辗转来这里治病。何至于那么舍近求远呢，一是这里的痔漏专科一刀绝根，名声在外；治烂腿的绝招更是家喻户晓。二是吴盘法人好，有口皆碑，而且收费特别低廉。远道而来却又住不下的病人，总不能睡到露天里。诊所隔壁文庄村的村民知道了，就把自己的房子腾出来，让病人住，还给病人烧茶煮饭。有一天，省报的一位记者路过这里，好生奇怪，怎么诊所的病人住到村民家里去了呢。村民告诉他，我们自己情愿的，吴盘法是好人，他把我们农民当心上人，他的病人都是我们的朋友。

省报记者好感动，回去写了一篇报道，惊动了省里的高官们。很快上边就来人调查。一份以省委名义签署的文件《十里牌联合诊所的调查报告》，肯定了该诊所的工作精神和服务态度。下发到各地区、县政府。之后，省里开会，要吴盘法去介绍经验，吴盘法坚辞，称口拙，也不是党员，让他的外甥去了，此人也是诊所的一把刀，人正派，他讲什么，不讲什么，吴盘法都放心。

吴盘法们期待的"招安"果然说来就来了。先是县里给了一张"一等联合诊所"的奖状；紧接着，诊所升级，改成了医院。由乡长兼任院长。于是十里牌医院迎来了历史上唯一不会看病的院长。大家知道，这只是政府的一种身段。起码是对省里重视的回应。也可以解读为对医院须加强领导，同时也不要忘记那个时代的语境，因为医院的知识分子多，党员偏少，党对知识分子，当然是放心的，但历来在使用的时候，也是要使劲敲打的。该院大事记上有载：这一年，政府划了7亩水田给医院，要求他们种试验田。还要求稻子的亩产必须1000斤，麦子的亩产必须400斤。

让医生护士种田这件事，放在中国医院史上也可能绝无仅有。但政府很坦然，说这实际上就是给医院的补贴，也是对医院知识分子的考验。既然你们口口声声把农民挂在嘴上，那你们就尝试一下当农民的滋味吧。

医院里众说纷纭。有人提出，田可以租给农民来种。有人反对说，今天的农民，都是农业社社员，你当他们是旧社会的长工啊。于是就出现了这样的场面，那些肩不能扛、手不能提的白大褂，在看病的间隙，战战兢兢地赤脚下田，你可以想象他们站在水田里插秧的笨拙样子。吴盘法早年是干过农活的，但他有高血压，心脏也不太好。他往田里一站，谁也不会发牢骚了，吴盘法说，大家把它当作一种工作之余的放松，而且还可以提高收入，不是蛮好吗。好在有些医生护士，本来就是农民子女，这点农活难不倒他们。倒是周边的农民看不过去，他们觉得政府也太绝了，为什么你们乡里的干部不划几亩田给自己种种？于是那7亩水田里的农活，常常被附近村里的农民偷偷干掉了。在这里，政府的心态有可能被农民误读，领导的好意或许包含很多，其中很冠冕堂皇的一项，就是他们所期待的知识分子思想改造，说让吴盘法们种试验田，其实是他们自己在种政治的试验田，如果成功，那就不是上省报，而是要上《人民日报》了。那种特定政治语境里的美好愿望是否在7亩水田里得到了实现，只有天知道。

不但让他们种田，政府还下达任务让他们炼钢铁。小高炉就砌在医院的院子里。没有人抵触，大家很兴奋，大概是因为新鲜、好玩，那时炼钢工人最吃香，给医生护士们下达炼钢铁的任务，至少表明，政府把他们当自己人了。但是，炼钢铁毕竟不是打针看病，院志老老实实记载：奋战了一个多月，一块钢铁也没有炼成。

虽然政府接管了医院，经济上并没有补贴。院志记载，一直到十年后的

1966 年，政府才象征性地支持了医院 2000 元。钱虽然不多，但吴盘法们非常激动，这就是皇粮了，虽然来得晚了点。从此大家都是国家的人了。这些年跟政府接触多了，吴盘法们才知道，政府的厉害，倒不是钱多，而是资源广、权力大。怎么说呢，就是只要在它的地盘上，它想干什么，就可以干什么。

想当初，政府刚接管医院的时候，吴盘法们就想试一下，能不能搭乘政府的顺风车，为农民做点事。比如，购一台 X 光机，政府能支助一些吗；又比如，彼时的江南乡村，春秋两季，天花、白喉、麻疹、血吸虫病还在肆虐，灾害是以悄悄的方式流行的，经常有人不明不白地被夺走生命。吴盘法们编印了大量的卫生宣传资料，想通过行政渠道，发放到乡村与集镇，让老百姓知道，怎样防范这些病害。

结果是，X 光机，不批，必须医院出资购买，至于卫生宣传，乡长兼院长同志批了同意。

卫生宣传资料文字简易，可操作性强；农民爱看，发下去很受欢迎。乡文化站还编排了文艺节目，把卫生宣传内容编成唱词，去各村演出，生产队当然高兴，送了很多锦旗。看上去红彤彤地一片，让乡长兼院长同志很有成就感。他把吴盘法叫来，老吴啊，你看看，这在过去，诊所能做到吗？吴盘法老实地说，做不到。乡长兼院长同志笑了，老吴，你还有什么点子，说出来我给你办。

吴盘法不慌不忙从怀里拿出一张纸。说，这件事要是能办成，农民会给您烧高香的。

乡长兼院长同志发现，只要一说到农民，吴盘法就容易动感情，语调、声音都变了。

吴盘法的意思是，希望能够在全乡实现农民看病"半劳保"制度，社员每人每年交 3 毛钱保健费，凭卡到医院看病，医院免收门诊诊金等费用。

理由呢？给我一个理由？为什么要这样做？

理由？理由就是农民看不起病。吴盘法如实相告。

这事太大，乡长兼院长同志比较慎重。他要让会计算账，然后自己下去调研。当然，下乡调研这件事，他需要老吴陪着，吴盘法此时的职务是业务副院长，其实他是只看病，行政的事基本不管。但是，但凡涉及农民利益的事，他肯定不会放过。

于是吴盘法陪着乡长兼院长同志下乡了。

20 世纪 50 年代，乡干部下乡连一辆自行车都没有。只能靠两条腿走。他们走进一个村子，男男女女都放下活计过来跟吴盘法打招呼，有的叫大伯，有的称大哥,都像遇见了自己的亲人。村上的狗一齐跑来凑热闹,见到吴盘法,尾巴都使劲摇着,但对着陌生的乡长兼院长大人,却不买账地乱叫一通。吴盘法赶紧把领导介绍给大家,乡亲们见了领导拘束,搭理的言辞也有些欠热乎,在他们眼里,当官的就像天上的星星,跟他们没有多少关系。但吴盘法是给他们治病救命的恩人。众星拱月似的,都围着他说话,无意间就冷落了乡长兼院长同志了,而且不懂事的狗们还在驱赶不走地叫着,这让领导脸上有些挂不住。吴盘法觉得情况不妙,他只能亲自为乡长兼院长同志护驾。莫怪农民们礼数不周,而是他们见到吴盘法太激动了,他为村里的乡亲们看病,但从来没有吃过农民一顿饭。这次来了,可不能让他走,于是接待吴盘法,成为他们所到村庄的大事。按当地风俗,应该给贵客烧红枣鸡蛋汤。彼时乡村还较清苦,鸡蛋要攒起来换油盐,交孩子的学费,只有产妇坐月子才能享受。吴盘法心里明白,他们碗里的鸡蛋与红枣,都是乡亲们他一颗你一颗凑起来的。吴盘法吃不下去,是因为感动,还有忐忑不安,他知道这次下乡,严重得罪乡长兼院长同志了。他倒不怕得罪官员,问题是,他想为农民办的那件事,只怕要泡汤了。至于乡长兼院长同志的吃不下去,因素比较复杂,或许,他比较注意影响,吃农民的鸡蛋红枣,在当时已经属于口头腐败了。他原先是城里的教师出身,对乡村的环境还不太适应,比如碗筷之类,他怕不干净;或许,他过去下乡,只是由村干部陪着在田头转转,地点和环境,都是村干部选好的。这次不一样,他亲眼看到了农民最真实的生存状况,那种缺医少药的景象,让人惊心不已。然后他看到了农民们对吴盘法的拥戴,那都是发自真心的。虽然在第一时间里他确实有点酸溜溜,有点麻辣烫,但最终还是很感动的。当然他不能太多表露,倒不是这会有损乡长兼院长大人的尊严,而是理智告诉他不能感情用事,农民看病半医保,这件事太大,中国几千年都没有解决,你一个小小的乡医院能解决?

但是,十里牌医院的院志记载,这件事最终居然办成了。时在 1958 年 12 月。也就是说,从这年的年底起,但凡十里牌乡的农民,每年只要交 3 毛钱,看病门诊的费用就免掉了。然后,农民看病的用药,采用平价。如果农业社证明病人确实贫苦,那就收平价的一半。这样一来,农民就不会因为没有钱而不去医院治病了。这个填窟窿、买单的人肯定不是吴盘法了,而是政府接管的医院,其背后少不了财政的支撑。可以想象,农民们当时的心情应该是怎样的欣喜若狂,在没有温度的文字记载背后,吴盘法们为此庆贺了吗?他们应该开几瓶酒,难得醉一次!同时,历史应该向那位乡长兼院长同志致敬,没有他的奔走与决断,吴盘法怀里拿出的带有他体温的那张纸,就只能是一张废纸。

1960年的如期而至，让院志的记载变得过于简单："粮食歉收，副食品基本无供应，灾荒严重。"但这一年的几组数字依然清晰，今天读来，触目惊心的力量依然。这一年的门诊与急诊人次，达 36 852 人，总收入 9.61 万元，而全年的支出，是 10.7 万元。超过 1 万元的亏损，是建立在病人比之前增加几倍的基础上的。也就是说，之前跟农民签订的保健合同不管用了；这个不管用，又是以更少收取农民医疗费用作为前提的。什么平价或平价的一半，更多的是无价。不但无价，还有 7 名医生护士无偿为病人献血。我们不知道那位乡长大人还兼不兼医院的院长，如果还在兼任，他一定拦不住吴盘法们为了救命，置医院的经营之道于不顾，当然，乡长大人一激动，说不定也会抡起自己并不粗壮的手臂，给那些身染沉疴的农民兄弟献上一份爱心。

然后，我们在字里行间找到这样一些信息：由于自然灾害造成的大面积饥饿，导致全公社 4000 余个男劳力中，有 1892 人得了浮肿病，735 人得了"消瘦病"。而全公社数千名育龄妇女中，仅有 94 人怀孕。患子宫脱垂的则有 395 人。令人惊异的是，这一年停经、闭经的育龄妇女多达 574 人，劳动强度大、营养不良给女性们造成的身体损伤，男人们往往难以想象。

饥荒与疾病，从来是一对孪生兄弟。1960 年的江南乡村正在院志里沉重地向我们打开它泛黄的图景。我们知道这个医院的医生基本都是土郎中，也没有什么先进的医疗设备。但吴盘法们没有束手无策。他们身背药箱，分头出发了。不夸张地说，彼时的每一座乡村，都是一个酷烈的战场。实际上，十里牌医院已经成了一座真正的战地医院。这样一个特殊年份让农民看病，竟然需要上门动员。因为很多农民出不了门，不是他们懒，而是他们没有攒足徒步走到医院的力气。十里牌附近有一座岠山，也不是很高；沿山拾级而上，就会见到一座庙，并不十分有名，香火却蛮旺的。然而那几年基本没有什么香客，不是香客们突然变得不虔诚了，而是他们爬不动山，也供不起香火，所以岠山庙里的菩萨们那几年也很饿。

然后十里牌医院的总动员是不言而喻的，救命要紧，有命就要救。老中医陈先生提出用针灸和中草药来救治那些常见的妇女病，这样见效快，成本也低，这是对农民最大的不难为。他就带一把银针，沿路采些草药，这个村子走到那个村子，有时候，就一针扎下去，人就舒服、活泛了。有一天他路过一片玉米地，其实那地里基本上没什么玉米，里面摇摇晃晃走出来一个人，没几步就昏倒在地头。这是一个生产队长，快两天没吃东西了。陈老先生就把自己怀里的一块干面饼给他吃，然后给他扎了几针。生产队长说话就有中气了，眉眼也鲜活了。但是他把吃剩的半块饼子放进口袋，说家里还有两个孩子呢。

从田头采来的草药，在医院的院子里堆成几座小山，几口大铁锅日夜煎熬它们，变成可以救命的汤汁。而浮肿病其实并不需要治疗，把饥饿填饱，人就有了精神。不过，让他们吃饱白米饭，那是不可能的；让他们喝上肉汤，那也是不可能的。让他们吃点带荤腥的东西，哪怕是一点鱼汤之类，是有可能的。十里牌医院旁边有一条清澈的小河，常常见到鱼儿在河底游弋。但摸鱼的人需要有下河的力气，找谁摸鱼，这是个问题。吴盘法个子高大，但有些体虚，脚背浮肿，血压也高。但他也脱下长裤下河捞鱼了。小时候他常在这里玩耍，或许那一刻让他找到了一点孩提时代的感觉。他一下水，很多人只好像下饺子一样，扑通扑通往河里跳。往后几日医院食堂里，飘拂的鱼香成为一些当事人多年后一讲起来就激动的美好回忆。那个时候，医生和病人吃饭的锅灶是不分的。有的病人买不起医院食堂的饭菜，往往会自己带一点粮食和腌菜。医院食堂热腾腾的蒸锅，向病人免费提供使用。医生碗里的菜，也会分让给病人吃。这一份温度，病人几十年后还记得。

有一天吴盘法从县城回来，居然带回一包奢侈的礼物：一小包绵白糖，半斤红枣，一块香皂。这是他以无党派人士当选县政协委员发到的福利。他把红枣一颗一颗放在鼻子前闻闻，说好香啊。然后把这些来自政协的关怀，送给了医院在这一年里唯一怀孕的一位护士。他像一位圣诞爷爷，非常兴奋，说，这样的年景，我们医院能有人怀孕，太不容易了。

这一年也有让人振奋的记录。6月12日，县供电所开始向十里牌医院送电。院志的这一页郑重地记录了送电的时间：下午6时30分。所有的电灯在一瞬间光芒四射。太亮了，大家一时睁不开眼睛。有人看到吴盘法悄悄背过身子拂泪。然后，让人欣慰的消息也镶嵌在这一年的大事记中：医院主办"半农半医"卫生学校，让每个生产大队选派一名有一定文化的青年来医院免费学习。这就是后来盛行于江南农村的"赤脚医生"。

一些年轻的泥腿子在吴盘法这里进行了长达三年的强化训练。然后，医院给他们每人发了一个药箱。学员们临走的时候，吴盘法说了三个字，"拜托了"。

能放心吗，吴盘法们？毕竟看病是件人命关天的事。据说吴盘法常常在梦中惊醒。他告诉身边的人，他梦见某某人了，由于他的误诊，用错了药，导致一个孩子当场昏迷。不行,他绝对不放心。他和同事们商量,派医院有经验的医生护士下去蹲点。所谓蹲点,就是起码住在村里三个月,而不是蜻蜓点水地下去转一圈就回来。当时的江南乡村之间差距很大。地处偏僻的村落,看病非常困难。越是偏僻的地方,越是要派有经验的医生去。医生在那里除了看病,还指导农民种植中草药,比如板蓝根、金银花,治感冒特别有效。在一个村里待满三个月的医生护士离开的时候,村里的农民一般都能识别十几种草药,头疼脑热的小病,自己拔一把草药就能对付。比如,路边的马鞭草可以治疗流感高热,还可以对付妇女的闭经痛经;荒坡上的元宝草,可以凉血止痛、通经活络;到处可见的凤仙花,过去是小孩和少女用来染指甲的,现在人们知道了,它还可以治疗蛇咬伤和痈疽。

说农民是天下最感恩的人并不夸张,医生要走了,惜别的泪水总是会挂满他们的脸庞。乡亲们执意要送他们,家里实在拿不出东西,就从地里拔几个萝卜,有的给几颗红菱,是河里捞的。长长的队伍,站满了一条田埂。那一幕幕能拍下来,会让今天的人们感慨万端。

省里的《新华日报》在关注他们。一篇题为《一座农民医院》的长篇通讯,占据了报纸的大半个版面。在一张黑白的不太清晰的照片上,一位医生正在田头为农民问诊。周围是簇拥着的群众。显然那是一个摆拍的场面,而那个医生并不是吴盘法。据说他害怕见到记者,他也不需要宣传,省报县报的记者去了十里牌医院许多次,但没有一次能让吴盘法接受采访。

吴盘法们还在1965年做成了一件让他们感觉最有成就感的事:

> 全县一共44个公社信用社中,有36个与医院签订了"医疗合同",社员群众凭介绍信就诊,医药费归信用社结算。同年1—9月免收困难户医药费5650余元,免收最多的一人达412元。

历史没有记录一群理想主义的乡村医生们在特定时刻的欣喜若狂。但数字执拗地提醒人们,彼时医院的辐射力已经遍布全县的33个乡镇。在农民们的心目中,十里牌医院其实就是一个人,他并不是医术特别高明,但态度特别和蔼,他一点也不势利,待农民特别好,待患者如亲人。在相当长的一段时间内,农民来医院看完病,拍拍屁股就可以走人,信用社将帮他们垫付,然后到年终分红的时候,信用社再找他们算账。如果他们因为困难拿不出钱,那就先在信用社的账上挂着。有的就一次性减免了。以最保守的计算,那时的一元钱，其价值应该是今天的 120 倍。按大事记的记载来看，最多受益的一个农民，至少被免单了 6 万元的医药费。

"1967 年，医院成立'文革'领导小组，开展'文化大革命'。医院工作受到影响。"

或许院方并不认为这样写属于避重就轻。一件大家提起就闹心的事，能少说就少说几句吧。这是大家的普遍共识。至于吴盘法在"文革"期间受到的冲击，院志小心翼翼地略过了。

执意还原一个历史场景，除了是还历史一个公允，也还是对院志的一点补白。于是 1967 年暮春的一个夜晚正向我们走来。其时吴盘法已经被医院的造反派"斗争"了好多天了。今天我们来说"造反派"，其实就是一些当年的愤青，血很热，胆气很旺；当然也有居心叵测者，哪一个朝代没有小人呢。但愿是时间太久的缘故，我们已经看不清他们模糊的面影。

吴盘法的问题据说不少，主要的问题就是作风比较资产阶级，他居然很早就用电风扇了，他老婆看起来很朴素，居然还搽香水，还每天吃一个鸡蛋；平时吴盘法喜欢用小恩小惠拉拢腐蚀群众，骗取了不少贫下中农的信任；还有就是不突出政治，讲过很多反动话。比如，我国第一颗原子弹上天，他说这证明我们是强大国家，但还不是富裕国家。他竟然无耻地说，如果真的有一天，农民看病不要钱了，那才是富裕国家。然后，他从来或者很少学习领袖著作，老是用业务冲淡政治，而且常常把一个美国医生的话挂在嘴上，愤青们由此怀疑他"里通外国"的美帝特务。

之后愤青们领略了吴盘法出乎意料的强硬。不过，他的强硬并不是针锋相对，而是云山雾罩、东拉西扯。比如让他交代错误，他说着说着就说到病例上去了，好像他在做一场业务讲座。他也不是不讲自己的过错，比如，说到某年某月某日，某个 15 岁的豆蔻少女，因流脑引起呼吸衰竭，送到医院已经停止呼吸了。他和同事们虽然尽力抢救了几十个小时，但还是没能够挽回少女的生命，这件事他一直深感内疚，那个少女特别可爱，她有过短暂的苏醒，还说了一句话，但最终还是死了。他深深感到失职、愧疚，为什么不能把她救过来，她才 15 岁啊。吴盘法说着说着情绪有些失控，甚至号啕大哭起来，弄得斗争会无法继续下去。

只要有空，他就往病房里跑。开会斗争他的时候，他突然请假 10 分钟，因为他担心一个刚手术的病人会胸部不适。然后他突然对着愤青里的一个正在义正词严地训斥他的年轻后生说，让你母亲来医院复查，她的胃出血不可能吃几服中药就好。搞得人哭笑不得。

白天斗争他的时候，病人们就在旁边等他，等他被斗完了，病人蜂拥而上。于是病人们就跟愤青们过不去了，小规模的肢体冲突时有发生。后来他跟造反派商量，是否可以改到晚上斗争他。

于是强硬而无奈的愤青们精心地挑选一个夜晚，打算用一个通宵来对他进行斗争。没有想到的是，风声被走漏，周边的农民们开始行动，很难想象那么涣散的乡村，连个广播也没有，在不到半夜的时间内，竟然集合了几千人的队伍。据说，那天晚上有至少三千个火把将医院团团围住。他们高喊口号，以贫下中农的名义，要求医院把吴盘法交出来。

当时的社会政治结构，工人阶级排在第一，贫下中农排在第二，是不打折扣的硬通货。在许多地方，说自己是贫下中农，办事就不会遇到红灯。

一种尴尬的僵持，使得这个江南乡村的春夜变得扑朔迷离。农民们非常默契地推举了行动总指挥，并形成了营救方案，通向医院的各个道口被迅速占据。妇女们在精心熬制一锅山芋白粥，并且烧了一大铁锅洗澡水，她们要用这样的方式给吴盘法压惊。

有必要说一说那天晚上农民们手上的武器，主要是扁担，兼有锄头、铁耙等农具，以及不多的火油。说实话他们并不想烧毁这座医院，也不想跟医生们为难，而且他们知道医院就是吴盘法的命。但是他们担心造反派不理会他们，过于原始的冷兵器对造反派们也构不成威胁。于是只能靠3000个以上的火把来营造惊心动魄的氛围。

一种看不到希望的对峙，延续了两个小时。农民们手上的火油不多了，实际上他们把自己逼到了一个险境：只能攻进医院，与造反派们进行巷战。

沉闷而压抑的冲突过程在此略去。最后是吴盘法出来说话了。他站在医院最高的三楼老虎窗上，嘶哑而低沉的声音清晰地随风飘散：

"父老乡亲兄弟姐妹们，我没什么事，你们赶快散了，全都回家去，明天还要干活呢！"

吴盘法的突然出现，让有的人控制不住情绪，当场就哭了。

一位现场目击者在若干年后这样写道：

"我偷偷地从三楼的窗子里看下去，天哪，在漆黑的原野上突然长出大片火把的森林，它们汹涌地起伏蔓延，慢慢地，从四面八方集聚过来，而我们的医院变成一条在汪洋中颠簸的小船。医院的电灯突然全黑了,有人在黑暗中惊呼,电源被切断了。这个时候造反派发现事态完全失控,整个医院就像汪洋中一条颠簸的小舟。有人大喊道,北门被撞开了,南门也有人冲进来了。"

吴盘法的声音突然高亢起来:

"父老乡亲们,如果你们再这样,我就从这里跳下去。"

田野里突然很不真实地静下来了。

相信最公正的史笔,也无法准确地描述彼时医院内外冲突双方的心态。但是这个夜晚惊心动魄的一幕让很多当事人一提起它就心潮澎湃。然后奇迹发生了,人们突然像听话的孩子,火把的熄灭遮蔽了他们复杂的表情,然后他们像潮水一样迅即退去。

天亮的时候人们发现,医院周围几里地的麦田全部被踏平了。那需要多少脚印?谁也无法统计这天夜里集聚了多少人,风一样消遁了的农民们还留下了数不清的未燃尽的火把,它们后来被堆起了几座小山。虽然没有一架照相机拍下它们,但是几十年后人们一说起它们,那种原生的景象会扑面而来。

12年后的一天,吴盘法接到一份发自县公安局的红头文件,文字不多,但很有力道,其中一个关键词是"彻底平反"。过了5年,政府又以文件方式给了吴盘法一个说法,当年他将自建的医疗用房主动交予集体,并无一个正式说法,更无一分钱补偿。这一年是1983年,政府给了吴盘法7000元补偿。钱是不多,但含金量高;吴盘法很感恩,他觉得这是一个负责任的政府给出的一种公道,也是得民心的基础所在。按理他到了退休年龄,应该回家颐养天年了,但是他留下来了,医院需要他,病人需要他,民间给他的一个基本评判,并没有说他是包医百病的神医,老百姓说话是很形象的:"只要你被他的手一摸,心里顿时就舒服了。"那实际还是安慰的力量。

1993年,10月,在宜城北郊陶瓷商城东,征地15 000平方米,新建医院门诊楼等配套用房,当年医院迁入新址。

迁徙总是有故事的。有人把十里牌医院20余年后的整体搬迁说成是一次坚守意义上的撤退。大事记没有记述搬迁背后的原因,或许那也有难言之隐。进入20世纪80年代,江南乡村社会结构的变化之大,后来的人们根本无法估量。首先是体制的松绑，让乡村的年轻人大量涌进城里寻找机会，一部分先富起来的人们纷纷搬进城里。乡村的主角变成了老人和孩子。然后是十里牌乡政府把办公地点搬到县城的末梢，今天看来那是一种大胆的肢体语言。那个时代人们最害怕的已经不是饥饿，也不是政治运动，而是被商品大潮边缘化。乡政府因为有非常繁重的招商引资任务，迁至城梢，可以更好地接通县城的气脉，以获取更多资源与便利。有一种"中国特色"是这样的，政府在哪里，就会给哪里带来繁华与发达。十里牌乡政府迁走了，很快饭店旅馆车站的生意开始清淡，各种店铺见势不妙，也开始慢慢撤离通向县城的公路变宽了，慢慢地私家车也多起来了，原先的十里地，好像只有一里地。医院周边的情况却不是很好，通往医院的所有道路因为年久失修变得坑坑洼洼，原先的一里地，仿佛有十里地。置身于运河之畔的这座老医院，过去周边是田园，附近有河流，有树林，有宁静，有安逸。进入20世纪80年代后，由于乡镇企业迅速崛起，周边机器轰隆、浓烟滚滚，格局的变化与各种利益的博弈，给医院的生存发展带来了诸多忧虑。河水不再清澈，空气难有清新，突然富裕起来的人群，心气完全变了，无论是对健康的要求，还是对医生的态度，跟过去大不一样。老一辈的吴盘法们虽然还在，但是他们面对的患者人群已经发生了深刻变化。农民们的腰包比过去鼓了，精气神也旺了。这让吴盘法们感到莫大欣慰。然后，痔疮和烂腿已经不再是乡村的主要疾病，各种癌症与性病的泛滥，却让吴盘法们在心理上有些措手不及。居住人群的格局也发生了变化，有时你走在路上跟人打听一件事，回答你的可能是四川口音，一问原来是外来的打工妹。不过，新格局带来的新困惑固然很多，但步入耄耋的吴盘法们对形势的研判，与接班继任的年轻人们并无异议。他们同意搬迁的唯一理由是，医院必须为更多的病人看病。

　　医院的人回忆说，搬迁的那一天吴盘法老泪纵横。虽然他早就按法定年龄办理了退休手续。但事实上他没有真正退休过一天。在许多上了年纪的人心目中，吴盘法就是医院，医院就是吴盘法。

　　和乡政府一样，医院在县城的末梢找到一块地，风水想必是不错的。医院的名称还叫十里牌医院吗？其时市编委和卫生局已经下达文件，同意他们挂牌"宜兴市第四人民医院"。但是，他们在新招牌旁边，还是挂了原来的老招牌。之后不管哪一任院长当家，从来没有人想把这块老招牌摘掉。因为，老招牌站在那里，就是一个老熟人，一张老面孔，一个老朋友。从继承者的角度看，它还秉持着一种精神，一种责任，一种医者良心的呼唤。

　　又过了几年，十里牌乡撤销，并入宜城镇。但十里牌医院的牌子依然还在。

有必要说说吴盘法的最后岁月。他每天去医院上班，风雨无阻；县城里大医院有好几家，名医很多，江湖也太大。渐渐地他的名气有些式微，他最拿手的根治痔疮术，在城北地带还有些影响，但无法扩展到更多的地域。不过他的安慰式治疗还是魅力依然，十里牌医院的医患矛盾，是同等医院中最小的。他也知道，一个乡医院迁到县城来太不容易了，投入多、开销大、负债多，全社会都在赚钱，医院如果不赚钱，就不能购置先进的医疗设备，就会缺乏竞争，导致亏损、倒闭。他当年和农民们签订的"半医保"合同显然是行不通了，病人不交钱，你能让他看病住院吗？谁来买单，这是个问题。

上了年纪的吴盘法困惑还真不少，读不懂英文的文献，不会使用电脑，这妨碍了他对很多新药的掌握与使用，但他一直坚持到80岁还在医院上班。他晚年身患多种疾病，但固执的他不肯去其他医院就诊。他最后的病人是他自己，一种常人无法理解的执拗，让他在生命的最后关头，上演了一幕悲壮的自我抢救，他平静地指挥医生们给他输液，给他在相关的穴位扎针，他给自己开药方，让医生们给他熬药，给他输氧，最后他提出要安乐死，但是家人和医生们不答应，然后他拒绝用药，然后他又在众人的劝说下接受治疗。最后他活了81岁。他去世时没有遗言，一缕安详的微笑定格在他布满沧桑的脸上，定格在1994年8月15日的早晨。

如果吴盘法地下有知，有两件事他应该是很高兴的：一是他去世7年后，十里牌医院在政府支持下改成了股份制医院，其性质，又回到了他当年办诊所时的样子；体制的松绑给医院带来了自由，但完全靠自己挣饭，也面临前所未有的压力。好在"吴盘法精神"还在，医院的精气神没有倒，就能在残酷的竞争中勉力前行。二是2004年，当地政府出台了"兴办新型农村合作医疗，实行城乡居民住院医疗保险制度"的政策，其中规定，凡是按规定参保的城乡居民，每年交纳不多的费用，可以享受一定比例的住院费用补偿。显然政府对最广大的底层群众长期以来"因病致贫、因病返病"的困境是体察的。补偿虽然有限，但饭只能一口一口吃。吴盘法最牵挂的原十里牌乡的农民兄弟姐妹们，都搭上了这班车。

他有理由欣慰，因为时代总是在进步，但愿他能安息。

（选摘于《江南繁荒录》，2020年3月，译林出版社出版）

"养老"革命（节选）

_ 长江

前言

中国人很熟悉"革命"，许多时候许多事，不革命不行，不革命就推翻不了什么，建立不起来什么。所以，如今60岁以上的老人，没有几个对这个词儿不熟悉、不浮想联翩的。只是今天，我要振臂一呼："来一场'养老'的革命吧！"大家或许会发愣：啊？事情真到了这一步？非要"革命"不可了吗？

对！我坚持！摩拳擦掌，蠢蠢欲动！

"人老"是眨眼之事，不信，你到了退休之后的第二天清早看一看。

"人老了"，日子不好过，传统地一任自己老去，在今天更面临了无法回避的挑战。

因此我关注"老"、研究"老"，想了一百种题目，做电视、写文章，都不满意，都觉得轻描淡写，温水煮青蛙。

于是脑袋有一天就突然爆发了小宇宙，久违地冒出来了"革命"——一声春雷咬醒了大地，好！就这样，够警觉，够扎心！

时代在变，我们过去对"老"认识不够，成见重重，一边走着弯路还一边以为这是"顺其自然"，但是今天，你"顺"不下去了。

今日之社会，科技飞速发展，生活日新月异。我们不愁吃、不愁穿。但面对信息爆炸，互联网，大数据，云计算，电子商务，人工智能，我们逆水行舟，不进则退。"进"则跟上时代的脚步，绿色养生、科学长寿；"退"则原地踏步，被时代甩下，跌落无知与无能的境地，最后连可怜你的人都找不到……

近些年，不是常看到：某某老人，不是因为没有儿女，而是有儿有女，守着空巢，却孤独寂寞；有的人已经死去了多日，要不是房间里不断发出来的尸臭，外界还不知道这顶屋檐下究竟生活着什么人、发生了什么事……

中国14亿人口，2亿多壮劳力在农村，过去他们大多被拴在土地，守着父母，就是分家也离着不远。可现在，年轻的儿女们都到外面打工去了，一年回不了几次家。一位县城的老师，老伴死了，一个人日子难挨，身体有病，心中孤苦，又不好意思总是去打扰已经在外面成了家的孩子，便给儿子留下了一封信，说："没什么事，那妈就先去死了……"

先去——死了？

面对残酷的现实，你还留恋"养儿防老"吗？

如果靠不上，我们靠什么？

老了，不能动了，你是选择"居家"还是去"养老院"？

眼下没病，突然一病不起，我们的晚年究竟由谁来照顾？

怎么守住老伴、老窝、老本？

如何读懂身体发出来的种种信号？

大限之前，你是愿意被推进ICU与冰冷的机器相伴还是顺应自己，对身体和灵魂事前都做好"万全的准备"？

……

老年的世界，阳光灿烂，又荆棘丛生。

拉一张问题的清单很容易，但解决好这些问题却要难倒千万人，尤其，昨天的太阳如何能晒干今天的衣裳？

终于有一日，我鼓足了勇气，把内心的担忧和冲动告诉了家人、朋友，没想到我的话刚一出口，呼啦一下子，说到哪儿，那里就涌出了一片热议："同意你的革命！""革命需要启蒙！""革命需要指南！"

那么好吧——从现在开始，我们要推倒常规，建立全新的养老观念。

不过"革命"真要"闹起来",大家手里可就不只有鲜花和掌声,我们还要拿起手术刀,刀刃向内,面对自己,刮骨疗毒,壮士断腕!

当然,生命的麻烦是:如果我们尚不老,我们是很难设想我们"老了"以后的种种艰难;而有一天当我们突然感觉自己"老了",想要改变些什么了,又往往失去了改变的能力。

怎么办?

因此"养老"不仅要"革命",还要趁早——我提出。

"趁早"?早到何时?

早到半老、小老,中年——早到当你第一次意识到老,或看到别人正在慢慢地老去,你就不能再闲着了。

我们需要"换个设计"——未雨绸缪,养老前置。

人生不过百,那是你的错!

怎么能够不错?"不错"的前提又是什么?

你愿意推开一扇窗吗?愿意重新思考和定位"老年"的世界与天地吗?

一起来吧!

一

突然,你被拽进"老年的天地"
别抱怨,你得适应
但内心是否同意:我们不能等老,并不怕老
但我们要活出自己想要的生活?

中国"老"成了啥样

2014年,我终于结束在香港十年的驻外记者生涯,回到北京,继续在CCTV总部《新闻调查》做我的田野记者,我想做的节目此时已不再是年轻时的砍砍杀杀,曝光与揭露;我想做一系列与人有关,与生命、天地、时空、永恒有关的专题,其中一条主线,就是"老年"和"如何老去"。接着我做了《我的生命谁做主?》《你立遗嘱了吗?》《重生》《想肥胖宣战》,此外还有不少的节目,比如《走近"悬空村"》《空巢如何是我家?》《失独之难》《别等你到老!》等,这些节目胎死腹中。为什么?题目不好?问题敏感?不是,都不是,也不是没有鲜活的故事可以让我讲得一波三折,跌宕起伏,这些节目没有做成的原因就是"找不到出路",节目"没有出口",我总不能让老人只看到晚年的凄苦而没有解决问题的办法吧。

因此,我很难过!

事实上,按照国际上通行的标准,一个国家或地区,当60岁以上的老人已经占去了全体人口总数的10%,或65岁以上的老人已经占去了全社会总人口的7%,这就意味着这个国家或地区已经进入了"老龄化"的社会。

相比之下,我们中国呢?

2016年1月,来自国家人社部的新闻发布数字:截止到2014年,中国60岁以上的老年人口已达2.1亿,占人口总数的15.5%;

2018年,提升为2.14亿;

2020年,突破到2.55亿;

到了2025年,还会摸高到3个亿;

2035年,4个亿;

最后到了2040年,中国的人口老龄化进程将进一步达到顶峰——失能、半失能的人群数字还会大幅度地增加。

综合这些数字,说老实话,我不是为了说明我国今天已经处于"老龄化"甚至"严重老龄化"的社会(这已然是一个不争的事实);综合这些数字我首先要说:随着老龄人口的迅猛增长,我们国家的"人口出生率"又在持续下降(2018年出生率为10.94‰;死亡率为7.13‰),劳动力人口的比例在逐年地缩减,那么"老人"在我们国家,不是国家不管我们,而是全社会用于养老、医疗、照护、福利、保障和相关设施建设方面的支出每一年都在大幅度地增加,政府的财政负担已不堪重负,如果缺口再进一步扩大,"数以亿计"的老年人——我们的晚年生活将异常的艰难!

想想,一个国家,光老年人口就有4个亿,这不仅仅是一片人头攒动、接踵而行的不息的人潮,它更是一片排山倒海、汹涌而来的新旧观念冲击碰撞的巨浪,逼得你不改变旧有的生活模式不行,不转变观念,你连最基本的生存都将受到威胁!

可改变,从何入手呢?

"变"之于"不变",前者面前是一座山!

上海滩,像是跟我有仇

20世纪90年代,没错,那一年我还不到四十,有一天在上海外滩,刚刚完成了一场街采,身边就跑过来了一个女青年,大学生上下的样子,边跑边撞到我的面前,脱口而出:"阿姨,您快帮我看看,现在几点了?"我一愣,低头看表:"11点半!怎么,这姑娘……"

姑娘问完,拿了答案就跑,看得出她一定是有什么急事。但是我呢?她刚才叫我什么来着?"阿姨"?对,那姑娘就是管我叫了一声"阿姨",我有那么老吗?心里那个气!

好了,2014年,20年,时间过得又慢又快。

这一年,还是在上海的外滩,一家商业大厦的公共卫生间。一个小女孩儿好心地向我提醒了:"奶奶,您可别去用那个蹲坑的厕所,很脏,用这个,马桶!"

小女孩倒没有管我叫"阿姨",但这一次,直接叫我"奶奶"了……

嘿!

20年前,我还不到四十,上海的外滩,一个大姑娘就管我叫了"阿姨";20年后,还是在上海外滩,我的称呼又升级成了"奶奶"!

人,你说怎么这么不经活?!

人就是这么不经活!不然为什么叫"眨眼就老"呢?

大多数中国人,60岁和55岁,是一道坎,城市有工作的男人和女人分别到退休的年龄。不过中国历来没有"老年教育",我说的是由国家组织,强制的,像孩子九年制义务教育一样,每个人都必须去学校学习,要考试、考文凭的。因此当我们突然面对衰老,尤其"老了以后"生活是一番怎样的情景,会遇到什么困难,怎么去为暗淡的心寻找光明?全体老人首先是"不懂",职业身份一旦亮起了"红灯",便手忙脚乱,不知何去何从。

2019年春节,微信拜年,我的手机和大家的一样,每天都是烫的。亲朋好友,同事伙伴,大家都翻着花儿地转发各种各样的新年贺语、小视频、小动画。但很多"祝福",说老实话,我根本就没往心里去,倒是有几位中学同学的对话,戳着了我的心,他们在议论老人,其实也是在议论我们未来的自己。

这个群叫"七班",是我所在的北京二龙路中学1976级高中毕业班今天的"老同学"。

其中SJ说:"日子过得不好,整天忙着我妈……"

这话显然是被人问到了:"这个年过得咋样,好不好?"

SJ说:"我妈不是这不舒服就是那不舒服,照顾她得思想高度紧张,而且每天就一个内容。"

有人此时插嘴,说:"有妈就好,有妈就有家,有家就有根。"

SJ很坦诚,说:"说是这么说,实际上(我)这个妈除了添麻烦,没有其他的了。看着她不舒服我也吃不下、睡不着的,可是又不能不管,对付着过吧。"

"对付着过吧",SJ 的感叹,实际上是今天五六十岁的"退休族"很多老人的生活常态。照顾比自己更老的父母是核心的内容,而且每天每月每年——"就一个内容"。

不过比较他人,SJ 说她还不算是最惨的:"我的一位朋友,家里只剩下老爸了,白天睡、晚上不睡,半夜起来给你打电话说要去吃鱼头,不知道什么时候就会给你拉一裤子或尿一裤子……"

曾经,我一百次地跟朋友发誓,说如果我到老了,绝不去折腾儿女,早早地就去养老院,或雇好保姆、司机、护士。有一次,也是七班的一位老同学 YSH 笑嘻嘻地就甩给了我一个绝望:"得了吧,你想得倒挺好。我妈今年 97 岁了,年轻时也通情达理得很,只是到了这个岁数,我给她雇了两个保姆,她还是整天黏着我,一发现我不在,就害怕,就像小孩子一样又哭又闹。"

"那儿女也有儿女的生活啊?"我很想争辩。

YSH 说:"是啊,可老人到了一定的年龄,'道理'这个程序就已经废了。什么拖累不拖累、麻烦不麻烦的,她没有这个力量去想那么多了。"

哦,老小孩儿?对,老小孩儿!

这一场对话,春节期间关于老人的对话,让我整个春天都无法阳光明媚,心本来就紧,现在又现实地被紧了一扣。

那么,怎么保证自己老了以后不走进尴尬?

怎么能让自己这种"老小孩儿"的状态不吓着自己的儿女也烦死儿女?

还有,更残酷的,夫妻二人,一辈子生活在一起,老了就是个伴儿,这个"伴儿"注定了的是会有人先走,有人靠后一步,那剩下的一个……?

谁来救救老人?

谁来救救老人的孤苦?

没有人?不,有人,那"人"就是你自己。

我们只有靠自己,最靠谱——先想通、再准备,用你现在还能动的脚,踩出一条路适合自己的"老"路,舍此,都不是能解决问题的现实办法。

"绿色养老"出路何在

归拢老年人养老的心思:健康、长寿是大家的通盼;孤苦、无依是大家的通怕。

那就靠己,有什么法子能让自己健康、长寿,不苦、不孤?

世界有些地方,人们的养老观念已经告别了"传统",比如有些国家就不允许儿女"照顾"老人,也不允许老人"照看"孙子,乍一听这"好冷酷"对吧?但这样做的人认为:儿女照顾老人并不科学,没有资质,相反国家要组织专业的力量，更好地养护和养育老人、孩子，当然公民要为此早积攒出一定的费用。

中国能行吗？

看看今天中国老人们的尝试，满世界正在时兴的"以房养老""抱团养老""邮轮养老""候鸟生活""医养结合""安宁疗护"……听起来已经很"先进"了。但我采访过很多的老人，大家都讲：这些"新活法"好是好，理论上有道理，只是真正实行起来，称心的却不多。

为什么呢？

作为记者，我自己也正走向暮年，我不能用光鲜亮丽的花边来乔装生活的艰涩。

2017年，央视10频道，有一档用电视纪录的手段专门反映老百姓日常生活的栏目叫《讲述》，12月先后两期在"讲述"着一位"抱团养老"的老人。我很钦佩编导的眼力，但出路何在？节目依然没给出"出口"。

故事发生在杭州，一个中国最热闹、最美丽的大城市，老年人口的比例已经占到了全市总人口的20%。主人公叫Z阿姨，69岁，退休前是一名高级护士。5年前丈夫去世，孩子又不在身边。她不是一个甘愿被传统生活所拖曳的"前卫老人"，愿意尝试各种各样的新鲜事物，特别是有一次自己病重，一个人在家，浑身疼痛，最严重的时候，"连床边的手机都够不到"，更不要说有人给她端杯水、送片药、说上几句安慰的话了。于是Z阿姨就想到了要通过《都市快报》招募一些老年朋友来"一起住"，还拟好了"合同"，比如她家是三居室，合住者要交一定的房租、饭费，然后家里的事情包括打扫卫生和买菜做饭等都由大家来协商分摊。这个报道发出去以后，应征者很快就达到了200人，局面很是鼓舞人心！Z阿姨筛选出几十位，然后一一地跟这些老人打电话联系，最后精选出了两位女性，这样，三个女人就很快搬到了一起。刚开始大家见面还有说有笑好不亲切，时尚的光环下，每个人脸上都洋溢着一种将要展开"新生活"的崭新曙光。但是，没过一个月，Z阿姨就发现老人们其实是很难和陌生者"抱团"在一起的，每个人都有自己长久的生活习惯、爱好、脾气，并且都有思维定式，想法也都很固执，因此三个女人争来吵去，最终落了一个很不友好的结果——"不欢而散"。

所以……

面对新时代，面对自己提出的"养老"革命，我其实此刻并不否认"抱团养老"是时下中国老人有可能选择的种种"新活法"之一，这一点就像"我不同意你的观点，但我誓死会捍卫你说话的权利"。只不过生活很现实，"抱团养老"把陌生的两姓旁人硬拉到一个屋檐下，同吃、同住、同生活，这在中国现有的认知水平、心胸情怀、经济状况、文化习俗等条件下，平静与和谐一时还很难做到。"抱团养老"如果只发生在老人六七十岁，生活还能自理，能吃能玩、能走能动，这还可以，但是到了"更老"，需要医生和护士，需要经常地与医院和急救车打交道时，那个时候还"抱团"？谁专门照顾谁？照顾出了"意外"又怎么办？

因此，就今日的中国而言，我主张："养老"革命眼下更多的是一场首先应该出现在自己内心的"改变"，花样翻新的形式虽然可以选择，但内心"求变"的思考是时候要启动了。我们得用"积极"的心态去迎合"革命"。尽管"自我革命"永远是孤独的，但"人误地一时，地误人一年"，没有"新思想"的基础，我们中国人就永远没有属于自己科学养老的起跑线。那"革命"就是一张只能虚幻充饥的大饼。

你，只想要一张"饼"吗？

二

眨眼就老，生命和你没商量
你听说过"黑洞"吗？
如今的"年老"和历史的"养老"已截然不同
你有准备迎接"无限升级"的崭新的人生了吗？

40年深不见底的"黑洞"……

老生常谈"上帝是公平的"，但反对者总会反驳："得了吧，上帝在哪儿我都不知道，还跟我谈什么公平？！"

人生在世，绝对的公平当然是没有的，每个人都有自己不同的"命"，但生命如钟，一生下来，就像上了发条，滴滴答答地开始向着"老"而奔去，有时走、有时跑、有时貌似原地踏步，但终点老天爷会都给你留下一席之地，这就是公平，是天则，挡不住。

这些年各种奇葩的事情层出不穷，闪婚、闪离、闪富、闪肥，但"闪老"呢？

日本作家村上春树曾说："人不是慢慢变老的，而是一瞬间变老的。"人变老，不是从第一道皱纹、第一根白发开始，而是从"放弃自己"的那一刻开始。这就是"闪老"？

"闪老"如何设防？就是要"早做打算"。

我年轻时也没有"备老"的意识，直到有一天，认识了一群人，一群盲人，从盲人那里我听到了一件事，瞠目结舌了——

2016年我和我的摄制小组来到福州去采访《中国盲足》，这是一帮中国有骨气的"小瞎子"。他们在有视力的中国队员都很难"冲出亚洲、走向世界"的纠结中为国争光，奋力一脚，成了国际盲足劲旅。

采访除了正式聊训练、聊比赛，有一部分是生活起居。我几次去球员的宿舍，总想看看他们平日的生活，衣服怎么洗、球鞋怎么刷？洗好了的衣服怎么晾到楼道里高高支起来了的晒衣杆上？此外还有这些孩子会不会用手机？平时里的文化生活是咋样？业余爱好又有什么？

记得一位17岁，平日里最不爱说话的队员YYT跟我说他平时就喜欢听音乐和手机语音。

"语音？是那些在线的音频节目吗？爱听什么？"我问。

他说："很多，其中比如像罗胖的'罗辑思维'，就是你们中央电视台的，后来离开了，这个人每天一清早都会跟听众说上一段60秒的人生感悟。"

"是吗？"我说，随口呼应了"真好"。但实际上"罗胖"是谁？什么叫"罗辑思维"？为什么不是"逻辑思维"？我刚从香港回内地不久，还真不知道。

不过，经年轻的盲足队员一说，我立刻就开始关注。跟着有一天，罗胖的一句话，一个叫《40年黑洞》的话题，深深地"恐吓"了我，也十分尖锐地提醒了我——

罗胖在60秒里说：

最近在咱们"得到"APP的《每天听本书》栏目，我听到了一本书，叫《百岁人生》。这书就是提醒大家一件事：随着医疗技术的进步，我们这代人有很大概率能活到100岁。

"能活到100岁？这不是好事吗？"我心说。

"可您先别高兴，活得长虽然是件好事，但代价是什么？"

最简单的一点，就是过去的"三段式"人生规划，到现在，没有用了。

"三段式"，大概就是一个人30岁之前，是学习成家立业；30岁之后在社会和家庭中顶大梁；60岁之后退休回家安度晚年等死。这就是过去的"三段式"。但是，如果以后我们普遍都能活到100岁，"这个安排就出了问题……"

说老实话，听到罗胖的"40年黑洞"，我那天是一下子先从床上腾地坐定，然后就仿佛没有资格再躺下，开始警觉。

40年的"黑洞"，那是一个深不见底的陌生岁月？

按照《百岁人生》作者的担忧：

60岁之后的40年，很多老人的身体可能还健康，但我们的认知能力和脑力会不会不可避免地衰退？每天的太阳照常升起，但你每天都要带着前60年积攒下来的私心杂念、陈旧的习惯和偏好继续往前走，我们要花多大的力气才能跟上这个时代？

还有，今天的老年人为自己攒的养老钱，也许就是到80岁，但80岁以后的资金保证呢？后面如果还有一下子多出来的20年，那你从中年就要改变储蓄计划，还要考虑努力使存下来的钱能跑赢通货膨胀。

人老了，今天60岁就已经有人不会玩智能手机，不会用微信，不会"滴滴打车"、网上挂号，更不要说会用网上支付和完成在线的一切金融交易；而60岁，如果后面还有40年，那各种新技术的掌握已经成为生存的必需，你都玩不转，可怎么办？

面对60岁以后的"黑洞"，我们该怎么办？拿什么来建立各种保障——经济的、身体的、智力的、内心的强大？又从什么时候开始实行"保障计划"？

罗胖替作者提醒大家：那就没有别的办法了。就得从现在开始，学会过一种无限升级的生活。这个"无限升级"就是逼迫自己不断地学习，不断地掌握新知、新技能，这是进入"黑洞"里的火把，是唯一能拯救自己的出路。

我说的"靠自己"，懂了吗？

你必须想通，必须"未雨绸缪"！

把"城里老人"带回村！

如今，太多太多的文章在谈"年老""养老""百岁"，甚至"逆龄"，无论在电视、广播，还是微博、微信，如下的题目我相信很多老人都不陌生：

《人老之后"9件宝"》

《退休之后"让心归零"》

《"老了"其实并没有什么不好》

《60岁以后"要做的事"》

《75岁当"背包客"》

《86岁的"神仙奶奶"》

《96岁的老师把自己饿死》

《111岁举案齐眉……》

《如何才能"从容地老去"》

……

我们的"养老"不是为了某种虚妄的意义。

"老骥伏枥，志在千里"，也不是对每一个生命个体的强求。

不过就算我们是"小老百姓"，我们可以不去轰轰烈烈地标榜史册，但晚年，只要你有心、有设计，无论做什么，都可以让自己"忙起来"。

2017年春节前，又一点星星闪烁的革命火花让人眼前一亮，于是我请示领导批准我和我的老搭档编导CXH再去做一期《带着"城里的老人"回农村》。这个故事讲的是一位长年在城里给人做保姆的农村妇女，发现自己的年龄慢慢大了，总在城市背井离乡地生活也不是个办法，况且家有公婆，年事已高，儿子、女儿又都成家立业，家中缺钱少花的日子已经基本结束，就跟城里的"老主顾"、80多岁的一位大叔说："过了年，这个春节，我就不回来了，我要叶落归根，也该回家去享享清福了。"

城里的大叔一听，好意外、好紧张、好难过！

家有保姆，大叔十几年的生活已经习惯了，老伴去世后要不是还有保姆在他身边他都不知道日子该怎么过。加上这几年自己也是一天比一天地衰老，唯一的儿子又跟自己不住在同一座城市，如果保姆辞工，自己可……

所以大叔不敢想，根本也没法想！

他立刻恳求保姆："今年春节，你可以先回家去过年，我自己凑合着暂时过几天，但过了节你一定要回来哦，我可以加工资，如果你不回来，我不懂得怎么吃饭、怎么吃药，怎么穿衣、怎么洗衣，那我……"

保姆听大叔这样讲，也是于心不忍，毕竟她在这个家里"当家"已经有了一段时间。主仆关系处得好，不是亲人也是家人了一样。但是面对选择，她身处两难。忽然，她想到了一个办法，能不能先缓解一下矛盾？就说："那要不这样吧，这个春节，我先把您带回家，您就跟我回农村去先过个年。我们家可没有城里的条件好，但房子有的是，只要你不嫌弃……"

大叔连忙说好好好，哪里还会嫌弃？于是急忙收拾东西，跟着阿姨就回到了南京近郊的家。

保姆把城里的老人带回村儿，这本是个权宜之计，没有长期的打算。

但是大叔到了农村，生活在农家小院，过得非常好。每天眼前有鸡有鸭，有狗有猫，还有小孩子，不断地围着"老爷爷"跑来跑去，自己过去那种衣来伸手、饭来张口，一起来就整天窝在沙发上几乎不怎么动的日子一下子就改变了。开了春，他还到村里到处转转，闲了还帮保姆到菜园子里去摘菜、担菜，回来洗洗炒着吃。

嘿，农村干净的空气，干净的食材，短短20天，大叔脸上的气色就好多了，腿脚也比过去有了力量。好家伙，"农村养老"，这可是个"好去处"！因此，过了春节大叔该回城了，他竟然"赖"着不走，提出：能不能让我就留下来？我不回城了，就跟着你，跟着你们一家人在农村养老？保姆费我照给，此外我还要为我的吃喝再付上一些"伙食费"！

……

听了这个故事，怎么样？

我当然心动。

这不是一个传说里的故事，是真事，2017年就发生在我们中国，一个"养老"遇到了很多问题的古老的文明大国。

后来，尽管我们的这期节目因为当地政府没有完善好相应的配套措施，比如建立起老人生病与急救的绿色通道啊，平日看病取药的医保报销啊等，建议我们等一等再做，但"这件事"给了我一个重要的启发，就是过去农村妇女都是进城去帮助城里的老年人，给城里人做保姆、做看护，但现在时代变了，农村的阿姨为什么就不能带着城里的老人和自己一起回农村？

"养老"革命需要发散思维，需要因地制宜，敢于创新。

在"银浪"时代，当城市养老设施难以满足所有城里老人的需要，有学者评论：这种"跟着保姆到农村去"不失为一种智慧的打造，沿着这样"开放"的思路，我们还可以找出各种各样的"新方法"，让自己的革命有了时间表和路线图。

一动一静一安心

其实我知道，无论"创新"又多么"先锋"的意识，但落实到普通的老百姓，张大爷、李大婶，我们的"老年革命"能从哪里入手？

2018年秋深，满街的树叶子都被冷风给抖搂了个精光，树干、树梢赤条条的，我的头也光秃秃，因为丢了一顶心仪的帽子，非要再买一个一模一样的才肯戴，于是趁着出差的间隙赶忙来到北京百荣服装及小商品国际商贸城。这个"百荣"位置在北京南三环木樨园桥的西北角，是北京下大力气疏解"非首都功能"将大部分"小商品市场"都转移出城市了以后为数不多的几处"硕果仅存"之一，所以每天的卖主和买主都乌泱乌泱。

买完了帽子，还真一模一样，立刻戴上，高兴得仿佛年轻了十岁。本来嘛，年轻、年老，都是一个人自己内心的感受。人心不老，就不老。这时，饭点到了，我打算随意到A座6层的快餐区，把中饭在这里给解决一下。谁知才坐下没吃两口，长条桌的对面就来了一对老夫妇。我说他们老，是因为看到他们满头白发，这是老年人最明显的外部特征。但这两个人其实身板都很硬朗，高高大大，透着活力和不输年轻人的一种自信。

我看先生，先生左手提着一个大号的木头菜板，右手是一大兜居家的杂物，身后还背着一个特大号的黑色双肩背，里面也装满了鼓鼓囊囊的看来是新买来的各种各样的东西；女士呢？女士则一手举一个托盘，托盘上各有一盘上了尖的炒面和一大碗紫菜鸡蛋汤。总之这两口子什么都大，饭量大得尤其让我心生惊异，于是边吃，我们就边慢慢地聊了起来。

我先问贵庚："您二老贵庚几何啊？"女士看着我，让我猜。我说："有六十了吧？"老太太就哈哈大笑，揭穿我这样讲是"专门为了礼貌和让她高兴"。我说："没有没有，你们二人真的是看起来很年轻、很壮实！"坐在一边，此时已经风卷残云了大半盘子炒面的先生，生怕一会儿两个女人相互客气地倒把真相给弄得越整越没边儿，就用手比了一个八字，插进话来，说："还六十呢？我们今年，都八十啦。我俩同岁，还不是虚岁！"

啊，这就太出乎我的意料了。

为自己庆幸。正研究老年，就碰上了这么一对精彩的老人，哪里肯放过？

于是我要给他们看我的记者证，说我是哪里的，现在正在做老年人的节目，也正在写老年人的书。先生说："不用给我看了，我认得你，你是不是叫长江？央视《新闻调查》的？"

我说："啊？对呀，您看过我们的节目？这太幸运了！"我连忙道谢，然后马上问："你们是哪里人？是不是生活在北京？怎么生活？怎么养老？对健康地活到100岁有什么想法？"……

先生开始回答，用最简洁的语言告诉我，他们两个现在都住在北京，是新中国成立以后第一代北京移民。"当年双双从外地考到北京来读大学，然后的命运就随着国家几十年的发展，冲浪一样，在波峰浪谷间翻来荡去。开始是工作，恋爱，结婚，每个人都在各自的岗位上兢兢业业，我搞设计，她在中学，像一颗螺丝钉拧在哪里就在哪里发光发热；再往后，我们有了女儿，独生子女政策，只能生一个。20年前我们都退休了，老伴儿到今年已经退下来整整25年了……"

25年？

25年不上班的日子怎么过？

我悄悄走了一会儿神，但马上又把自己拉了回来。

"好，那你们个人的生命真是正衬在了国家大发展的历史画卷中。可女儿呢？她现在在哪儿？和你们一起生活？"

"不，在美国，不和我们过。这不，我们刚刚从旧金山回来，在她那儿住了一段时间。人家现在已经结婚，生了孩子。"夫人接过来话说。

"女婿是中国人？"

"是是是，找的是咱中国人。"

"那他们还会回来吗？最终会回国来和你们一起生活？"

两个老人互相看了看，同时判断："好像不大会。"

"那你们将来怎么办？会不会有一天也彻底地搬去美国？"

听了我的话，这一次两位老人都把头摇得很认真，很坚定："不会，这不可能！我们有空会去看看他们，但是，我们不会去美国。正常的时候，他们过他们的日子，我们过我们的。"

嚯，好开通！

然而，你们现在都八十了，往后再老一些，怎么打算？我是意思是"能靠谁"。

夫人讲："这不是嘛，我们刚刚订了一个养老社区的单元房，预交了5万块押金，就算是有了一间养老院的房子，今天就来置办居家做饭的各种东西了。不过现在不住哈，现在我们都还比较健康，养老院也会帮助我们先把房子租给别人，挣些房租。一旦我们不行了，需要有人24小时照顾了，我们就会立刻搬过去。社区有护士站，如果身体出问题，先给护士打电话，然后马上有人会帮你叫120，送你进医院。没有性命之忧，耽误不了病情。儿女如果在，不也就只能如此？"

"哦，挺好的，挺好的。"

我真诚祝福。想问问他们是否同意我的"养老"革命，具体应该怎么做，先生一句话："一动一静一安心。"

啊？"一动一静一安心"？怎么讲？

夫人具体解释："我们每天坚持散步3000米，这是'一动'；每天上午先生练书法，我画画，这是'一静'。"

"那接下来还有'一安心'呢？"

夫人："就是提前把自己的'后路'给安排好了啊——刚才不是已经跟你说了，现在能动就好好地动；而哪一天动不了了，我们就去养老院。这就是把自己的归宿都给安排好了，心里就特别静、一切都按部就班……"

三

"想活"是人的本能，"会活"是人的本事，
现在你同意"革命"了，
但大脑如何被自己来一次"格式化"？
与"老"有关的"身与心"你都整装待发了吗？

"爱"能使人"长寿"

首先，我们为什么要"长寿"？

全世界的人，尤其是老年人，大家都不会去问这个问题，也不会认为有必要来回答这个问题——"长寿"嘛，是天经地义的，人人向往之。

但是，"好死不如赖活着"？

瘫痪、失智、睁着眼、能吞咽、植物人、只要有心跳，就算长寿？

不。

有质量的长寿和没有意义、甚至没有了尊严的长寿，两者之间千差万别，我们不管承认不承认，这区别都一定值得我们进行必要的考虑与选择。

60岁以后的老人要看透人生，要承认自己的弱智，学会自我照亮，用什么？智慧。

对，智慧。

研究显示：人其实越老，"智慧"的生产能力反而是越高的，这样东西和"年轻力壮"彼消此长，也就是"逻辑推理和认知功能"，这些"功能"越老越强壮。

因此"认知"对老年人科学地养老是一门必修课。

按照"百年人生"，我们从60岁出发，首先要适时地提醒自己：人生刚过了一个驿站，前方我们还有很多很多事情可做、值得做。这些"事"没有高下之分、对错之别，只属于自己，只区别于浑浑噩噩、碌碌无为的"自然老去"。这样，哪怕60岁你才开始创业；70岁才开始想把外语说好；80岁才开始书画、棋艺、茶道、插花；90岁了还在每天坚持读书、看报，走路，健身，都是"有目的"的，这"目的"就为"长寿"积攒了光明，动力，并用学习、不断地学习壮了你的胆，给了你不断进步的信心和实力。

千百年来，关于长寿的秘诀，中国人探讨的真是不算少，历朝历代的皇帝为求"万岁"炼仙丹、服丹药的传说也散见于各种历史的文献记载。我想对于"老年的认知"一样东西，非常重要，我们过去很少被国人重视，甚至讳言。是什么？爱，一个字，一种能量。

千百种对"养老"革命的探讨，我第一个就提出"爱"，我有科学的依据吗？

有，尽管现代医学、心理学、社会学甚至哲学都解释不了"爱"在人与人之间究竟能产生怎样的关联，并能迸发出对生命怎样强大的给予与支持，但很多学者都认同：爱是精神的，同时也是物质的——"精神变物质"不是一句只能鼓舞人心的口号，它与我们的健康——其实息息相关。

2007年，我在香港看到了一本书——《不生病的活法》，副标题是"神奇的酶：决定你的健康与寿命"，作者是日本一位名叫新谷弘实的内科医生。眼界大开！

新谷弘实1935年出生，1969年在美国因发明内窥镜，首次利用大肠内镜插入法，在不打开病人腹腔的情况下直接切除肿瘤而声名鹊起，为人类医学做出了巨大的贡献。

我就是从这位从医40年，自己说"从来也没有开出过一份死亡证明"的医生的观点中懂得了我们的身体，除了细胞、血液、器官、组织、骨骼、神经以外，还有一种决定人身体健康的重要物质，这就是"酶"。

"酶"是什么？"酶"有什么用？

用新谷弘实的话说："科学地解释，酶就是在生物体细胞内合成的具有蛋白质性质的一切触酶的总称，简单地说，就是保障生物体能够完成最基本生理活动的基础条件。"

"酶"等于"生命力"？对！

新谷弘实还说："我们人的体内有5000多种酶，每一种都有不同的作用。而酶越丰富，生命体就越充满了能量，也能提高免疫力。"

太棒了！新谷弘实的观点作为支撑我十年后提出"养老"革命的口号简直是雪中送炭，振聋发聩！

可神奇的"酶"，从哪里来？我们怎样获得？

其实，新谷弘实早就明确告知过世界：我们身体中的"酶"，来源有两种渠道，其中："物质是一个渠道，精神也是一个渠道。"

物质的渠道："酶"首先来自食物，运动，良好的睡眠，健康的生活习惯和没有敌意的生活环境；

精神的渠道：就是指我们人类的精神，《"爱"能提高免疫力》——新谷弘实在书的最后一章，干脆用了这样的一个标题。

读懂身体发出的"信号"——

"爱"之于"长寿"重之又重，但闻所未闻。

当然，有了精神，身体的保健永远都不能放弃，而且也要提前！

如何一直让老人保持身体健康？

过去我们只知道：早睡早起，少吃多运动，但一旦有了病，都束手无措，都只有一条路，那就是去医院、去"看医生"。

这样的惯性对不对？不对。至少值得重新商榷！

我的生命"我"做主，我们的身体首先要"拜托自己"给好好地看着！

什么意思？

还是涉及转变观念！

曾经，有不止一位的医生告诉我：不仅在中国，在英美、在全世界，人类今天如论走进哪家医院，"误诊"的可能性都是存在的。中国的误诊率大约在30%。听了这话"您可别太激动"，30%并不算高，发达国家很多都达到50%。

50%？真的吗？一半的病人都让医生给看错了？

你以为？！

2007年，我母亲因为无知，把自己的老命给搭上了，那时候我一丁点"读懂自己身体的信号"都不知！

母亲是1951年北师大教育系毕业的老牌大学生，一生的梦想就是要做一名校长。

55岁，她终于从教师的岗位上退下来，办起了北京市第一所私立双语幼儿园——北京私立繁星实验幼儿院，手里管着几十位教师、400多个孩子，同时外面还长年有很多很多的幼儿在排队等待。

2007年9月，母亲因为吃不好饭，去北京一家中医院进行调养。调养嘛，当然和死亡还差着不知几万几千里。

但不幸的是，过了几天，人都快出院了，突然有点小咳嗽。医生顾及她的肾本来就不好不敢给她用抗生素，这导致了母亲最后肺部发炎、心肾功能突然显示衰竭。

此时，妈妈的生命实际上已经是"危在旦夕"，但我远在香港，心里又认为"反正妈妈就住在医院，医生怎么也不会让她老人家出任何的危险"，但谁知道，后来母亲的肾功能已经严重"不全"了，这家中医院开始说周末（当时是周末）没有人会用透析机；半夜，妈妈已经不能平躺下来睡觉，她还不知道这是一脚已经迈进了死亡的门槛，加上老太太生平最不愿意"麻烦人"，她就那么苦苦地挨着，根本不懂此时叫医生，让医生给她透析，把她身体里的血洗一洗，就可以救她一命。

但是妈妈没有这个常识，她不懂什么是"读懂自己身体发出来的信号"。

这件事直到2017年我已经从香港回到了北京，为了制作《我的生命谁做主？》的电视专题片，我去解放军309医院采访透析并等待"肾移植"的病人。一位同意接受我采访的41岁的首钢工人说他现在每周三天都要来医院"洗肾"，我随口问："是吗？那可真够麻烦的。你不会哪一天忘了吧？"患者立刻："怎么可能？根本就不可能！因为我不洗肾，身体就开始报警。开始是浮肿，然后肿到心脏，不能平躺着睡觉。那时候如果还没有医生给我透析，我的人就麻烦了，就可能要挂了。"

啊？

患者的情况和我妈妈……简直一模一样。

我突然心被烙了一下。

十年前的伤痛这才找到了证据，也深深地爆发了自我的谴责——平躺不下，不能入睡……我忽视了母亲，母亲也忽视了自己……我们都没有"读懂身体发出来的信号"，所以她走了，妈妈的心是被憋炸了！

不要成为"三等公民"

尽管世卫组织几年前就根据人口老龄化的新情况做出了"全球人体素质和平均寿命"的最新测定，划分出年龄标准的新规，但很多人并没有嗅出这个"新规"对自己意味着什么？

人的一生新分为五个年龄段：

未成年人：0~17岁；

青年人：18~65岁；

中年人：66~79岁；

老年人：80~99岁；

长寿老人：100岁以上。

按照这个标准，也就是说，80岁的老人，头一年，你还处于"中年"。

但是，老年人面对的问题可不是从80岁才开始。

科技时代、电子时代，人们的生活正在更多地依赖技术，这有错吗？没错。

但科技，你在"飞速发展"的同时，是否也应该提醒提醒自己不要"忽视了老人"？老人追不上。老人很孤单。老人在害怕。老人都怕被时代列车给甩下。

然而，莫斯科不相信眼泪！

任何怨天尤人都没用，眼前只剩下一条路："活到老，学到老，不掉队！"

面对这种"说教"，很多人也许是会抱怨："老年人肌体退化——眼花、脑笨、手脚不灵活，尤其记忆力很差，根本学不了东西啦！"可我要说："不对，这样的抱怨本身就已经落伍。"为什么？如果你肯学习，我说的是从青年到中年就一路没有停下来学习，你对新鲜事物的理解和接受就相对容易。"跟不上队"，错不是老，而是出现在你的中年，甚至青年，"从小"，你就没有养成学习的习惯；"老了"才说跟不上，你怨谁？

因此科学养老不仅要革命，"革命"还要"趁早"，就是这个道理！

2019年春天，我先生的一位发小LXY回国省亲。他和妻子早年移民日本，女儿已到花季年龄，却因为先天性疾病突然离世，这使他们成了"失独老人"。按理,这样的夫妇是应该难逃悲伤的绑架了吧?但是他们没有。他们挺过了伤痛。知道余下的日子还得过。于是打起精神,重新上路——读书、旅行、记录生活、感恩生命。这次回来听说我在关注老年人,便饶有兴趣地希望和我讨论。我说太好了,你们生活在日本,没事还经常到世界各地去转转,那只要遇到哪些国家如何处理老龄问题有什么好做法、好创意,你就帮我收集吧,也让咱国人开开眼。LXY说好,跟着就给我微信过来了很多关于"老年问题"的解决办法。这些文章有国外的,也有中国的。有一天他转发过来了这样的一篇文章,乍看题目,我还以为是在调侃——《不要成为"三等公民"》,但仔细一看,吓傻了。

什么叫"三等公民"?

过去我只听说过"等下班、等薪水、等退休",这样的"三等";但LXY说的"三等"不是,是指有些老人,一到了退休,就一觉醒来"等早饭,等午饭,等晚饭",如此的"三等",还美其名曰——"逍遥自在"。

我开始试图为这些老人找理由,"龟息法"嘛,不是很多不爱运动的老人都说自己是在向乌龟学习,所以很多人一退休就跟沙发"较劲",身体也并没有出现什么大毛病。

LXY说:那不对。事情不可能那么简单。这样的"三等",此刻不出问题,对身心注定都不好,更别提如果我们的养老目标是一百岁,那就一定没有优势了,其中最常见的问题就是痴呆,等着阿尔茨海默症吧。

"阿尔茨海默症",再说一遍,尽管不完全等同于"老年痴呆症",但在我们中国,每一年,发病人口在600万到800万,而且发病的速度,一路还在向上飙升!

尽管今天,医学还没有对"老年痴呆的成因"做出科学的定论,但是,当我们尚不知自己有没有一天会成为"傻子"的虎口猎物,在这样的时候,总结那些乐观的、有爱心的;爱动的、有想法的老人,他们当中得"老年痴呆"的病例就是相对地要少,这是个基本的事实。因此,至少我们可以得出下面的启示:动起来吧!大脑、四肢。今天你不动、不主动接受新知,你就跟不上时代;到了百岁,那你还想比"不落伍"的人活得更有后劲?

家里的世界太安逸了。

家里的沙发太舒服了。

但"安逸"暗藏杀机,"舒服"也让人看不起。

快判断一下自己,该下定决心——给自己的"养老"革命做一次司令!

(原载《北京文学》2020.4)

钟南山逆行的 72 小时

_ 刘妍

1. 勇士再出发

17年光阴若白驹过隙,时间流逝,人亦会老,唯不变是良知。

2020年1月18日晚,几经周折,出任国家卫健委高级别专家组组长的钟南山院士火急火燎地挤上北上G1102次高铁,好不容易在餐车上找了个位置坐下。中午在深圳抢救一个病患,下午还在广东省卫健委开会,会场上便接到通知,要他连夜赶往武汉。当天的机票没买到,助手匆忙替他回家收拾行李,直接到会场与他会合,匆忙赶往广州南高铁站,挤上傍晚5点始发,终点站为武汉的列车。春运期间,高铁一票难求,钟南山的助手小苏手握两张票,这还是"先上车后补"的。家人早已习惯了,钟南山的行李箱一直放在入户花园处,随时准备着出发。家人爱开玩笑调侃,退休后的钟南山比上班的晚辈更忙,不是"铁人"就是"飞人"。细心的广州市民会发现,元旦后,不少医院门口空旷处摆起桌子和横幅,向市民宣传预防冬季流感。中医医院门口、大厅,凉茶热饮免费赠送活动悄然而至。

庚子年的春运早已拉开序幕,昨天是小年,在老百姓心里,"有钱没钱,回家过年"的观念根深蒂固。《常回家看看》撩动心弦的旋律在车厢里飘了起来,飘到乘客心里、耳中,飘向列车行驶的终点站方向,飘到心坎上永远的那个家。乘客的行李不再是大包小包,不少人选择物流方式,半个月前,年货快递到家,或是网购年货,收货地址直接留老家,节省人工运费。不变的是大伙都是步履匆匆,或谈笑风生,或神情凝重,或思考盘算。此时的人、物、景,怎么也入不了钟南山的法眼。小年夜,他在深圳。深圳一家人从武汉返鹏城后,接二连三地发病,都收入香港大学深圳医院。当天早晨,钟南山一行驱车抵达医院。必须要了解和掌握第一手资料,"眼见为实"是最低的判断标准。病床前,钟南山用压舌板窥探患者的咽喉状况,用听诊器静听肺音,询问该病患的主治医生,病患的用药情况、剂量。16日,该院还确诊收治了一名未去过武汉而患病的家庭成员。病源究竟在哪里?没有武汉旅行史的市民也中招!钟南山想到此处,轻轻地叹了一口气,外人不易觉察的面部表情变化,很快被最得意的弟子袁国勇捕捉到了。此次北上武汉,就是要进一步确认脑海中的判断。医学关乎人命,又时逢传统佳节春节,人们逢年过节讲究吉祥好意头,从判断到向外界正式发布消息,那是和阎王爷讨价还价,风险系数有多高?用脚指头都能猜想到。

餐车上,数天奔波忙碌,脚不着地,钟南山的身体确实疲惫,脑瓜子有些转不过来,但实在按捺不住思绪如泄洪般奔腾。心好像被挠了,闹心;情绪好像被燃了,烧心;人好像被火烤,痛心。翻来覆去地回想细节,一张张病患面孔浮现,各种检测手段逐一排除,结果是显而易见的,结论早已在心中。可是,前几天武汉百步亭的传统万家宴仍如期举行,万人狂欢、集体聚餐。躲在黑暗处的那个恶魔,心中窃喜,一万多人聚拢在密闭的空间中,推杯换盏,品尝佳肴美食,难掩的热情,尝尝我的手艺吧,食客的筷子和公筷瞬间混淆,好客爽朗的武汉人几乎忘记公筷这一说,对方快速将食物塞进嘴里,实在吃不动了,面对满脸带笑的街坊、友人,若稍微犹豫、慢些,还会被耿直的武汉大婶怼上几句"你丫子干啥"。人声鼎沸中,遇到老街坊,遇到熟人,咬咬耳根,说些体己话,交流感情,交换信息,嘀咕嘀咕几句,飞沫四溅那是常态。意识到眼中后果的钟南山一想到此,整个人变得无精打采,思虑沉重。

不自觉中,钟南山打开笔记本电脑,查收邮件,看看发来的最新病患统计数据。看着看着,想着想着,上下眼皮竟然不听使唤,打起了架。17日,武汉新增不明原因肺炎 59 例。这给漫长的暖冬带来一丝隐忧和不安，给这位长者增添了忧愁。思绪渐渐飘远了，心情越发沉重。幻想着自己成为斩妖除魔的钟馗，七十二变的孙悟空，掌控大局的如来佛。一到武汉高铁站，等待他的是一场接一场的研判会，不光要火眼金睛，还要斗智斗勇，前提是实事求是，这个太难了。脑瓜子刚好就着低矮的靠背，频繁地看表，竟记不起想不起究竟几点了。想象座椅是床，是一张令人四肢延伸、舒展安心的造梦空间。

2．往事并不如梦

庚子年的钟南山 84 岁，17 年前，广东抗击非典疫情时，他才 67 岁。

那时的白头发少许，今天的黑头发少许。

1936 年 10 月 20 日，江苏南京钟山之南的中央医院产房内，钟世藩的儿子呱呱坠地。祖籍福建的钟世藩特意为儿子取名为钟南山。除了地理位置地名的巧合外，受深厚的家学家风影响，钟世藩骨子里是向往自由，追求"天人合一"的。正如古代文人"登山则情满于山，观海则意溢于海"，崇尚山林野地的广袤"意境"，又如谢灵运开创新的诗歌体裁形式——山水诗，其精神内涵是在自然山水中融入个人情感因素，在追逐山水田园、形骸放浪中反问灵魂的深处。一首陶渊明的五言律诗《饮酒》中有一句，"采菊东篱下，悠然见南山"。儿子的到来，父亲大悦，悠悠然中抬头见到了一座南山。小小的一个取名，寄托父亲对儿子望子成龙的希望。

父亲钟世藩是我国著名的儿科专家，钟南山在学医的道路上并没有完全继承父亲的衣钵，而是另辟蹊径，选择了呼吸科。母亲的早逝，对于钟南山而言，是个巨大的打击。自小喜欢跑步、打篮球等多项运动的钟南山，在运动中培养了乐观坚强的性格，而对于母亲的离世，曾一度沉溺于悲痛之中。性格决定命运，缅怀逝者最好的做法便是迎面而上、自强不息，方能告慰在天之灵。1979 年，钟南山考取公派英伦留学资格。40 多年前，我国的医疗水平、科学技术还很落后，走出国门虚怀若谷地学习迫在眉睫，即使是"师夷长技以制夷"，总要先掌握"长技"。钟南山不但身体力行，而且行动的"力度"非正常人所能想象和理解，狠心到拿自己的生命做人体试验。为了向英国教授证明自己的能力，钟南山决定进行"一氧化碳对人体影响"的研究。为了取得第一手数据，他决定拿自己做试验：他让护士帮他抽血，然后自己吸入煤气，并逐步把煤气浓度提高。钟南山的 800 毫升鲜血唤醒了血液气体张力平衡仪。在一旁协助的技术员第一次见到此情景惊呼：这可是节省了 3000 英镑。随后，他用自己的身体来做一项极具挑战性的实验：关于一氧化碳对人体血红蛋白解离曲线的影响。他让同行一边给他吸入一氧化碳，一边根据吸入的情况不时地抽血检验。当人体血液中输入的一氧化碳浓度达到15%时，即相当于一个人连续吸食五十多支香烟的量！而他是从来不接触香烟的。钟南山根据自己的经验，未听从同行的劝阻，继续吸入一氧化碳，直到血红蛋白中的一氧化碳浓度达到22%，此时的人体实验者已是头晕目眩。实验终于取得了令人满意的结果，英国同行被其敬业精神和人格魅力所深深地感动。此项实验，被邀请在1980年全英医学科学学会上做报告。他的800毫升鲜血没有白流；六十多支香烟没有白抽。若钟南山事先周密而详细地考量权衡，缺乏勇气和胆量，也许实验在进行到一氧化碳浓度达到15%时就已放弃。念念不忘，终有回报。留学期间，钟南山取得了六项重要成果，完成了七篇学术论文，其中四篇分别在英国医学研究学会、麻醉学会和糖尿病学会上发表。他的勤奋和才干，彻底改变了外国同行对中国医生的看法，赢得了他们的尊重和信任，同时为今后的医学研究打下良好的"仁术"基础。

  非典来袭，广州呼吸疾病研究所的名字常常见诸报端、屏幕、杂志等新闻媒体。这个所"潜伏"了32年，研究对象异常普通——呼吸系统、呼吸功能、呼吸疾病等。在物质极度贫乏的20世纪70年代，竟组建成为一个独立的医疗机构实体，专门的人、财、物从何而来？1972年，钟南山受命组建广州呼吸疾病研究所，实际上就是要他充分利用自己的有利条件——共产党员的身份，还有打磨到家的人际关系网，四处游说化缘，要人、要物、要房子，乃至以后的要钱。当2003年，令人束手无策的非典疫情突如其来时，钟南山闪亮登场，30多年苦心经营的呼吸疾病研究所呼之欲出。正所谓"养兵千日用兵一时"。"最重的病人都送到我这里。"沧海桑田方显英雄本色，钟南山主动请缨收治危重病人，全力以赴制订医疗方案。

  2003年4月10日，在广东抗疫中声名鹊起的钟南山接到通知，前往北京参加全球新闻发布会，会期两天。一到与会驻地，他旋即被卫生部相关领导召见，打了一针"预防针"。媒体人调侃钟南山是"炮王"，那是在南方。在首都北京，你得懂规矩守规矩，统一口径。第一天，钟南山在台上台下、场外场内的表现规规矩矩，以专业的科学素养和术语对答如流，应对自如。相关领导满意统一"口径"后的发布内容，总算学乖了，叫你"不要讲太多"，照单全收了。第二天，新闻媒体少了很多，因为对前一天钟南山的表现，"监工"的现场领导显然少了许多。全球新闻媒体可不是吃素的，"来者不善""不问到点子上，誓不罢休"。现场多家媒体发出核心之问，问题层层深入，步步为营，锲而不舍，抓住"疫情是否得到控制"这一核心问题，多个角度穷追不舍。

——"疫情控制了吗？"
——"什么现在已经得到控制？根本就没有控制！""我们顶多是遏制，不叫控制！"
——"中国医护人员的防护有没有到位？"
——"没有！"

两句掷地有声的回答，引发现场一片哗然。现场所有的中外新闻媒体记者顿时两眼放光，有的甚至冲上发言席，迫不及待地追问。摄像镜头砸了前面记者的后脑勺，话筒、录音笔被不小心碰落到地上，女记者的高跟鞋被踩了，男记者的眼镜摔落在地⋯⋯有些心存侥幸而缺席的记者得知后大呼吃亏，内心煎熬着，没能录到钟南山的现场发言，缺少同期声，说不定要挨领导批了。真正真实、敢言敢为的钟南山献身了。名副其实的"炮王"，本色不改。这响冲天炮一鸣惊人，局势瞬间扭转，撬动战略的凌厉角色就是钟南山。英伦的人体试验都不假思索，还怕事先打的"预防针"？几日后，要求钟南山统一口径的相关领导逐一被免职，铁腕著称的吴仪、王岐山先后挂帅。央视主持人王志在《面对面》节目采访时，问及钟南山，他是怎么理解"讲政治"这个问题的。钟南山脱口而出："每个人都有自己的政治。在我们这个岗位上，做好防治疾病的工作，就是最大的政治。"在钟南山的下意识里，讲真话、实事求是就是讲政治，爱人、助人、治病救人就是行善。

古罗马哲学家塞涅卡将行善定义为：赐给别人快乐的同时，自己也从中得到快乐。所谓大放厥词、妄语，任何事只是嘴上说说都是毫无意义的，更为重要的是行动。遵循"讲政治"的言者，唾沫四溅，听者心花怒放，实则危害极大，或是一颗颗随时会被引爆的地雷。"恻隐之心，仁之端也；善恶之心，义之端也；辞让之心，礼之端也；是非之心，智之端也。人之有是四端也，犹其有四体也。"孟子这段名言，说的是人要有仁义之心、向善之心。在钟南山身上，就体现了这样的人格魅力。设想一下，如果谎言连篇，到头来搬起的石头，是要砸自己的脚的。

道理人人都懂，可是又有多少人能落到实处。当时的钟南山内心非常清楚，他面临着相向的抉择。两位部级高官在镜头前、媒体前，不断地释放无忧的信号，北京王府井商业步行街上人头涌动，熙熙攘攘。这或是"讲政治"的做法、体现。然而一线奋战，与死神赛跑搏命的科学家们，总不能睁眼说瞎话，罔顾人命，自保求平安。向左、向右，讲真话还是讲政治，钟南山内心纠结，徘徊犹豫不决。动身去北京前，恰逢清明节，他去给父母扫墓。这次扫墓时间比以往任何一次都长。家人先离开，钟南山一个人坐在墓前，和父母聊了会儿天。社会阅历丰富的钟南山知道，如果说真话，捅破天，不讲政治，很可能要担上巨大的责任。67岁的钟南山有妻儿老小，有学生弟子，还有众多的手足同胞。"我该怎么办？"现实是很残酷的，人性也是很诡变的，人心更是飘忽不定的。用年轻人喜欢的星座分析，钟南山是天秤座，天秤的一头是人命，一头是"讲政治"，实在黔驴技穷，没办法做到平衡。"讲真话才是正道，讲真话才能得人心。"如是，才能不辱两袖清风的父亲盛名，不辱传家的好家风，告慰九泉之下的父母大人。想到此，钟南山心里暗下决心，这是上天对我的考验，一定要身体力行，履行好职责使命。

这个梦好长，梦醒时，已是凌晨，动车到达武汉高铁站。行李可以忘，笔记本电脑可不能忘。这一夜，钟南山看了会儿最新的数据、资料，明天要问的几个问题，早已打了腹稿。想着想着，脑瓜子越转越快，竟把周公赶跑了。

3. 偏向虎山行

1月19日，早晨6点多，钟南山的"生物钟"比往常快了半个小时。彻夜辗转反侧地思考几个关键性问题，今天一定要在现场问个名堂出来。昨天的《柳叶刀》披露武汉金银潭医院收治首例新冠肺炎患者，然而所到之处，所见之人，浑然不知发生了什么，更别提自觉戴口罩，"没有特殊的情况，不要去武汉"。钟南山放话让老百姓不去，自己却跑去实地调研，目的就是为国人拉响警钟、国家决策做准备。几十年来，天天和呼吸道疾病打交道，最起码的职业敏感性是有的，对疫情的预感研判，钟南山的敏感异于一般医师。前两拨到江城的国家卫健委高级别专家组都没能给出"真实"的结论，事件个中的复杂性可以想象。很多时候，科学家要面对医学界的新型病毒和体制中某些顽固的"变形病毒"的双重挑战。"两军相遇，勇者胜。"根据中国疾控中心的分析数据显示，实际的患者已有6000多例，春运或将加剧发病高峰的提前到来。向国人公布真相，已是"箭在弦上，不得不发"。

九省通衢的湖北武汉是个非常有烟火气息的地方。早餐就是武汉经典小吃——热干面、豆皮；还是粤式早餐中的白粥咸菜更对胃口，有益肠道，适时给肠胃按摩洗洗澡；又或是打包个拉肠、馒头、花卷，喝杯温热的鲜奶，七成熟焦边的荷包蛋，营养和味觉都得到了满足。餐厅的服务员，驻地的工作人员，武汉方面的工作人员，目前没看到一个人戴口罩，他们或许是"只缘身在此山中"。吃完早餐，准备开启全新一天的行程，钟南山从口袋中拿出一个N95口罩，压了压鼻翼两侧，确保口罩服服帖帖。

首先听取湖北卫健委协调组织下的研讨会。内容、形式，谁说、谁不能说，该说、不该说的，半个月内已经"练习"了两遍，前面两拨专家组来过了、问过了，但为何第三拨专家组会到来？

2019年末，以武汉华南海鲜市场为中心的区域，开始出现肺炎异常零星病例，呈快速聚集增幅趋势。2019年12月27日，医生张继先向武汉市江汉区疾控中心报告前一天接触到4名肺炎异常的病例情况。2019年12月30日，武汉中心医院急诊科艾芬手里的一份检验单，她用红笔画了个红圈，拍了张图，发给了同事李文亮。年轻的医学博士李文亮，二话不说，善意地在学医的同班同学群里温馨提示。随后艾芬和李文亮都被院办严厉地训斥了一番。"发哨人"艾芬被斥责，"作为武汉市中心医院急诊科主任，你是专业人士，怎么能够没有原则没有组织纪律造谣生事。"艾芬倍感绝望，几乎所有的医生再也不在朋友圈和各种群里讨论此事。其后事态发展众所周知，全院超过200名医护人员被感染，已有4名医护人员去世，还有4人依然在抢救。数据是冰冷的，身边的同事战友离去令人痛心、后悔莫及。"早知道今天，我管他批评不批评，老子到处说，是不是？"一句"老子到处说"中女汉子英雄气概暴露无遗。民间称之为"吹哨人"的李文亮，未能幸免，被一名来眼科求诊病患传染"中招"。李文亮在病重期间还表示，等他病好了，上前线继续奋战。2月7日，李文亮去世，很多人彻夜未眠，伤心落泪。

"发哨人""吹哨人"的善意提醒未能起效，达到警醒作用。同日，武汉卫健委发出通知，警告重申"个人不得擅自对外发布救治信息"。次日的首次公开通报称，未发现明显人传人现象。2020年元旦，李文亮在内的8名医生身份的"传谣者"被传唤。1月6日，武汉新华医院一名呼吸内科医生感染，成为"疑似病人"。随后5天是武汉市两会召开，公开的媒体上没有见到疫情的通报信息。此间的1月7日，武汉华中科技大学同济医院的一台脑外科手术，导致14名医护人员被感染。1月11日，新华医院又有一名神经内科女医生感染，当天的武汉卫健委的新闻通报称：未发现医务人员感染，未发现明确人传人证据；1月3日以后，没有发现新感染发病的病人。1月16日，新华医院梁武东医生全肺感染，9天后离逝。当天的武汉卫健委的通报中称：不排除有人传人的可能，但持续人传人的风险较低。前线的医生群或医生间的私信，都弥漫着一种看法，上级制定的确诊新型肺炎的标准基本上没有病人达标，可身边一个个倒下的病例，清楚地发出明确的信号，传播力非一般的强，人与人之间强力传播是板上钉钉的铁证。各种动机下，18日小年夜，武汉百步亭万家宴如期举办。国内某个医学学会曾计划1月在武汉举办年会，医学人的职业敏感，最终被果断叫停。

这里是湖北武汉，强龙拗不过地头蛇。研讨会必须按照既定流程，众人强忍着耐心听完了对方的介绍。无论最后做出何种结论，都要安安静静地耐着性子听完。出于对同行的尊重，抑或是接下来能到华南海鲜市场、医院实地走访的权宜之计，接着听，必须接着听。2003年，广东非典疫情后，国家花了巨资建立和完善的重大疫情申报系统，在此时此地此事中，显得苍白无力。武汉是高校云集、科研实力较强的副省级城市，软硬实力雄厚，这几年发展迅猛。汇报者坐一列，听汇报者坐另一列，双方排排坐，目目相对。一问一答，对答如流，似乎提前写好的剧本，滚瓜烂熟的台词，回答顺畅、毫不迟疑、理直气壮、神情淡定、语气坚定、表情真诚。彩排过？几遍？最后核定稿的人是哪位？第三拨来江城调研的专家看着、听着，不时地换个坐姿，思考着、分析者、判断者。坐在科学家面前的仿佛不是仁心仁术的医疗工作者，而是有望竞争奥斯卡影帝影后的表演者。坐在会议室里，参与第三批次的各位专家，不但实战经验丰富，处置国内外各种重大突发公共卫生事件，那是驰骋疆场的老将了。拙劣的演技，明眼人看在眼里。挑破皇帝的新衣，可能会激怒皇帝身边的仆人。实在看不下去了，"炮王"又要发飙了，钟南山现场将腹稿中深思熟虑的问题抛了出来。"究竟还有没有？""究竟还有没有更多病例？""你们刚才报的个案数量是不是真的这么多？"一连三个疑问句，面对84岁的老将钟南山，对方语气开始弱了、虚了、缓和了，神情不如刚才那般大义凛然、面不改色。对方的答案是：我们正在测试。典型的官样回答，问A回答B，又或是指向C，熟悉和了解公共卫生系统的人都明白，这叫答非所问，其思维逻辑与指桑骂槐如出一辙。17年前，钟南山67岁，敢在国务院新闻发布会上放炮；17年过去了，阅历更加丰富、经验更为丰富的他，各方面的经验和人生感悟更加深刻，钟南山怎会退缩？必须步步逼问，锲而不舍。

越是难关，越要咬紧牙关，越要迎难而上，越要正面出击。对方所说的"正在测试"是指，湖北疾控中心1月16日才收到国家疾控中心下发的试剂盒。试剂盒能够研发生产出来，说明早就掌握了基因排序，基因检测排序工作早已开始，若不是来势汹汹的恶魔，何以引起重视？何来检测重要手段的试剂盒？全国病毒学重点实验室就在武汉，就在华南海鲜市场附近，他们1月2日测得病毒的基因序列。"敢为人先"的广东，在病毒基因测试这一问题上，也不示弱。早在2019年12月27日，广东一家民营机构就已从武汉送来的样本中检出新型冠状病毒，并且测定了几近完整的基因序列。病毒不会戴有色眼镜，不光在座的有感染的风险，而且外面大量的老百姓会在毫不知情下中招，春运人员流动性大,几何倍数的增长,这无疑是杀人。"已发生的个案中有没有出现人传人?"对方回答的声音有些飘,但现场科学家们都听清楚了,"好像神经外科有1个病人感染了14个医护人员。那些医护人员并没有确诊。"进一步补充强调,医护人员没有确诊。学医的、从医的,专业岗或行政岗,绝大部分是医学院毕业的,或与医学沾边的,亲朋好友、上级下级、左邻右舍,谁没个在武汉医院一线工作的医生护士朋友。广州出发前,早已掌握的情报数据显示,神经外科1人传染14人的个案是真实情况。这是人传人的强有力证据。临床中,确诊的流程规范是人制定的,也许标准高了,也许标准低了,又或标准适度,人为主观因素大,上下波动幅度大。

世界卫生组织认为,把病毒传染给10人以上的病人被称为超级传播者。2002年12月15日,广东省河源市人民医院接收到第一位非典病人黄杏初。黄是如假包换的毒王,转院送到广州医院救治后,威力惊人。染病50余天,先后感染130人,包括18名近亲属和几十名医护人员,就连新中国成立以来百位感动中国人物之一的广东省中医院急诊科护士长叶欣也未能幸免。2003年4月上旬,广州、香港等地公布病源是冠状病毒,是新的变种,不是衣原体,用抗生素不但打不死,反而某种程度会促进病毒茁壮成长。2003年,确定非典病原体前后用了近5个月时间。从广州出发到武汉前夕,钟南山医疗团队早已掌握第一手资料,武汉病毒的基因排序与非典病毒相近,换言之,武汉的病毒是非典病毒的兄弟姐妹,它们都是冠状病毒家族的成员。基因排序不会骗人,这是解读病毒的密码和钥匙。面对比病毒还狡猾的当地卫健委相关人员,试图继续隐瞒真相的他们,还在做负隅顽抗。低头不见、抬头见,全国省市卫健委一家亲,碍于脸面,不好撕破伪善,就意味着真相永远无法见到阳光。前两批专家,或碍于情面,或这样那样的原因,为何不咄咄逼人、紧追不舍?他们为何都选择了沉默?他们为何都以暗许、默示、不作为等方式,纵容了对方行为的存在、发生、持续?这是个得罪人的活,无异于走钢丝。17年前,钟南山立场坚定,旗帜鲜明地反对非典病原体是衣原体。一些熟悉的医学专家朋友开始有意地疏远他,保持距离。大是大非之下,很多人开始自动自觉地选边站队,毕竟当时央视都发声说是衣原体。中国医学的进步,在17年里发生了翻天覆地的变化,实地考察调研前,其实答案已经写在手里的检测报告上。

继续在研讨会上唇枪舌剑,听着对方的巧言令色,实在没有太大的意义。钟南山一行人起身示意,是时候到最先报告病例的武汉华南海鲜市场走一走看一看了。新年的脚步越来越近了,红灯笼早已挂在街头,鲜花摆满了主干道,匆匆而过的人们,脸上写满着急。风风火火的武汉女人,拉着小推车,车上装满了各式各样的年货。"借过，让一让。""武汉嫂子"的彪悍雄风没目睹过也听闻过。若不是多个病患与此处有联系，搬张椅子观察这人来人往的人间烟火，也是饶有趣味的事情。人们到华南海鲜市场走一圈，从兜里拿出事先写好的采买清单，装进小推车后，打个钩。这家缺的货，下家继续找。若是两个泼辣武汉女人站在街头吵上一架，那真是一出好戏。夹杂着方言、高亢的腔调、机关枪般的语速，两个女人的争吵带有戏剧性和喜剧性。钟南山仔细地观察，此时，没人有闲工夫吵架，四面八方聚集到市场的人越来越多，赶在下班高峰到来前，完成任务，赶紧挤上拥挤的公交、地铁回家。异常忙碌的人们全然不知，危险就在他们身边，病毒就隐藏在空气中。几经消毒的市场，或许只剩下忙碌的、没有任何防护的人们，科学家关切的病原体的收集，基本上荡然无存。

接着，钟南山一行人来到武汉金银潭医院。这是座有着百年历史的老牌医院，这里没有金没有银，反倒是专门收治传染病患者的定点医院，是风险系数极高的场所。N95口罩下的交流，自然没有这么顺畅，而做医生的都习惯了。不顺畅的不光是对话交谈，而是一线医护人员的欲言又止，是无奈、不可预知的眼神。护目镜、防护服、口罩，医护人员的基本装备够不够？这个问题暂且放一放，要听最真实的数据和医院收治情况。最近两个月以来，好日头常常缺席武汉，终日阴阴沉沉的，是长江的水汽还是雾霾，无暇顾及。现场的科学家、专家们关切地询问，焦急地想进一步求证，为佐证"人传人"，小心再三求证。第三批专家来了，事情捂不住瞒不下去的预感早有，可是现实真正来临时，领导们的小心脏还是承受不了。中午工作餐时，武汉分管科教文卫的副市长和钟南山同在一桌。这位领导神情凝重，拉着长长的脸，甚少夹菜，话不多，食欲不振？思虑沉重？心情欠佳？旁边坐着的钟南山可是全国有名的医疗界的"炮王"，"摆平就是水平"这句话在此处不适用。他软硬不吃，想搞定他，让其封口闭嘴，难于上青天。17年前的卫生系统的官员要求钟南山"讲政治"，到头来还不是知无不言，言无不尽。武汉官员与钟南山既没行政隶属关系，也没私人交情，还摊上这么一件生命攸关的大事，终究纸是包不住火的。钟南山感慨，时间仓促，又不是自己地盘，束手束脚，若要在广州呼吸病研究所、广医一院，非要穿上防护服，进入ICU探探病人，看看肺的X射线，听下肺音，掌握更多的第一手资料，毕竟"眼见为实"。

午餐后，没有预留休息时间，接着马不停蹄地赶往武汉市疾控中心。文山会海，对于医疗系统的职业学者医生而言那是家常便饭，可对于84岁的老人来说，两个字，残忍！一个接着一个地发言，对方所要表达的"中心思想"是压力大、难度大，可防可控，没有传闻中那么可怕。继续开会听会，就要误机了，会议5点结束，随后钟南山登上武汉飞往北京的航班。晚上10时许，抵达首都国际机场后，接着赶往国家卫健委开会。会议的级别越开越高，直视问题的决心越来越大，人在疲惫中却有了动力。回到酒店，深夜2点多才睡下。

4. 一锤定音

2020年1月20日，这是新的一周，也是新的一天。凌晨6时许，钟南山才睡了四个多小时，爬起床，打开电脑翻开文件，准备各种资料和研究病例个案。7时许，匆忙吃完早餐，一天高强度的工作马上要开始了。今天比昨天的行程还要满。钟南山的儿子、儿媳妇也是医生，同行理解同行。钟南山的夫人知道丈夫是牛脾气，认准的事情，谁都拉不回来，劝不住。长时间科研，各种会，上班基本靠打"飞的"，不是候鸟南飞，而是一路向北，一天一地，一天一城，从广州到北京，飞了2000多公里。"让他多睡一会儿。"钟南山的夫人反复交代助手，这种时候，没人能阻止他前进的脚步。

上午，全国电视电话会议；中午，工作餐的所有话题内容都是关于肺炎的，讨论的关键点就是是否"人传人"，众多证据指向了"人传人"，若要官宣须慎之又慎；下午，参加新闻发布会；晚上，央媒连线直播。闻风而至的各路媒体，将钟南山的手机打爆了，从非典开始，钟南山和全国，乃至世界各地的众多媒体记者间保持着良好顺畅的沟通。钟南山敢言直言，有担当有作为的个性深受媒体朋友喜爱。会场上，手机是调至振动的。一直在振动，干脆把手机放在助手那里。媒体朋友开始着急找钟南山求证，电话越打越多，找不到人，越发着急，于是继续找钟南山的助手、研究所的办公室主任，乃至家属。广东省政府、卫健委方面也在找钟南山，落实他具体回广州的时间。手机一直不停地在响，在振动，以致耗电过快，手机一直处于充电宝不离的状态。

在当晚的央视新闻连线直播中，对于名嘴主持人提出的问题，钟南山回答得有数据有实例，表现得从容有度。在武汉肺炎病毒的定性问题上，钟南山斩钉截铁地说了七个字："病毒可以人传人。"一锤定音定性来之不易，需要莫大的勇气和过人的胆识，是建立在2003年的广东非典疫情防控经验教训之上。当时全国死亡人数829人，广东死亡人数仅59人。落的锤凝聚了钟南山多少年的功力，多少人不懈努力，多少血泪经验教训堆积而成的。病毒人传人，掷地有声的结论无疑是一声惊雷，瞬间惊醒国人。这意味着，病毒在人与人之间传播，有空气流通的地方，就有感染的风险，预示着人际交往不再是安全的。

稍微有些生活常识的人都明白，与艾滋病病人握手是不会感染的，而新冠肺炎病毒是依托空气、接触传播，礼节性地握手，间隔距离不到位，分分钟可能感染，这是防不胜防，如影随形，无孔不入。对患病者必须采取强有力的隔离措施，对公众必须广而告知。对抗新冠肺炎疫情，是"全国一盘棋"，是全民大作战，是民族智慧和精神强度的考验。央视新闻连线直播结束，回到宾馆，已是1月21日凌晨。将大实话告诉全国人民，笃定地告知全世界，病毒可以"人传人"，此时钟南山心头大石终于落下，心情久久不能平复，为与病魔抗争，争取到宝贵的时间。之后发生的事情，不过是今天的延续。三天后，1月23日上午10时，武汉宣布封城。世界卫生组织在2月11日宣布，将新型冠状病毒正式命名为"COVID-19"。封城48天后，3月10日，习近平亲赴武汉市考察疫情防控工作。3月11日，世界卫生组织谭德塞称新冠肺炎全球"大流行"。3月12日，国务院联防联控机制发布会上，国家卫生健康委员会新闻发言人、宣传司副司长米锋表示，我国本轮疫情流行高峰已经过去……

　　思绪将钟南山带入梦乡，天亮后又要做"飞人"，飞回粤地，1月21日下午要参加广东首场疫情新闻发布会，广东人民的生命保卫战才刚刚奏响序曲。

（原载《北京文学》2020.5）